Max von der Grün · Stellenweise Glatteis

Max von der Grün – Werkausgabe Band IV
Herausgegeben von Günther Butkus

Max von der Grün

Stellenweise Glatteis

Roman

Mit weiteren Texten
von Max von der Grün

und einem Nachwort
von Stephan Reinhardt

PENDRAGON

Wir danken für die Förderung dieses Projektes
der Kunststiftung NRW

KUNSTSTIFTUNG NRW

Unsere Bücher im Internet:
www.pendragon.de

Veröffentlicht im Pendragon Verlag
Günther Butkus, Bielefeld 2009

Lektorat: Eike Birck, Martine Legrand-Stork
Umschlag & Herstellung: Uta Zeißler (www.muito.de)
Gesetzt aus der Adobe Garamond
ISBN: 978-3-86532-123-7
Printed in Germany

Inhalt

Stellenweise Glatteis

Die Invaliden fanden das Mädchen auf dem Weg.

Das halb nackte Mädchen lag mit dem Gesicht im nassen Laub. Es war die zehnjährige Tochter des Bauunternehmers Schöller aus dem Stadtteil Eving. Der Wald, in dem das Mädchen gefunden wurde, ist ein dreihundert Hektar großer Mischwald, in ihm gehen die Invaliden, die nichts mehr zu tun haben, spazieren. Täglich zwei Stunden, wenn es das Wetter erlaubt.

Die Invaliden umstanden das tote Mädchen. Heinrich Wittbräucke war auf die Straße gelaufen. Er hielt einen Autofahrer an, der die Polizei verständigte. Zehn Minuten später traf sie ein und drängte die Invaliden zurück.

Heinrich Wittbräucke sagte: Dieses Schwein ... So ein Schwein ... Wenn sie das Schwein finden, der das gemacht hat, dann nicht vor Gericht. Erst Schwanz abschneiden, dann den Kopf abhacken.

Die Invaliden blieben abseits stehen, bis die Mordkommission eintraf. Sie husteten aus ihren Betonlungen.

Über Dortmund lag smogartiges Wetter.

Als man das Mädchen des Bauunternehmers Schöller in einem Krankenwagen abtransportiert hatte, gingen die Invaliden in die Kneipe »Zum Gildenhof«. Sie stellten sich an die Theke und bestellten Bier und Schnaps, sie erzählten von ihrer Begegnung, als hätten sie einen Sack Gold gefunden. Am Abend sprachen alle davon, dass der Italiener Angelo Pinola, Arbeiter in der Drahtzieherei der Hoesch-Werke und ebenfalls Stammgast im Gildenhof, der Mörder sein solle. Angelo Pinola wohnte über den Garagen des Bauunternehmers Schöller mit zwei anderen Italienern in einem

Zimmer. Angelo wurde, so erzählten die Leute, mehrfach mit Renate Schöller gesehen. Er hatte oft mit dem Mädchen gespielt und war mit ihm spazieren gegangen.

In seiner Freizeit arbeitet Angelo Pinola für den Bauunternehmer Schöller. Er fährt stundenweise einen Lastwagen, transportiert Kies, Sand, Steine. Dieser Nebenverdienst bringt Angelo so viel ein, dass er dem Bauunternehmer Schöller die hundertfünfzig Mark Miete bezahlen kann und noch ein paar Mark übrig behält.

Am Abend wurde Angelo Pinola an seinem Arbeitsplatz im Werk verhaftet, und der Gildenwirt ließ keinen Italiener mehr in seine Kneipe. Zu den Gästen sagte er: Wenn ihr so einen Spaghettifresser seht, dann schmeißt ihn die Treppe runter. Der Schreiner Wölbert und der Dachdecker Meermann, zwei seiner Stammgäste, stellten sich an den Eingang. Kein Italiener ließ sich an diesem Abend in der Kneipe sehen. Als der Wirt die letzten Gäste entließ, sagte er: Ist doch klar. Der Angelo war es. Wenn er es nicht gewesen wäre, dann hätte sich heute mindestens ein Spaghettifresser sehen lassen.

Etwa so hat man es mir am Sonntagvormittag auf der Straße erzählt. Die Leute wussten, dass ich seit Jahren mit Angelo befreundet bin. Ich ging mittags in die Gildenstube zum Frühschoppen. Ich stellte mich an den Tresen, trank und hörte zu, was die anderen erzählten. Sie wollten meine Meinung hören, und als ich nur mit den Schultern zuckte, sprachen sie nicht mehr mit mir. Der Dachdecker Meermann sagte: Der Maiwald ist auch so einer, der hält zu den Itakern.

Ich trank mein Bier und sah dem Wirt zu, wie er Gläser spülte. Aber als ich Meermann noch einmal sagen hörte: Der Maiwald ist auch so einer, nahm ich mein halb volles Glas, stellte mich vor ihn und fragte: Was meinst du damit. Er lachte.

Da schüttete ich ihm das Bier ins Gesicht.

Hinter mir sagte jemand: Das war richtig so. Die meisten aber sahen mich feindselig an, der Wirt verschwand in die Küche, wie immer, wenn in der Kneipe Streit aufzog oder wenn es galt, für jemanden Partei zu ergreifen. Meermann wischte sich erst mit dem Handrücken und dann mit einem Taschentuch das Bier aus dem Gesicht und von der Jacke. Er sagte: Ich lass den Anzug reinigen. Aber die Reinigung bezahlst du.

Vor der Kneipe unterhalb der Treppe begegnete mir Martin Voigt. Martin ist Junggeselle, dreißig Jahre alt. Er betreibt gemeinsam mit seinem Vater einen Biervertrieb. Getränkevertrieb Voigt und Sohn war ein Begriff in unserer Stadt. Martin steht oft mit mir am Tresen und ist an allem interessiert, was mit Sport zu tun hat.

Karl, den Angelo hat die Polizei wieder laufen lassen. Er war es nicht. Das steht fest, er hat ein Alibi, er war in der Fabrik, als es passierte. Sagt der Arzt, Todeszeit und so.

Wer war es denn?, fragte ich.

Weiß ich auch nicht. Angelo jedenfalls hat ein einwandfreies Alibi.

Ich fuhr nach Hause. Es sind nur zwei Kilometer, aber ich fahre die Strecke immer mit dem Wagen. Es gab Rindsrouladen mit Kartoffelbrei. Meine Frau sagte während des

Essens: Der Angelo ist wieder frei. Es ist gerade im Radio in den Nachrichten durchgekommen, er hat ein Alibi, haben sie gesagt.

Ich hab es schon gehört.

Mein Gott, wer das bloß gewesen ist. Hoffentlich finden sie den Kerl. Mein Gott, so kleine Mädchen, einfach umbringen.

Ist Karin nicht da?, fragte ich.

Ist doch mit den Handballern weg, nach Schwerte.

Wir aßen schweigend weiter. Und als wir gegessen hatten, sagte Angelika: In der Straße war wieder mal was los.

Ja? Was denn?

Weil die Hunde von unserer Seite ihre Haufen in die Vorgärten auf der anderen Seite machen.

Ist nur gut, Angelika, dass wir keinen Hund haben.

Die auf der Waldseite stellen sich aber auch an, wegen so 'n bisschen Hundescheiße.

Die Straße, in der ich wohne, heißt: die Lange Straße. Dabei ist sie gar nicht so lang, etwa einen Kilometer. Sie beginnt an der Bundesstraße 54, an einer Straßenbahnhaltestelle, und verläuft gerade nach Osten bis zu den Feldern. Sie ist breit und liegt fünfhundert Meter von der Autobahn entfernt. Die Leute haben sie aufgeteilt in die Waldseite und in die Autobahnseite, in die grüne und in die schwarze Seite. Auf der Waldseite stehen die Bungalows und Villen von Direktoren, Ärzten, Rechtsanwälten, Kaufleuten, Handwerksmeistern und Fuhrunternehmern. Hinter ihren lang gestreckten Gärten beginnt der Wald, er steht unter Naturschutz.

Ich wohne auf der Autobahnseite. Sie hat kleine Einfamilienhäuser und dreistöckige Mietshäuser, sozialer Wohnungsbau. Auf meiner Seite wohnen Arbeiter und kleine Angestellte, ihre Wohnungen kosten zwischen hundertachtzig und zweihundertsechzig Mark im Monat. Die Autos auf der grünen Seite sind größer und teurer, und wenn die Frauen der grünen Seite wegfahren, nehmen sie den Zweitwagen. Die Frauen unserer Seite fahren mit der Straßenbahn.

Auch sonst gibt es Unterschiede, die aber nicht zu beweisen sind: Die grüne Seite wählt FDP, die CDU ist ihnen zu schwarz, die SPD zu rot, unsere Seite wählt SPD, und bei der letzten Landtagswahl erhielten sogar die Kommunisten hunderteinundsechzig Stimmen.

Eine ruhige Straße, eine saubere Straße. Nur wenn der Wind von Osten kommt, von der drei Kilometer entfernten Zeche und Kokerei, dann weht der Staub durch unsere Straße und es ist vor Gestank kaum auszuhalten. Staub und Gestank dringen durch die feinsten Ritzen in Fenstern und Türen. Das hält oft tagelang an. Ist es vorbei, machen die Frauen großen Hausputz und lüften stundenlang die Wohnungen.

Das Ergebnis der letzten Wahl stimmte unseren Nachbarn von der Waldseite bedenklich. Der Mann ist ein guter und auch ein gut verdienender Zahnarzt. Er sagte mir nach der Wahl damals: Na, Herr Maiwald, das Ergebnis von unserem Stadtteil schon gehört? Da entwickelt sich ja unsere Straße zu einem roten Zentrum.

Ich wusch gerade meinen Wagen, als er über die Straße

auf mich zukam. Er spricht mich immer an, wenn er mich sieht. Ich frotzelte zurück: Da passen Sie nur auf, Herr Borgmann, dass die nicht an die Macht kommen, dann verdienen Sie nämlich nicht mehr Ihre zweihunderttausend Mark im Jahr.

Er wurde ärgerlich: Was ihr immer für Vorstellungen von unseren Einkommen habt. Selbst wenn ich zweihunderttausend im Jahr hätte, dann ist das doch nur Einnahme. Was glauben Sie, was unsereiner für Unkosten hat.

Ja, ich weiß, sagte ich, aber die Unkosten können Sie doch alle von der Steuer absetzen.

Herr Maiwald, Sie waren viel vernünftiger früher, als Sie noch nicht Betriebsrat gewesen sind. Jetzt gebärden Sie sich manchmal wie ein Roter.

Ach, Herr Borgmann, wen stört das. Bei uns ist doch jeder ein Roter, wenn er nur eine andere Meinung hat, das haben Sie mir selber mal gesagt. Und dann gibt es noch die anderen, von denen sagt meine Tochter immer: Die sind wie faule Radieschen, außen rot und innen braun.

Ihre Reifen sind auch nicht mehr die besten, sagte er.

Ich weiß, antwortete ich. Aber ich kann mir momentan keine neuen kaufen.

Ich lachte ihn an und sagte, wieder frotzelnd: Und dann, ich kann die Reifen nicht wie Sie von der Steuer absetzen. Borgmann pfiff seinem Hund.

Meine Frau, der ich von dieser Unterhaltung erzählt hatte, meinte: Wenn du so weiter machst, dann muss ich mir noch einen anderen Zahnarzt suchen. Du warst früher umgänglicher, du bist anders geworden, seitdem du Betriebsrat bist.

Hat Borgmann auch gesagt, erwiderte ich.

Du hängst dir einen Haufen Arbeit und Ärger an den Hals und kriegst dafür keine Mark mehr im Monat.

Hör auf, Angelika, leg eine andere Platte auf.

An diesem vierten Advent fuhr ich abends gegen sieben noch einmal in die Kneipe. Ich wollte Flipper spielen, aber der Automat war besetzt. Es war Angelo, der spielte. Er war allein. Ich stellte mich an den Tresen und sah auf die auf und ab und kreuz und quer rollende Kugel, auf die aufblitzenden und verlöschenden Lichter, Angelo bemerkte mich erst, als die Kugel aus dem Spiel war.

Kannst mir helfen, Karl, bin gekündigt, sagte er.

Wer hat … Fabrik?

Nein, der Schöller hat mir gekündigt, das Zimmer, fristlos.

Dieses Schwein, sagte ich.

Am anderen Ende des Tresens standen die drei Invaliden, die das Mädchen gefunden hatten. Sie husteten und krächzten.

Was soll ich machen, Angelo, ich würde dich mit zu uns nehmen, aber wir haben einfach keinen Platz, was sind dreieinhalb Zimmer. Haben sie dich wenigstens gut behandelt?

Ja, gut, Polizei. Auch Untersuchungsrichter war freundlich. Hat mir sogar Hand gegeben.

Verdammt, Schöller kann dir doch nicht einfach kündigen, sagte ich. Du warst es doch nicht.

Mit Itaker kann man alles machen, weißt du doch, habe

keinen Vertrag für Miete. Ich gehe zurück in Baracke zu anderen Italienern, wo ich war vor Schöller.

Angelo, in der Kneipe hier …

Ja, ich weiß, sie glauben immer noch, dass ich die Renate … bis sie gefunden haben den Täter … Sie sagen nichts … auch nicht, dass ich gehen soll vom Flipper … Alle wollen sie spielen.

Lass mich mitspielen, sagte ich.

Dann schick Geld in Schlitz.

Wir spielten etwa eine Stunde. Wer eine Runde verlor, musste zwei Bier bezahlen.

Ich war schon bei Betriebsrat, sagte Angelo. Der hat gesagt: Ist alles in Ordnung. Betrieb hat mir doch Alibi gegeben. Betriebsrat und der Meister und der Personalchef.

Wenigstens etwas, sagte ich.

Was ist mit dir, Karl. Immer wenn ich berichte über Selbstverständliches, dann sagst du: Wenigstens etwas.

Nur eine Redensart, Angelo.

Der Wirt hinter der Theke rauchte nervös. Als ich bezahlte, nahm er mein Geld, ohne mich anzusehen, und Angelos Schein mit zwei Fingern wie etwas Giftiges. Er sagte, als wir gingen: Auf Wiedersehen, ihr beiden.

Soll ich dich nach Hause fahren?, fragte ich. Angelo überlegte kurz und nickte. Ich hielt auf dem taghell erleuchteten Platz vor den Garagen. Kaum hatte ich gehalten, stand Schöller neben meinem Wagen und schrie: Karl, der Kerl kommt mir nicht ins Haus, der soll hingehen, wo der Pfeffer wächst.

Komm, hör auf. Er will ja gar nicht zu dir, er will nur auf sein Zimmer.

Auf sein Zimmer? Noch ist das mein Eigentum.

Reg dich wieder ab, schrie nun ich, er will nur seine Sachen holen, sonst nichts.

Die kann er holen lassen. Er jedenfalls …

Pass auf, Schöller: Wenn du jetzt Zicken machst, dann hole ich die Polizei, dann holt Angelo mit Hilfe der Polizei seine Sachen aus dem Zimmer.

Schöller sah mich an. Also, fünfzehn Minuten gebe ich euch beiden, keine Minute mehr, sonst hole nämlich ich die Polizei.

Ich lief mit Angelo die Treppe hoch. Seine beiden Kollegen saßen auf ihren Betten und sahen uns an, als wir eintraten. Sie zuckten mit den Schultern, als Angelo sie etwas auf italienisch fragte.

Sie halfen uns, Koffer und Kartons voll zu packen. Durchs Fenster sah ich, wie Schöller im Hof auf und ab ging. Der sollte jetzt andere Sorgen haben, als auf Angelo zu warten, dachte ich.

Schöller sagte kein Wort; als Angelo und ich mit zwei Koffern und zwei Kartons auf den Hof zurückkamen und die Gepäckstücke in meinen Wagen luden. Erst als ich abfahren wollte und Angelo sich neben mich gesetzt hatte, stellte sich Schöller neben das heruntergerollte Fenster. Er sagte zu mir: Ich kann das meiner Frau nicht zumuten, Karl, das musst du verstehen.

Ich fuhr ab.

In der Baracke wiesen ihm die Italiener wortlos ein Bett zu. Brauchst du mich noch, fragte ich.

Nein, kannst wieder fahren, antwortete er.

Danke hätte er wenigstens sagen können, dachte ich. An der Straßenbahnhaltestelle sah ich meine Tochter warten. Ich nahm sie mit.

Kommst du zufällig vorbei?, fragte sie.

Nein.

Wir haben vierzehn zu dreizehn gewonnen. Die Männer haben verloren, die haben auch gespielt.

Ich dachte an Schöller.

Was ist? Hast du Ärger? Mit Mutter?

Nein. Der Schöller hat Angelo aus dem Zimmer geworfen. Ich habe ihn in die Baracke gebracht.

Ist doch besser so, Vater. Der Schöller hat den Angelo nur ausgenützt. Drei Mann in einem Zimmer, jeder musste hundertfünfzig Mark zahlen. Und der Angelo hat für ihn gefahren und gefahren für die lumpige Miete. Der Schöller soll sich jetzt einen anderen Dummen suchen.

Baracke ist auch nichts, antwortete ich ihr. Vier Mann auf einem Zimmer und ein Spirituskocher und für zwanzig Mann eine Dusche.

Als wir zu Hause waren, zündete meine Frau die vierte Adventskerze an.

Ich beobachtete meine Frau heimlich. Sie war einmal ein burschikoses Mädchen gewesen und hatte von einer Karriere geträumt. Aber sie wurde nur Lehrling in einem Elektrogeschäft, und nach der Arbeit ließ sie sich in Stenographie und Schreibmaschine ausbilden in einer Abendschule, dann wurde sie Tippmädchen, dann Sekretärin, und ein paar Jahre nach unserer Heirat nahm sie eine Stelle im Konsum an, in der Warenausgabe, weil sie da besser verdiente. Die Karriere meiner Frau war schon zu Ende, noch ehe sie überhaupt begonnen hatte.

Ich musste solange mit am Tisch im Wohnzimmer sitzen, bis die vierte Kerze abgebrannt war.

Vor zwanzig Jahren hatte ich nur einen Wunsch: Heiraten, gut verdienen, mich um nichts kümmern, nach oben kommen und sonst in Ruhe gelassen werden. Ich fuhr Lastwagen in mehreren Firmen. Auch bei Schöller war ich ein halbes Jahr, bis ich ihm wegen irgendeiner Sache die Autoschlüssel vor die Füße warf. Ich landete schließlich bei der Firma Maßmann AG, Industriegase, Sauerstoff, Stickstoff, die im Bundesgebiet zwanzig Niederlassungen hat. Mir wurde ein Dreißigtonner zugewiesen. Ich fuhr mit meinem Tankzug bis nach Saarbrücken und Basel. Ich verdiente gut mit Überstunden, ich arbeitete bis über dreihundert Stunden im Monat, ich erhielt die besten Ferntouren, ich war zuverlässig. Oft war ich drei, vier Tage nicht zu Hause, und ich weiß heute, dass Angelika mich mit anderen Männern aus ihrem Betrieb betrogen hat.

Am Monatsletzten hatte ich immer wenigstens dreißig bis vierzig Stunden mehr in der Lohntüte als andere Fahrer.

Dann musste ich einmal ein Vierteljahr krankfeiern. Ich bekam es plötzlich mit der Bandscheibe, und als ich wieder fuhr, wurden mir Fahrten zugeteilt, nicht über hundert Kilometer. Ich verdiente dadurch bis zu zweihundert Mark weniger im Monat. Dann aber begann das Unglück.

Wegen der Kunststoffsitze in den Lastwagen bekam ich

einen Abszess nach dem anderen. Besonders im Sommer bei großer Hitze. Nur um nicht wieder zum Arzt zu müssen, schnitt ich mir die Geschwüre zu Hause im Badezimmer mit einer Rasierklinge selbst auf, und mit Hilfe zweier Spiegel. Der Arzt hätte mich sonst wieder krank geschrieben, ich hätte wieder krankfeiern müssen, ich hätte wieder schlechtere Fahrten mit weniger Stunden machen müssen und damit weniger verdient. Womöglich wäre ich sogar auf dem Hof gelandet. Als Platzarbeiter ist man der letzte Dreck.

Nach einem Jahr erhielt ich wieder Fernfahrten, ich konnte wieder Überstunden machen und war in der Lage, meinen Wagen zu bezahlen, den ich mir auf Wechsel gekauft hatte. Ich genoss wieder das Vertrauen der Firma. Der Direktor sagte mir: Wissen Sie, Maiwald, jeder kann mal krank werden. Aber was der Mensch taugt, das sieht man erst, wenn er nach dem Krankfeiern die Zähne zusammenbeißt, trotzdem sagt und weitermacht.

Ich biss die Zähne zusammen.

Seine Worte taten mir gut. Und doch wurde ich eine gewisse Angst nicht los. Ja, ich hatte Angst. Niemand wusste, nicht einmal Angelika, dass ich mir mit einer Rasierklinge die Geschwüre selbst aufschnitt, um am nächsten Morgen wieder ohne Schmerzen fahren zu können, und ich hatte Angst, die Bandscheibe könnte sich wieder melden. Der Arzt hatte mir einen Rückfall angedeutet. Ich fuhr Tag für Tag und Nacht für Nacht meinen Tankzug und zerbiss mir die Zähne vor Schmerzen, ich arbeitete manchmal wieder über dreihundert Stunden im Monat. Ich saß mehr hinterm Steuer als ich zu Haus war, und zu diesem Zeitpunkt war ich überzeugt, dass meine Frau sich einen anderen Mann fürs Bett gesucht hatte, ich fiel, wenn ich nach Hause kam, wie ein Toter ins Bett.

Während meine Frau zur Arbeit war, schlich sich Karin manchmal ins Schlafzimmer, setzte sich auf die Bettkante, und ich ließ sie in dem Glauben, dass ich schliefe. Einmal strich sie mir übers Haar. Ich tat so, als erwachte ich. Sie stotterte ein paar Lügen. Ich sagte: Machst du mir Kaffee?

Dann passierte die Geschichte in Gelsenkirchen.

Vielleicht war ich schuld. Vielleicht. Ich hatte an dem Tag eine Menge Tabletten geschluckt, weil mich ein nicht verheiltes Furunkel besonders schmerzte. Obwohl mir der Arzt geraten hatte, ich dürfe keine Tabletten nehmen, weil sie die Fahrtüchtigkeit und Konzentration am Steuer beeinträchtigen.

Vor Gericht wurde ich freigesprochen. Aber ich weiß heute, dass ich schuldig war. In einer schmalen Straße in Gelsenkirchen war ein Kind hinter einem parkenden Milchwagen hervorgelaufen, zwei Flaschen Milch in beiden Händen.

Ich habe das Kind totgefahren.

Ich weiß heute: Hätte ich die Tabletten nicht genommen, dann hätte ich den Lastzug zum Stehen gebracht. Mein Glück war, dass ich noch unter der zulässigen Höchstgeschwindigkeit gefahren war.

Im Betrieb wurden mir deswegen keine Vorwürfe gemacht. Der Direktor klopfte mir wieder auf die Schulter: Wissen Sie, Maiwald, wenn einer wie Sie bis zu dreißigtausend Kilometer im Jahr fährt, der erlebt schon was. Das ist geradezu übermenschlich. Plagen Sie sich jetzt bloß nicht mit Skrupeln. Sie können nichts dafür, warum schickt auch diese faule Frau ihr Kind über die Straße, warum ist sie nicht selber gegangen.

Ich bin ihm für seine Worte dankbar gewesen, denn zu Hause saß Angelika wochenlang da und jammerte: Stell dir vor, das wäre unsere Karin gewesen. Ich möchte mal hören, was du da sagen würdest.

Im Betrieb aber schien es doch nicht mehr dasselbe zu sein, denn ab und zu wiesen sie mir jetzt wieder Fahrten in die nähere Umgebung zu, nach Neuß und Düsseldorf, und sie holten mich manchmal sonntags, weil irgendeinem Krankenhaus der Sauerstoff ausgegangen war. Es war vorher nie vorgekommen, dass ich aus dem Bett geholt wurde. Ich konnte mich nicht weigern. Mir wurden nun allmählich immer mehr Nahfahrten zugeteilt, schließlich fuhr ich wieder nur noch im Umkreis von hundert Kilometern, und mir blieben die tariflichen zweiundvierzig Stunden.

Das war bitter.

Und als ich es nicht mehr aushalten konnte und wissen wollte, was eigentlich los sei und zum Direktor gehen wollte, um ihn zur Rede zu stellen, da kam erneut das Unglück. Wieder konnte ich nicht mehr sitzen. Diesmal waren es nicht die Furunkel, es war wieder die Bandscheibe. Ich kam für drei Wochen ins Krankenhaus.

Der Arzt hatte gesagt: Suchen Sie sich eine andere Arbeit. Wenn Sie weiter einen Lastzug fahren, dann werden Sie Ihr ganzes Leben damit zu tun haben, dann sind Sie vielleicht schon mit fünfzig Invalide.

Haben Sie für mich eine andere Arbeit, Herr Doktor?, fragte ich.

Das ist nicht meine Sache. Ich kann Ihnen als Arzt nur einen Rat geben. Zu Ihrem Nutzen. Sonst nichts.

Herr Doktor, ich bin jetzt fünfundvierzig Jahre alt, zehn Jahre bei der Firma. Erstens nimmt mich niemand mit meiner Bandscheibe und in meinem Alter, ich bin nämlich zwanzig Jahre zu alt für eine andere Arbeit. Und drittens: Ich kriege praktisch vierzehn Monatsgehälter, nämlich Gewinnausschüttung und Weihnachtsgratifikation zu meinem normalen Verdienst hinzu. Das ist für mich kein Pappenstiel.

Ich weiß, das ist hart für Sie. Ich kann Ihnen in dieser Hinsicht nicht helfen, ich kann Ihnen als Arzt nur eines sagen: Suchen Sie sich eine Arbeit, bei der Sie nicht mehr Auto fahren müssen, zumindest nicht so einen Tankzug. Ich meine es gut mit Ihnen.

Da lag ich im Krankenhaus und dachte über meine Lage nach.

Angelika besuchte mich alle Tage nach der Arbeit, Karin kam selten. Das war 1968, und meine Tochter hatte sich damals entschieden, die Schule zu verlassen, um Kindergärtnerin zu werden und auf das Abitur zu verzichten. Sie wollte in einen Kindergarten für geistig und körperlich behinderte Kinder. Ich war über Karins Entschluss wütend, aber meine Frau sagte nur: Deine Erziehung. Ich halte mich da raus.

Vom Werk hatte mich um diese Zeit keiner besucht. Einmal bekam ich eine Flasche Schnaps und drei Päckchen Zigaretten. Den Schnaps habe ich wieder verschenkt, weil ich keinen Alkohol trinken durfte. Einmal kam der Vorarbeiter vorbei, nahm sich einen Stuhl, setzte sich neben das Bett und sagte: Jaja, Karl, alles Scheiße.

Er saß eine halbe Stunde auf dem Stuhl und blätterte im »Spiegel«. Er meinte: Dass du immer so Zeug liest. Das versteht doch nur ein Studierter.

Dann ging er ohne ein Wort.

Kurz vor Weihnachten wurde ich wieder aus dem Krankenhaus entlassen. Auf der Treppe war ich Angelo zum ersten Mal begegnet. Er fragte mich etwas, ich zuckte mit den Schultern, denn ich verstand nichts, er sprach noch ein miserables Deutsch, ich hörte nur: Ambulanz … ich … Ambulanz. Ich ging mit ihm den Flur entlang und fragte ihn: Krank?

Nein, sagte er, nur Spritze.

Ich wartete, bis er seine Spritze erhalten hatte, und nahm ihn mit in dem Taxi, das ich vom Pförtner rufen ließ. Angelo hatte mir verständlich gemacht, dass er in der Ausländerbaracke in der Evinger Straße am Bahnübergang wohnt. Ich bezahlte den Taxifahrer und sah mir seine Bude an. Im Zimmer saßen drei Männer auf ihren Betten und sangen leise zu einer Melodie, die aus dem Radio kam. Angelo lachte mich an und sagte: Wir in Deutschland nur arbeiten, essen, schlafen, trinken, sparen, träumen, singen.

Das waren die einzigen Worte, die er damals richtig aussprechen konnte.

Von der Baracke war ich an diesem Samstag zu Fuß zu Schöller gegangen und hatte ihn gefragt, ob er einen Italiener aufnehmen würde in das Zimmer über seinen Garagen. Er hatte erst gezögert, dann aber zugesagt. Später zogen zu

Angelo in das Zimmer über den Garagen noch zwei frühere Stubenkollegen aus der Baracke. Ich weiß nicht mehr, warum ich zu Schöller gegangen bin, mit dem ich nach meiner Kündigung jahrelang kaum ein Wort gesprochen hatte. Schöller hatte gesagt: Italiener? Ich weiß nicht, man hat doch nur Ärger mit Ausländern. Aber er sagte zu.

Wenige Wochen später traf ich Schöller in der Kneipe, er ging mit ausgebreiteten Armen auf mich zu und strahlte: Mensch, Karl, einen prima Kerl hast du mir ins Haus gebracht. Der Angelo ist pures Geld. Du, bring ihn doch so weit, dass er von der Fabrik weggeht, ganz zu mir.

Das aber wollte Angelo nicht.

Als ich mich nach diesen drei Wochen Krankenhaus wieder in der Firma meldete, beim Meister und Betriebsleiter, sagten sie, dass sie sich freuen würden, mich endlich wiederzusehen. Ich nickte zu ihren Worten, und der Meister fügte hinzu, es sei besser, wenn ich keinen Tankzug mehr fahre, sondern auf dem Hof bleibe. Sie wiesen mir die Fahrzeugwartung zu, denn ich bin gelernter Autoschlosser.

Finanziellen Verlust hatte ich kaum, weil ich auch da Überstunden machen musste. Ich wurde auch viel für Sonntagsarbeit eingeteilt. Das gab Aufschlag. Die Schmerzen blieben bei der Arbeit in der Werkstatt weg, und doch spürte ich, wenn ich mit meinem Wagen zur Arbeit fuhr, wie der Schmerz in meinem Rücken stach.

In unserer Firma gelten Leute, die im Fabrikhof oder auch in der Fahrzeugwartung beschäftigt sind, als Arbeiter zweiter Klasse, fast wie Strafversetzte, dabei sind sie nur krank oder nahe an der Invaliditätsgrenze. Ich war zu jung, um invalid zu sein, aber zu krank, um noch über Land fahren zu können.

Nach Wochen kreuzte ich den Weg des Direktors. Er sah mich, aber er kam nicht wie früher auf mich zu, um ein paar Worte mit mir zu sprechen, sondern nickte nur, als ich ihn grüßte. Das gab mir einen Stich, immerhin hatte ich der Firma meine Gesundheit geopfert. Vielleicht hatte er mich auch wirklich nicht erkannt.

Ich wusste damals nicht so recht, was ich machen sollte. Mich wieder um Fernfahrten bemühen und dabei riskieren, spätestens in einem Vierteljahr wieder im Krankenhaus zu landen? Oder sollte ich mich mit der Arbeit in der Werkstatt abfinden? Der Arzt hatte mir gesagt, dass jeder erneute Rückschlag die Krankheit verschlimmerte. Sollte ich also doch auf dem Hof und in der Werkstatt bleiben, wo es zwar ruhig zuging, wo man sich aber überflüssig vorkommt und wo man leicht zum Sündenbock für alle wird, weil jeder Fahrer seine Schuld auf die Wartungskräfte abwälzen konnte, wenn auf der Fahrt Defekte an den Fahrzeugen auftraten.

Ich hatte Reibereien damals, erst mit den Kollegen, dann mit dem Betriebsleiter, schließlich auch mit den Leuten im Büro, ich war mit mir so unzufrieden, dass ich allen dafür die Schuld gab. Ich entschied mich dann doch für die Werkstatt, man gewöhnt sich an alles.

Als die vierte Adventskerze abgebrannt war, verließ Angelika die Wohnung. Wie meist abends, ging sie für eine Stunde zu ihrer Freundin. Frau Beuster von der Waldseite ist eine attraktive Frau, sie hat in eine Apotheke geheiratet. Meine Frau hat nie Anschluss an die Frauen hier in unserem Haus gesucht. Sie glaubt wahrscheinlich, wenn sie auf die Waldseite geht, etwas Besseres zu sein. Soll sie es glauben.

Ich lag auf der Couch und döste vor mich hin. Ich überlegte, ob ich nicht noch einmal in den Gildenhof fahren sollte, aber nach dem Vorfall mit Angelo war mir die Lust vergangen. Ich ging zu Karin ins Zimmer. Sie hörte Schallplatten und sagte: Hast du Langeweile?

Nein, ich bin nur so unlustig.

Also doch Langeweile, sagte sie und stand auf.

Vielleicht gehe ich noch in die Kneipe.

Ja, Vater, geh in die Kneipe, ist das beste für dich.

Wie meinst du das?

Ich meine, du gehst zu viel in die Kneipe. Das ist doch verlorene Zeit. Oder?

Ich weiß. Aber wo soll man sonst hin, wenn man Bekannte treffen will.

Da klingelte es.

Machst du auf?, fragte Karin.

Wie spät ist es denn?

Spät, sagte Karin, bevor ich die Korridortür öffnete. Ich war verblüfft, als der Personalchef vor mir stand.

'N Abend, Herr Maiwald. Kann ich mal reinkommen?

Jaja, kommen Sie, Herr Stratmann. Ist was?

Ich war zu Besuch auf der anderen Seite, bei Borgmann.

Ach, Sie kennen den Zahnarzt?, fragte ich.

Sicher. Wir waren früher Nachbarn.

Stratmann setzte sich mir im Wohnzimmer gegenüber. Er

sagte: Ist eine ruhige Gegend hier. Bisschen weit zur Firma, aber wenn man einen Wagen hat, ist es ein Katzensprung.

Es ist zum Aushalten, sagte ich und überlegte, was er eigentlich wollte. Wir hatten in zehn Jahren vielleicht hundert Worte gewechselt.

Ich will es kurz machen, sagte er, und lehnte den Schnaps ab, den ich ihm anbot. Was ich zu sagen habe, das ist ein Angebot.

Ein Angebot? Von wem?

Unser Werk in Stuttgart braucht einen Fahrdienstleiter. Die Direktion dachte an Sie.

An mich? Ja, aber …

Sehen Sie, Herr Maiwald, fahren können Sie nicht mehr, wegen Ihres Bandscheibenschadens, und Sie sind viel zu gut dafür, bei uns dauernd in der Fahrzeugwartung zu arbeiten. Der Vorschlag kommt nicht von mir, er kommt von der Hauptverwaltung in Düsseldorf. Verstehen Sie?

Was soll ich in Stuttgart. Ich bin hier zu Hause.

Ich weiß. Aber ein Mensch ist dort zu Hause, wo er seine Arbeit und sein Auskommen hat. Sie werden Vorarbeiter, und im Vertrag ist vorgesehen, dass Sie später auch Meister werden, wenn der dortige in Pension geht. Das ist in vier Jahren.

Kommt ein bisschen plötzlich, Herr Stratmann.

Sie sollen sich nicht jetzt entscheiden, Sie sollen sich das durch den Kopf gehen lassen und mit Ihrer Familie darüber sprechen. Ein Angebot. Sie sehen, dass Sie uns was wert sind.

Ich bin doch hier Betriebsrat, ich kann doch nicht …

Betriebsrat müssten Sie allerdings aufgeben, das ist klar, sagte Stratmann.

Müsste ich aufgeben ... jaja ... natürlich.

Stratmann stand auf.

Dann will ich nicht weiter stören. Am Sonntag will jeder für sich sein. Ich wollte es Ihnen nur sagen, weil ich gerade auf der anderen Seite zu tun hatte. Kommen Sie doch nach Weihnachten oder Neujahr in mein Büro, da sprechen wir weiter, ich meine, die Einzelheiten und so. Aber nur wenn Sie wollen, wir wollen niemanden zwingen.

Er nickte mir zu, als er die Korridortüre hinter sich zuzog.

Karin stand in der Tür ihres Zimmers, sie schob ein paar Mal die Unterlippe über die Oberlippe und sagte: Lass die Finger von der Sache, Vater, die wollen dich bloß kaufen.

Kaufen? Was gibt es an mir schon zu kaufen.

Du bist ihnen unbequem geworden. Du machst ihnen Ärger. Sie wollen dich los sein.

Ich ging in ihr Zimmer und setzte mich auf die Bettkante. Wie meinst du das?, fragte ich.

Sie wollen dich los sein, weil du als Betriebsrat auf den Tisch haust, du klärst deine Kollegen zu sehr auf.

Ich musste lachen. Hast du eine Ahnung, Karin, die lassen sich doch gar nicht aufklären.

Du schaffst Unruhe. Glaub mir, Vater, sie wollen dich los sein und die beste Methode, einen loszuwerden, ist, dass man ihn befördert ... Entlassen können sie dich nicht, dann also nach dieser Methode.

Hör auf, Karin, du hast Flausen im Kopf. Das kommt nur, weil du dauernd in diesen Juso-Kreisen verkehrst, die sind ja so misstrauisch.

Überleg es dir, sagte Karin. Ich bleibe jedenfalls hier, ich mache meine Ausbildung zu Ende. Ich will nicht von Dortmund weg.

Mutter wahrscheinlich auch nicht, sagte ich, dann gibt es für uns schon nichts mehr zu überlegen.

Mutter? Die geht hin, wo du hin willst. Hauptsache, du wirst Meister.

Ich fuhr doch noch in die Kneipe, wenn es auch schon spät geworden war. Es waren nicht mehr viel Gäste da. Am Flipper spielten zwei, die ich nicht kannte. Nur der Tresen stand voll, aus der Musikbox sangen die Humphrysingers »Going down to the Jordan«, der Wirt hatte an der Wand hinter dem Tresen einen neuen Spruch angebracht: Trinker leben nur halb so lange, dafür aber sehen sie alles doppelt.

Erst als mir der Wirt ein Bier auf die Theke gestellt hatte, bemerkte ich, dass ich zwischen Schöller und Martin Voigt stand. Wenn ich auch seit mehr als sechs Jahren im Gildenhof verkehre, so kannte ich die meisten Gäste doch nur beim Vornamen.

Schöller sagte zu mir: Karl, das mit Angelo …

Ich will davon nichts mehr hören. Und als ich es gesagt hatte, erschrak ich. Schöllers Tochter war von einem umgebracht worden, den man bis jetzt nicht kannte, und er ließ sich am Tresen volllaufen. In der Zeitung stand, dass das Mädchen zur Beisetzung freigegeben worden war.

Als habe Schöller meine Gedanken erraten, sagte er plötzlich: Weißt du, Karl, man muss einfach raus. Zu Hause kann man es nicht aushalten. Da sitzen die Weiber und flennen sich gegenseitig was vor. Das Geschäft geht schließlich weiter.

Vielleicht tat ich Schöller Unrecht und man kann bei solchen Ereignissen nur in eine Kneipe gehen und so tun, als sei nichts passiert.

Der Flipper war frei geworden. Komm, Karl, wir spielen ein paar Runden, sagte Martin.

Martin verlor. Er ärgerte sich. Nach einer Stunde ging ich wieder. Vor der Haustüre begegnete ich Angelika.

Na, fragte ich, Besuch schon zu Ende?

Meine Frau fragte zurück: Na, hat die Kneipe schon dicht gemacht?

Nein, noch nicht, sagte ich.

In der Küche erzählte ich ihr vom Besuch Stratmanns. Sie war plötzlich aufgeregt. Nach Stuttgart? Und du sollst Meister werden? Mein Gott, Karl, wer hätte das gedacht. In deinem Alter. Du nimmst doch an. Meinetwegen können wir gleich morgen umziehen.

Ich weiß noch nicht, sagte ich.

Aber Karl, so was kann man doch nicht ausschlagen. Willst du bis an dein Lebensende in der Werkstatt bleiben?

Bis ans Lebensende nicht, nur bis zur Pensionierung, Angelika, nicht länger.

Am Montagvormittag wurde ich in die Direktion bestellt, weil ich vor Monaten einen Verbesserungsvorschlag eingereicht hatte. Ich hatte ein Gestell entworfen, mit dessen Hilfe sich die schweren Reifen an den Tankzügen leichter wechseln ließen. Im Vorzimmer wies mir die Sekretärin einen Sessel an, sie wurde zum Direktor gerufen, ich musste warten. Als sie die Tür hinter sich zugezogen hatte und ich allein war, setzte ich mich auf einen Stuhl, der neben ihrem Schreibtisch stand. Es dauerte und dauerte, und ich sah mich auf ihrem Schreibtisch um. Auf ihrem Schreibtisch stand ein halbrunder Gegenstand, so groß wie ein halbierter Fußball, die Rundung war weiß, die flache Seite schwarz, ich dachte, es wäre ein Radio. Das Ding interessierte mich, ich spielte daran herum und drückte zufällig auf einen weißen Knopf.

Es war ein Lautsprecher oder so etwas Ähnliches, denn ich hörte plötzlich, wie zwei Männer sich unterhielten. Ich erkannte die Stimmen, sie gehörten zwei Fahrern, die gerade von einer Nachttour zurückgekommen waren. Den Geräuschen nach mussten sie sich im Fahrerlager unterhalten.

Wie aber war das möglich? Jedes Wort der beiden, das sie in tausend Meter Entfernung sprachen, war klar zu verstehen. Das grenzte an Zauberei. Wie war das möglich?

Ich verstand jedes Wort so deutlich, als ob sie vor mir stünden. Sie redeten über ihre Fahrt, über das Wetter, über den Straßenzustand, dass sie dort und dort geparkt hatten über drei Stunden, und Franz Weigel sprach lang und breit darüber, wie man den Fahrtenschreiber so frisiert, dass keiner die Fahrt genau kontrollieren kann. Mein Gott, dachte ich, wenn das einem Unberufenen zu Ohren kommt. Nicht auszudenken, was mit Franz passieren könnte.

Plötzlich wurde mir klar: Im Werk musste etwas installiert sein, mit dem jedes Wort, das an irgendeiner Stelle im Werk gesprochen wird, mitgehört werden kann. Vielleicht nicht nur hier in diesem Büro. Sogar Flüstern war deutlich zu hören.

Die Sekretärin – an der Tür hatte ich den Namen Schindler gelesen – kam wieder und bat mich einzutreten. Das Gespräch mit dem Direktor war kurz, er sagte, dass mein Vorschlag gut sei, dass er fünf solcher Gestelle in Auftrag geben werde, und man habe ausgerechnet, dass das für einen Lastzug eine Arbeitsersparnis von fast einer halben Stunde bringe. Er habe schon Anweisung gegeben, mir die hundert Mark auszubezahlen, die jedem zustehen, der einen Verbesserungsvorschlag einreicht, der auch realisiert wird.

Ich dankte, die hundert Mark waren mir recht.

Ich ging über den Hof. Ich hielt meine Augen offen, ich sah mich genau um, denn irgendwo mussten Mikrofone versteckt sein. Ich war plötzlich überzeugt davon, dass irgendwo Mikrofone versteckt waren. Der Gedanke war zwar absurd, aber anders ließen sich die Stimmen aus dem kugelförmigen Gegenstand nicht erklären. Und wie kommt dieses halbrunde Ding auf den Schreibtisch der Sekretärin?

So sehr ich mich auch umsah, ich bemerkte nichts.

Franz Weigel und Willi Rahner, die ich im Vorzimmer auf geisterhafte Weise hatte sprechen hören, saßen vor ihren Spinden im Umkleideraum. Sie hörten in dem Moment mit der Unterhaltung auf, als sie mich eintreten sahen.

Warum sprecht ihr nicht weiter?, fragte ich.

Franz sagte verlegen: Seit einem Vierteljahr ist bei uns hier der Teufel los, alles wird hintertragen, man traut sich schon nicht mehr, das Maul aufzumachen.

Was? Seit einem Vierteljahr?, fragte ich.

So ungefähr, sagte Rahner. Sag bloß, du weißt nichts davon.

Er sah mich dabei eigenartig von der Seite an.

Ich folgte Franz über den Hof, und mitten auf dem Hof sagte ich: Franz, ich muss dir was sagen. Vor einer halben Stunde war ich im Direktionsvorzimmer, da habe ich zufällig deine Unterhaltung mit Willi gehört, aus einem halbrunden Ding hab ich es gehört, wie du gesagt hast, dass du den Fahrtenschreiber so frisieren kannst, dass die Kontrolleure nichts davon merken. Soll ich dir noch mehr von eurer Unterhaltung erzählen?

Ich sah zum ersten Mal in meinem Leben, dass es nicht nur eine Redensart ist, wenn gesagt wird: Ihm fielen die Kinnladen herunter. Franz fielen sie herunter, seine Augen wurden größer.

Du spinnst, sagte er leise.

Es ist so, wie ich dir gesagt habe, Franz.

Ja, aber ... Karl ... das würde bedeuten, dass ...

Genau, Franz, das bedeutet, dass im Werk eine Anlage sein muss ...

Aber Karl, das ist doch unmöglich, so was kann doch nicht verborgen bleiben, so was kann man nicht einbauen im Betrieb, ohne dass wenigstens einer was merkt. Und wenn es einer weiß, dann wissen es bald alle. Du weißt doch selber, wie das ist. Nein, Karl, unmöglich.

Es muss so was wie eine Abhöranlage sein, sagte ich. Ich werde es herausbekommen, das garantiere ich dir.

Ich ging ins Betriebsratsbüro. Fritz Kollmann empfing mich mit den Worten: Na, hast dir die hundert Mark abgeholt? Die können wir gleich versaufen.

Nein, antwortete ich, davon will ich mir ein Haus bauen

… Sag mal, Fritz, eine dumme Frage: Haben wir im Werk versteckte Mikrofone?

Was haben wir? Er stand auf. Karl, du spinnst.

Ja, so kann man es auch nennen. Ich habe eben von Franz Weigel gehört, dass seit ungefähr einem Vierteljahr nach oben hin alles bekannt wird, was wir im Werk untereinander sprechen. Davon habe ich zum Beispiel überhaupt nichts gewusst.

Ja, Karl, es stimmt. Einige haben sogar dich in Verdacht.

Mich? Ja, um Gottes willen, was sollte ich denn für einen Grund haben. Ich komme alle zehn Jahre mal zum Direktor.

Man meinte, dass du dann vielleicht wieder Fahrten kriegst und besser verdienst.

Kollmann, das ist ja unglaublich. Ich? Schau an, die lieben Arbeitskollegen … so lernt man sie kennen. So Fritz, und jetzt pass auf, was ich dir erzähle. Setz dich erst mal, sonst haut dich das vielleicht um.

Kollmann setzte sich überrascht, sprang aber sofort wieder auf, als ich die Sache im Vorzimmer erzählt hatte. Er war erregt, lief durch das Büro, knetete seine Hände und blieb vor mir stehen.

Karl … das gibt es nicht … das ist einfach verrückt … Warte mal, vor einem Vierteljahr wurde doch die Gegensprechanlage bei uns eingebaut. Die wollten wir doch … oder?

Die Gegensprechanlage? Ja, dachte ich, die Gegensprechanlage.

Mensch, Fritz, das könnte die Lösung sein, muss es sein. In dem Büro hier ist keine Gegensprechanlage, aber im Sitzungszimmer, wo wir Betriebsräte unsere Sitzungen abhalten, da wurde eine eingebaut.

Kollmann sagte: Nein, Karl, das gibt es nicht, das darf es einfach nicht geben.

Fritz, es ist wahr, was ich dir erzählt habe, so wahr, wie ich hier vor dir stehe. Was die uns eingebaut haben, das ist keine Gegensprechanlage, das ist eine Abhöranlage. Verstehst du. Die können mithören, auch wenn keiner von uns den Knopf zum Mithören drückt. Fritz, das ist verboten. Das ist ungeheuerlich. Hast du das begriffen? So, jetzt sag du, was wir jetzt machen.

Wir können nichts beweisen, Karl. Was man nicht beweisen kann, das existiert nicht. Wir können doch über die Anlage gegensprechen. Beweis mal das Gegenteil.

Das können wir, ja. Aber Fritz, bin ich kein Beweis?

Deine Aussage? Ja. Willst du die Kündigung riskieren, wenn du das, was du sagst, nicht beweisen kannst?

Wieso denn das nun wieder. Wir sind doch im Recht, nicht die da oben, ganz gleich, wer das ist.

Karl, ich glaube dir ja, wenn du es sagst. Aber was ist, wenn sie die Anlage so schalten können, dass sie in dem Moment, wo wir den Beweis antreten wollen, wirklich eine Gegensprechanlage ist. Dann sitzt du in der Patsche, dann hast du Beschuldigungen ausgesprochen, die nicht beweisbar sind. Dafür können sie dich an die frische Luft setzen.

Fritz, fahr in die Stadt, such unseren Sachbearbeiter oder Rechtsberater bei der IG Chemie auf, erzähl ihm alles und erkundige dich, was da zu machen ist.

Was kann der mir schon sagen. Der sagt mir dasselbe, was

ich dir eben auch gesagt habe: Ohne Beweis ist alles Scheiß.

Ich war wütend. Erregt stand ich einige Sekunden vor ihm, schließlich sagte ich: Dann nehme ich die Sache allein in die Hand. Fritz, ich habe sogar einen persönlichen Grund, denn ich werde verdächtigt, dass ich derjenige bin, der nach oben hinterträgt, was im Werk gesprochen wird.

Karl, mach keine Dummheiten, rief Kollmann und lief hinter mir her.

Bei Schichtende begegnete mir Franz, der noch mal ins Werk gekommen war, am Tor.

Karl, entschuldige, ich habe dich auch verdächtigt, entschuldige ...

Schwamm drüber, sagte ich. Aber jetzt muss was unternommen werden.

Ja, wenn das stimmt, was du vermutest, dann muss was unternommen werden. Ich helfe dir.

Ich war bei Kollmann. Ich hab ihm alles erzählt, er will Beweise.

Karl, der Kollmann ist ein Arschloch, der riskiert nichts. Er will bis an sein Lebensende Betriebsratsvorsitzender bleiben.

Wir müssen eine Sitzung einberufen, sagte ich.

Hör auf, Karl, die anderen nicken doch nur dazu, was Kollmann für richtig hält. Du bist doch lange genug im Betrieb, du musst das doch wissen.

Ich weiß nur, Franz, dass ich heute deine Stimme aus dem weißen Ding gehört habe und dass was unternommen werden muss. Aber was? Wir waren auf dem Parkplatz angekommen.

Wir müssen es der Belegschaft sagen, was hier gespielt wird, sagte Franz.

Ja. Aber Kollmann hat schon Recht, mir fehlt der Beweis, und was ich weiß, das kann ich nicht beweisen.

Als ich in meine Straße einfuhr, sah ich vor dem Haus des Zahnarztes Borgmann einige Menschen stehen. Ich parkte meinen Wagen. Borgmann, der mich bemerkt hatte, überquerte die Straße und rief mir zu: Herr Maiwald, was sagen Sie dazu. Die Leute machen das mit Absicht. Die haben ihre Hunde so abgerichtet, dass sie nur auf meinem Rasen ihre Haufen ablegen.

Aber das ist doch keine Absicht, Herr Borgmann, das kann schon mal passieren.

Eine junge Frau rief: Es war mein Hund. Herr Borgmann hat doch selber einen Hund, der weiß doch, wie das ist. Herr Maiwald, Sie müssen da mal was unternehmen, dass die Leute auf der Waldseite sich nicht so aufführen, die denken, weil sie Geld haben, können sie sich alles erlauben. Sie sind doch in der Partei, Sie gelten doch was.

Aber, aber, versuchte ich zu beruhigen, hier tut doch keiner dem andern was.

Die Situation war mir peinlich geworden, ich ging ins Haus. Karin, die vom Fenster aus alles beobachtet hatte, sagte zu mir in der Küche: Halte dich da raus, die Leute sind nun mal so.

Karin, die Leute sind verrückt, wegen so einem Hundehaufen so ein Trara.

Schön ist es wirklich nicht, überall, wo man hintritt, tritt man in Hundescheiße.

Karin wärmte mir das Essen vom Vortag auf. Sie zog ihre Stiefel an.

Musst du noch weg?, fragte ich.

Ich hab noch Kursus … Was bin ich froh, wenn ich mein eigenes Geld verdiene.

Dir macht doch keiner einen Vorwurf.

Hättest heute Morgen Mutter mal hören sollen. Hat sich aufgeregt, weil ich mir neue Stiefel gekauft habe.

Musst das nicht so ernst nehmen … Kommt sie heute wieder später?

Natürlich, sie macht wieder Überstunden, weißt doch, wie das in den Wochen vor Weihnachten ist.

Hast du noch ein paar Minuten Zeit? Ich muss dir was erzählen.

Wenn du mir den Wagen gibst, Vater.

Kannst ihn haben.

Ich erzählte Karin, was ich im Werk durch Zufall entdeckt hatte. Ihr Staunen war wie das derjenigen, denen ich bisher davon erzählt hatte. Auch ihre Kinnladen rutschten tiefer.

So ist das, sagte ich zum Schluss. Was soll ich machen? Karin, warum machen die das nur? Aus so was kann man doch keinen Profit schlagen, das ist doch idiotisch.

Ich sah meine Tochter zum ersten Mal rauchen, sie sagte: Wenn die nicht ein bestimmtes Interesse daran hätten, dann würden sie so was nicht machen. Je mehr sie von euch erfahren, desto fester haben sie euch in der Hand.

Als sie gehen wollte, fragte ich sie noch einmal: Was soll ich machen?

Ich weiß auch nichts, Vater … Denk mal über die im Vorzimmer nach … Wie heißt sie … ja … Schindler.

Wer im Vorzimmer sitzt, hält dicht.

An die würde ich mich halten, sagte Karin noch einmal.

Karin, du liest zu viel Kriminalromane.

Kriminell ist das auf jeden Fall, Vater. Tschüss, bis heute Abend.

Als ich mit dem Essen fertig war, hatte ich plötzlich das Bedürfnis, spazieren zu gehen, ich war noch immer erregt über das, was ich im Betrieb entdeckt hatte.

Ich ging die Lange Straße hinunter zu den Feldern. Der Schnee, der über Nacht gefallen war, war abgetaut. Bauer müsste man sein, dachte ich. Als ich wieder ruhiger geworden war, ging ich in meine Straße zurück.

Das erste Haus auf der Waldseite gehört dem Schreinermeister Wölbert, das zweite einem Frauenarzt, der seine Praxis in der Innenstadt hat und sich über die Bordsteinschwalben entrüstet, obwohl sie seine besten Kunden sind. Im dritten Haus wohnt ein Rechtsanwalt, auch er hat seine Praxis in der Innenstadt, im vierten ein Bezirksdirektor der Allianz-Versicherungen, im fünften der Chefingenieur einer großen Maschinenfabrik, im sechsten … im siebenten … Die Häuser auf der Waldseite gehören denen, die drin wohnen, auf der schwarzen Seite bezahlt man Miete. Man kann schon unzufrieden werden, wenn man täglich diese Bungalows und Villen vor Augen hat und sich vorstellt, dass die auf der grünen Seite Zimmer haben, so groß wie unsere gesamte Wohnung, und Gärten, halb so groß wie ein Fußballplatz. Man könnte unzufrieden werden, wenn man nicht wüsste, dass es in anderen Vororten schlimmer ist, besonders in den Hochhäusern, wo sich die Menschen so fremd sind und erschrecken, wenn sie gegrüßt werden.

Vor der Haustüre fing mich Borgmann ab.

Ich wollte zur Klärung nur sagen, Herr Maiwald, ich habe mich nicht aufgeregt. Ich habe den Hund nur verjagt. Da fing die Frau gleich an zu kreischen.

Herr Borgmann, was soll's.

Wollen Sie nicht auf einen Sprung reinkommen?, fragte er.

Ich war sprachlos, aber ich folgte ihm in sein Haus.

Sein Wohnzimmer war so groß wie unsere gesamte Wohnung.

Er schenkte mir Schnaps ein. Der Sessel, in dem ich saß, verschluckte mich.

Nach dem dritten Schnaps erzählte mir Borgmann, wie schwer er es früher gehabt habe.

Glauben Sie mir, Herr Maiwald, Erfolg fällt einem nicht in den Schoß, man muss schon was tun. Die Leute auf Ihrer Seite denken nicht daran, dass man auch hart arbeiten muss. Als ich meine Praxis aufmachte, habe ich mir fünfzigtausend Mark geliehen. Meine Frau machte Sprechstundenhilfe. Ich konnte mir niemanden leisten.

Fünfzehn Jahre habe ich geschuftet wie ein Müllkipper, bis ich aus dem Dreck war und mir das Haus hier bauen konnte. Ich habe es immer noch nicht ganz abbezahlt, liegt noch eine Hypothek drauf.

Dieser Borgmann war sympathischer, als ich dachte. Wissen Sie, Herr Maiwald, man muss sich durchschlagen. Ich habe mich durchgesetzt. Ich habe deswegen keinen umgebracht, aber ich habe es geschafft.

Nach dem siebenten oder achten Schnaps sagte ich: Ja, Sie haben es geschafft ... Ich habe auch mein Auskommen, und meine Tochter wird Kindergärtnerin.

Schöner Beruf, undankbarer Beruf ... Sehr wichtiger Beruf ... übrigens, ich habe eine Schwäche für Ihre Tochter ... Wer wird heutzutage schon Kindergärtnerin, und dann noch für behinderte Kinder. Respekt.

Als ich wieder auf der Straße stand, war mir bewusst, dass ich zum ersten Mal in einem Haus auf der Waldseite gewesen war und gesehen hatte, wie es innen aussah.

Diese Leute leben nach hinten, große Fenster, breite Terrassen, Swimmingpool, in den Gärten Spielgeräte für die Kinder, Schaukeln und Sandkästen, und das alles auf gepflegtem Rasen. Ihre Gärten sind nach Süden hin gerichtet.

Ich ging in die Kneipe, am Flipper stand Martin.

Bist du zu Fuß?, fragte er.

Vielleicht holt mich meine Tochter ab.

Prima Mädchen, sagte Martin.

Kennst du sie denn?

Na, hör mal, wenn man im gleichen Handballverein ist.

Ach ja, natürlich.

Wölbert war da, und die Invaliden standen wieder am Tresen und husteten um die Wette.

Wittbräucke sagte zu mir: Wie man als kleiner Kraftfahrer jeden Tag in die Kneipe gehen kann. Versteh ich nicht. Wir konnten uns früher nur am Sonntag eine Flasche Bier leisten.

Was war denn in eurer Straße heute los?, fragte mich der Wirt.

Ich berichtete mit wenigen Worten.

Ist auch eine Sauerei mit den Kötern, sagte Wittbräucke. Da machen sich die Leute auf der grünen Seite schöne Vorgärten und dann werden sie von den Hunden anderer Leute vollgeschissen. Mein Gott, Sorgen habt ihr, rief ich, seid doch froh, dass ihr noch laufen könnt. Da waren mir die Invaliden böse.

Gegen acht kam Karin. Sie unterhielt sich mit Martin, bestellte sich ein Bier und prostete Martin zu.

Die beiden taten sehr vertraulich.

Über eine Stunde stand ich mit Franz Weigel auf dem Bürgersteig vor dem Haus in der Rheinischen Straße. Es war ein Altbau, etwa Jahrhundertwende, fünfstöckig.

Wir beobachteten den Eingang, wir hatten die Namen auf dem Klingelbrett gelesen, aber den Namen Schindler nicht gefunden. Wir wussten ihre Adresse aus dem Telefonbuch, und entweder stimmte sie nicht mehr oder sie wohnte in Untermiete.

Am Morgen hatte ich mit Franz gesprochen. Er hatte nur eine kurze Tour nach Wuppertal vor sich und musste gegen Mittag wieder zurück sein. Ich hatte mir einen Tankzug vorgenommen, ihn auf den Hof gefahren und so getan, als müsste ich eine größere Reparatur vornehmen. Dabei besprach ich mit Franz meinen Plan, und das war im Wesentlichen, was mir meine Tochter geraten hatte: die Sekretärin zur Rede zu stellen. Franz leuchtete das ein. Und doch war uns nicht wohl bei der Sache, als ich gegen vier Uhr nachmittags meinen Wagen gegenüber dem Haus parkte, in dem die Schindler wohnen musste. Als wir ihren Namen nicht fanden, wollten wir erst jemanden im Haus fragen, aber das schien uns dann doch zu auffällig. Wir wussten nicht genau, wie wir vorgehen sollten. Wir hatten es uns zunächst leicht vorgestellt: Wir gehen zu ihr in die Wohnung und fragen sie direkt, ob die abgehörten Gespräche schriftlich aufbewahrt werden.

Immer wieder fragten wir uns, ob das, was wir tun wollten, auch richtig war. Wenn die Schindler nun nichts wusste und nichts mit der Sache zu tun hatte, was dann. Sie könnte uns melden oder anzeigen und wir könnten sogar unseren Arbeitsplatz verlieren.

Mensch, Franz, da haben wir uns auf etwas eingelassen.

Komm, wir fahren wieder. Da stieß er mich an.

Die Schindler stieg aus einem Mercedes, der sofort weiterfuhr. Anscheinend hatte sie jemand nach Hause gebracht. Sie lief zur Haustüre, und ehe ich überlegen konnte, war Franz schon über der Straße, ich hinterher. Wir horchten an der Haustüre, die nicht ins Schloss geschnappt war. Die Schindler war bis zum zweiten Stock hochgelaufen. Wir stiegen langsam die Treppe hoch. Im Treppenhaus war es duster, aber wir wagten nicht, Licht anzuknipsen. Als wir an den drei Türen im zweiten Stock die Namensschilder durchlasen, fanden wir eine Visitenkarte, die mit zwei Reißnägeln an der Tür befestigt war: Zwei Mal klingeln, Schindler.

Franz atmete tief durch, er sagte: Also, dann.

Ich klingelte. Wir hörten Schritte. Ich knipste das Treppenhauslicht an, und da stand die Schindler schon in der Tür und fragte: Ja? Bitte?

Dürfen wir mal reinkommen?, fragte Franz.

Ich kaufe nichts an der Tür ... ach ... Herr Maiwald ... Sie sind es. Ja, was wollen Sie ... Bitte ... kommen Sie rein ... Was ist denn los?

Franz hatte den Fuß bereits in der Tür und schob die Schindler beiseite. Sie machte die Tür hinter uns zu und führte uns in einen Wohnraum. Ihre Wohnung schien nur aus diesem Raum zu bestehen, es war eine Kochnische eingebaut, durch eine offene Tür sah ich eine Badewanne. Ein Appartement, wie es meist Ledige bewohnen.

Wir standen im Zimmer. Ich sah Franz an, Franz mich, und die Schindler ratlos auf uns beide, sie sagte: Ja, bitte? Wollen Sie sich setzen? Ich habe nichts zu trinken im Haus. Was wollen Sie denn?

Fräulein Schindler, wir wollen nicht lange drum rumreden: Wo sind die Aufzeichnungen, wo sind die Blätter. Sie hören doch durch die Sprechanlage unsere Gespräche. Wo sind die Blätter. Sie schreiben doch auf, was Sie hören.

Sie bekam große Augen. Sie griff mit beiden Händen um sich, als wollte sie einen Halt suchen. Aber sie fasste sich schnell und sagte: Gehen Sie, schnell, ich rufe sonst die Polizei, das ist Hausfriedensbruch.

Sie lief zum Telefon. Franz wurde unruhig. Ich aber war plötzlich sicher geworden, ich wusste in diesem Augenblick, dass wir richtig lagen. Ich sagte: Rufen Sie die Polizei. Schnell, rufen Sie. Zu der gehen wir nämlich, wenn Sie uns nicht sofort sagen, wo wir die Aufzeichnungen finden.

Was wollen Sie!, schrie sie. Gehen Sie! Gehen Sie!

Sicher gehen wir, wenn Sie uns gesagt haben, wo die Aufzeichnungen sind. Sie wissen das. Das ist alles, was wir von Ihnen wollen, sonst nichts. Dann lassen wir Sie auch wieder in Ruhe.

Ich melde Sie der Direktion. Sie fliegen raus! Darauf können Sie Gift nehmen. Sie fliegen, heute noch. Sie unverschämter Mensch, das ist ja …

Da packte mich die Wut. Ich riss sie am Arm, schleuderte sie in einen Sessel, haute ihr eine runter und schrie sie an: Ich schlage Sie jetzt windelweich, wenn Sie nicht sofort den Mund aufmachen.

Sie wollte schreien. Aber dann weinte sie leise vor sich hin. Wäre Franz nicht dazwischen gegangen, hätte ich sie nach Strich und Faden verprügelt. Ich versuchte mich zu beherrschen, beugte mich zu ihr herunter und fragte sie leise: Ich frage Sie jetzt zum letzten Mal. Wo sind die Blätter. Sie können uns doch nicht für dumm verkaufen.

Die Akten sind im grünen Schrank, sagte sie kaum hörbar.

Wo ist der grüne Schrank, fragte ich.

Im Direktionszimmer.

Langsam beruhigte sich die Schindler, ab und zu schluckte sie nur noch. Auf jede Frage, die wir ihr stellten, gab sie nun Antwort.

Wann hat das angefangen?, fragte ich sie.

Vor einem Vierteljahr.

Und wie ist es möglich, dass aus der Gegensprechanlage eine Abhöranlage wird?

Sie kann kurzgeschlossen werden. Ich kenn mich da nicht genau aus.

Wer kam auf die Idee? Wer hat das gemacht?

Weiß ich nicht. Weiß ich wirklich nicht. Das waren Leute von der Zentrale in Düsseldorf.

Ja aber, wie war das praktisch, haben Sie alles mitstenographiert? Sie können doch nicht vierundzwanzig Stunden davor sitzen und schreiben.

Nein. Tonbänder.

Dann haben Sie alles in die Maschine getippt.

Ja, sagte sie … Woher wissen Sie das alles?

Wann haben Sie getippt?

Verschieden. Mal morgens vor Bürobeginn, mal abends nach Büroschluss, auch Samstag und Sonntag. Was gerade anstand und wie ich Zeit hatte … Woher wissen Sie …

Wer hat die Gespräche gelesen?

Erst der Direktor. Dann gingen sie zur Hauptverwaltung nach Düsseldorf. Ein paar Tage später kamen sie wieder zurück. Ich habe die Akten dann in den grünen Schrank gelegt. Aber bitte, von wem wissen Sie, dass …

Und Sie haben sich zu dieser Drecksarbeit hergegeben, rief Franz.

Franz, sie soll erzählen. Ich hielt ihn zurück.

Als das gemacht wurde anfangs, ich meine das Abhören und dann das Aufschreiben, hat mir der Direktor gesagt: Die Universität Bochum habe die Anlage installiert, um Arbeiter zu belauschen und an ihren Gesprächen ihre Denkungsart und ihre Verhaltensweisen festzustellen, ein Forschungsauftrag sei das, hat er mir gesagt, und die Methode werde deshalb angewendet, weil man sonst kein richtiges Bild von den Arbeitern bekomme. Das sei eine wissenschaftliche Arbeit, eine wissenschaftliche Untersuchung, die über zwei, drei Jahre gehe.

Und Sie haben das geglaubt?, fragte ich.

Natürlich habe ich das. Warum denn nicht. Wenn es eine wissenschaftliche Sache ist. Nach ein paar Wochen merkte ich allerdings, dass da was nicht stimmte. Aber da konnte ich nicht mehr zurück, ich wusste für die anderen zu viel, ich saß mit drin. Ich hatte einfach Angst auszusteigen, weil ich nicht wusste, was dann auf mich zukommen würde.

Sie stand vor mir, und sie wirkte müde, als sie sagte: Was werden Sie jetzt tun?

Das weiß ich noch nicht. Sie haben nichts zu befürchten, wenn Sie den Mund halten. Verstehen Sie.

Sie nickte abwesend.

Wie kommt man an den grünen Schrank ran, fragte ich.

Lassen Sie mich bitte jetzt aus dem Spiel, ich habe Ihnen alles gesagt, was ich weiß. Zum grünen Schrank habe ich keinen Schlüssel, und ich weiß auch nicht, wo er sein könnte. Ich weiß überhaupt nichts.

Ich deutete Franz an, dass wir gehen. Aber Franz sah die Schindler groß an und fragte: Und was haben Sie dafür bezahlt bekommen?

Nur die Überstunden.

Die Blöden sterben nicht aus, sagte Franz und lachte.

Als wir an der Tür waren, sagte ich noch zu ihr: Sie können jetzt ans Telefon gehen. Ich rate Ihnen nur, tun Sie es nicht. Wir werden Sie in Ruhe lassen. Wir kennen Sie überhaupt nicht, nur vom Sehen, wir wissen nur, dass Sie im Vorzimmer sitzen. Sonst nichts.

Gehen Sie, sagte die Schindler.

Franz fuhr mit zu meiner Wohnung. Meine Frau und meine Tochter waren noch nicht da. Als Franz drei Schnäpse hintereinander hinuntergekippt hatte, sagte er: Karl, du glaubst nicht, was ich Angst ausgestanden habe.

Denkst du, ich nicht. Aber meine Wut war größer ... Ich weiß nicht, was mit mir los war. Da schuftet man sein ganzes Leben, holt sich für den Betrieb einen Bandscheibenschaden, und dann sitzt so ein Weibsstück da und schreibt noch unsere Gespräche auf ... schreibt auf, was wir uns im Betrieb in aller Unschuld erzählen ...

Wenn die nicht, dann eine andere, sagte Franz.

Franz, ich frage mich dauernd: Was wollen die eigentlich, wenn sie uns abhören. Mensch, Franz, in unserem Betrieb wird doch sowieso nur über Fickerei gesprochen.

Karl, du weißt genau, dass manchmal auch über anderes gesprochen wird. Das wollen sie wahrscheinlich wissen, damit sie mehr Macht über uns haben.

Macht haben sie doch sowieso Franz, und einschüchtern können sie uns, auch ohne Abhöranlage, und ein geheimer Betrieb sind wir auch nicht, wir stellen Industriegase her, und jeder weiß, was das ist. Es will mir einfach nicht einleuchten, nicht ums Verrecken.

Aber was machen wir jetzt?, fragte Franz. Das kann doch nicht das Ende sein, jetzt, wo wir wissen, wo die Akten liegen, das ist doch erst der Anfang ... hast du gehört ... Akten, hat die Schindler gesagt.

Meinst du, wir sollen noch zwei oder drei Mann einweihen? Du, Franz, ich werde es morgen Kollmann sagen. Ich denke, es ist gut, wenn es Kollmann weiß.

Der kann seine Schnauze nicht halten.

Na, hör mal, Franz, der wird doch seine eigenen Leute nicht in die Pfanne hauen.

Weißt du's. Vielleicht kriegt Kollmann auch Überstunden bezahlt.

Franz, du bist verrückt. Trotzdem, wir riskieren viel, wenn wir es allein machen, wenn wir aber andere einweihen, riskieren wir noch mehr, du hast schon Recht.

Riskieren? Was meinst du damit?

Wir müssen die Akten haben, sagte ich. Sie sind der Beweis, wir haben dann etwas schwarz auf weiß.

Wir müssen also einbrechen, willst du doch sagen, oder? Franz sah mich ängstlich an.

Ja, wir müssen einbrechen, Franz.

Kaum war Franz gegangen, fuhr ich in die Kneipe. Der Wirt war freundlich, als ich ihn nach Angelo fragte. Die Invaliden standen am Tresen, und Heinrich Wittbräucke hustete wieder stark. Sie sprachen wie immer von ihrer Vergangenheit.

Wir sind früher immer zu Fuß in die Kneipe, sagte Wittbräucke laut und halb zu mir, heutzutage fährt alles mit dem Auto. Die größten Hungerleider fahren heute Auto.

Martin betrat in diesem Augenblick die Kneipe.

Ich habe deine Tochter getroffen. Auf dem Ostenhellweg, wir sind ins »Beckmann« und haben Kaffee getrunken … Sie kam von einem Kursus … Mensch Karl, wusste ich gar nicht, dass da so viel Trara gemacht wird, wenn man Kindergärtnerin werden will.

Sie macht Spezialausbildung für Behinderte. Deshalb die zusätzlichen Kurse, sagte ich.

Jaja, hat sie mir erzählt.

Einen Augenblick lang überlegte ich, ob ich Martin von der Sache im Betrieb erzählen sollte. Aber ich sagte mir, der ist auch ein Unternehmer, wenn auch ein kleiner, aber wenn es zum Schwur kommt, dann halten sie zusammen.

Hast Ärger?, fragte er.

Ich? Wieso?

Karin hat mir so was gesagt.

Was hat meine Tochter gesagt?

Karl, hättest mir doch was sagen können. Ich kann die Schnauze halten. Karin hat mir alles erzählt, ich meine, das mit der Anlage bei euch im Betrieb.

Wir setzten uns an den langen Eichentisch in die äußerste Ecke, wo sich sonst die Schützen treffen. Ich erzählte Martin, was wir von der Schindler erfahren hatten.

Was würdest du machen, Martin ... Aber halt bloß die Klappe. Mir wollte es einfach nicht in den Kopf, dass meine Tochter ihm alles erzählt hatte. Wie kam sie dazu. Sie sagt doch sonst kein Wort zu viel.

Wenn du mich fragst: Karl, ich würde nachts einfach einsteigen und das Zeug aus dem Schrank holen. Ich würde an deiner Stelle alle Leute im Betrieb zusammentrommeln und ihnen die Schweinerei erzählen. Zum Beweis würde ich die Akten vorlegen, und dann würde ich zum Staatsanwalt gehen.

Martin, wenn man dich so reden hört, dann sieht alles so

leicht aus … Aber die können mich rausschmeißen, das ist doch hoffentlich auch dir klar.

Dann kommst zu mir, Karl.

Ich kann keinen Lastwagen mehr fahren.

Bei uns gibt's ja auch noch andere Arbeit, nicht nur Lastwagen fahren, sagte er.

Wenn ich nur wüsste, wie sich die lieben Kollegen verhalten, sagte ich, das weiß man eben nie genau. Ich hab da meine Erfahrungen.

Wölbert, der in die Kneipe kam, sah uns am Tisch in der Ecke sitzen, er schüttelte den Kopf und fragte den Wirt: Was ist denn mit den beiden los?

Der Wirt lachte: Die sind jetzt schwul geworden, die wollen von uns nichts mehr wissen.

Ich stand auf. Martin kam hinter mir her und sagte: Soll ich morgen mal bei dir vorbeikommen … Ich kann dir vielleicht ein paar Tipps geben.

Komm vorbei, antwortete ich.

Eigentlich ein ganz vernünftiger Kerl, dachte ich auf dem Heimweg, und doch war da etwas, das mir nicht in den Kopf wollte: Wie kam gerade er dazu, mir in einer Sache helfen zu wollen, wo er Gefahr laufen könnte, seinen Ruf als Geschäftsmann aufs Spiel zu setzen.

Das Rätselraten in unserer Straße darüber, wann das schmale und bis zum Wald reichende Grundstück, das sich ein Makler vor langer Zeit gekauft hatte, wohl bebaut werden würde, war zu Ende.

Sein Rechtsstreit mit der Stadt war zu seinen Ungunsten entschieden, er hatte verlangt, dass erst der benachbarte Minigolfplatz, den sich ein Fuhrunternehmer vor drei Jahren angelegt hatte, abgerissen werden sollte, weil er sich durch den Spielbetrieb in seiner Ruhe gestört glaubte. Aber die Stadt hatte seine Klage mit der Begründung zurückgewiesen, dass der Minigolfplatz der Allgemeinheit zur Freizeitgestaltung diene und damit ein öffentliches Interesse gegeben sei.

Schon am ersten Tag der Bauarbeiten gab es Ärger. Kinder sahen neugierig zu, wie der Bagger die Baugrube aushob. Der Makler versuchte sie zurückzudrängen, weil er glaubte, dass sie die Bauarbeiten behinderten. Als die Kinder nur einige Schritte zurückwichen, bewarf er sie mit Erdbrocken, nicht in der Absicht freilich, sie zu treffen. Eine Frau, die aus dem gegenüberliegenden Fenster gesehen hatte, lief über die Straße und stellte den Makler zur Rede.

Wo sollen unsere Kinder denn hin?, rief sie. Für alles ist Platz, nur nicht für die Kinder.

Karin hatte mir den Vorfall erzählt. Sie war sehr erregt.

Mein Gott, sagte ich, dass die Leute auch immer so ein Geschrei machen müssen, sagte ich.

Du bist gut, erwiderte sie, du willst nur immer deine Ruhe haben. Vater, rechne dir doch mal aus, wie viel Quadratmeter die Autos in unserer Straße zum Parken haben und wie viel Platz die Kinder zum Spielen haben. Die Autos haben alles, die Kinder haben nichts, rein gar nichts, nur die Straße, zumindest unsere schwarze Seite.

Du kannst dich aber auch über alles aufregen, Karin.

Du nicht? Für die auf der grünen Seite stellt sich ja das

Problem nicht, die haben ihre schönen Gärten hinterm Haus, und ihre Garagen sind größer als unsere Wohnungen, und nur am Samstag sieht man sie vor ihren Häusern, wenn sie ihren Gottesdienst abhalten, ich meine, wenn sie alle ihre Autos waschen und pflegen wie andere Leute ihre Kinder.

Karin, bitte, was soll man denn machen, wenn die Siedlungsgesellschaften Wohnungen bauen und keine Spielplätze, willst du Häuser abreißen … Du regst dich auf und hast doch keine Kinder …

Jawohl, da muss man sich aufregen, weil das einfach nicht mehr mit anzusehen ist, wie die Kinder zum Spielen auf die Straße ausweichen müssen, der Borgmann …

Übrigens, Karin, weil du gerade Borgmann sagst, der verehrt dich, er hat eine Schwäche für dich.

Sie sah mich erst erstaunt an, dann lachte sie lauthals.

Ich sag dir, Vater, das ist einer. Der hat mich mal in die Stadt mitgenommen, ich hab' an der Straßenbahnhaltestelle gewartet, er kam vorbei. In Eving hat er schon seine Hand auf meinem Knie gehabt.

Was? Das gibt es doch nicht. Und was hast du gemacht?

Ich? Ich hatte meine Nagelfeile in der Hand, die hab ich ihm einfach mit voller Wucht in den Handrücken gestoßen. Der hat vielleicht gequiekt … Wenn du genau hinsiehst, dann kannst du heute noch die Narbe sehen … rechte Hand … So einer ist das … Komm, jetzt sag ich dir, reg dich nicht auf.

Am folgenden Tag überlegten Franz und ich hin und her, wie wir an den Schrank kommen könnten. Wir fanden einfach keine Möglichkeit. Die Schindler sah ich nur einmal von weitem. Obwohl Franz mir abriet, Kollmann zu informieren, ging ich doch in sein Büro. Ich fragte ihn: Fritz, hast du schon was unternommen bei der Gewerkschaft?

Ohne Beweise kann ich nichts machen, Karl, begreif das doch, die halten mich für verrückt, wenn ich die Geschichte erzähle.

Fritz, ich weiß jetzt, wo die Beweise zu finden sind. Aber ich komm nicht ran.

Karl, du willst doch nicht sagen, dass sie hier … im Betrieb?

Genau das will ich sagen, Kollmann. Ich wies auf das Bürogebäude.

Rausholen!, rief er. Nichts wie rausholen! Er schlug mit der Faust auf den Tisch.

Sicher. Kollmann, du brauchst nur zu sagen, wie man das macht.

Stehlen, sagte er. Einfach stehlen.

Na, du bist mir ein schöner Betriebsrat. Aber Spaß beiseite: Die sind gut verschlossen, ich müsste einbrechen.

Dann brich ein, aber schaff das Zeug ran. Ich helf' dir, kriegst, was du brauchst. Ich besorg' dir Schlüssel. Das andere ist dann deine Sache … Aber halte mich aus der Sache raus, ich komme in Teufels Küche.

Gut. Franz macht mit, er ist in alles eingeweiht.

Komm eine halbe Stunde nach Schichtende. Ich geb' dir die Schlüssel, sagte Kollmann.

Und wenn ich die Beweise habe, was dann? Willst du dann die Sache in die Hand nehmen?

Hast du einen Plan?, fragte er.

Vielleicht. Wenn ich an die Akten rankomme, dann lege ich sie bei der Weihnachtsfeier auf den Tisch.

Das ist gut, sagte Kollmann. Lass dich nicht erwischen. Meine Unterstützung hast du.

Als ich gehen wollte, hielt er mich zurück: Karl, wenn du die Akten hast, dann guck doch mal, ob über mich auch was dabei ist, wenn ja, dann gib sie mir.

Ich erzählte Franz, als er von Gelsenkirchen zurückgekommen war, mein Gespräch mit Kollmann. Er machte mir Vorwürfe, sah dann aber doch ein, dass über den Kopf des Betriebsratsvorsitzenden hinweg nichts zu machen war.

Eine halbe Stunde nach Schichtende gab mir Kollmann eine Plastiktasche, und als ich über den Hof lief, rief er hinter mir her: Maiwald, guck mal nach, ob die Armatur noch zu reparieren ist.

Zu Hause zählte ich sechsundachtzig Schlüssel in verschiedenen Längen und Stärken, auch ein verstellbarer Dietrich war dabei. Wie ist Kollmann da bloß rangekommen? Ich saß in der Küche vor den Schlüsseln und war so schlau wie zuvor. Was anfangen mit ihnen, wenn man doch nicht ungesehen in das Bürogebäude einsteigen kann, weil das ganze Werksgelände nachts taghell erleuchtet ist und auf der Seite, die zum Hafen hin lag, ein hoher Zaun gezogen war und von sechs Uhr abends bis sechs Uhr morgens ein Wächter mit Pistole und Schäferhund um das Gelände patrouilliert. Zu allem Übel waren noch sechs helle Neonlampen an den drei Toren angebracht, allein am Haupttor befanden sich schon drei Lampen. Manchmal hatte ich mich schon gefragt, was eigentlich bewacht werden sollte: die Menschen oder die Tankfahrzeuge. Als ich meine belegten Brote gegessen hatte, packte ich die Schlüssel wieder in die Tasche und trug sie in meinen Wagen.

In Borgmanns Vorgarten hatten Witzbolde ein Schild aufgestellt: Für Hunde verboten. Kinder sind an der Leine zu führen.

Ich hatte Mühe, mir das Lachen zu verbeißen. Wer sich das wohl wieder ausgedacht hat, dachte ich.

Als Angelika nach Hause kam, wärmte sie den Eintopf auf, sie machte einen geschäftigen Eindruck. Ich setzte mich zu ihr. Dass du auch mal früher nach Hause kommst. Man sieht sich ja schon fast nicht mehr, sagte ich.

Wenn du nicht jeden Tag in die Kneipe laufen würdest, dann könnte man sich schon sehen.

Hast du das Schild im Vorgarten von Borgmanns gesehen: Für Hunde verboten, Kinder sind an der Leine zu führen, fragte ich. Sie saß starr. Karl, das ist doch nicht möglich. Ausgerechnet Borgmann, der keiner Fliege was zuleid tut.

Am Abend sprach man in der Kneipe nur noch über das Schild. Die Invaliden glaubten zu wissen, wer das Schild aufgestellt hatte: Die Kommunisten waren das, die Jusos, die wollen doch alles enteignen, und Martin, der mit zwei anderen am Flipper stand, sagte: Dem Wittbräucke, dem sollten sie mal ein Schild vor seiner Wohnung aufstellen.

Und was soll da draufstehen?, fragte ich.

Was? Vierzig Jahre für Staublunge malocht und immer dümmer geworden. Der hat doch nach dem Kriege dem Landgerichtsrat in eurer Straße seine Deputatkohlen geschenkt, so dumm ist der, so dumm.

Martin, rede doch nicht immer so von den Invaliden, rief der Wirt ärgerlich.

Ach, wenn's wahr ist, verdammt noch mal.

Wittbräucke sagte: Hoffentlich rast du Bierkutscher mal an einen Baum und bleibst dran kleben, damit deine große Fresse kaputtgeht.

Martin verließ den Spielautomaten, nahm sich Wittbräucke, stemmte ihn über seinen Kopf und schnauzte: So, und jetzt sag mal schön: Herr Bierverleger Martin Voigt soll ein langes Leben haben. Los!

Heinrich Wittbräucke krächzte ihm die Worte nach.

Martin stellte ihn wieder auf die Füße. Er grinste. In dem Augenblick überfiel Wittbräucke ein Hustenanfall, wie er nur bei Silikosekranken möglich ist. Seine beiden Kumpel stützten ihn.

Es war in der Kneipe plötzlich still geworden, jeder wartete, dass er sich wieder beruhigte, aber Wittbräucke hustete weiter und pfiff aus seinen Lungen.

Meermann ging zur Musikbox, drückte eine Platte und sagte zum Wirt: Dreh auf volle Lautstärke. Das ist ja nicht mehr auszuhalten.

Der Wirt überhörte es und bot sich an, die drei Invaliden mit seinem Wagen nach Hause zu bringen, aber sie lehnten ab. Bevor sie gingen, sagte Wittbräucke: Ihr seid ja keine Menschen mehr, nein, ihr seid keine Menschen.

Arme Schweine sind das, sagte ich … Du, Martin, kannst du mit Schlüsseln umgehen?

Sicher, ich bin doch gelernter Einbrecher. Er lachte. Brauchst du mich?, fragte er.

Ich nickte. Wir zahlten, vor der Gaststätte erzählte ich Martin alles. Er hörte aufmerksam zu und nickte ständig.

Klar. Hab verstanden, was du willst. Das andere ist alles Nebensache. Los, wir fahren jetzt mal runter zum Hafen, da gucken wir uns das Gelände einmal genau an.

Martin war ein rücksichtsloser Fahrer. Er kannte jede Straße im Hafenviertel. Vor einem drei Meter hohen Maschendrahtzaun stoppte er seinen BMW, hinter dem Zaun lagen gelbe, in Pyramiden gestapelte Fässer. Es war die Lagerstelle einer Lackfabrik, die an unseren Betrieb grenzte.

Ich fragte Martin: Warum hier?

Ganz einfach: Durch den Draht kommen ist eine Kleinigkeit, dann zwischen den Fässern durch, die Fässer liegen bis zum anderen Zaun, da ist ein toter Winkel. Der andere Zaun ist auch kein Problem. Von da bis zum Bürogebäude sind es höchstens fünf Meter. Und die Kellertür …

Da geht es zur Registratur, sagte ich.

Siehst du, alles andere ist ein Kinderspiel.

Und herauskommen?

Ihr müsst den rausgeschnittenen Draht wieder einhängen, sonst könnte ihn der Wachmann bei seinem Kontrollgang sehen.

Und der Schäferhund? fragte ich.

Martin rieb sich die Hände und sagte: Der geht auf meine Kappe.

Wochen vor Weihnachten wurde unsere Stadt immer bunter und heller. In den Vor und Hintergärten der grünen Seite steckte man elektrische Weihnachtskerzen auf Fichten und Tannen und ließ sie über Nacht brennen.

Die Kinder beider Seiten hatten ihre Freude daran.

Angelika blieb vor den Feiertagen wenig Zeit, in ihrem Betrieb lief alles auf Hochtouren. Jeden Tag machte sie mehr Überstunden, je näher Weihnachten heranrückte, umso weniger war sie zu Hause.

Am oberen Ende der Straße, an der Straßenbahnhaltestelle, hing bereits drei Wochen vor Weihnachten über dem Eingang einer Kneipe, in die ich nie ging, ein beleuchtetes Transparent mit Sternen und einem Kometen und der Aufschrift: Bis Weihnachten festliches Bier.

Ich wollte es kaum glauben, aber über der schmiedeeisernen Haustüre des Versicherungsdirektors war eine Leuchtreklame angebracht: Allen meinen Versicherungsnehmern ein frohes Weihnachtsfest und ein glückliches neues Jahr.

Holtkamp, dessen Felder an die Autobahn grenzen, hatte im letzten Jahr siebzig Glühbirnen auf eine Rübenmiete gesteckt, das Kabel dafür zog er aus unserer Siedlung. Wenn sie beim Dunkelwerden erleuchtet wurden, las man: Weihnachten in der EWG – das tut den deutschen Bauern weh. Weil sich auf der Autobahn Unfälle ereignet hatten, wurde ihm das in diesem Jahr polizeilich untersagt. Ich stellte mir manchmal vor, wenn vor Borgmanns Haus vor Weihnachten eine Leuchtreklame angebracht wäre mit der Aufschrift: Ihr festliches Gebiss.

Vater, was die können, kannst du auch, sagte Karin. Hänge ein Transparent aus dem Fenster: Festlicher Tarifvertrag, festlicher Bandscheibenschaden, festlich Invalide werden.

Im Gegensatz zu den meisten Betrieben, die oft schon Wochen vorher feierten, war unsere Weihnachtsfeier für den Heiligen Abend vormittags neun Uhr angesetzt. Der Tag war für uns ein normaler Arbeitstag, was hieß, dass wir nicht zu arbeiten brauchten und doch den Tag bezahlt bekamen. Die Feier wurde, wie all die Jahre vorher auch, in die Kantine gelegt, und wenn wir auch schon Wochen vorher unser Weihnachtsgeld ausbezahlt bekommen hatten, so gab es bei der gemeinsamen Weihnachtsfeier doch noch einmal Geschenke: für jeden eine Tüte mit Äpfeln und Nüssen, eine Flasche Schnaps und zwei Schachteln Zigaretten. Was an Schnaps und Bier während der Feierstunde getrunken wurde, zahlte ebenfalls der Betrieb. Die Teilnahme an der Feier war Pflicht, wer nicht erschien, dem würde ein Tag unbezahlter Urlaub angeschrieben.

Ein großer Teil unserer Belegschaft war in den letzten Jahren nach der Weihnachtsfeier betrunken nach Hause gegangen, was in vielen Familien Streit auslöste. Wir vom Betriebsrat hatten mehrfach versucht, wir waren in Düsseldorf deswegen vorstellig geworden, die Feier entweder ganz abzuschaffen oder auf einen früheren Termin zu verlegen. Aber die Zentrale in Düsseldorf hielt bis heute an diesem Termin fest, als wäre es ein staatlicher Feiertag. Die Belegschaft allerdings war gegen die Abschaffung der Weihnachtsfeier.

Ich sagte zu Franz: Wir haben nicht mehr viel Zeit, wir müssen es morgen machen.

Schon?

Ja, ich bin für einen Tag vor der Weihnachtsfeier.

Warum?, fragte Franz.

Warum? Weil es dann praktisch unmöglich ist, dass der ausgeräumte Schrank entdeckt wird. Und zur Weihnachtsfeier haben wir das Zeug als Beweis in den Händen.

Da ist was dran, Karl. Also dann von Donnerstag auf Freitag.

Ja, sagte ich, von Donnerstag auf Freitag.

Und dein Martin Voigt ist dabei? Und der ist auch sicher?, fragte Franz. Er schien nervös.

Absolut sicher, sagte ich, du kannst beruhigt sein.

Na, mir soll es recht sein.

Am selben Abend, während wir am Flipper in der Kneipe spielten, verabredete ich mich mit Martin für Donnerstag nacht elf Uhr. Martin spielte und hörte zu, es störte ihn auch nicht das ewige Gefrotzel der Invaliden, er sagte nur zu mir: Diese Heinis können es bis heute nicht in ihre Köpfe kriegen, dass mein Vater mal auf der Zeche aufgehört hat und sich einen Lastwagen gekauft hat und Bierverleger geworden ist. Mit vierzigtausend Mark Hypothek hat er das Haus vom Großvater belastet.

Naja, er hatte wenigstens was, auf das ihm die Banken Kredit gegeben haben.

Schaffen muss man schon, Karl, wenn man es zu was bringen will. Mein Großvater hat nur Pellkartoffeln gefressen, damit er sich ein Grundstück kaufen konnte. Das Baumaterial für unser Haus hat er sich zusammengeklaut, mit Rucksack und Schubkarre.

Als ich nach Hause kam, war Angelika bereits da. Sie war in dem Zustand, wo es nicht ratsam schien, sie anzusprechen. Sie hatte das Essen gerichtet, wir aßen in der Küche.

Ich bin zu langsam geworden, hat der Abteilungsleiter zu mir gesagt. Karl, mir das zu sagen.

Was war denn?, fragte ich.

Du weißt doch, wie das vor den Feiertagen bei uns zugeht, da spielt jeder verrückt, einer treibt den andern. Da hat mich einer vom Lager angebrüllt, und ich habe die Beherrschung verloren und ihm die Brocken vor die Füße geworfen, bin auf die Toilette gelaufen und habe geheult und bin nach einer halben Stunde wiedergekommen. In der Zeit auf der Toilette habe ich eine Zigarette nach der anderen geraucht, und als ich wieder an meinem Schreibtisch war, da war natürlich die Arbeit liegen geblieben und dann stand auch schon der Abteilungsleiter vor mir …

Der spielt natürlich vor den Feiertagen auch verrückt, versuchte ich sie zu trösten.

Nach einer Weile trommelte sie mit den Fingern auf den Küchentisch. Du Karl, das eine will ich dir sagen: Du mit deinem Angelo. Wir haben jetzt eine Menge italienischer Flittchen im Betrieb, ich sag dir, die machen alles, was von ihnen verlangt wird, Hauptsache, sie dürfen Überstunden machen. Ich sag dir, die machen uns kaputt.

Angelika war gelöst. Sie holte eine Flasche Kognak aus dem Schrank, sie sagte: Man muss sich heutzutage schon allerhand bieten lassen. Eine Deutsche kann sich doch nichts mehr erlauben, der sagt man einfach brutal ins Gesicht, wir brauchen Sie nicht, wir haben genug Ausländer. Karl, es wird für unsereinen immer schwerer, den Mund aufzumachen. Ich bin nicht mehr die Jüngste, und die Jungen sagen überhaupt nichts, die lassen sich rumschubsen. Und sagen noch danke dazu.

Meine Frau trank einen Kognak nach dem andern. Wenn sie anfängt zu trinken, dann wird sie auch betrunken. Ich kenne das. Aber sie stellte die Flasche wieder weg und holte das Bügelbrett hinter dem Küchenschrank hervor und bügelte Bettwäsche. Ich habe sie nie dazu bringen können, wenigstens die großen Stücke in die Heißmangel zu geben. Sie will alles selbst machen, niemand macht es ihr gut genug.

Ich saß dabei und sah ihr zu, und wir unterhielten uns über Weihnachtsgeschenke. Sie hatte Karin einen elektrischen Wecker gekauft.

Ich habe immer noch nichts gekauft, sagte ich. Was wünschst du dir denn?

Ich wünsche mir nur, dass du nicht jeden Tag in die Kneipe läufst. Sonst nichts.

Sie bügelte weiter. Ich hörte sie schniefen und sah auf. Angelika weinte still vor sich hin. Manchmal fiel eine Träne auf die Wäsche. Sie fuhr sofort mit dem Bügeleisen darüber.

Karl, sagte sie, dass es mit uns so weit gekommen ist.

Was ist denn mit uns so weit gekommen?, fragte ich.

Dass wir uns so auseinandergelebt haben. Sie schnäuzte sich.

Angelika, wir haben uns doch nicht auseinandergelebt, wir haben in der letzten Zeit nur zu viel gearbeitet, in den letzten Jahren, meine ich. Wir können doch nicht mehr auf der Couch sitzen und Händchen halten, uns geht es doch nicht schlecht, wir verdienen beide ganz gut, und Karin wird nächstes Jahr auch verdienen. Was willst du denn noch.

Gib es doch zu, wir haben uns auseinandergelebt. Wir gehen nicht mehr zusammen spazieren, wir gehen nicht mehr zusammen ins Kino. Du gehst in deine Kneipe. Oft sehen wir uns die ganze Woche über nur zwischen Tür und Angel.

Das liegt doch nicht an uns, das liegt einfach daran, dass wir nicht die gleiche Arbeitszeit haben.

Du hast immer eine Antwort. Immer … Der Borgmann hat das gemeine Schild immer noch im Wohnzimmer stehen. Er braucht es als Beweis, sagt er. Hast du in der Kneipe was gehört, wer es gewesen sein könnte?

Ich habe nichts gehört.

Die Frau Borgmann ist eine nette Frau, eine ganz einfache Frau. Ihr Vater war Straßenbahnschaffner … Die haben es nicht leicht gehabt, und wenn einer gut verdient, das kann man ihm doch nicht zum Vorwurf machen.

Nein, das kann man nicht, sagte ich.

Siehst du, Karl, man muss es eben auch mal von der anderen Seite her sehen.

Angelika, sag mal, was würdest du denn tun, wenn dein Abteilungsleiter da drüben wohnen würde.

Sie stand starr und sah mich an.

Ich .. dem würde ich die Hunde aus der ganzen Vorstadt auf den Rasen schicken … aber der Borgmann ist nicht mein Abteilungsleiter.

Sie bügelte weiter.

Nein, sagte ich, das ist er nicht.

Ich parkte in der oberen Kanalgasse gegenüber der Kneipe »Zur fetten Maria«, in der Zuhälter verkehren und es immer nach heißem Fett riecht.

Franz trug die Plastiktasche mit den Schlüsseln, ich hielt eine Drahtschere unter meinem Mantel versteckt. Am Abend war etwas Schnee gefallen, die Straßen waren matschig, aber hinter dem Lagerplatz der Lackfabrik war der Schnee noch weiß.

Wir beeilten uns. Franz ging neben mir, er sagte: Wenn das nur gut geht. Wenn die uns erwischen, dann sitzen wir Weihnachten in einer Zelle.

Willst du abspringen?

Nein, wir können jetzt nicht mehr zurück. Es ist schon gut so, was wir jetzt machen.

An der Stelle, wo ich mit Martin geparkt und eine günstige Einstiegsmöglichkeit gefunden hatte, stand bereits sein BMW mit eingeschalteter Parkleuchte. Ich war froh, denn ich hatte ein wenig Angst, dass uns Martin im Stich lassen könnte. Als ich zum Wagen trat, war ich mehr als überrascht: Neben Martin saß meine Tochter. Sie rauchte.

Was machst du denn hier?, fragte ich.

Wenn jemand vorbeikommen sollte, dann tun wir so, als wären wir ein Liebespaar. Sie sagte es, als sei es die selbstverständlichste Sache der Welt.

Martin sagte nichts. Er stieg aus und drängte uns, endlich anzufangen. Ich warte hier, bis ihr drinnen seid. Dann fahre ich zum anderen Zaun. Wenn ihr durch die Kellertür seid, dann fahre ich um das Gelände. Vielleicht kann ich den Nachtwächter ablenken. Kapiert?

Es war leichter, als wir uns vorgestellt hatten, ein Loch in den Drahtzaun zu schneiden. Während ich das herausgelöste Stück Draht wieder einhängte, schnitt Franz bereits hinter den Fässern am zweiten Zaun einen Durchstieg, der uns den Weg zur Kellertür freigab. Als ich angehetzt kam, war Franz bereits am zweiten Zaun fertig. Auch dieses Stück Draht hängte ich wieder ein, als wir durch waren.

Die Kellertür lag tief im Schatten, links und rechts der Treppe war eine Betonmauer, und auch bei aufmerksamer Beobachtung hätte man uns nicht entdecken können. Ich sah Martin auf der anderen Straßenseite, etwa hundert Meter entfernt.

Versuchen wir es doch erst mal mit dem Dietrich, flüsterte mir Franz zu.

Wir probierten ein paar Minuten, dann sprang die Tür auf. Na, Karl, was sagst du. Ich hab meinen Beruf verfehlt, ich hätte Einbrecher werden sollen.

Im Kellerflur sagte er: Es geht fast zu gut … das ist kein gutes Zeichen, wenn es so gut geht.

Die Tür von der Registratur zum Bürogebäude war nicht verschlossen, wir stiegen die Treppe hoch, das Licht, das von draußen durch die Fenster drang, war so hell, dass wir unsere Taschenlampen nicht einzuschalten brauchten.

Auch die Türen der Büros waren nicht verschlossen, einige standen sogar weit offen. Alles lief glatt. Auch die Tür zum Vorzimmer der Direktion war unverschlossen.

Als wir eintraten, sahen wir sofort den grünen Schrank. Es war ein ganz gewöhnlicher Holzschrank.

Wir waren vorsichtig. Wir stellten uns hinter die aufgezogenen Jalousien und sahen auf den Hof hinunter, er lag taghell erleuchtet, nichts war zu sehen. Auf der anderen Seite des Werksgeländes fuhr ein Auto, es musste Martin sein.

Los jetzt, sagte Franz.

Hoffentlich ist das auch der richtige Schrank. Wenn uns die Schindler angeschmiert hat, dann weiß ich nicht, was ich mit ihr tue, sagte ich.

Wir probierten mehrere Schlüssel, aber keiner passte ins Schloss. Eine Axt müssten wir haben, flüsterte Franz. Die Scheißkiste hat ein ganz normales Schloss, und diese verdammte Tür geht nicht auf. Verflucht.

Wir versuchten es mit dem Dietrich, aber auch da hatten wir keinen Erfolg. Franz hielt den Schlüsselbund in der Hand, verzweifelt zog ich am Türknopf.

Plötzlich sprang die Tür auf.

Sie war gar nicht verschlossen, nur eingeschnappt. Einbrechen muss auch gelernt sein, dachte ich.

Ganz schön blöd sind wir, sagte Franz.

Die untere Hälfte des Schrankes war leer, in der oberen waren blaue und grüne Schnellhefter gestapelt und einige LeitzOrdner, und bevor ich zugreifen konnte, hatte Franz schon eine Akte in der Hand und aufgeschlagen. Er ging damit zum Fenster. Er las leise vor sich hin: *… dieses Mistweib … hat mich vielleicht im Büro abgefertigt … wie den letzten Dreck … dieses Mistweib … wenn ich die mal erwische …*

Lesen kannst du später, wir müssen weg, sagte ich zu Franz. Es zeigte sich, dass wir zu wenig Plastiktüten bei uns hatten, um alle Akten einpacken zu können. Mehr als die Hälfte blieb übrig. Wir sahen uns ratlos an. Franz nahm einfach zwei Papierkörbe. Da wir nicht alles auf einmal wegtragen konnten, liefen wir zwei Mal zum Kellerausgang.

Ich guck schon mal, dass ich Martin zum Ausstieg kriege, Franz, geh noch mal rauf, und sieh nach, ob die Schranktür zu ist. Ich nahm zwei Plastiktüten und lief dann zwischen den Fässern hindurch. Es hatte zu regnen begonnen.

Es schien eine Ewigkeit zu dauern, bis endlich ein Auto von der oberen Kanalgasse in die Hafenstraße einbog. Dem Motorgeräusch nach musste es ein BMW sein. Der Wagen fuhr dicht an den Zaun heran. Es war Martin. Er stellte den Motor ab. Ich reichte ihm durch die Lücke im Zaun die beiden schweren Plastiktüten. Ich flüsterte: Warte, es kommt noch mehr, ich lauf noch mal zurück.

Wo ist Weigel?, fragte Karin aus dem Auto.

Ich war zurück zum Kellereingang gelaufen, Franz war immer noch nicht da. Ich trug noch einmal zwei Plastiktüten zum Ausstieg, Martin nahm sie mir ab, und ich flüsterte ihm zu: Es kommen noch zwei Papierkörbe voll Akten.

Seid ihr eigentlich verrückt? Ich kann nicht so lange warten. Das fällt doch auf.

Du musst aber warten, Martin, sonst fällt es noch mehr auf.

Ich lief noch einmal zurück. Franz war endlich da.

Karl, ich hab mit meinem Taschentuch alles abgewischt, von wegen Fingerabdrücke.

Ich musste plötzlich lachen. Verdammt, sagte ich, das kommt davon, wenn man jede Woche einen Krimi im Fernsehen sieht.

Wir lachten noch leise, als wir schon unterwegs zum Ausstieg waren. Auf halbem Weg zwischen den Fässern hörten wir Stimmen. Wir drückten uns an die Fässer in den Schatten.

Fahren Sie doch endlich weiter. Schmusen könnt ihr auch woanders! Der Motor sprang an, wir hörten den BMW abfahren und blieben, wo wir waren. Wir versuchten, unsere Aufregung zu unterdrücken.

Verdammt, zischte Franz, so kurz vor dem Ziel.

Ob das Polizei war?, flüsterte ich.

Wahrscheinlich Hafenaufsicht. Die Polizei hätte sich doch die Papiere zeigen lassen.

Wir krochen auf allen Vieren zum Ende der Fässerpyramide und blieben im Schatten liegen. Die Nacht war laut geworden, und der feine Regen ging bis auf die Haut. Ein Schiff tuckerte irgendwo durch den Hafen oder im Kanal. Ich wollte rauchen. Aber als ich mir die Zigarette zwischen die Lippen schob, riss sie mir Franz wieder aus dem Mund.

Bist du verrückt! Wo nur Voigt bleibt, der wird uns doch jetzt nicht sitzen lassen. Nur gut, dass deine Tochter dabei ist.

Ich dachte: Sie müssen sich geküsst haben. Ich sah das Gesicht meiner Tochter vor mir, ernst, mit großen Augen.

Wo bleibt bloß der verdammte Kerl, sagte Franz leise.

Wir hatten uns auf die Fässer gesetzt, sie waren kalt, und ich dachte: Wenn jetzt die Fässer zu rollen anfingen …

Es dauerte fast eine Stunde, bis wir ein Auto hörten, es fuhr ohne Licht auf unseren Ausstieg zu. Es waren Martin und Karin, sie sprangen aus dem Wagen, kippten die Vordersitze um, damit Franz und ich schneller auf die Rücksitze konnten, die Papierkörbe hielten wir mit beiden Armen fest.

Martin fuhr ab, noch bevor Karin ihre Tür richtig geschlossen hatte. Er fuhr aus dem Hafenviertel heraus in die Münsterstraße, zum Hauptbahnhof, durch die Schützenstraße zurück und dann zum Nordmarkt. Da hielt er an, schaltete Licht und Motor aus.

Das war vielleicht eine Scheiße, der Kerl stand plötzlich wie aus dem Boden gewachsen vor der Motorhaube, der muss sich angeschlichen haben, wir haben ihn gar nicht gehört.

Wer war es?, fragte ich.

Muss einer von der Hafenpolizei gewesen sein, war aber in Zivil. Wenn es nicht um euch beide gegangen wäre, dann hätte ich ihm ein paar vor den Latz geknallt. Vielleicht war er auch ein Spanner, die laufen hier doch massenweise rum.

Was glaubt ihr, wie lang eine Stunde ist, wenn man so zwischen den Fässern sitzt und wartet, sagte ich.

Und das im Regen, ergänzte Franz.

Jetzt ist doch alles vorbei. Ich fahr euch nach Hause, sagte Martin.

Er fuhr in die obere Kanalgasse. Die Akten lasst ihr in meinem Wagen, ich warte an der Zeche »Minister Stein« auf euch.

Franz und ich stiegen in meinen Wagen um.

Mit quietschenden Reifen fuhr Martin davon. Franz saß neben mir, seine Hände zitterten, er hauchte sie dauernd an, er war kaum fähig, sich eine Zigarette anzuzünden. Dann rauchte er in tiefen Zügen.

Es war ein Kinderspiel. Mensch, was habe ich Angst gehabt. Da drinnen habe ich geschwitzt, jetzt friert mich.

Es ist gut gegangen, sagte ich.

Komm, Karl, fahr ab.

Vor der Zeche »Minister Stein« wartete Martin. Ich blinkte ihn kurz an, fuhr an ihm vorbei, und er folgte uns. Es war ein Uhr geworden, die Straßen waren leer, nur am Externberg sangen ein paar Betrunkene vor einer Kneipe. An der Fußgängerampel, kurz vor der langen Straße, sah ich schon die rote Kelle. Wir hatten ein ruhiges Gewissen, wir hatten keinen Schluck Alkohol getrunken, und doch kommen sonderbare Gedanken, wenn der andere Akten im Kofferraum transportiert, die ihm nicht gehören. Als die Polizisten merkten, dass wir nichts getrunken hatten, kontrollierten sie nur der Form halber unsere Papiere. Wir fuhren weiter in Richtung Lünen. Kurz vor dem »Scharfen Eck« bogen wir in die Dorfstraße ein, und nach etwa fünfhundert Metern hielt ich vor Voigts Haus. Martin hielt gleich darauf neben mir.

Franz sagte: Was jetzt. Ich muss auch mal wieder nach Hause. Martin winkte, dass wir warten sollten und ging ins Haus. Karin blieb im Wagen sitzen. Er kam kurz darauf zurück.

Meine alten Herrschaften sind bis Neujahr im Allgäu. Wir schaffen das Zeug runter in meine Kellerbar.

Die Kellerbar schien noch nicht fertig zu sein, an einer Seite fehlte die Holzvertäfelung. Auf den Regalen hinter der Theke standen bereits Gläser und volle Flaschen. Die Lampen waren rot, blau und gelb. Wir stapelten die Akten auf einem runden Tisch und setzten uns auf die Barhocker. Karin sagte: Martin, schenk uns was ein, spiel mal Barkeeper.

Karin musste also schon einmal hier gewesen sein, dachte ich. Martin verschwand durch eine schmale Tür, die in der Holzverschalung nicht auszumachen war, er kam in einer weißen Jacke zurück.

Wenn schon Barkeeper, dann schon echt, sagte er und schenkte uns Steinhäger ein. Wir stießen an. Erst jetzt spürte ich, wie sich alles in mir zu lockern begann, meine Verkrampfung und Selbstbeherrschung fielen ab, ich wollte lachen und verzog doch nur das Gesicht.

Ich war neugierig, ich setzte mich an den Tisch und blätterte in den Akten.

Ich schlage euch vor, ihr bleibt beide hier und lest euch das Zeug durch, Karin bringe ich nach Hause oder sie kann auch mit deinem Wagen fahren, Karl.

Ich bleibe auch hier, sagte Karin.

Nein, du fährst nach Hause. Du kannst morgen früh wiederkommen, du musst Mutter beruhigen, falls sie noch wach ist, sag ihr, ich hätte vergessen, dass ich heute noch einmal Nachtschicht machen muss.

Und das glaubt sie?, fragte sie.

Karin ließ sich von Martin nach Hause bringen. Franz und ich hatten uns jeder eine Akte vorgenommen, blätterten und lasen. Als Martin zurückkehrte, zeigte er uns die Toiletten, gab uns den Haustürschlüssel und ging schlafen.

Es war unglaublich, was wir lasen. Es waren nur Aufzeichnungen von Gesprächen, die im Betrieb unter Kollegen geführt worden waren: im Waschraum, in der Werkstatt, auf dem Hof, im Portierhaus, in der Außenlagerung, in der Kantine, im Materiallager, im Empfangsraum, auf den Parkplätzen, im Treibstofflager, an den Benzinzapfstellen, im Umkleideraum …

Karl, hast du mal gesagt, man sollte den ganzen Betrieb in die Luft sprengen?

Kann schon sein.

Hier steht es, sagte Franz. Ich riss ihm die Akte aus der Hand und las und las. Da fand ich Worte und Sätze, von denen ich, stünde ich vor Gericht, niemals hätte beeiden können, dass ich sie einmal gesagt hatte, wo und in welchem Zusammenhang. Aber was ich las, waren tatsächlich meine Worte. An eine Situation allerdings konnte ich mich genau erinnern, ein Gespräch mit Burgholz. Ihm war vor zwei Monaten gekündigt worden. Den Grund wusste ich nicht mehr.

Ich las:

He, Karl, der Drillingsreifen ist kaputt. Musst einen neuen aufziehen.

Wie kommt denn das? Der war doch ganz neu.

War, ja. Jetzt ist er aber kaputt.

Schöne Bescherung. Wie ist denn das passiert?

Karl, halt bloß die Schnauze, ich hab den Reifen selber kaputt gestochen. In Oldenburg. Da hab ich ein Weib sitzen, wollte bei der erst mal eine Nummer abziehen. Weißt doch, wie pingelig die im Betrieb sind, wenn auf dem Fahrtenschreiber zwei Stunden Aufenthalt stehen ohne Grund und wenn man keinen Grund angeben kann.

Menschenskind, Burgholz, wenn das bloß nicht rauskommt.

Von wem denn? Durch dich?

Burgholz, du weißt doch, dass ich keinen verpetze.

Na, siehst du, Karl, dann kommt auch nichts raus.

Karl, rief Franz plötzlich aus, das ist ja sagenhaft … das gibt's doch nicht.

Was gibt's nicht?

Wusstest du eigentlich, dass der Kreimeier drei Nutten für sich laufen hat?

Was? Du bist verrückt … Ich hab mich schon immer gewundert, wie der sich einen teuren BMW leisten kann. Verdient nicht mehr als wir und hat drei Kinder.

Karl, weißt du, was ihm eine Nutte im Monat bringt? Hier steht's: Sage und schreibe zweitausend Mark … Junge, Junge, das sind Einnahmen. Und der Kreimeier macht dafür keinen Finger krumm und hat im Monat seine sechstausend Mark. Wenn das kein Geschäft ist. Ich sag dir, man lernt nie aus … Die Arbeit in der Firma hat er wahrscheinlich nur so zur Deckung oder Tarnung.

So sehr wir auch suchten, wir fanden keinerlei Anmerkungen oder Randbemerkungen. Dennoch: Wir hatten den Beweis. Das machte uns sicher.

Es war einmalig und ungeheuerlich zugleich, was hier vor uns auf dem Tisch lag, und ich hätte es nie erfahren, wäre ich nicht in die Direktion bestellt worden, um die hundert Mark für meinen Verbesserungsvorschlag abzuholen und hätte ich nicht im Vorzimmer mit diesem halbrunden Ding herumgespielt.

Franz war auf seinem Stuhl eingeschlafen, sein Kopf lag auf den Akten.

Ich verspürte Lust, noch ein paar Schnäpse zu trinken, aber ich musste nüchtern bleiben. Wer nimmt schon einem

Betrunkenen das ab, was ich mir vorgenommen hatte. Was sollte ich sagen, wenn sie mich fragten, woher oder von wem ich diese Akten habe. Sie werden die beiden Löcher in den Zäunen entdecken, vielleicht wird man meine Wohnung durchsuchen, sie werden gegen mich Beweise suchen, wie ich gegen sie Beweise gesucht hatte. Niemand aber wird auf den Gedanken kommen, hier in Martins Bar zu suchen.

Wir sind im eigenen Betrieb eingebrochen, ist das strafbar? Wir sind eingebrochen, nicht um uns zu bereichern, sondern um Beweise für eine strafbare Handlung zu beschaffen, die der Betrieb an uns begangen hat. Was ist denn nun strafbar. Der Einbruch oder die Bespitzelung.

Ich rüttelte Franz wach.

Franz, die ganze Sache wächst uns über den Kopf, wir allein sind der Sache nicht mehr gewachsen, wir müssen die Gewerkschaft einschalten. Wahrscheinlich kommt es auch noch zu einer Anzeige.

Uns können sie nichts beweisen, die Fingerabdrücke habe ich abgewischt, sagte Franz, überall. Ich hab richtig Respekt vor mir, ich bin vorgegangen wie ein richtiger Profi.

Ich musste lachen.

Wir sind vorgegangen wie richtige Einbrecher, aber gut, dass uns Martin geholfen hat ... Sag mal, hat er was mit deiner Tochter?

Kann ich mir nicht vorstellen. Die kennen sich eben aus dem Verein, das ist alles.

Wir lasen weiter. Blatt für Blatt. Ich war müde geworden, Franz dagegen schien die Stunde Schlaf gut getan zu haben.

Wir waren uns immer noch nicht schlüssig, wie wir vorgehen mussten. Mit unseren Privatautos konnten wir jedenfalls nicht aufs Werksgelände, das war nur dem Betriebsleiter und dem Direktor erlaubt. Wir konnten aber auch nicht mit schweren Taschen am Pförtner vorbei, der würde uns kontrollieren.

Es war zum Heulen: Erst stiegen wir wie abgebrühte Einbrecher ein, um an die Akten, an die Beweise zu kommen, jetzt mussten wir einen Weg finden, sie wieder in den Betrieb zu bringen.

Wir hatten nur noch wenige Stunden bis zur Weihnachtsfeier.

Ich dachte: Es wird sein, wie es immer gewesen ist, der Direktor würde eine Rede halten, Kollmann würde eine Rede halten, der Betriebsleiter würde eine Rede halten, das war seit zehn Jahren so, dann würden wir das Lied vom Tannenbaum singen und das von der Stillen und Heiligen Nacht.

Es war sechs geworden, wir froren. Der Inhalt der Akten langweilte mich schon, es gab für mich wenig Aufregendes darin. Alltagsgespräche, dummes Gewäsch, Zoten, Geschimpfe über den Betrieb, über zu Hause, über Frau und Familie, über Urlaub, über andere Frauen, über Politik, über Geld, über Verdienst. Montagsgespräche, Wochenendgespräche, Wirtshauserfahrungen, Urlaubserfahrungen. Interessant aber waren für mich die Unterhaltungen der Fernfahrer, wie und mit welchen Mitteln sie Fahrtenschreiber fälschen, um Pausen und damit Überstunden herauszuschlagen, und nicht nur Überstunden. Hätte ich früher, als ich selbst noch Ferntouren fuhr, diese Akten gelesen, wären mir eine Menge Schwierigkeiten erspart geblieben. Aber dennoch: das sind doch die kleinen

Tricks, die es überall in den Betrieben gibt. Das ist doch kein Grund dafür, Abhöranlagen zu installieren. Was also sind die wirklichen Gründe?

Kurz vor sieben Uhr stolperte Martin in den Keller. Er war unausgeschlafen und mürrisch. Er setzte die Kaffeemaschine in Betrieb, braute uns und sich Kaffee. Er sagte: Ich muss gleich rüber ins Büro.

Das Büro der Voigts war nicht im Wohnhaus, sondern auf der gegenüberliegenden Straßenseite in einem alten Fachwerkhaus, das ebenfalls den Voigts gehörte. Die Büroarbeit erledigte Martins Schwester Heidi.

Wir tranken unseren Kaffee und schwiegen uns an.

Da sagte Martin: Mit euch beiden habe ich mir vielleicht was aufgehalst.

Hättest wenigstens frische Brötchen mitgebracht, dann wäre dein Kaffee noch besser, sagte Franz.

Martin stieß mich an: Karl, ihr lasst die Akten hier bei mir. Nimm nur eine mit, die kannst du unter die Jacke stecken, das sieht keiner.

Das war die Lösung.

Um halb neun war ich im Betriebsratsbüro, müde und aufgeregt. Ich gab Kollmann die Plastiktasche mit den Schlüsseln zurück. Alles gut gegangen, sagte ich. Wir haben die Akten.

Ich erzählte ihm, wie Franz und ich bei der Weihnachtsfeier vorgehen wollten.

Die Schlüssel hat keiner vermisst, sagte Kollmann, ich halte mich erst mal aus der Sache raus.

Wir müssen die Gewerkschaft einschalten, Kollmann, wir sind doch nur kleine Scheißer. Sie können uns ans Bein pissen, wenn sie wollen, einen Grund finden die immer.

Dann ging ich in die Kantine.

In der Ecke gegenüber dem Ausgang war ein bis zur Decke reichender Christbaum aufgestellt, elektrisch beleuchtet, mit Silberfäden an den Zweigen. Die hufeisenförmig angeordneten Tische waren weiß gedeckt, wie immer. Auf jedem Platz stand eine Flasche Bier, eine mit Goldband zugebundene Tüte, lagen ein Taschenkalender für das Jahr 1973 und daneben zwei Schachteln Zigaretten. Auf jeweils vier Plätze kam eine Flasche Schnaps. Über die Tische waren brennende Kerzen verteilt, aus dem Lautsprecher erklangen Weihnachtslieder. Die Kantine füllte sich schnell, alle kamen, auch die drei Fahrer, die zum Bereitschaftsdienst für die Feiertage eingeteilt waren. Noch vor der offiziellen Eröffnung wurde schon getrunken, und es war wie in den Jahren vorher auch: Die Angestellten setzten sich an den der Betriebsleitung gegenüberliegenden Tisch. Witze wurden erzählt, ein Lehrmädchen mit langen schwarzen Haaren verteilte Blätter, auf denen die Texte von Weihnachtsliedern standen.

Kollmann nickte mir unauffällig zu, als er am Tisch der Betriebsleitung Platz nahm. Die Tische in der Kantine waren so angeordnet, dass jeder jeden sehen konnte, mit Ausnahme der Angestellten, die uns den Rücken zukehrten.

Während dieser Zeit presste ich die Akte, die ich unter meiner Jacke trug, fest an meinen Körper. Es war die Akte der Fahrer Dörrlamm und Vollmer. Franz saß wie angegossen neben mir, nur sein nervöses Rauchen verriet mir, wie aufgeregt er war.

Dann betrat Direktor Faber gemeinsam mit dem Personalchef Stratmann und dem Betriebsleiter Kühn die Kantine. Faber winkte allen zu und begrüßte Kollmann so laut, dass jeder es hören musste. Er stellte sich hinter seinen Stuhl und hob die Arme. Es wurde still, und auch die Weihnachtslieder aus dem Lautsprecher verstummten, dann sprach er: Liebe Mitarbeiter, liebe Freunde, so darf ich wohl sagen, ich freue mich, dass Ihr alle gekommen seid. Ich glaube, wir sind, bis auf den Pförtner, aber den holen wir auch gleich rein, vollzählig … oder … ja … gut. Keiner ist krank, ist ja nicht schön, über die Feiertage krank zu sein. Also, wie es sich gehört und wie es schöner alter deutscher Brauch ist, singen wir eingangs zusammen ein Weihnachtslied. Und weil ich weiß, dass wir alle die Texte nicht mehr so im Gedächtnis haben, die Schulzeit ist ja längst vorbei, habe ich die Texte auf Matrize schreiben lassen und für jeden ein Blatt abziehen lassen, die Blätter haben Sie vor sich liegen? Na, dann wollen wir mal. Wer stimmt an? Sie, Herr Kühn, Sie sind ja Sangesbruder. Gut.

Kühn stand auf, und weil einige dabei dachten, das Lied »O du fröhliche, o du selige« werde stehend gesungen, erhoben sich alle nach und nach. Auch Franz, er zog mich hoch, wir nahmen die Blätter in die Hand und sangen: »O du fröhliche o du selige, gnadenbringende Weihnachtszeit … «

Wir sangen alle Strophen. Als wir uns wieder gesetzt hatten, waren einige schon im Zustand der Rührseligkeit. Alles war so feierlich. Achtzig Männer und zehn Frauen, Fahrer und Büromädchen, Schlosser und Direktor, Platzarbeiter und Buchhalter, Sekretärin und Hafenarbeiter, einmal im Jahr in einem Raum zusammen.

Kollmann sprach im Namen des Betriebsrates.

Liebe Kollegen, Herr Direktor, ich will, wie das so Brauch ist, von dieser Stelle aus und allen ein gesegnetes Weihnachtsfest wünschen und ein gutes neues Jahr. Das also zuerst. Rückblickend möchte ich sagen, dass wir in diesem Jahr gut zusammengearbeitet haben, das Betriebsklima ist … wer will das Gegenteil behaupten … besser geworden, die Beschwerden seltener, und der Betriebsrat hat sich, mehr als in den vergangenen Jahren, über strittige Fragen gütlich mit der Firmenleitung geeinigt, und wo nicht, da haben wir dann doch einen schönen Kompromiss gefunden. Auch die Zusammenarbeit mit dem Gesamtbetriebsrat in Düsseldorf ist bedeutend besser geworden, der Austausch von Informationen mit den anderen Zweigwerken funktioniert bestens, die Firmenleitung hat uns gestattet, in allen wichtigen Fragen frei über das Telefon zu verfügen, ganz gleich, mit welchem Werk wir sprechen wollen, das ist ein großer Vorteil, weil wir nur so immer untereinander mit allen Zweigbetrieben auf dem Laufenden sein können und keiner sein eigenes Süppchen kocht. Ja, die freiwillige Krankenzuwendung des Betriebes wurde um fünfzig Pfennige erhöht, also jetzt eine Mark pro Tag, das ist nicht viel, aber wenn einer lange krankfeiern muss, dann summiert sich das schon, das Weihnachtsgeld wurde um fünfzig Mark für Verheiratete, um dreißig Mark für Ledige erhöht, das entspricht jetzt einem Monatslohn. Ich möchte ausdrücklich betonen, dass das nicht immer so war und auch heute noch nicht überall üblich ist. Leider konnten wir den Zuschuss für das Kantinenessen und für die Getränke nicht heraufsetzen, im nächsten Frühjahr wird darüber noch einmal in Düsseldorf verhandelt werden müssen, dafür aber, das darf ich wohl hervorheben, hat sich die Qualität des Essens verbessert, es ist fettärmer, damit kalorienärmer geworden, es gibt jetzt mehr Gemüse, damit mehr Vitamine, es gibt jetzt zu jedem Essen auch Obst. Das ist gut, wir leiden ja alle etwas an Übergewicht und an zu wenig Bewegung, richtige Ernährung, gerade beim Kantinenessen, kann da Abhilfe schaffen. Wir haben Abhilfe geschaffen. Nun, Leute, ich bin kein Mann von langen Reden, macht die Flaschen auf, schenkt ein. Prost allerseits, und nochmals: Frohe Weihnachten.

Es gab Beifall, es wurde eingeschenkt, getrunken, wir prosteten uns zu, aus dem Lautsprecher kamen wieder, leiser als zuvor, Weihnachtslieder. Die Tüten wurden aufgeschnürt, man wollte sehen, was drin war, obwohl sich der Inhalt seit Jahren nicht änderte. Die Unterhaltung wurde lauter, Betriebsleiter Kühn klopfte an sein Glas.

Meine lieben Mitarbeiter, zu dem, was unser hochverehrter Herr Kollmann gesagt hat, kann ich wenig hinzufügen, denn seine Worte sprechen für sich selbst. Wir haben eine stolze Bilanz aufzuweisen. Ich darf vielleicht noch ergänzen, dass jeder, der irgendwelche Schwierigkeiten oder Sorgen oder Kummer im letzten Jahr hatte, vertrauensvoll zu mir kommen konnte. Ich darf in aller Bescheidenheit sagen, dass die meisten Fälle gelöst werden konnten oder, wie Kollege Kollmann schon sagte, ein schöner Kompromiss gefunden wurde. In diesem Sinne … nein … noch nicht Prost Neujahr … ich wollte sagen: Weiter so, bis zum nächsten Weihnachtsfest. Prost also, gesegnete Weihnachten uns allen.

Kühn wurde beklatscht, er war beliebt. Es wurde wieder eingeschenkt und getrunken, und ich hatte den Eindruck, mancher hatte der Flasche schon zugesprochen, noch bevor die Kantine geöffnet worden war.

Da saß ich mit meiner Akte unter der Jacke und begann zu schwitzen.

Dann sprach Stratmann.

Was mich angeht, so hat das hier nur mit einer kleinen verschwindenden Minderheit zu tun … Er lachte, alle lachten … Mit, ich meine, meine Funktion bringt es mit sich, dass ich mit den Fahrern wenig zu tun habe, mehr mit Personalentscheidungen in anderen Zweigbetrieben. Und doch möchte ich allen meinen Dank aussprechen für die im letzten Jahr geleistete Arbeit, ich möchte sagen: befriedigende Zusammenarbeit, und ich möchte danken dafür und hoffen, dass das kommende Jahr die gleiche und uns allen wohltuende Betriebsruhe bringt. Ich möchte noch einmal betonen, dass nur Ruhe im Betrieb Produktivität garantiert. In diesem Sinne: Prost, frohe Weihnachten und ein glückliches neues Jahr.

Wieder klatschten alle. Stratmann, der sich bereits gesetzt hatte, stand noch einmal auf und klopfte an sein Glas. Es wurde still.

Liebe Mitarbeiter, soeben höre ich vom Direktor … Vielen Dank, dass Sie mich darauf aufmerksam gemacht haben, Herr Direktor … also höre ich, dass die Flaschen auf ihren Tischen nicht das Ende sind, sondern nur der Anfang. Wir haben hinten in der Küche noch ein kleines Lager, wir müssen nicht alles austrinken, aber wir dürfen …

Seine Worte gingen in Bravorufen unter. Der Kantinenwirt schleppte mit seiner Frau Schnaps und Bierflaschen herbei. Franz und ich hatten bis zu diesem Zeitpunkt nur einen einzigen Schnaps getrunken, die Akte unter meiner Jacke wurde schwer und heiß.

Dann kam Fabers Auftritt. Er sprach, wie all die Jahre vorher, als Letzter. Er stand auf, es wurde still.

Liebe, verehrte Mitarbeiter, es ist mir ein Herzensbedürfnis, Ihnen allen an dieser Stelle, unter dem strahlenden Weihnachtsbaum – wieder haben wir eine stattliche Edeltanne auftreiben können –, aufrichtig für Ihre Mitarbeit im vergangenen Jahr zu danken. Ich bin beauftragt, den Dank des Vorstandes von der Zentrale in Düsseldorf zu übermitteln. Ich persönlich sage meinen Dank für unser Werk hier in Dortmund. Das Werk Dortmund, so heißt es im Schreiben der Hauptverwaltung und des Vorstandes, hat zur vollsten Zufriedenheit gearbeitet. Es ist nicht notwendig, das ganze Schreiben vorzulesen, ich lasse es nach den Feiertagen am schwarzen Brett aushängen. Ja, Sie wissen, ein Betrieb ist kein Kindergarten, da treten schon mal Spannungen auf … im Kindergarten übrigens auch … da glaubt sich einer ungerecht behandelt oder übervorteilt oder was es sonst so gibt. Sie alle kennen mich. Zu mir kann jederzeit jeder kommen, ich versuche immer, im Rahmen des Möglichen, Abhilfe zu schaffen. So oder so.

Es gab lautstarken Applaus.

Faber hob beschwichtigend die Hände.

Ich danke Ihnen. Was die soziale Seite unserer Leistungen betrifft, darauf hat unser Betriebsratsvorsitzender, unser hochverehrter Herr Kollmann, dem ich von dieser Stelle aus für unsere gute Zusammenarbeit danken darf …

Wieder Applaus.

… schon hingewiesen. Ja, was ich sagen wollte, es muss zur Sprache gebracht werden: Da geht ein Gerücht, Böswillige sagen, ich und auch die Zentrale wären gegen den Betriebsrat. Das ist ein Unfug. Nein, liebe Freunde, ich muss hier mit aller Entschiedenheit feststellen: Was wäre die Firma ohne den Betriebsrat. Ein Durcheinander, eine Häufung von Konflikten, die zu Explosionen führen könnten. Nein, ich bejahe den Betriebsrat, eben weil er diese Konflikte abbaut, weil er dafür sorgt, dass wir auch in einer betrieblichen Demokratie miteinander leben können, ohne uns die Köpfe einzuschlagen, das muss einmal mit aller Entschiedenheit gesagt werden. Ich habe es hiermit gesagt, mit aller Offenheit.

Faber klopfte Kollmann auf die Schulter.

Weiter in diesem Sinne, Herr Kollmann, für das nächste Jahr und dass wir weiter so gut auskommen werden wie bisher.

Starker, kaum enden wollender Beifall.

Und jetzt noch, liebe Mitarbeiter, einige Worte … bitte, trinken Sie doch ruhig weiter, was ich zu sagen habe, kann auch beim Trinken gesagt werden … aber bitte, machen Sie mich nicht bei Ihren Frauen zu Hause verantwortlich, wenn Sie nach Hause kommen und einen Schluck über den Durst getrunken haben sollten … wir haben zwar in der Küche genug stehen, aber Sie alle kennen ja den Werbespruch: Trinke ihn mäßig, aber regelmäßig. Ich lege ausdrücklich die Betonung auf mäßig. Also dann: Prost! … und noch eins. Es gibt bei uns Unzufriedene, es gibt welche, die ihr Privatleben mit Betriebsinteresse verbinden wollen, wenn sie auf großer Fahrt sind. Bitte, meine Herren, das geht zuallererst die Fahrer an, eine volle Zufriedenheit kann es nicht geben, nicht in einem Betrieb, das muss man wissen, einer hat immer den Braten, einer hat immer die Federn. Das ist nun mal so im Leben, wir leben nicht in einem Paradies. Ich bin dafür, dass wir im kommenden Jahr das Private vom Geschäftlichen trennen. Anders herum gibt es nur böses Blut. Das geht doch zuallererst auf Ihre Kosten. Der Betrieb handelt Ihnen gegenüber korrekt, anständig bis freundlich. Ich erwarte nicht unbedingt, dass jeder dem Betrieb freundlich gegenübersteht, aber bitte: korrekt und anständig. Nur so ist es möglich, dass wir auch weiterhin zusammenarbeiten, ohne größere Konflikte auf der Basis des gegenseitigen Vertrauens. Wie das Vertrauen aussieht von der Geschäftsleitung oder von der Zentrale, möchte ich damit demonstrieren: Unsere Firma hat in allen Teilbetrieben des gesamten Bundesgebietes schon vor der zu erwartenden neuen Tarifvereinbarung zum ersten Januar bereits ab dem ersten November höheren Lohn bezahlt, weil wir der Meinung sind, dass eine gerechte Leistung mit gerechtem Lohn zu honorieren ist, und das außerhalb von Tarifen, wobei ich nichts, aber auch gar nichts gegen Tarife gesagt haben möchte. Kollegen, ich hätte noch viel zu sagen, aber heute wollen wir alle fröhlich sein, das heißt, wir sind es immer und heute wollen wir es ganz besonders sein. Ich habe es auch nicht gerne, wenn andere reden und reden und ich dadurch vom Trinken abgehalten werde. Zum Schluss möchte ich nur noch sagen: Weiterhin gute Zusammenarbeit, auf Ordnung und auf Vertrauen. In diesem Sinne: Fröhliche Weihnachten!

Der Beifall war gewaltig.

Ich hielt noch immer meine Akte unter der Jacke. Sie wurde schwerer. Ich schwitzte. Wie konnte ich jetzt nach so viel schönen Worten und so viel Beifall aufstehen und das sagen, was gesagt werden musste.

Ich sah Franz an, der geradeaus stierte.

Faber hatte sich gesetzt, füllte sein Glas und ging dann herum, um mit einigen anzustoßen oder ihnen zuzuprosten. Viele Kollegen hatten schon so viel getrunken, dass sie wahrscheinlich nicht mehr auf mich hören würden. Ich musste einen günstigen Zeitpunkt abwarten, und ich nahm mir vor, bis fünfzig zu zählen und dann aufzustehen. Ich zählte, aber ich stand nicht auf. Ich beschloss, bis hundert zu zählen. Ich zählte, aber ich stand wieder nicht auf. In der Kantine wurde es lauter und lauter. Es war zum Verzweifeln, und ich sah mit Schrecken, dass sich Faber anschickte, die Feier zu verlassen.

Da sprang ich auf und schrie: Ruhe! Herhören. Hört mich an! Ich habe euch was Wichtiges zu sagen!

Ich war am meisten verblüfft, dass augenblicklich Ruhe eintrat. Keiner hustete, keiner sprach, alle sahen auf mich, ich sah auf den Rücken der Schindler, sie schien mit jeder Sekunde kleiner zu werden.

Faber blickte mich erstaunt an. Um mich nur neugierige

Gesichter. Vielleicht dachte der eine oder andere, ich würde jetzt im Namen der Belegschaft den Dank für das vergangene Jahr aussprechen, manchmal tat das einer zur Weihnachtsfeier. Ich sah auf Kollmann, er nickte kaum merklich.

Ich sagte laut: Herr Direktor Faber, ich möchte bitte eine Auskunft: Zu welchem Zweck wurde die Abhöranlage in unserem Betrieb installiert, die Abhöranlage meine ich, die alle hier nur als Gegensprechanlage kennen? Bitte.

Man hätte eine Stecknadel fallen hören können. Nicht einmal die Angetrunkenen gaben ein Wort von sich.

Ich fragte noch einmal: Können Sie mir bitte sagen, warum die Abhöranlage auf dem Fabrikgelände eingebaut worden ist? Ich war so erregt, dass ich meine eigenen Worte kaum hörte.

Faber stand ganz langsam auf, er blickte mich immer noch an, dann sah er Kühn an, dann Stratmann.

Am liebsten wäre ich aus der Kantine gelaufen.

Herr Maiwald, sagte er leise, ich weiß nicht, was Ihre Frage soll, heute, zu unserer schönen Weihnachtsfeier. Er verzog den Mund: Hören Sie, Sie werden doch nicht schon zu viel getrunken haben, na, Sie Schlimmer … Wir sind doch nicht auf einer Belegschaftsversammlung, wo diese Dinge, wenn es sie gäbe, hingehören, aber trotzdem will ich Ihre Frage beantworten: In unserem Betrieb ist keine Abhöranlage installiert, nur eine Gegensprechanlage, wenn Sie das meinen, und alle hier haben den Vorteil einer Gegensprechanlage bereits schätzen gelernt. Oder? Na, also.

Es blieb immer noch still.

Herr Direktor Faber, Sie lügen. Jawohl, Sie lügen. Offiziell haben wir eine Gegensprechanlage, in Wirklichkeit aber haben wir eine Abhöranlage. Noch mal meine Frage: Zu was soll das gut sein? Was wollen Sie oder Ihre Auftraggeber damit bezwecken, wenn Sie unsere Gespräche im Betrieb abhören?

Franz saß immer noch steif neben mir, Kollmann spielte mit einer Schachtel Zigaretten und sah auf die Tischplatte.

Plötzlich schrie Faber: Herr Maiwald, was soll das. Ich habe Ihnen Auskunft gegeben auf Ihre Frage, das genügt, nun geben Sie wieder Ruhe und nehmen zurück, was Sie gesagt haben, ich lasse mich nicht öffentlich einen Lügner nennen, verderben Sie uns nicht das schöne Weihnachtsfest mit Ihren beleidigenden Worten. Jeder weiß doch, dass die Gegensprechanlage notwendig war, die Belegschaft, Sie alle meine Herren, haben das doch gefordert. Vielleicht haben Sie wirklich schon zu viel getrunken, Herr Maiwald. Also, liebe Mitarbeiter, die Pflicht ruft, meine Familie auch, ich muss leider aufbrechen, feiern Sie ruhig weiter ... und dass sich heute keiner mehr ans Steuer setzt, Sie wissen, Ihr Führerschein ist Ihre Existenz ...

Ich hatte die Akte unter meiner Jacke hervorgezogen, hielt sie hoch und rief: Kollegen, ich habe hier eine Akte, da sind Gespräche aufgezeichnet, hier zum Beispiel Dörrlamm und Vollmer ... Kollegen! Über jeden von uns gibt es so eine Akte. In diesen Akten sind die Gespräche festgehalten, die wir im letzten Vierteljahr irgendwo im Betrieb miteinander geführt haben. Die Gegensprechanlage ist nämlich keine Gegensprechanlage, wie uns Herr Faber weismachen will, sondern eine Abhöranlage, und ich werde es nicht zurücknehmen, dass Herr Direktor Faber ein Lügner ist, nein, ich werde es nicht.

Faber stand hinter seinem Stuhl und stützte sich mit beiden Händen auf die Lehne und fragte kaum hörbar: Wo haben Sie die Akte her!

Ich wunderte mich über Kollmann, der noch immer nichts sagte und mit seiner Zigarettenschachtel spielte, als ginge ihn das alles überhaupt nichts an.

Direktor Faber lügt, ich sage es noch einmal. Kollegen, im Betrieb wurden in den letzten Wochen und Monaten einige verdächtigt, Arbeitskollegen bei der Direktion zu verpfeifen. Die Lösung ist einfach: die Gegensprechanlage ist eine Abhöranlage, alles, was wir miteinander reden, kann an jedem beliebigen Ort im Betrieb mitgehört werden, egal, ob in Gebäuden oder im Freien. Ihr wisst ja selbst, wo die Sprechkästen montiert sind. Und dann noch was, Kollegen, die mitgehörten Gespräche werden fein säuberlich aufgeschrieben und in diesen Akten hier festgehalten. Dreißig Akten gibt es schon.

Währenddessen war Faber in die Küche gelaufen und hatte die Musik eingeschaltet. Als er wieder in den Kantinenraum zurückkam, schrie ihn Kollmann an: So einfach geht das nicht, Herr Direktor Faber. Was der Maiwald hier gesagt hat, ist so ungeheuerlich, dass Sie jetzt Auskunft geben müssen.

Kollmann rannte in die Küche und schaltete die Musik aus.

Faber rief aufgeregt: Wo haben Sie die Akten her, Herr Maiwald, was reden Sie da von dreißig Akten.

Das Christkind hat sie mir geschenkt, Herr Faber, ist doch Weihnachten, oder?

Dörrlamm und Vollmer versuchten mir die Akte aus der Hand zu reißen. Franz war endlich aus seiner Starre erwacht und drängte die beiden ab.

Faber, Stratmann und Kühn wollten zum Ausgang laufen. An der Tür aber hatten sich ein paar Männer postiert und hinderten sie daran, die Kantine zu verlassen. An der Tür zum Küchenraum stand Kollmann auf einem Stuhl und schrie: Herr Faber, Sie werden die Kantine nicht eher verlassen, bevor Sie uns nicht erklärt haben, was es mit der Abhöranlage und mit den Akten auf sich hat, eher werden Sie den Raum nicht verlassen! Bitte, Ruhe, Kollegen.

Und was hier mit uns gemacht wird, Herr Kollmann, das ist Freiheitsberaubung. Ich mache Sie darauf aufmerksam, das ist strafbar, Herr Kollmann. Sie tragen die Verantwortung für das, was hier vorgeht, schrie Faber zurück.

Ich hatte Kollmann noch nie so erlebt, er wurde immer lauter und sein Gesicht lief rot an: Was das ist, Herr Faber, das ist mir scheißegal. Sie sind hier beschuldigt, und nicht wir, Sie haben uns Rechenschaft zu geben, und nicht wir, Sie haben uns zu sagen, warum diese Schweinerei gemacht worden ist und wer dazu den Auftrag gegeben hat. Ist das jetzt in allen deutschen Betrieben so, wird das in der deutschen Industrie Mode, was zahlt man Ihnen für die Spitzeldienste, wer sind Ihre Auftraggeber?

Faber, Stratmann und Kühn standen immer noch vor der abgeschirmten Tür, die Schindler saß zusammengesunken auf ihrem Stuhl. Langsam ging Faber zu seinem Tisch zurück, er stützte sich mit beiden Armen auf die Tischplatte und sagte: Solange Herr Maiwald nicht sagt, von wem er diese Akte hat, bin ich auch nicht bereit, nur auf eine einzige Frage zu antworten. Ich kann nur wiederholen, dass wir im Betrieb keine Abhöranlage haben, nur eine Gegensprechanlage. Herr Maiwald muss das Gegenteil beweisen, nicht ich …

Ich kann es beweisen, schrie ich.

Die Unruhe in der Kantine steigerte sich, ich sprang auf einen Stuhl, schwenkte die Akte über meinem Kopf, und als es wieder einigermaßen ruhig geworden war, rief ich: Kollegen, diese Akte in meinen Händen ist schon der Beweis, ich kann so was ja schließlich nicht erfinden, aber wir können den Beweis auch anders antreten. Mit mir gehen jetzt sofort zwei Mann ins Direktionsbüro. Ihr unterhaltet euch hier weiter, als ob nichts passiert wäre. Ihr seht ja, dass die Gegensprechanlage hier in der Kantine ausgeschaltet ist. Keiner drückt auf den Knopf, bis wir wieder zurück sind.

Franz flüsterte mir zu: Karl, wenn aber jetzt auf Gegensprechen geschaltet ist, was dann!

Franz, wir müssen es darauf ankommen lassen.

Herr Kollmann, rief Faber, Sie haben hier für Ruhe und Ordnung zu sorgen, Sie verletzen Ihre Friedenspflicht, Sie sind sich hoffentlich über die Konsequenzen im Klaren.

Aber als Franz und ich zum Ausgang gingen, folgte uns Kollmann und rief: Vollmer und Dörrlamm kommen mit, die beiden geht das ja schließlich am meisten an.

Wir rannten über den Hof, das Bürogebäude war offen, und liefen in den dritten Stock ins Direktionszimmer hoch.

Ich zitterte, als ich auf den Schreibtisch der Schindler zuging und das halbrunde Ding vor mir sah, ich war so aufgeregt, dass ich mich setzen musste. Franz, Kollmann, Vollmer und Dörrlamm standen vor mir, endlich drückte ich den weißen Knopf. Ich hätte aufschreien mögen, denn alles war zu hören, was fünfhundert Meter entfernt in der Kantine gesprochen wurde. Die vier standen vor mir und gafften auf das halbrunde Ding, sie konnten es einfach nicht glauben und mussten es doch.

Das darf doch nicht wahr sein, sagte Vollmer immer wieder, und schüttelte den Kopf. Das darf doch nicht wahr sein. Das ist ein Spuk.

Ja, sagte Kollmann, aber einer ohne Gespenster.

Ich fragte sie: Was jetzt?

Was jetzt? Mensch, Maiwald. Ich war skeptisch, aber das ist der Gipfel. Ich war auch noch misstrauisch, als du mit der Akte angekommen bist, das gebe ich zu. Wir stellen Strafantrag. Kollmann sagte das sehr bestimmt.

Gibt es dafür einen Paragraphen?, fragte Vollmer.

Weiß ich nicht, wozu haben wir die Gewerkschaft. Jetzt können wir endlich auf die Pauke hauen, ohne dass uns einer was ans Zeug flicken kann, sagte ich.

Wir gingen über den Hof in die Kantine zurück. Als wir eintraten, wurde es mucksmäuschenstill. Wir blieben an der Tür stehen.

Kollmann sagte: Kollegen, vorher erst eine Frage: Hat hier jemand auf den Knopf der Sprechanlage gedrückt?

Nein! riefen viele und schüttelten die Köpfe.

Dann hört zu. Maiwald hat auf den Knopf im Vorzimmer gedrückt. Wir haben jedes Wort verstanden, das hier in der Kantine gesprochen wurde, jedes … Ein ohrenbetäubender Lärm brach los. Einige sprangen auf Stühle und sogar Tische. Worte fielen wie: Saubande! Spitzelfirma! Betrieblicher Geheimdienst! Ein paar versuchten auf Faber einzudringen, Kollmann, Franz und ich traten dazwischen. Ich sprang auf den Direktionstisch, warf mit den Füßen eine brennende Kerze um und versuchte, Ruhe herzustellen: Seid doch still! Gebt doch Ruhe! Hört her.

Langsam verebbte der Tumult.

Ich sagte: Kollegen, es sind Zeugen genug, die das, was ich vorhin gesagt habe, mit eigenen Ohren gehört haben. Das ist Beweis genug. Ich stelle jetzt Direktor Faber noch einmal die Frage: Warum hat er das veranlasst, und wenn er es nicht war, warum hat er sich dagegen nicht gewehrt, so etwas in seinem Betrieb einbauen zu lassen? Zu welchem Zweck wurde die Anlage installiert? Geben Sie jetzt Auskunft, Herr Faber. Wer sind Ihre Auftraggeber?

Ich sprang vom Tisch und blieb vor Faber stehen, ich sah ihm direkt in die Augen.

Faber sah sich um. Neunzig Gesichter blickten auf ihn. Faber atmete tief, es war quälend still geworden, alle warteten auf ein Wort, da sagte Faber: Ich wiederhole noch einmal, ich bin nicht bereit, hier etwas zu sagen, was Sie hier mit mir machen, ist Freiheitsberaubung, ich werde Sie dafür zur Verantwortung ziehen …

Es war nicht mehr möglich, sein eigenes Wort zu verstehen. Kollmann, Franz und ich hatten zu tun, Faber in die Küche abzuschieben. Kühn und Stratmann folgten uns. Es war der Augenblick gekommen, wo keiner mehr für den andern garantieren konnte. Es war zu befürchten, dass irgendein Hitzkopf auf Faber einschlagen würde.

Als die drei in der Küche waren, schloss ich die Tür ab. Kollmann versuchte vergebens, sich Gehör zu verschaffen, es war kaum zu glauben, aber einer rief mir ins Gesicht: Arbeiterverräter! Die nimmst du noch in Schutz!

Dann warf einer seine leere Bierflasche auf den Kasten an der Wand und schrie: Schlagt doch die Dinger kaputt! Schlagt doch die Sprechkästen kaputt!

Das Gehäuse zerbrach und fiel von der Wand. Das war das Signal. Alles war in Bewegung geraten, sie drängten aus der Kantine in den Hof, rannten in alle Richtungen auseinander und schrien: Schlagt die Dinger kaputt ... Schlagt die Kästen kaputt ...

Auch Franz, Kollmann und ich waren mit auf den Hof gelaufen. Diese Verrückten, sagte ich zu Kollmann, jetzt setzen wir uns nämlich ins Unrecht.

Kannst die nicht verstehen? Am liebsten würde ich auch mitmachen, so wütend bin ich, erwiderte er.

Die Angestellten verließen die Kantine und liefen in das Bürogebäude, als würden sie von uns bedroht. Die Fahrer rannten zu den Stellen, wo die Sprechkästen waren, zertrümmerten sie und rissen die Leitungen aus den Wänden.

In dem Durcheinander hatte niemand mehr auf Faber, Stratmann und Kühn geachtet, die drei waren aus einem Fenster der Küche gesprungen und hatten sich in Fabers Mercedes gesetzt, der auf der Rückseite der Kantine geparkt war. Hauen Sie ab, rief ich Faber zu. Wir können nicht mehr für Sie garantieren. Hauen Sie bloß ab.

Faber erwiderte: Das werden Sie mir büßen, das garantiere ich Ihnen.

Ich sah dem Wagen nach, der Pförtner hob den Schlagbaum, er stand ratlos vor seinem Häuschen und sah auf die hin und her laufenden Männer.

Und dann brannte plötzlich mitten auf dem Fabrikhof ein Feuer. Sie hatten den Christbaum aus der Kantine geschleppt, mit Benzin übergossen und angesteckt.

Kollmann, wie kriegen wir bloß die Leute zur Vernunft, rief ich. Ein paar waren so betrunken, dass sie über ihre eigenen Beine stolperten. Wir konnten nur dastehen und hilflos zusehen. Vollmer und Dörrlamm schleppten Weihnachtstüten an und warfen sie ins Feuer, und einige tanzten sogar um das Feuer.

Kollmann sagte: Jetzt fehlt nur noch, dass einer auf einem Besen durch die Luft reitet.

Das Feuer glimmte nur noch, als plötzlich ein Halbirrer angelaufen kam und aus einem Kanister Benzin in die Glut schüttete, ohne daran zu denken, dass er sich selbst schwer verletzen könnte. Flammen schossen hoch.

Seid ihr denn alle verrückt geworden, schrie ich. Kollmann, das können wir nicht mehr zulassen, die stecken noch den ganzen Betrieb an. Ich lief in die Werkstatt und riss den Feuerlöscher von der Wand, lief wieder auf den Hof, wie gehetzt, und ich spritzte den Schaum in das Feuer und rief: Ihr Verrückten, hört endlich auf!

Am Pförtnerhaus standen zwei Polizeiautos, auf ihren Dächern rotierte das Blaulicht, der Pförtner hob die Schranke, die beiden Peterwagen fuhren auf den Werkshof bis kurz vor die Feuerstelle, aus dem ersten VW sprangen zwei Uniformierte, aus dem zweiten einer in Uniform und einer in Zivil. Was ist denn hier los?, fragte ein Polizist. Hier soll es brennen, wir sind alarmiert worden.

Kollmann antwortete: Wir haben nur unseren Weihnachtsbaum verbrannt. Das machen wir jedes Jahr nach unserer Weihnachtsfeier.

Der Zivilist war Bühler, ein Parteifreund von mir, ich ging auf ihn zu und fragte ihn: Was machst du denn hier? Bist du amtlich hier, als Kriminaler?

Bin ganz zufällig hier, Maiwald, war auf der Wache.

Und eure Weihnachtsgeschenke verbrennt ihr dann auch gleich mit, was?, fragte wieder der erste Polizist und stieß mit dem Fuß an eine angekohlte Apfelsine.

Kann doch schließlich jeder mit seinen Weihnachtsgeschenken machen, was er will, sagte Kollmann.

Die Polizisten wussten nicht recht, was sie unternehmen sollten, ich hielt immer noch den Feuerlöscher in der Hand, und von irgendwo sangen einige Betrunkene das Lied vom Tannenbaum.

Hast du gelöscht?, fragte mich Bühler.

Klar, sonst verbrennen die besoffenen Schweine doch noch ihre Weihnachtsgeschenke.

Da sind ein paar ganz schön knüllevoll, sagte Bühler und lachte. Wie man nur eine Werksfeier auf den Heiligen Abend legen kann.

Ach, das ist bei uns jedes Jahr so, antwortete ich.

Euer Direktor hat uns nämlich angerufen, hat gesagt, wir sollten hier mal nach dem Rechten sehen, sagte ein Polizist.

Ach, der Faber ist immer so ängstlich, wenn der Feuer sieht, dann dreht er durch, antwortete Kollmann.

Bühler nahm mich zur Seite und fragte: Ist wirklich nichts passiert? Nur der Weihnachtsbaum?

Erzähl ich dir mal bei Gelegenheit. Sauerei war hier los, will sagen, ist hier los.

Ich bin hier der Betriebsratsvorsitzende, Kollmann heiße ich, ich sorge schon dafür, dass Ruhe und Ordnung herrscht. Ich bring' das hier schon wieder in Ordnung, keine Sorge.

Die drei Polizisten standen noch etwas ratlos da. Ich sah, wie die Angestellten nach und nach das Bürogebäude verließen. Auch einige Fahrer schlenderten jetzt dem Ausgang zu, sie schienen wieder nüchtern geworden zu sein, als sie Polizei auf den Hof hatten fahren sehen.

Die Polizisten stiegen ein und fuhren ab.

Als die Polizisten abgefahren waren, drängte Kollmann die Betrunkenen vom Werksgelände. Es begann zu regnen, trotzdem war es kalt, es würde Glatteis geben am Abend. Ich zog die Akte, die ich hinter meinen Gürtel geklemmt hatte, heraus und gab sie Kollmann.

Wir hätten sie mitverbrennen sollen, sagte er.

Die nimmst du mit und gibst sie dem Bezirksstellenleiter, da hat er gleich was in der Hand und kann sich über Weihnachten schon mal auf das vorbereiten, was auf ihn zukommen wird.

Kollmann, sagte Franz, jetzt muss die Gewerkschaft die Sache in die Hand nehmen, wir können nichts mehr machen, wir haben getan, was wir konnten.

Verlasst euch auf mich, erwiderte Kollmann. Er gab uns

die Hand und wünschte frohe Weihnachten. Franz ging mit mir. Auf dem Parkplatz sahen wir Kollmann ganz allein auf dem Werkshof stehen.

Als ich mit Franz durch die Stadt nach Norden fuhr, die Evinger Straße entlang, an der Zeche »Minister Stein« vorbei, empfand ich keine Genugtuung über den Verlauf des Vormittags. Ich hatte plötzlich Angst. Über mich kroch eine kleine erbärmliche Angst.

Franz wohnte in unserer Vorstadt, im Viertel an der Autobahn, wo noch einige Bauernhöfe und alte Fachwerkhäuser stehen. Ich setzte ihn vor einem Altbau ab und fragte ihn: Was gibt's denn bei euch zu Weihnachten?

Weißt. Wir haben uns einen Farbfernseher geschenkt. Auf Raten. Verstehst.

Karin öffnete mir die Tür. Ich nickte ihr zu.

Angelika und Karin hatten den Baum mit bunten Kugeln geschmückt. Jedes Jahr waren wir uns einig, keinen Baum zu kaufen, und jedes Jahr wurde dann doch einer gekauft, und wenn er dann in der Wohnzimmerecke stand, neben dem Fenster zur Straße, fanden wir ihn schön.

Wir beschenkten uns schon am frühen Nachmittag. Meine Frau und ich hatten Karin einen elektrischen Wecker gekauft und ihr bereits vor Wochen Geld für einen Hosenanzug gegeben. Ihr schwarzer Samtanzug lag unter dem Weihnachtsbaum. Von meiner Frau hatte ich ein gestreiftes Hemd bekommen, von Karin Zigaretten. Ich wusste immer im Voraus, was Angelika mir schenken würde.

Als wir beim Essen saßen, Ente mit Reis, sagte meine Frau: Es war doch nichts mit Schnitzel. Weihnachten muss das Essen was hergeben.

Die Ente war zart, Angelika konnte kochen. Ich bin immer wieder erstaunt darüber, dass sie trotz ihrer Arbeit im COOP den Haushalt nicht vernachlässigt. Vor den Feiertagen muss sie oft bis zu zwölf Stunden arbeiten, und nachts schläft sie wie eine Tote.

Karin hatte die Lichter am Baum angesteckt, zwölf nichttropfende Bienenwachskerzen, die einen süßlichen Geruch in der Wohnung verbreiteten, ich sagte: Es riecht nach Kirche.

Besser als nach Kneipe, antwortete Angelika.

Sie hatte Glühwein gebraut, der stark nach Nelken schmeckte. Nach dem Essen setzten wir uns in die Couchecke, ich blätterte in einem Buch, meine Frau strickte an einem roten Schal, und Karin las in einer Fachzeitschrift. Ein friedliches Bild. Wenn ich auf unseren Baum in der Ecke sah, stieg vor meinen Augen nur der brennende Baum auf dem Werkshof auf.

Ein friedliches Bild. Aber das sind für mich die Stunden, wo ich am liebsten aufspringen und weglaufen möchte. Wir sitzen hier zusammen und tun so, als ob nichts gewesen wäre, nichts wäre, nichts passieren würde. Das werden Sie mir büßen, hatte Faber gesagt. Vielleicht sollte ich mich schnell betrinken, damit ich wie ein Toter ins Bett fallen konnte.

Ich fragte Karin: Gehst du noch ein Stückchen mit mir auf die Straße?

Auf der Straße hakte sich Karin bei mir ein. Wir liefen

auf der schwarzen Seite bis zu den Feldern und spazierten auf der grünen Seite zurück. In den Wohnungen brannten die Weihnachtsbäume. Wir waren allein, Karin und ich, niemand begegnete uns, nur Borgmann trat aus seinem Haus, als wir vorbeigingen. Frohe Weihnachten, rief er. Wir blieben stehen, er kam zu uns auf den Bürgersteig.

Auch bisschen die Beine vertreten? Das tut gut. Jaja, nach einem guten Essen muss man Bewegung haben. Auch Ente gehabt? Unsere war zart und doch festes Fleisch. Meine Frau kauft immer polnische oder ungarische, die Viecher dort wachsen noch in freier Wildbahn auf, die werden nicht so gemästet wie unsere, damit sie schnell Gewicht kriegen.

Frau Borgmann, die wenig später ebenfalls aus dem Haus kam, fragte mich: Ist Ihre Frau zu Hause?

Ich nickte und sagte: Wo soll sie sonst sein an so einem Tag.

Ich komme heute Abend vielleicht noch mit Frau Beuster vorbei, wir haben was für sie gekauft, hoffentlich freut sie sich darüber.

Borgmann sagte: Und das Töchterchen ist wieder chic, der Hosenanzug steht Ihnen aber wie angegossen … Weihnachtsgeschenk? … Na, bei der Figur, da kann man alles tragen.

Seine Frau sagte noch, bevor wir weitergingen: Sagen Sie doch bitte Ihrer Frau, falls wir es heute nicht mehr schaffen vorbeizukommen, dann soll sie morgen Nachmittag zum Kaffee kommen.

Ich hatte einmal heimlich auf Borgmanns rechten Handrücken gesehen, aber das Straßenlicht reichte nicht aus, eine Narbe zu entdecken.

Als wir einige Schritte gegangen waren, Borgmanns spazierten in entgegengesetzter Richtung, lachte Karin vor sich hin. Ist was?, fragte ich.

Weißt du, Vater, ich finde den Mann immer komisch. Musst mal genau hinsehen, wie der sich bewegt, wie ein Hahn auf dem Mist. Der Mann geht nicht, der stolziert.

Wir standen ein paar Minuten an der Straßenbahnhaltestelle. Es fuhr keine Bahn, es war kalt geworden, es fuhr kein Auto, die Luft roch nach Schnee. Wir froren.

Als ich die Korridortüre aufschloss, kam mir Angelika entgegengelaufen und flüsterte mir zu: Im Wohnzimmer sitzt eine Frau, sie will dich sprechen.

Eine Frau? Mich? Am Heiligen Abend?

Im Sessel vor dem Christbaum saß die Schindler.

Karin zog meine Frau aus dem Wohnzimmer. Ich war so überrascht vom Besuch der Schindler, dass ich vergaß, sie zu begrüßen.

Ist was los?, fragte ich.

In mir kroch diese erbärmliche Angst wieder hoch.

Die Schindler weinte.

Ich wartete, bis sie sich beruhigt hatte, und es dauerte einige Zeit, bis sie halbwegs sprechen konnte.

Er war da, sagte sie.

Wer war da?

Der Chef … der Faber, und noch zwei andere waren dabei, die ich noch nie gesehen habe. Faber hat einfach zu mir gesagt: Fräulein Schindler, Sie haben dem Maiwald die Akten gegeben. So direkt hat er es gesagt. Und dann: Sie werden entlassen. So direkt hat er mir das ins Gesicht gesagt.

Während sie sprach, wurde mir klar, dass ihre Nachforschungen zwangsläufig bei der Schindler hatten beginnen müssen und nicht bei mir. Ich hatte nur an mich gedacht und nicht an sie, ich hatte nur mich in Gefahr geglaubt, aber nicht sie. Wie haben Sie sich verhalten, was haben Sie gesagt?, fragte ich.

Was? Natürlich tat ich empört, was denn sonst. Ich tat gekränkt, was denn sonst, weil mir Faber so etwas zutraute. Und dann habe ich geheult und ihm gesagt, dass ich jetzt acht Jahre in der Firma bin und meine Arbeit stets zur vollsten Zufriedenheit erledigt habe, habe ich gesagt, dass er mich kränkt, weil er mich verdächtigt … was denn sonst … Ich muss so überzeugend gewesen sein, denn Faber hat sich nach einer halben Stunde entschuldigt, dann sind sie gegangen.

Ich musste einfach lachen, und die Schindler lachte mit, sie war aufgesprungen und umarmte mich, unser Lachen war so laut, dass Karin ins Wohnzimmer sah. Die Schindler drückte mich fest und lachte.

Sie sagte: Ich muss jetzt gehn … entschuldigen Sie.

Bleiben Sie doch noch, Sie versäumen doch nichts, sagte ich und rief meine Frau.

Angelika, ich habe Fräulein Schindler eingeladen, dass sie noch ein Stündchen bleibt.

Angelika nickte nur und schenkte ihr ein Glas ein.

Wie sind Sie denn hierher gekommen?, fragte ich.

Mit einem Taxi, die Straßenbahn verkehrt nicht mehr … Aber Sie brauchen mich nicht zurückzubringen, ich nehme mir wieder ein Taxi, Sie haben ja Telefon.

Na dann, zum Wohle, sagte ich, und frohe Weihnachten.

Die Schindler trank hastig und viel, meine Tochter beobachtete sie verstohlen und manchmal auch mich.

Die Schindler erzählte, dass sie schon seit drei Jahren alleine lebe. Ihre Eltern wären vor dreieinhalb Jahren auf der Autobahn tödlich verunglückt, als sie die Schwester ihrer Mutter in Hamburg besucht hätten, der Wagen habe sich überschlagen, bis heute konnte niemand genau sagen, wie das passiert sei. Im Polizeibericht habe es geheißen, menschliches Versagen. Das war schwer für mich, ich konnte die Wohnung meiner Eltern nicht halten, sie war zu teuer, ich verdiente damals nicht genug, ich habe mir nach ein paar Wochen ein Appartement gesucht, das heißt, ein Freund meines Vaters hat mir dabei geholfen oder etwas nachgeholfen, wie man es nimmt. Ich habe das gefunden, wo ich heute wohne. Ja, verlobt war ich auch einmal, ist schon lange her, die Verlobung ging in die Brüche, man kann nicht mit einem Mann verlobt sein, der schon zu einer anderen geht, wenn er einen zu Hause abgesetzt hat nach dem Kino. Ich lebe gern allein, nur an solchen Tagen, wie eben Weihnachten, da wird es ein bisschen schwer, da dreht man leicht durch … Bei Ihnen ist es so gemütlich. Sie erzählte, dass sie tausend Mark im Monat verdiene, netto, und noch etwas dazu mit Adressenschreiben für eine Versandfirma. Sie erzählte, dass sie ganz gut über die Runden komme. Im Betrieb esse sie in der Kantine, das sei billiger, und abends esse sie überhaupt nichts mehr, wegen der Figur.

Einige Kerzen waren abgebrannt, Karin steckte neue an, Angelika bot der Schindler etwas zu essen an, aber sie trank nur Glühwein, ein Glas nach dem andern. Ich wunderte mich, wie viel sie trinken kann, ohne betrunken zu werden, mancher Mann wäre längst umgefallen, hätte er die Mengen getrunken, die sie getrunken hatte, sie zierte sich auch nicht, wenn ihr meine Frau oder ich das Glas neu füllten, sie sagte nur: Danke, sehr freundlich.

Schließlich saß sie nur noch stumm in ihrem Sessel und sah auf den Baum.

Ich muss jetzt gehen, sagte sie plötzlich, und stand auf. Würden Sie mir bitte ein Taxi rufen?

Karin telefonierte.

Ich begleitete die Schindler auf die Straße, mir war, als ich sie die Treppe hinunterführte, als sei sie betrunken. Als sie ins Taxi stieg, sagte sie leise: Besuchen Sie mich doch mal. Aber bald.

Über Nacht war ein wenig Schnee gefallen, und am Morgen fegten ihn die Leute von den Hauseingängen und vom Bürgersteig. Auch ich musste den Schnee vor unserem Haus wegfegen, weil die Familie im Parterre, zu deren Aufgaben das gehörte, verreist war.

Die ersten Kirchgänger waren unterwegs, Hunde tobten durch den Schnee. Von überall her bimmelten die Kirchglocken, selbst aus der Küche, wo Angelika das Radio eingeschaltet hatte und Gottesdienst hörte, obwohl wir seit Karins Taufe nie wieder eine Kirche betreten hatten, aber meine Frau liebte Orgelmusik und Kirchenlieder.

Da Karin noch nicht aus ihrem Zimmer gekommen war, setzte ich mich zu meiner Frau in die Küche, und wir frühstückten. Ich las die Zeitung vom Vortag. Ich war weder rasiert noch gewaschen, Angelika saß im Morgenmantel da und war unfrisiert. Es ist schön, sich so treiben zu lassen an Tagen, wo man nicht nach der Uhr sehen muss, wo einem weder Wecker noch Vorgesetzter sagen, was man zu tun und zu lassen hat, wo es einem selbst überlassen bleibt, wie man seine Stunden füllt. Man wartet auf etwas, das nicht kommt, und am Abend ist der Tag vorbei, und nichts ist passiert. Man hört Stimmen und versteht die Worte nicht.

Hast du heute Nachmittag was vor?, fragte mich Angelika.

Ich? Nein, was soll ich vorhaben. Es ist doch Weihnachten, da hat doch keiner was vor, das weißt du.

Ich hab nur so gefragt. Wir könnten ein bisschen rausfahren, ins Münsterland vielleicht.

Aber Angelika, die Straßen sind doch voll an den Feiertagen, das weißt du doch. Jeder ist froh, wenn er zu Hause bleiben kann.

Für uns wird schon irgendwo noch ein Platz frei sein, sagte sie und schenkte mir Kaffee nach.

Karin, die gerade in die Küche getreten war, sagte sofort: Ich fahre aber nicht mit. Ich habe heute Nachmittag eine Verabredung. Die kann ich nicht absagen.

Du hast aber viel Verabredungen in letzter Zeit, sagte meine Frau.

Karin schwieg, sie goss sich Kaffee ein, setzte sich zu uns an den Küchentisch, angelte sich ein Stück Zeitung, las und aß dabei Weihnachtsstollen, den Angelika im Laden gekauft hatte. Da saßen wir drei am Küchentisch und sprachen kaum ein Wort.

Na gut, dann lass uns heute Nachmittag ins Münsterland

fahren, sagte ich, obwohl ich überhaupt keine Lust hatte. Du musst dann das Essen früher richten, damit wir nicht so spät wegkommen. Noch hoffte ich, dass Angelika auf die Spazierfahrt verzichten würde.

Angelika stand auf, machte sich am Elektroherd zu schaffen, richtete Töpfe und Pfannen, und als sie ins Badezimmer gegangen war, sagte Karin: Vater, lass die Finger von der Schindler.

Karin, du hast eine schmutzige Phantasie. Ich war wütend.

Ich wollte es dir nur noch einmal sagen, der trau ich nicht, die ist so eine …

Aber Karin, die hat gestern einfach das Heulen gekriegt. Das soll ja vorkommen.

Und da kommt sie ausgerechnet zu dir?

Warum nicht? Es war wichtig, was sie mir erzählt hat. Sehr wichtig sogar.

Aber Vater, das war doch zu erwarten, dass die mit ihren Ermittlungen erst bei der Schindler anfangen.

Für dich ist immer alles klar, sagte ich.

Vor dem Essen ging ich alleine spazieren. Wer mir auch begegnete, sie trugen die neue Wintermode, die sie sich zu Weihnachten geschenkt hatten, gefütterte Ledermäntel oder farbige gefütterte Stiefel. Die Kinder in bunten Anoraks.

In der langen Straße war kein Auto zu sehen.

Ich lief die Feldwege entlang und ging über die Autobahnbrücke. Dann stand ich vor Holtkamps Bauernhof, wo die schmale Straße zum Gildenhof abzweigt. Es fiel mir schwer, nicht zum Frühschoppen zu gehen, aber ich hatte Angelika nun mal versprochen, dass wir ausfahren. Sie würde sich nie zu mir in den Wagen setzen, wenn ich nach Alkohol röche.

Ich kehrte zurück.

Vor unserem Haus stand Martins BMW.

Als ich ins Wohnzimmer eintrat, sagte Martin: Ich habe heute Morgen Franz getroffen, er hat mir erzählt, was sich gestern abgespielt hat.

Die Akten sind doch bei dir gut aufgehoben?, fragte ich.

Natürlich, wie das Amen in der Kirche. Du … ich wollte mit Karin ins Sauerland fahren, soll viel Schnee gefallen sein. Du hast doch nichts dagegen?

Meinetwegen. Weiß meine Frau schon …

Ich habe ihr Bescheid gesagt, antwortete Karin. Sie stand auf, ging in ihr Zimmer und kam gleich darauf in ihrem schwarzen Samthosenanzug wieder, über dem Arm ihren Wintermantel.

Willst du nicht erst mit uns essen?, fragte ich.

Wir essen irgendwo unterwegs, erwiderte Martin. Und da waren beide auch schon aus dem Wohnzimmer.

Beim Mittagessen sprach Angelika kein Wort darüber, dass Karin nicht mit uns aß, und das am ersten Feiertag. Ihr Schmorbraten war gut und saftig.

Wir legen uns erst ein Stündchen aufs Ohr, sagte ich. Lass das Geschirr stehen.

Am Nachmittag fuhren wir ohne Ziel umher, in Ascheberg tranken wir Kaffee, wir gingen eine Stunde spazieren, und als es dunkel zu werden begann, fuhren wir nach Dortmund zurück.

Zu Hause fragte mich Angelika: War es sehr langweilig für dich?

Aber nein. Die frische Luft hat mir gut getan.

Sie schwieg, als ich mich wenig später in den Wagen setzte und in den Gildenhof fuhr. Ich kam mir schofel vor, weil ich sie allein ließ.

Angelika wird zu Borgmanns gehen oder zu Beusters, um acht zu Hause sein und den Fernseher einschalten. Sie ist eine gute Frau, sie verdient tausend Mark und steckt den letzten Pfennig in den Haushalt, ohne ein Wort darüber zu verlieren, und unsere Wohnung ist ordentlicher als die mancher Frauen, die den ganzen Tag zu Hause sind.

Im Gildenhof waren ausschließlich Männer.

Am zweiten Feiertag fuhr ich nachmittags gegen drei Uhr in die Ausländerbaracke an der Evinger Straße. Karin und ich hatten für Angelo ein Weihnachtsgeschenk gekauft, ein Gasfeuerzeug. Angelo war nicht da, seine drei Zimmergenossen saßen am Tisch und spielten ein sizilianisches Brettspiel, das sie sich selbst gemacht hatten. Ich sah ihnen eine Weile zu und begriff das Spiel wieder nicht, obwohl es mir Angelo schon mehrmals erklärt hatte.

Eine Zweieinhalbliterflasche Rotwein stand auf dem Tisch, sie tranken reihum aus der Flasche, ich musste mittrinken.

Sie vermuteten, dass Angelo irgendwo ein Mädchen oder eine Witwe oder eine grüne Witwe aufgetrieben habe.

Ich sah mich im Zimmer um. Vier graugrüne Stahlblechschränke an der Seite zur Tür, zwei Stockwerkbetten links und rechts am Fenster, vier Stühle, ein Tisch. Vor dem Fenster, es gab nur eins, hing billiger Stoff. Wenn man sich das Zimmer betrachtete, verstand man plötzlich, warum sie bereit waren, Tag und Nacht zu arbeiten. Jede Fabrik war wohnlicher als diese Wohnung hier.

Auf engem Raum waren hundertzwanzig Männer untergebracht, Streitigkeiten waren unvermeidlich, manchmal artete der Streit in Messerstecherei aus, einmal im Monat wurde aus der Baracke ein Verletzter getragen, und die Einwohner im Norden unserer Stadt sagten zu den Insassen der Baracke: Die Mafia.

Es hat sich so eingebürgert, dass das, was im Norden, in Brechten, Lindenhorst und Eving, verbrochen wird, der Mafia anzulasten ist. Wenn in einer Wohnung die Lampe von der Decke fällt, dann waren wir es, hatte Angelo einmal scherzhaft gesagt. Aber damit muss man leben, hatte er hinzugefügt, wenn man das weiß, dann ist es nicht mehr so schlimm.

Früher hatte die Baracke, während des Krieges waren darin russische Kriegsgefangene untergebracht, die auf der Zeche unter Tage arbeiten mussten, der Stadt gehört, die aber hat sie vor wenigen Jahren an einen Fuhrunternehmer verkauft, der sie etwas aufpolierte und für jede Schlafstelle fünfzig Mark im Monat verlangte, Strom und Wasser nicht mitgezählt, und Karin hatte mir einmal vorgerechnet: Auf jedem Zimmer vier Mann, das gibt zweihundert Mark im Monat, dreißig Zimmer in der Baracke, das sind dreißig mal zweihundert, also sechstausend Mark im Monat, zweiundsiebzigtausend Mark im Jahr.

Vor einem Jahr hatte Karin mit ihrer Juso-Gruppe vor der Baracke demonstriert, um die Öffentlichkeit auf diesen Mietwucher aufmerksam zu machen, aber die Leute in unseren Vororten haben über die Demonstranten nur gelacht und gesagt, die Italiener wären selbst schuld, wenn sie sich das gefallen ließen.

Angelo kam nicht. Ich ging, durfte aber erst das Zimmer verlassen, nachdem ich erneut einen großen Schluck aus der Flasche getrunken hatte.

Der Schnee auf der Straße war zu Matsch geworden. Was sollte ich machen. Karin und Angelika waren nicht zu Hause. Es ist gar nicht so einfach, einen Feiertag totzuschlagen.

Mir fiel die Schindler ein.

Ich setzte mich in den Wagen, fuhr zur Rheinischen Straße, parkte aber nicht vor ihrem Haus, sondern ein paar Straßen weiter, lief langsam, sah mich nach allen Seiten um und betrat den Hausflur. Zögernd stieg ich die Treppe hoch, dann drückte ich zwei Mal auf den Klingelknopf.

Als ich schon wieder umkehren wollte, weil niemand auf mein Läuten zu reagieren schien, hörte ich Schritte, und die Schindler fragte hinter der Tür: Wer ist da, bitte?

Ich bin's. Maiwald.

Die Tür sprang auf und sie stand im Bademantel vor mir. Sie sagte: Entschuldige, ich habe geschlafen. Komm rein.

Sie war nicht überrascht, sie sagte es so, als besuchte ich sie jeden Tag.

Sie setzte sich mir gegenüber, schlug ihre Beine übereinander und schenkte mir und sich Kognak aus einer großen

Flasche ein, die auf dem Tisch stand, sie sagte Prost, und da erst merkte ich, dass sie betrunken war.

Sie sprach ganz langsam und gespreizt. Plötzlich weinte sie. Es war eine peinliche Situation. Was sollte ich machen. Ich konnte ihr schlecht sagen, dass sie weitertrinken solle, bis sie betrunken ins Bett fällt, das sei das einzige Mittel, über gewisse Stunden hinwegzukommen. Ich wusste nicht, was ich mit meinen Händen sollte.

Ich gehe jetzt wohl besser, sagte ich. Sie sah mich erschrocken mit ihren großen und grünen Augen an.

Nein, rief sie, nein. Bleib hier.

Sie drückte mich wieder in den Sessel, setzte sich auf meine Knie, schlang ihre Arme um meinen Hals und legte ihren Kopf an meine rechte Schulter.

Ich überlegte, wie ich von hier fortkäme, ohne sie zu kränken. Was werde ich jetzt tun, fragte ich mich immer wieder.

Aber ich blieb sitzen und die Schindler auf meinen Knien, sie roch nach Seife und Kognak.

Sie hatte zu weinen aufgehört, sie sagte: Du musst öfter kommen, du kannst immer zu mir kommen.

Ich habe Familie, antwortete ich über ihr Haar hinweg und überlegte erneut, wie ich aus dem Zimmer konnte.

Mir fiel nichts ein. Ich saß wie gelähmt, die Schindler wurde immer schwerer auf meinen Knien.

Sie sagte: Du sollst mich ja auch nicht heiraten.

Ich saß da und drückte sie fest an mich, ich spürte ihre warme Haut unter ihrem Bademantel, ich hätte gern ihr Haar gestreichelt.

Da küsste sie mich. Obwohl sie mich erregte, erwiderte ich ihren Kuss nicht, und wie zufällig öffnete sich ihr Bademantel und ihre Brust lag bloß.

Aber da hob ich sie hoch und setzte sie in den Sessel, in dem sie vorher gesessen hatte.

Ich muss jetzt gehen, sagte ich und blieb vor ihr stehen.

Du bist gemein, sagte sie und ordnete ihren Bademantel.
Ich ging zur Tür.

Bleib, rief sie, noch eine halbe Stunde, noch fünf Minuten. Bleib noch.

Ich stand an der Tür und wusste nicht, was ich tun sollte. Ich wollte nicht bleiben, ich wollte nicht gehen. Sie tat mir plötzlich leid.

Als ich die Tür öffnete, rief sie: Wann kommst du wieder?

Vielleicht hätte ich bleiben sollen, Betrunkene brauchen Gesellschaft, das weiß ich nur zu gut von mir selber.

Auf den Straßen war kaum Verkehr, die Straßenbahnen fuhren leer, und wenn Autos fuhren, dann waren es meist Taxis.

Über Weihnachten schien die Stadt wie ausgestorben, die Menschen hatten sich in ihren Wohnungen eingeigelt. Ich stand eine Zeitlang vor einem Radiogeschäft und sah mir die Auslagen an. Um Radios und Fernsehgeräte waren glitzernde Bänder gebunden, in den Schleifen steckten Tannenzweige, auf ein Brett hinter dem breiten Fenster waren bunte elektrische Kerzen gesteckt, im Laden hing ein Transparent mit der Aufschrift: Der Zug der Zeit – Stereo. Wollen Sie ein unmoderner Mensch bleiben?

Ich stand vor dem Geschäft und wusste nicht, was ich tun

sollte. Es war gar nicht so einfach, einen Feiertag totzuschlagen. Ich fuhr nach Hause.

Angelika erzählte mir: Angelo war da, gleich als du weggefahren bist. Er hat sich nicht aufgehalten, er ist gleich wieder gegangen. Was er wollte, hat er nicht gesagt. Er kommt morgen vorbei, abends, er hat Frühschicht. Ich wollte ihm das Feuerzeug geben, ich habe es nicht gefunden.

Das habe ich eingesteckt, ich hab ihn schon in der Baracke gesucht.

Karin kam spät nach Hause und ging gleich auf ihr Zimmer. Ich war auf der Couch eingeschlafen.

Angelika weckte mich: Geh doch ins Bett, wenn du so müde bist.

Während der Weihnachtstage hatte ich von niemandem etwas gehört, nichts von Kollmann, nichts von Franz, nichts von der Gewerkschaft, nichts vom Betrieb.

Am ersten Arbeitstag nach Weihnachten war es im Betrieb wie immer, jeder betrat das Werksgelände, als hätte es keine Weihnachtsfeier gegeben, keine gestohlenen Akten, keine zerschlagene Sprechanlage, keinen verbrannten Weihnachtsbaum, keine Polizei auf dem Fabrikhof.

Die Nah und Ferntouren waren eingeteilt, die Tankfahrzeuge verließen den Hof.

Ich fand die Werkstatt so vor, wie ich sie verlassen hatte, die Scherben der zertrümmerten Sprechkästen waren aufgefegt, es musste also über die Feiertage jemand im Betrieb gewesen sein, der diese Spuren beseitigt hatte.

Ich machte mich an meine Arbeit. Es war gespenstisch, einfach unwirklich, denn jeder tat so, als habe es einen Heiligen Abend nicht gegeben. Keiner erwähnte den Vorfall. Bald glaubte ich schon selber, dass ich nur einen bösen Traum gehabt hatte.

Ich wollte zu Kollmann gehen, und doch wollte ich abwarten und die Dinge an mich herankommen lassen. Die Feuerstelle auf dem Hof war bereits weggeräumt, nur ein schwarzer Fleck auf dem Pflaster erinnerte daran. Nicht nur in der Werkstatt, auch in anderen Räumen waren die zerstörten Plastikkästen nicht mehr da, nur abgerissener Putz und zwei Drähte erinnerten daran, dass an den Wänden etwas angebracht gewesen war.

Gegen Mittag betrat Kollmann die Werkstatt, er ging direkt auf mich zu, legte mir die Hand auf die Schulter und sagte: Der Faber ist nicht mehr da, er ist bis auf weiteres beurlaubt worden. Das habe ich soeben von Düsseldorf gehört. Und Karl, ich habe auch dem Bezirksstellenleiter alles erzählt und ihm die Akte VollmerDörrlamm gegeben. Du solltest heute noch zum Ostwall raufkommen, am besten gleich nach der Schicht. Er war über Weihnachten verreist, sonst hätte er schon längst was angekurbelt … Aber das mit Faber ist ja deutlich, die lösen doch nicht einen Mann ab, wenn er mit der Sache nichts zu tun hat.

Wenig später wurde am schwarzen Brett ein Aushang angeheftet, in dem es hieß, dass Faber in die Hauptverwaltung nach Düsseldorf zurückgerufen sei und dass Doktor Bosch vom Zweigwerk Bremen ab sofort die Geschäfte unseres Betriebes kommissarisch übernehme.

Ich fuhr nach der Schicht mit Kollmann in die Geschäftsstelle der IG Chemie. Grünefeld, der Bezirksstellenleiter, wartete schon auf uns. Wir setzten uns im Konferenzzimmer zusammen, eine Sekretärin kam dazu und stenographierte alles mit, was wir sagten.

Ich erzählte alles und von Anfang an: dass ich mit Franz eingebrochen war und die Akten weggeschafft hatte. Ich verschwieg aber, dass Martin und meine Tochter dabei mitgeholfen hatten und ich ließ auch die Schindler aus dem Spiel.

Ich glaube, ich habe nichts ausgelassen, sagte ich zuletzt.

Während ich erzählte, hatte Grünefeld dauernd mit dem Kopf geschüttelt und vor sich hingemurmelt: Das ist ein dicker Hund, ein dicker Hund ist das. Was sich die Unternehmer heutzutage alles ausdenken.

Er stand auf und lief im Konferenzraum auf und ab.

Ich habe schon mit Hannover telefoniert ... wir werden da einen ganz dicken Hund draus machen... das kommt in allen Gewerkschaftszeitungen ... ganz große Balkenüberschriften. Die in Hannover meinen, jetzt hätten wir endlich was gegen die Unternehmer in der Hand, jetzt stehen die ohne Hemd da, es geht gar nicht mehr um die Firma Maßmann, es geht jetzt um die Methoden der Unternehmer ... in anderen Betrieben soll es so etwas Ähnliches geben, aber das sind nur Vermutungen und Spekulationen, man kann nichts beweisen ... hier aber haben wir endlich den Beweis... Na, Kollege Maiwald, da hast du uns Munition geliefert ... und die lassen wir hochgehen.

Ich setzte Kollmann wieder am Werkstor ab.

Auf der Heimfahrt sah ich in der Baracke vorbei. Angelo

schlief. Ich schob ihm das Feuerzeug, das Karin in buntes Papier eingepackt hatte, unter das Kopfkissen.

Angelika machte großen Hausputz, sie hatte sich, weil das Stoßgeschäft zum Fest vorüber war, zwischen Weihnachten und Neujahr unbezahlten Urlaub genommen, und wenn sie einmal für mehrere Tage hintereinander zu Hause ist, fühlt sie sich nur wohl, wenn sie über Putzeimer und Staubsauger steigen kann.

Angelika kam aus dem Keller mit gewaschenen und trockenen Stores, sie sah mich vorwurfsvoll an: Erst von fremden Leuten muss ich erfahren, was bei euch im Betrieb los war am Heiligen Abend.

Ich hielt es nicht für so wichtig, sagte ich. Mach mir was zu essen.

Es ist fertig, komm in die Küche.

Und als ich beim Essen saß, sagte sie: Nicht für wichtig? Ja, was hältst du eigentlich noch für wichtig. Karl, die können dich rausschmeißen, und du sagst, du hältst das nicht für so wichtig. Na, du bist gut.

Angelika, ich hätte es dir schon noch erzählt, wenn alles vorbei ist. Die können mich nicht rausschmeißen, wie du denkst, ich bin Betriebsrat, ich bin nicht so leicht kündbar, ich habe immerhin einen gewissen Schutz. Da müssen schon gewichtige Gründe vorliegen.

Wenn die einen loswerden wollen, dann finden sie schon einen Grund. Weißt doch, wie es ist. Vor dem Tor stehen genug Ausländer, die Arbeit haben wollen, denen ist es gleich, wie sie behandelt werden, Hauptsache, sie haben Arbeit.

Die sind im Unrecht da oben, nicht wir, Angelika.

So. Neulich hat unser Abteilungsleiter gesagt, was Recht ist und was Unrecht ist, das bestimmt einzig und allein die Betriebsleitung. Genau so hat er es gesagt.

Angelika, der Fall in unserem Betrieb ist sonnenklar, da gibt es nichts mehr rumzumogeln.

Ich sag dir Karl, mach die Augen auf, wenn es zum Knall kommt, dann treten einem die besten Freunde in den Hintern. Wir haben es doch schon oft erlebt.

Ich pass schon auf, mach dir keine Sorgen.

Ich mach mir aber Sorgen, sagte sie.

Am andern Tag, im Betrieb war wieder alles ruhig geblieben und auch die Gewerkschaft hatte sich noch nicht gemeldet, sagte Karin plötzlich beim Essen: Silvester verlobe ich mich mit Martin.

Angelika verschluckte sich, ich sah Karin starr an, dann sagte ich mühsam: Muss das sein? So aus heiterem Himmel? Warum hast du uns nie was gesagt, das kommt so plötzlich.

Hast du was gegen Martin? Ich dachte, du magst ihn, ich dachte, ihr mögt ihn … Im April bin ich mit meiner Ausbildung fertig.

Willst du schon so früh heiraten?, fragte Angelika. Du hast doch vom Leben noch nichts gehabt, du solltest …

Wer redet denn vom Heiraten, Mutter.

Aber man verlobt sich doch nur, wenn man heiraten will, sagte meine Frau wieder. Sie hielt die Gabel in der Hand und sah unverwandt ihre Tochter an.

Karin bat mich um die Autoschlüssel, sie habe noch in der Stadt zu tun.

Martin hätte es mir sagen können, dachte ich, wir standen im Gildenhof oft genug am Flipper zusammen. Wenn ich es mir so überlege, so hatte ich mir für Karin eigentlich einen anderen Mann vorgestellt, nichts Genaues, vielleicht einen Lehrer oder einen Beamten.

Angelika schob ihren Teller weg und sagte: Du kannst mir sagen, was du willst, Verlobung läuft aufs Heiraten hinaus.

Wir wollen mal alles an uns herankommen lassen, Verlobung ist noch keine Heirat. Finanziell würde es Karin jedenfalls ganz gut gehen.

Als ob das alles wäre, erwiderte meine Frau.

Ich ging ins Wohnzimmer und sah auf die Lange Straße. Über einer Sessellehne lagen die frisch gewaschenen Stores.

Ein ruhiges Viertel.

Wir könnten eigentlich zufrieden sein. Aber da war meine Bandscheibe, die mich daran hinderte, eine besser bezahlte Arbeit anzunehmen, ich hatte keine Chance mehr in einem anderen Betrieb.

Ich erinnerte mich plötzlich wieder an den Brief, den mir die Betriebsleitung vor Jahren ins Haus geschickt hatte, als ich wegen meiner entzündeten Abszesse sechs Wochen krankfeiern musste. Man hatte mir in dem Schreiben unterstellt, dass ich mir deshalb einen Krankenschein genommen hätte, weil mir die zugeteilten Nahfahrten nicht zusagten.

Ich beschwerte mich sofort.

Kollmann hatte mir geraten, ich solle darauf dringen, dass sich auch der Direktor entschuldigt. Aber das taten nur Kühn und Stratmann, Kühn hatte den Brief diktiert, Faber hatte nur unterschrieben.

Ich kann nicht alle Briefe lesen, die mir zur Unterschrift vorgelegt werden, ich muss mich da schon auf meine Leute verlassen können, hatte Faber zu mir gesagt.

Dann unterschreiben Sie also Briefe, die eine Existenz vernichten können, ohne sie gelesen zu haben, hatte ich ihm geantwortet. Finden Sie das nicht sonderbar?

Später erfuhr ich, dass Schreiben dieser Art an alle verschickt werden, die innerhalb von zwölf Monaten dreimal krankfeiern. Viele ließen sich dadurch so einschüchtern, dass sie schon wieder arbeiteten, bevor sie gesund waren, es kam vor, dass Fahrer mit Fieber am Steuer saßen.

Angelika bügelte die Übergardinen. Ich sagte: Ich geh noch für eine Stunde in die Kneipe. Sie nickte.

Im Gildenhof standen nur die drei Invaliden am Tresen.

Na, Karl, hast die Feiertage gut rumgekriegt?, fragte Wittbräucke.

Ich nickte und gab den dreien ein Bier aus.

Wittbräucke wehrte ab. Na, Karl, das brauchst du nicht, du musst deine Pfennige auch zusammenhalten.

Lass mal, sagte ich. Sie tranken auf mein Wohl.

Karin holte mich gegen acht Uhr ab.

Komm Vater, lass uns nach Hause fahren.

Was wollen wir denn zu Hause. Mutter putzt.

Und was willst du hier? Bier kannst du zu Hause auch trinken. Komm schon.

Ich ging widerwillig mit.

Als mich Karin nach Hause fuhr, sagte sie: Musst du immer in die Kneipe gehen?

Und du willst dich mit einem Mann verloben, der jeden Tag für zwei, drei Stunden in die Kneipe geht.

Karin kann oder will nicht begreifen, dass einem zu Hause manchmal die Decke auf den Kopf fällt, die Langeweile so furchtbar wird, dass nur noch die Kneipe helfen kann.

Zu Hause half ich Angelika, die Gardinen aufzuhängen, und ich war richtig froh, als es an der Tür läutete. Ich öffnete, vor mir stand der pensionierte Landgerichtsrat Burrmeister. Er hielt eine blaue Mappe in seinen Händen und sagte: Guten Abend. Darf ich für einen Augenblick reinkommen?

Bitte.

Ich führte ihn ins Wohnzimmer und bot ihm Platz an. Was er wohl will, dachte ich, ich kannte ihn nur vom Sehen, wir grüßten uns nur mit Nicken des Kopfes, wenn wir uns begegneten.

Herr Maiwald, wahrscheinlich haben Sie schon gehört, wir führen in unserem Vorort eine Unterschriftenaktion durch …

Wer ist wir?, fragte ich.

Die Bürgerinitiative.

Um was geht's denn?

Herr Maiwald, Sie haben wirklich noch nichts gehört?

Karin kam ins Zimmer und blieb hinter mit stehen.

Auf dem leeren Grundstück an der Autobahn sollen drei Baracken gebaut werden. Das Grundstück hat mal dem Holtkamp gehört, hat er an die Stadt verkauft …

Baracken? Nein, davon habe ich noch nichts gehört.

In die Baracken sollen dreihundert Türken. Wir sind

dagegen. Nicht dass Sie denken, ich hätte was gegen Türken, da gibt es auch solche und solche … aber die haben nun mal einen anderen Lebensstil, eine andere Religion … und kurz und gut, die sind nun mal anders als wir, deshalb …

Anders?, fragte Karin. Wie denn anders?

Burrmeister reichte mir die Mappe über den Tisch. Ich las einige Namen. Borgmann fand ich, seine Frau, Beuster und Frau, der Dachdecker Meermann, Frauenarzt Gerling, auch Leute aus unserem Haus hatten ihre Namen auf die Liste gesetzt.

Irgendwo müssen die Leute doch bleiben, sagte Karin.

Ich kann das nicht unterschreiben, Herr Burrmeister, tut mir leid, sagte ich und reichte ihm die blaue Mappe zurück, bei den Türken sind vielleicht welche, mit denen ich täglich im Betrieb auskommen muss … Tut mir leid.

Herr Maiwald, nicht dass Sie mich missverstehen …

Ich weiß, Herr Landgerichtsrat, sagte Karin plötzlich, vor einigen Jahren war es auch ein Missverständnis, dass die Leute auf der Waldseite eine Bürgerinitiative gründeten, damit diese Mietshäuser hier nicht gebaut werden sollten.

Fräulein Maiwald, ich war damals immer dagegen, ich habe immer zu unseren Leuten gesagt, in die Mietshäuser kommen Arbeiter, und Arbeiter sind anständige Leute. Da können Sie alle danach fragen, das habe ich gesagt.

Ich stand auf. Karin ging auf ihr Zimmer.

Tut mir leid, Herr Burrmeister, sagte ich, aber das kann ich nicht unterschreiben, das müssen Sie verstehen. Was würden Sie sagen, wenn ich eine Bürgerinitiative gründen würde, dass hier alle Katholischen wegziehen, weil die eine andere Lebensart haben wie die Evangelischen, was würden Sie sagen? Bitte.

Aber Herr Maiwald, das ist doch kein Vergleich, Sie …

Ich könnte Ihnen jetzt andere Vergleiche sagen, aber was soll das, ich kann das nicht unterschreiben.

Ich begleitete ihn bis zur Treppe. Er sagte: Das ist unklug von Ihnen, Herr Maiwald, das könnte Ihnen noch einmal leid tun, es ist nie gut, wenn man sich in solchen Sachen ausschließt, da muss man zusammenhalten.

Das lassen Sie nur meine Sorge sein, Herr Burrmeister. Auf Wiedersehen.

Ich ging in die Küche und erzählte Angelika, was Burrmeister gewollt hatte.

Was haben die gegen die Türken, sagte Angelika. Wir haben auch ein paar in unserem Betrieb. Die sind auf jeden Fall tausendmal anständiger als diese italienischen Flittchen.

Frau Borgmann hat auch unterschrieben, sagte ich.

Frau Borgmann? Aber Karl. Das kann ich gar nicht glauben, sie ist doch so eine nette Frau.

Doktor Bosch wünscht Sie zu sprechen, sagte das Büromädchen und fügte hinzu: Herr Kollmann ist schon in seinem Büro. Ich ging hinter dem Mädchen her.

Auch Kühn war da. Ich sah Doktor Bosch zum ersten Mal. Ein großer, blonder Mann, vielleicht Ende Dreißig. Der spielt bestimmt Tennis, dachte ich mir, Männer, die so drahtig aussehen, spielen Tennis. Er begrüßte mich laut und freundlich und lachte mich an. Ohne mich zu fragen, schenkte er mir einen Kognak ein. Ich wollte abwehren, aber er sagte, wobei er mich anzwinkerte: Wenn Ihr Direktor Ihnen einen Schluck anbietet, dann dürfen Sie ruhig nehmen, auch wenn Alkohol während der Arbeitszeit verboten ist. So genau wollen wir es doch nicht nehmen. Bitte, meine Herren.

Ich saß steif und trank einen kleinen Schluck.

Also meine Herren, er wurde ernst, lassen Sie uns gleich in medias res gehen. Ich bin kein Mann von höflichen Vorreden. Ich persönlich bedauere, was im Dortmunder Werk vorgefallen ist. Ich war sehr betroffen, als es mir in Bremen erzählt wurde. Wie es dazu kommen konnte, weiß ich nicht. Die Herren in Düsseldorf sind außer sich, das dürfen Sie mir glauben. Wir wissen bis heute nicht, ob das die Initiative von Herrn Faber war, ein großartiger Mensch, oder ob er von jemandem aus dem Vorstand beauftragt wurde … Ich möchte noch sagen, meine Herren, diese Besprechung hier ist als streng vertraulich anzusehen … Aber das soll und darf uns jetzt nicht belasten für unsere zukünftige Arbeit. Allerdings wurde mir ein Schreiben mit einer Anzahl Fragen aus Düsseldorf zugeleitet, die ich mit Ihnen gemeinsam klären soll … und wohl auch muss, im Interesse des Betriebsklimas und der weiteren gedeihlichen Zusammenarbeit. Also: Herr Maiwald, von wem haben Sie erfahren, dass die Gegensprechanlage eine … ich meine, keine Gegensprechanlage ist, sondern eine … na … wie soll ich sagen … dass die Anlage eben nur einseitig verwendbar war … ich meine, dass man damit auch hören konnte, ohne dass der andere Teilnehmer am anderen Ende etwas davon wusste.

Mein Kollege Maiwald …

Herr Kollmann, entschuldigen Sie bitte, ich habe nur Herrn Maiwald gefragt.

Ist das so wichtig, von wem ich es erfahren habe?, fragte ich. Wichtig ist doch wohl, dass ich es weiß und dass ich es beweisen kann, unsereiner hält seine Augen ja auch offen, und dann, Herr Doktor Bosch, ich verstehe nicht ganz, denn wir haben doch wohl zu fragen.

Bosch sah mich kurz an, blätterte in seinen Papieren und fragte erneut: Von wem haben Sie die Akten, Herr Maiwald? Wer hat sie Ihnen gegeben, wenn Sie es nicht waren, der sie gestohlen hat, dass sie gestohlen wurden, das wissen wir mittlerweile, die Einbrecher haben die Zäune zerschnitten, die Polizei ist eingeschaltet.

Das ist doch unwichtig, Herr Doktor Bosch, von wem ich die Akten habe. Wichtig ist, dass ich diesen Beweis in den Händen habe, alles andere ist unwichtig.

Herr Maiwald, Sie sind sich wohl über den Ernst Ihrer Lage nicht ganz im Klaren. Im Direktionsbüro wurde eingebrochen, vertrauliches Material entwendet, aus dem Schrank hier gestohlen. Es sollte gerade Ihnen nicht gleichgültig sein, ob Sie des Einbruchs und des Diebstahls bezichtigt werden. Man hat die durchschnittenen Drahtzäune entdeckt und photographiert. Ich sagte es schon, die Ermittlungen laufen.

Nun wurde ich unruhig. Man will mir also einen Einbruch anhängen, so ist das, man wollte mir Diebstahl von Werkseigentum anhängen, Außenstehende konnten ja nicht wissen oder beurteilen, was es mit diesem Werkseigentum auf sich hatte.

Ich antwortete: Es steht Ihnen frei, Herr Doktor Bosch,

mich anzuzeigen. Ich habe Ihnen gesagt, was ich weiß, mehr kann ich nicht sagen, mehr will ich nicht sagen …

Aber ich bitte Sie, Herr Maiwald, wir wollen doch die Sache nicht auf die Spitze treiben, wir sind an keiner strafrechtlichen Verfolgung dieser Sache interessiert, wir wollen uns gütlich verständigen. Wenn Sie mir sagen, von wem Sie die Akten haben, dann ist alles in Ordnung … Wenn nicht, dann müssen wir allerdings annehmen …

Ich höre immer nur Akten. Was denn für Akten?, fragte ich und dachte, es wäre an der Zeit, dass sich Kollmann einschaltete, ich wusste bald nichts mehr zu erwidern.

Na, die … die Akten … aus dem grünen Schrank hier, sagte Bosch.

Aus dem grünen Schrank?, fragte ich. Das ist mir neu, das höre ich heute zum ersten Mal … Woher wissen Sie denn, dass die Akten in dem grünen Schrank gewesen sind, gewesen sein sollen, Sie haben doch mit der Sache nichts zu tun, Herr Doktor Bosch, Sie können doch nichts wissen.

Ich stelle hier die Fragen, Herr Maiwald, sagte Bosch scharf.

Herr Doktor Bosch, sagte ich, ich bin nicht bereit, mich hier von Ihnen wie ein Angeklagter behandeln zu lassen. Hier gibt es nur einen, der angeklagt ist, und das ist die Betriebsführung, egal, wie sie heißt.

Maiwald! Sie sollten sich …, rief Bosch.

Mein Kollege Maiwald hat Recht, unterbrach ihn endlich Kollmann.

Komm, Karl, wir gehen, wir haben hier nichts mehr zu suchen, alles andere, Herr Doktor Bosch, werden die Rechtsbeistände unserer Gewerkschaft erledigen. Ich möchte Sie hiermit offiziell in Kenntnis setzen, dass wir den Fall an unsere Gewerkschaft weitergeleitet haben.

Im Vorzimmer saß die Schindler an der Schreibmaschine, ich sah sie einmal kurz an.

Auf ihrem Schreibtisch fehlte das halbrunde Ding.

Eine bodenlose Sauerei ist das, schimpfte Kollmann, als wir über den Hof gingen, jetzt wollen sie uns den Schwarzen Peter zuschieben. Das haben sie sich mal wieder fein ausgedacht. Ich rufe gleich den Grünefeld an.

Ich sagte: Kollmann, die wollen mich abschießen, auf die elegante Art.

Karl, die können überhaupt nichts, die haben Angst vor uns. Zumindest, solange du die Akten hast … Wo hast du sie eigentlich?

Wenn es so weit ist, liegen sie auf dem Tisch, sagte ich.

Du hast sie doch nicht in der Wohnung?, fragte er irgendwie lauernd.

Hältst du mich für so dumm?

Na, dann ist ja alles gut … dachte schon … Habe ich auch eine? Was steht denn bei mir drin?

Ich hab kein Interesse, was drin steht, Kollmann, nur daran, dass sie existieren.

Gegen halb zwei kehrte Franz von seiner Fahrt nach Köln zurück.

Als er beim Betriebsleiter seine Transportpapiere abgegeben hatte, kam er zu mir in die Werkstatt gelaufen und schrie so laut, dass es alle hören mussten, die in der Nähe waren: Weißt du schon das Neueste, Karl. In allen Zweigbetrieben mussten die Gegensprechanlagen abmontiert werden, überall haben sich die Belegschaften geweigert, weiterzuarbeiten, wenn die Anlagen nicht abmontiert werden.

Wie kam das so schnell, fragte ich, hast du darüber was gehört?

Sicher. Einen Tag nach Weihnachten haben die Betriebsräte überall die Leute zusammengeholt und die Belegschaften unterrichtet, was bei uns vorgefallen ist. Na, dann haben sie die Betriebsführungen unter Druck gesetzt. Das war doch nicht schwer, die haben doch das größte Interesse, dass nichts über die Werksmauern an die Öffentlichkeit dringt, das kannst dir vorstellen, da haben sie schneller nachgegeben, als es sonst der Fall ist.

Ich sagte zu ihm: Ich muss dir nach der Schicht was erzählen, ich musste zu Bosch kommen.

Am Abend besuchten mich zwei Kriminalbeamte, einer von ihnen war Bühler, er entschuldigte sich, weil sie noch so spät kamen, und sagte, gegen mich laufe eine Strafanzeige wegen Einbruch. Wir müssen die Ermittlungen führen, sagte Bühler.

Ich wusste nicht, ob ich ihn mit Du oder mit Sie anreden sollte, immerhin war er dienstlich hier.

Wir müssen Fragen stellen, Herr Maiwald, sagte der andere. Sind Sie in Ihrer Firma eingebrochen?, fragte er.

Nein, das ist doch Unsinn, was gibt es in unserer Firma schon zu klauen.

Haben Sie Akten gestohlen?

Akten? Nein. Ich verstehe nichts von Buchhaltung.

Aber Sie haben die Akten. Von wem haben Sie die Akten?, fragte er wieder und sah mich an, ich hatte Mühe, nicht zu lachen, die Situation war für mich komisch, da fragten mich nacheinander Leute nach Akten und nicht nach Geld.

Wissen Sie, es war Weihnachten. Nehmen wir mal an, ich hätte die Akten, dann konnte ich nur sagen, das Christkind hat sie mir unter den Christbaum gelegt, aber am ersten Feiertag waren sie wieder weg, bis auf eine, die habe ich dann pflichtgemäß zum Gewerkschaftsbüro getragen. Genügt Ihnen das?

Bühler grinste verstohlen.

Der andere aber belehrte mich: Nehmen Sie die Sache nicht so auf die leichte Schulter. Ihnen wird Einbruch und Diebstahl angelastet, zum Märchenerzählen sind wir nicht gekommen ... Sagen Sie uns, wo die Akten sind ... und dann gehen wir wieder.

Lassen Sie mich in Ruhe, ich weiß nicht, wo die Akten sind.

Bühler war schon zur Tür gegangen, der andere stand noch etwas herum, es war ihm anzusehen, dass er noch Fragen stellen und sich in der Wohnung umsehen wollte.

Dann gingen sie.

Bühler, der die ganze Zeit kein Wort gesagt hatte, flüsterte mir noch zu, als sein Kollege schon im Treppenhaus war: Versteck die Akten, wahrscheinlich gibt es bei dir Hausdurchsuchung.

Im Gildenhof, wohin ich wenig später fuhr, fragte ich Martin: Ist doch alles in Ordnung mit den Akten?

Ja sicher. Warum? Ist was schief gelaufen?

Die Kripo war eben bei mir, in der Wohnung.

Mach dir keine Sorgen, Karl, bei mir sind sie gut aufgehoben … Übrigens, was ich noch sagen wollte, Silvester kommen meine alten Herrschaften zurück und da wollten wir ein bisschen feiern in der Kellerbar, im ganz engen Kreis. Verlobung, meine ich. Ihr kommt doch.

Da musst schon mit meiner Frau sprechen, Martin.

Am letzten Tag im alten Jahr gab es im Betrieb nichts Neues. Mir war der Zustand völliger Gleichgültigkeit gegenüber den Vorkommnissen im Betrieb nicht geheuer. Man hätte erwarten dürfen, dass zumindest die Ordnung im Betrieb zusammenbrechen würde, dass darüber diskutiert würde. Nichts dergleichen. Über ein heftiges Gewitter oder über das letzte Fußballspiel wurde mehr geredet. Gegen Mittag waren alle Fahrer zurück, sie fanden sich nach und nach in der Kantine ein, und wir tranken wie immer am letzten Tag des Jahres ein paar Schnäpse. Ich war zufrieden, denn nun gab es in der Kantine nur ein Gesprächsthema: die Abhöranlage. Es wurden die abenteuerlichsten Vermutungen darüber angestellt, was weiter werden würde.

Martin holte Karin abends um sechs ab, Angelika und ich wollten später zum Abendessen nachkommen.

So um Mitternacht werden noch einige Handballer kommen, nicht allein wegen der Verlobung, wir machen das jedes Silvester so, sagte Martin beim Hinausgehen.

Angelika hatte ihr bestes Kleid angezogen, und sie sagte, als wir allein waren: Ob das mit den beiden gut geht?

Es hat kaum angefangen, und du fragst schon, wie es weitergeht, Angelika. Sei doch vernünftig, wir haben auch geheiratet und keinen gefragt.

Unsere Eltern waren doch froh, dass wir aus dem Haus kommen. Da war doch kein Platz für erwachsene Kinder. Bei mir war es so und bei dir war es so.

Kurz vor acht gingen wir zu Fuß zu den Voigts. Es nieselte und auf der Straße bildete sich Glatteis.

Martins Vater, er war zehn Jahre älter als ich, bot uns zur Begrüßung ein Glas Sekt an und meinte: Karl, Sekt bringt den Kreislauf in Schwung.

Zum Abendessen gab es bayrische Leberknödelsuppe, Fasan in Rotweinsoße mit Kroketten und kandierte Pfirsiche. Zum Abschluss eine Schale Eis. Es waren nur noch Martins Schwester Heidi da und ihr Freund.

Nach dem Essen gingen wir in die Kellerbar.

Heidi, die nicht älter als Karin war, legte Platten auf. Der alte Voigt, ein grobschlächtiger Mann mit großen Händen, saß neben mir, und wenn er etwas erzählte, nickte seine Frau und bekräftigte: Ganz recht, Friedrich, ganz recht.

Vom alten Voigt wurde in der Vorstadt erzählt, dass er überall seine Finger im Spiel habe, wenn er auch nur das kleinste Geschäft wittere, er sei der eifrigste Befürworter des neuen Fußballstadions gewesen, weil ihm die Konzession für den Getränkeausschank versprochen worden war. Er hatte zu allen Stadtverordneten, gleich welcher Partei, guten Kontakt, und es gab einige, die in der Ratsversammlung sich nur dann für eine Verordnung entschieden, wenn sie vorher mit dem alten Voigt gesprochen hatten. In unserer Vorstadt jedenfalls konnte nichts ohne die Zustimmung dieses Mannes getan werden.

Als der Alte mir zu verstehen gab, dass Karin später, wenn sie erst mal die junge Frau Voigt geworden wäre, die Büroarbeit machen müsse, weil er sich langsam aus dem Geschäft zurückziehen und Martin das Regiment überlassen wolle, wurde ich ärgerlich.

Weißt du, Karl, deine Karin ist eine, der muss man nicht sagen, wo die Arbeit ist, die findet die Arbeit.

Ich erkannte Karin kaum wieder, sie lachte und war ausgelassen und tanzte ohne Pause. Ich kannte sie nur ernst und bedächtig, manchmal auch bissig.

Meine Frau schien zufrieden zu sein, die Gediegenheit des Hauses und der Einrichtung hatten auf sie Eindruck gemacht, sie nickte mir manchmal zu, als ob sie sagen wollte: Na, siehst du. Wer von uns beiden hätte sich das träumen lassen.

Kurz vor Mitternacht holte Martin aus dem Kühlschrank in der Bar eine Flasche. Es war Krimsekt. Der alte Voigt sagte: Kostet zweiunddreißig Mark. Aber an so einem Tag darf nichts zu teuer sein.

Nein, bekräftigte seine Frau, da darf nichts zu teuer sein.

Kurz nach Mitternacht, als draußen der zwölfte Glockenschlag von der nahe gelegenen evangelischen Kirche verhallt war und wir uns gegenseitig ein frohes neues Jahr gewünscht hatten, meine Frau und die alte Frau Voigt hatten nasse Augen, gingen wir ins Freie. Raketen wurden in den Himmel geschossen und fielen als bunte Christbäume langsam wieder herunter. Es war schön.

Der alte Voigt neben mir sagte: Karl, wie damals im Krieg,

bevor die Bomben gefallen sind. Aber dir brauche ich das ja nicht zu erzählen, du kennst das ja.

Meine Frau rief: Schön ist das.

Und dann kamen die jungen Leute vom Handballverein, sie grölten und sangen, zwei Pärchen fassten sich an der Hand und umtanzten Karin und Martin.

Wir blieben noch eine halbe Stunde. Der alte Voigt wollte uns ein Taxi rufen lassen, aber wir gingen zu Fuß. Es war immer noch kalt und stellenweise gefährlich glatt. Hinter den HoeschWerken stiegen noch immer Raketen hoch und färbten den Himmel bunt. Vom nahen Gildenhof hörten wir Gesang.

Da geht es hoch her, sagte ich zu Angelika, aber meine Frau gab keine Antwort, sie hatte sich bei mir eingehakt und sah geradeaus, ich betrachtete sie einmal verstohlen von der Seite, ihre Augen waren wieder nass.

Zu Hause holte ich mir noch eine Flasche Bier aus dem Kühlschrank, Angelika saß neben mir auf der Couch, sagte nichts, sie sah nur auf ihre gefalteten Hände, die sie auf dem Tisch liegen hatte.

Wir schliefen bis in den späten Vormittag. Karin war nicht nach Hause gekommen, es gab mir einen Stich, als ich ihr Bett unberührt vorfand. Angelika stand plötzlich hinter mir in Karins Zimmer, sie sagte: An das werden wir uns wohl jetzt gewöhnen müssen. Aber du hast sie ja aufgeklärt.

Natürlich, sagte ich.

Wir aßen ohne Karin zu Mittag, ich dachte, sie hätte wenigstens anrufen können, nach dem Essen legten wir uns ein Stündchen hin und dann gingen wir seit langem wieder einmal gemeinsam spazieren. Wir liefen über die Felder, über die Autobahnbrücke an Holtkamps Hof vorbei, auf dem Rückweg kamen wir, ohne dass ich es gewollt hatte, am Gildenhof vorbei.

Nein, Karl, da gehe ich nicht mit rein, sagte Angelika.

Na, komm, wenn wir schon mal da sind. Wirst sehen, es ist ganz gemütlich.

Aber es wurde ganz und gar nicht gemütlich.

Schon beim Eintreten merkte ich, dass die Kneipe voller Betrunkener war. Es war brechend voll. Die Stammgäste fehlten nicht, Meermann und Wölbert sah ich, die Invaliden standen am Tresen und auch viele Männer von unserer schwarzen Straßenseite, die ich selten im Gildenhof sah.

Angelika war unsicher, ich spürte es, sie wusste nicht so recht, wie sie sich verhalten sollte. Wir fanden noch einen Platz am Tresen, jemand schob Angelika einen Barhocker hin. Ich stellte dem Wirt meine Frau vor.

Wird aber höchste Zeit, Karl, dass du deine Frau auch mal mitbringst und nicht immer vor uns versteckst.

Angelika bestellte Wein.

Als ich mich in der Gaststube umsah und über so viel Lärm den Kopf schüttelte, sagte der Wirt: Die sind noch von gestern Nacht übrig geblieben. Die meisten haben sich schon wieder nüchtern gesoffen.

Wittbräucke und seine beiden Kollegen nickten mir zu, sie hoben ihre Gläser und riefen: Prost Neujahr, Maiwald.

Wittbräucke fragte: Ist das deine Frau? Ich nickte. Er prostete Angelika zu, sie erwiderte und lächelte.

Am großen Eichentisch in der hinteren Ecke der Gaststätte saß eine Gruppe von zehn Männern. Einige kannte ich, sie gehörten zum katholischen Kirchenvorstand, ich hatte den Eindruck, dass sie ziemlich angetrunken waren, einer versuchte den andern zu überschreien.

Angelika verlor ihre Scheu, es schien ihr nichts mehr auszumachen, in einer verräucherten Kneipe zu sitzen, Wein zu trinken und Betrunkene um sich zu haben. Sie saß auf ihrem Barhocker, stützte die Arme auf die Thcke und sah sich interessiert um. Mir war, als amüsiere sie sich.

Ein paar Handballer, die letzte Nacht noch in Martins Keller gekommen waren, stolperten mit Prost Neujahr in die Gaststube und riefen nach Sekt.

Als mich einer von ihnen sah, rief er: Guck an, Martins zukünftiger Schwiegervater ist auch da ... und die Schwiegermama auch. Na los, Maiwald, gib mal eine Lokalrunde, das gehört sich so.

Schöller, den ich erst jetzt bemerkte, klopfte mir auf die Schulter: Herzlichen Glückwunsch, Karl. Da hat sich deine Tochter einen ganz schönen Goldfisch an Land gezogen, alles, was recht ist.

Das ist unerhört, flüsterte Angelika.

Das musst du hier nicht so ernst nehmen, sagte ich, die meinen das nicht so, die sind halt so.

Trotzdem ist es gemein, sagte sie wieder.

Die Wirtsleute gaben uns die Hand und gratulierten, sie waren sehr freundlich, die Wirtin unterhielt sich mit meiner Frau. Na, Maiwald, was ist mit dir, gibst du jetzt eine Lokalrunde oder nicht!, rief derselbe Handballer wieder.

Aber noch bevor ich bestellen konnte, rief Angelika: Ihr

habt doch heute Nacht bei den Voigts genug gekriegt! Für einen Moment war es still in der Kneipe, die in der Nähe stehenden Gäste starrten Angelika an, und meine Frau muss wohl selbst über ihre Worte erschrocken sein, sie sah mich an, als erwarte sie von mir Hilfe.

Oho, rief Meermann, so eine bist du also. Da bist du bei uns gerade richtig. Einmal in der Kneipe und dann gleich großes Wort führen, das haben wir schon gerne.

Komm, Meermann, versuchte ich zu beschwichtigen, sei du still, du warst ja nicht gemeint, ich misch mich auch nicht in deine Angelegenheiten.

Deine Frau denkt wohl, sie kann hier große Töne spucken, weil deine Tochter einen reichen Fuhrunternehmer kriegt. Die Tour zieht nicht bei uns, das kannst ihr schon mal beibringen, nicht bei uns. Klar.

Der Wirt wollte den Dachdecker ebenfalls beschwichtigen, aber Meermann schimpfte weiter, wenn ich auch kein Wort mehr verstand.

Ich war wütend, ich ging auf Meermann zu und packte ihn an seiner Jacke: Was geht dich das eigentlich an. Lass uns in Ruhe, ich lass dich doch auch in Ruhe.

Meermann schüttelte meine Hände ab, er lallte: Unterschrieben hast du auch nicht … unterschrieben hast du auch nicht … so einer bist du … und dann deine Frau hier große Töne spucken … die Melonenfresser willst du in unser Viertel holen … Was willst du überhaupt hier, scher dich doch weg.

Moment mal, hier bestimme immer noch ich, rief der Wirt, hier bin ich der Hausherr.

Ach, du bist auch so einer, mischte sich Wölbert ein, nur gut, dass wir das jetzt wissen …

In diesem Augenblick wurde die Tür der Gaststube laut aufgestoßen und Martin trat ein, hinter ihm Karin und Heidi mit ihrem Freund.

Was ist denn hier los, rief Martin, euer Geschrei hört man ja bis in die Innenstadt.

Karin ging zu ihrer Mutter.

Meermann lallte Martin an: Unterschrieben hat er nicht, unterschrieben hat er nicht … und in deine Familie hat er sich eingeschlichen …

Halt bloß die Fresse, du Fassadenkletterer, schrie ihn Martin an, und zu Wölbert, der neben Meermann stand: Und du erbärmlicher Holzwurm, du fehlst mir gerade noch, zahl du lieber mal deine Schulden, bevor du hier das Maul aufmachst.

Vom Eichentisch rief einer: Mensch, Voigt, spiel doch hier nicht den Vorstadtkönig, du Bierkutscher! Nicht mal unterschrieben hat er, die Melonenfresser will er hier ansiedeln und den Burrmeister hat er einfach vor die Tür gesetzt, so einer ist der Maiwald, so einer.

Martin lächelte den Mann an, ich kannte dieses Lächeln, wer ihn nicht kannte, musste annehmen, dass er in solchen Momenten die Liebenswürdigkeit selbst war.

Mit ein paar langen Schritten war Martin durch die Gaststube zum Eichentisch gelaufen, die herumstehenden Gäste hatte er rücksichtslos beiseite geschoben, er griff sich das erstbeste Bierglas und schüttete es dem Mann lächelnd ins Gesicht.

Dann ging er, als sei nichts gewesen, zur Musikbox, warf Geld ein und drückte Platten. Der Wirt drehte den Lautsprecher auf volle Lautstärke, Martin stellte sich zu seinen Handballerkollegen und rief ihnen zu: Seht ihr, so macht man das! Vor Martin, das hatte ich schon oft gesehen, kuschten sie alle, Junge und Alte, und ich war mir nie sicher, ob vor seiner körperlichen Kraft oder vor dem Bankkonto und dem Einfluss seines Vaters.

Die Gäste unterhielten sich wieder, als sei überhaupt nichts vorgefallen, es wurden Witze gerissen, und mancher beglückwünschte Martin sogar für seine Reaktion.

Karin, das sah ich, war dieser Auftritt peinlich, sie ging auch nicht zu der Gruppe, in der Martin stand, obwohl er ihr mehrmals winkte, dass sie zu ihm kommen sollte. Karin tat so, als unterhielte sie sich angeregt mit ihrer Mutter, die laute Musik aus der Box erstickte jedes Wort, die Gäste schrien sich an.

Ich stand hinter meiner Frau und überlegte krampfhaft, was ich tun sollte. Angelika beachtete mich nicht, sie forderte mich auch nicht auf zu gehen, sie saß auf ihrem Hocker und sprach manchmal mit der Wirtin oder mit Karin, ich verstand nichts, auch nicht, als die Musik zu Ende war.

Martin stand inmitten seiner Handballerkollegen, grinste, sah sich um, als warte er darauf, dass erneut einer etwas gegen ihn sagte, er stand da wie ein Sieger, der seinen Triumph genoss. Martin war mir in diesem Augenblick zuwider.

Ich bezahlte und half Angelika in den Mantel. Ich sagte zu Karin: Du hättest wenigstens anrufen können.

Hätte ich, sagte sie.

Ich ging mit Angelika nach Hause. Wir schwiegen uns aus. In der Küche aßen wir noch eine Kleinigkeit.

Hast du noch Bier im Haus?, fragte ich. Ich kann mich morgen ausschlafen, ich habe Mittagschicht.

Sie brachte mir Bier aus dem Keller.

Am 3. Januar, dem ersten Arbeitstag im neuen Jahr, fuhren auf dem städtischen Grundstück an der Autobahn Schaufelbagger, Bulldozer und Lastwagen vor, und am darauf folgenden Tag waren die Fundamente für die geplanten Baracken schon ausgebaggert, und am Freitag bereits betoniert.

Einige Male war ich an die Baustelle gelaufen und hatte den Arbeiten zugesehen. Wie schnell doch heutzutage alles geht mit den Maschinen, dachte ich.

Mit Ungeduld schlug ich die neue Nummer unserer Gewerkschaftszeitung auf. Ich fand keine Zeile über die Vorgänge in unserem Betrieb. Kollmann, den ich deswegen fragte, meinte, dass der Redaktionsschluss schon vorüber gewesen sei, als das bei uns passierte und ich die Anlage entdeckt hatte.

Aber Karl, sagte er, ich kann dich beruhigen, ich weiß, dass Gespräche auf höchster Ebene geführt werden. Das sollte dich beruhigen.

Im Betrieb ließ man mich in Ruhe, ich wurde zu niemandem bestellt, es wollte niemand von mir etwas wissen.

Aber gerade das war mir nicht geheuer. Hinter meinem Rücken mussten sich Dinge tun, von denen ich nichts erfuhr. Kollmann hatte noch gesagt: Karl, der Grünefeld meint, so etwas braucht eben seine Zeit, das sind Dinge von ungeheurer Tragweite, das muss alles überlegt sein, da kann man nicht mit der Tür ins Haus fallen.

Das Gestell, das ich durch meinen Verbesserungsvorschlag angeregt hatte, war fertig. Am schwarzen Brett hing ein von Doktor Bosch unterzeichneter Aushang, in dem es hieß, dass mein Verbesserungsvorschlag so gut sei, dass er in allen Zweigbetrieben eingeführt würde, und die Aufforderung an alle, Verbesserungsvorschläge einzureichen, sie kämen letztlich uns zugute, denn je besser rationalisiert würde, desto leichter sei die Arbeit für uns alle.

Der Schindler ging ich die ganze Zeit aus dem Weg, ich wagte nicht, sie anzusehen oder hinter ihr herzugucken.

Am Freitagabend, ich wollte gerade in den Gildenhof gehen, fuhr ein Peterwagen mit eingeschaltetem Blaulicht durch unsere Straße. Auf der Straße schrien Nachbarn und liefen in Richtung Felder.

Ich war neugierig geworden, ging vor das Haus und hörte jemand rufen: An der Baustelle ist was los.

Aber an der Baustelle des Maklers, die unserem Haus schräg gegenüber lag, schien alles in Ordnung zu sein. Da begriff ich: Der Mann konnte nur die Baracken gemeint haben.

Ich lief schnell. Schon von weitem sah ich eine Gruppe aufgeregter Menschen.

Die Baustelle bot ein Bild der Zerstörung.

Der Bagger war umgekippt, die Windschutzscheibe des Lastwagens war zertrümmert, die Betonmischmaschine war umgeworfen, die Trommel war verbeult, und die Baubude, in der die Arbeiter ihre Werkzeuge und ihre persönlichen

Sachen verwahrten, lag schräg im Straßengraben, Kleidung und Werkzeuge waren überall verstreut. Die umgestürzten Maschinen hatten in den noch nicht abgebundenen Beton große Löcher gerissen.

Schöller, der den Zuschlag für die Bauarbeiten erhalten hatte, lief über die Baustelle und rief den Polizisten zu: Dahinter steckt System. Das haben Halbstarke gemacht.

Die Polizisten versuchten ihn zu beruhigen, aber er schrie nur: Wenn ich die erwische, die das gemacht haben, wenn ich die erwische ... ich bin ruiniert ... ich bin ruiniert ...

Ein Polizeibeamter war auf ein Fundament gestiegen und betrachtete sich eingehend die zerstörte Baustelle, er sagte dann zu Schöller: Da haben Sie allerdings Recht, dahinter steckt System, so was kann man kaum unbemerkt machen.

Später in der Kneipe wurde nur über die Baustelle gesprochen und es wurden Vermutungen darüber angestellt, wer das gewesen sein könnte. Schöller stand am Tresen und sagte immer wieder vor sich hin: Die sind verrückt ... die sind verrückt.

Die Invaliden nickten, als er sprach, sagten aber nichts.

Martin, der allein am Flipper spielte, grinste nur, aber auch er äußerte sich mit keinem Wort darüber, wer es gewesen sein könnte, man war sich nur klar darüber, dass es nicht der Wind gewesen sein konnte, sondern Menschen.

Am Montag schrieben unsere drei Tageszeitungen ausführlich darüber. Gewalt sei schließlich kein Mittel, ein vom Rat der Stadt genehmigtes Projekt zu verhindern. Das könne mit demokratischen Methoden viel besser geschehen.

Schöller hatte eine Belohnung von tausend Mark für

zweckdienliche Hinweise ausgesetzt, und Karin sagte, als sie den Artikel in der Zeitung las: Ich glaube nicht, dass in unserem Viertel einer ist, der sich die tausend Mark verdienen möchte.

Franz, den ich am Montag nach der Schicht mitnahm und nach Hause brachte, weil sein Wagen wieder einmal morgens nicht angesprungen war, sagte unterwegs: Was die in den Zeitungen zusammenschreiben, ist doch alles Quatsch. Karl, wenn du einen totschlägst, dann ist das eine undemokratische Methode, wenn du dich aber totschlagen lässt, dann ist das demokratisch. Verstehst du.

Wenn das so einfach wäre, Franz.

Karl, es ist noch viel einfacher.

Franz bat mich, mit hineinzukommen.

Seine Frau kam uns mit Lockenwicklern entgegen, zwei Mädchen, noch keine sechs Jahre alt, hockten auf dem Fußboden und spielten Puzzle. Es roch nach Grünkohl.

Willst mitessen?, fragte er mich, deine Frau ist ja doch noch nicht zu Hause, wir haben genug.

Lass nur, meine Frau kocht am Abend vor, ich brauche nur aufzuwärmen.

Aufgewärmtes schmeckt nicht und macht dick, sagte seine Frau und band sich ein Kopftuch um die Lockenwickler.

Franz zeigte mir im Wohnzimmer den Farbfernseher. Das ist er, sagte er. Karl, ich sag dir, Farbe ist Farbe.

So viel Geld, antwortete ich.

In der zweiten Januarhälfte verunglückte Possert mit seinem

Tankzug auf der Fahrt von Wuppertal nach Dortmund tödlich. Der Tankzug war über die Böschung gestürzt und wurde völlig zertrümmert. Possert war sofort tot.

Da der Sauerstoff in Wuppertal bereits abgetankt worden war, kam es zu keiner Katastrophe.

Possert hatte zum Betriebsrat gehört. Franz rückte automatisch, weil er auf der Reserveliste oben stand, nach.

Ich freute mich, denn endlich hatte ich im Betriebsrat einen wirklichen Verbündeten. Trotzdem war meine Lage das, was man beschissen nennt. Kaum einer sprach mehr von den Akten. Mir schien, als sei es einigen sogar peinlich, wenn sie darauf angesprochen wurden. Sie wichen einfach dem Thema aus, winkten ab, sprachen sofort von anderen Dingen und verdrückten sich schnell.

Ich hörte auch nichts von der Betriebsleitung, keine Zeitung schrieb etwas darüber, aber was mir am meisten Rätsel aufgab, war das totale Schweigen der Gewerkschaft.

Kollmann, den ich immer wieder drängte, beschwichtigte mich und sagte: Karl, es braucht alles seine Zeit. Man darf mit so einer schwerwiegenden Sache nicht leichtfertig umgehen. Das bringt mehr Schaden als Nutzen, das siehst du doch ein. Wir müssen abwarten.

Kollmann, wir wollen mit dem Skandal nicht umgehen, wir müssen ihn veröffentlichen, verdammt noch mal, damit auch andere wissen, was in einem ach so sozialen Betrieb für Sauereien passieren. Hier kann man nicht mehr taktieren, hier muss man auf den Tisch hauen.

Karl, auf die Zentrale in Hannover können wir uns verlassen.

Hoffentlich, sagte ich. Kollmann, es ist doch zum Auswachsen. Seit drei Wochen wird hier gearbeitet, als ob nichts passiert wäre, das ist doch nicht normal. Wie soll denn das weitergehen, das kann doch nicht so bleiben.

Franz und ich überlegten, ob wir nicht etwas provozieren sollten, damit die Betriebsleitung endlich sprechen muss, aber wir wussten nicht, was und wen wir herausfordern sollten, damit Bosch und die Herren in Düsseldorf ihre Sprache wiederfänden.

Franz, dem ich die Unterhaltung mit Kollmann erzählt hatte, erwiderte nur: Die müssen doch mal aus ihren Rattenlöchern kriechen. Vielleicht sollten wir vom Betriebsrat eine formelle und schriftliche Anfrage an die Direktion richten, auf eine Anfrage muss man schließlich antworten.

Franz, auf dem Gewerkschaftsbüro ist mir und Kollmann vom Grünefeld ausdrücklich gesagt worden, dass wir auf keinen Fall etwas auf eigene Faust unternehmen dürfen, das sei jetzt einzig und allein Sache der Gewerkschaft. Wir haben das Grünefeld versprochen.

Versprochen, wenn ich das schon höre. Hat die Gewerkschaft vielleicht durchgesetzt, dass in allen Zweigbetrieben die Sprechanlagen abmontiert wurden? Die Arbeiter haben das durchgesetzt. Wenn es nach der Gewerkschaft ginge, dann wären die Dinger heute noch an der Wand, die müssen nämlich erst prüfen, ob es dafür einen Paragraphen gibt. Vor lauter Paragraphen sehen die nämlich nicht mehr, auf was es ankommt, nämlich dass wir unser Recht kriegen und nicht die da oben ihr Recht behalten.

Franz, du übertreibst, du bist ungerecht. Du weißt genau,

dass die Gewerkschaft sich in innerbetriebliche Angelegenheiten nicht einmischen darf. Eine Gegensprechanlage ist eine innerbetriebliche Angelegenheit.

Na, komm, Karl, jetzt nimmst du die auch noch in Schutz.

Ich nehme sie nicht in Schutz, ich sage nur, was möglich ist und was eben nicht möglich ist.

Nein, Karl, wir müssen uns nur fragen, was zumutbar ist und was nicht zumutbar ist. Das ist nicht zumutbar, ich meine das Verhalten unserer eigenen Organisation. Die sind schließlich für uns da, nicht wir für die. Für was zahlen wir unseren Beitrag, verdammt noch mal, fang du nicht auch noch an mit Paragraphen durch die Gegend zu werfen.

Angelika war jetzt endlich wieder pünktlich zu Hause. Das Weihnachtsgeschäft war vorbei. Abends beim Essen, sie hatte seit langem wieder einmal Fischfilet gebacken, sagte sie: Eine verrückte Welt ist das, Karl, vor den Feiertagen reißt man sich im Betrieb die Beine aus dem Leib und jetzt sitzen wir manchmal rum und wissen nicht, was wir machen sollen. Eine verrückte Welt …

Da heulten Martinshörner auf! Karin sprang ans Fenster.

Das ist die Feuerwehr. Die fährt in Richtung Autobahn. Da muss was passiert sein, Vater, komm, wir gucken mal, was da los ist. Komm!

Unten auf der Straße sahen wir das Feuer.

Karin rief: Vater, das sind doch die Baracken.

Wir rannten zur Brandstelle, da standen schon viele und gafften. Ich sah sofort, dass es für die Feuerwehr nichts mehr zu löschen gab. Die gestern erst aufmontierten Baracken brannten wie Zunder. Die Polizei versuchte, die neugierige Menge zurückzudrängen, und plötzlich stand Martin neben mir. Er rieb sich die Hände und sagte: Schönes Feuerchen, Karl. Endlich mal was los bei uns in der Vorstadt. Nicht immer nur Kneipe und Flipper. Schönes Feuerchen.

Karin rief: Martin, du hast sie wohl nicht mehr alle beisammen!

Aber Martin stand nur da, sah auf das Treiben, rieb sich unablässig die Hände und grinste.

Als das Feuer niedergebrannt war, verlief sich die Menge. Ich ging allein nach Hause, Karin war mit Martin in die Stadt gefahren. Unterwegs traf ich Borgmann, der auch in der gaffenden Menge gewesen war, er schüttelte nur den Kopf und sagte, irgendwie bedrückt: Herr Maiwald, das ist eine fatale Geschichte. Die Leute müssen verrückt geworden sein.

Was für Leute, Herr Borgmann, meinen Sie die von der Bürgerinitiative?

Borgmann blieb stehen und sah mich entsetzt an.

Ich hatte so etwas geahnt, es aber doch nicht für möglich gehalten, nun war es so weit. Als ich am Montagmorgen kurz vor sechs Uhr zum Werk kam, war das Haupttor verschlossen. Vor dem Tor standen etwa ein Dutzend Männer, sie drängten sich um einen Aushang. Als sie mich bemerkten, wie ich auf den Werkseingang zuging, empfingen sie mich mit Zurufen wie: Maiwald! Schau dir die Sauerei an! Das haben wir nur dir zu verdanken! Diese Saubande. Du hast uns das eingebrockt, du mit deiner Sturheit! Wer bist du denn eigentlich!

Du Rechthaber!, rief Rahner neben mir.

Ich hatte Mühe, mich zum Aushang durchzudrängen. Ich las den Anschlag: Die Konzernleitung in Düsseldorf sehe sich gezwungen, die Belegschaft des Dortmunder Werkes so lange auszusperren, bis ich, gegen den eine Anzeige wegen Einbruchs und Diebstahl von Werkseigentum laufe, dieses Eigentum an den Betrieb zurückgegeben habe. Es dürften nur die Fahrer das Werksgelände betreten, die für den Bereitschaftsdienst eingeteilt worden sind, außerdem der Betriebsratsvorsitzende und natürlich diejenigen, die darüber Auskunft geben könnten, wo sich die gestohlenen Akten befänden.

So, jetzt haben wir den Salat, sagte wieder Willi Rahner neben mir. Jetzt sieh du zu, dass wir wieder aus der Patsche rauskommen, du hast uns ja schließlich reingerissen. Du mit deiner Rechthaberei, du bringst uns noch alle ins Unglück.

Verdammt! Maiwald, wer bist du denn eigentlich, sagte Dörrlamm. Ich war über seine Worte sehr erschrocken.

Ein Dreck bist du!, rief jemand hinter mir, den ich nicht erkannte.

Das ist ungesetzlich, rief Kollmann, der über den Werkshof zum Haupttor gelaufen kam, das ist Erpressung, das nennt man Kollektivhaftung. Leute, lasst euch nicht einschüchtern, jetzt heißt es aufpassen, die wollen uns jetzt an die Karre pissen.

Es war kalt. Wir froren. Ein kalter Wind fegte von der

oberen Kanalgasse direkt an unser Tor. Rahner sagte: Wenn wir wenigstens Schnaps hätten.

Das Werksgelände lag noch unter grellem Neonlicht, im Hafen tuckerten Schlepper, Schiffssirenen brummten, im Hafen quietschten Kräne, und ich hörte Puffer von Eisenbahnwaggons aufeinanderstoßen.

Arbeiter, die auf dem Weg zum Hafen waren, blieben stehen, betrachteten unsere Gruppe vor dem Tor, und ein paar liefen über die Straße und fragten, warum das Tor geschlossen sei. Rahner erklärte es ihnen weitschweifig, er fügte noch hinzu, dass es schließlich in jedem Betrieb einen Querkopf gebe, nach dessen Pfeife die gesamte Belegschaft zu tanzen habe.

Sie hörten ihn an, nickten und gingen weiter.

Ich stand immer noch auf derselben Stelle vor dem Tor und wusste nicht, was wir jetzt machen sollten, und meine Arbeitskollegen um mich hatten nicht gerade die freundlichsten Gesichter. Es gab nicht wenige, die mich ausgesprochen feindselig ansahen.

Wenn wir wenigstens Schnaps hätten, sagte Rahner wieder.

Schnaps?, schrie Dörrlamm. Die Akten müssen wieder her, sonst wird hier keine Ruhe. Los, Maiwald, hol die Akten, du hast sie doch. Glaubst du, wir wollen uns deinetwegen hier die Füße abfrieren? Wer bist du denn?

Ich war immer noch wie gelähmt.

Ich hatte Angst, weil ich nicht wusste, was ich machen sollte.

In den letzten Tagen hatte ich mir immer wieder vorgestellt, wie die Betriebsleitung reagieren würde, um mich unter Druck zu setzen. Ich war einigermaßen beruhigt, weil die Anzeige wegen Diebstahl und Einbruch offenbar nicht zu halten war, sie hatten keine Beweise, sie vermuteten nur, und selbst, wenn sie die Akten bei mir fänden, so war das noch lange kein Beweis, sie konnte mir auch jemand zugeschickt haben.

Aber ich hatte nicht mit dem gerechnet, was jetzt eingetreten war, nämlich die Aussperrung der gesamten Belegschaft. Das war raffiniert, denn die Geschäftsleitung wusste genau, dass es bei uns, wie überall, immer einige geben würde, die ihre eigene Großmutter schlachten würden, um sie der Direktion zum Geschenk machen zu können. Es war die alte und so bewährte Methode, uns gegeneinander auszuspielen, die Angst Einzelner auf die gesamte Belegschaft auszuweiten. Das hatte sich in der Vergangenheit immer wieder bewährt, und dieses System war so gut, dass sich immer wieder welche fanden, die darauf hereinfielen.

Ich stand am Werkstor, umringt von meinen Arbeitskollegen, und hatte Angst. Angst nicht vor der Betriebsleitung, sondern vor ihnen.

Es musste etwas gesagt werden.

Mittlerweile waren wir sechzig geworden, wir drängten uns vor dem Tor zusammen, als ob jeder, wenn es geöffnet werden sollte, der erste sein wollte, um auf den Hof zu laufen.

Ich wartete auf ein Wort. Auf ein Wort von mir, denn sie sahen mich an, als könne nur ich allein das Tor öffnen und alle Schwierigkeiten ausräumen.

Ich sagte mir: Zähle bis zwanzig, dann sage endlich was. Als ich bis zwanzig gezählt hatte, sagte ich mir: Zähle bis dreißig, dann sage was. Sie warten darauf. Aber auch bei dreißig machte ich den Mund immer noch nicht auf. Die Situation war bedrohlich geworden, ich machte mir nichts vor.

Verdammt, man wird im Leben auf alles Mögliche vorbereitet, nur nicht auf das, worauf es jetzt ankam, und die oben wissen das genau, sie kennen uns nur zu gut, deshalb haben sie immer für sich die Vorteile.

Ich suchte mit den Augen Kollmann. Er musste jetzt etwas tun, er war der Angesehenste, und wenn sie auch manchmal über ihn wetterten, sie folgten ihm doch und hörten auf das, was er sagte.

Aber vielleicht war Kollmann genauso hilflos wie ich, wie wir alle, denn eine Aussperrung hat es in unserem Betrieb seit dem Kriege nicht gegeben.

Da hörte ich mich schreien: Hört mal, Kollegen! Was die mit uns machen, ist eine Schweinerei, das ist ungesetzlich, das ist Erpressung! Kollmann hat es schon gesagt. Wir dürfen uns das nicht bieten lassen …

Aber was ich befürchtet hatte, trat ein. Ich wurde niedergebrüllt: Gib die Akten zurück! Maiwald, spiel hier nicht den lieben Gott … los … es ist kalt … wir wollen in die warme Bude… los jetzt… was willst du denn … gegen den Betrieb … kannst du allein nicht anstinken …

Ich versuchte erneut, mich verständlich zu machen. Sie brüllten mich nieder und drängten mich fester ans Tor. Mir blieb nichts anderes übrig, als rücklings am Gitter hochzuklettern, so hoch, bis meine Füße über ihren Köpfen waren. Mit beiden Händen verkrallte ich mich im Gitter und hielt mich fest. Und da war meine Angst weg.

Ich schrie auf sie herunter: Wollt ihr mir jetzt die Schuld geben, wo der Betrieb Schuld hat? Soll ich jetzt verantwortlich gemacht werden für die Sauerei, die der Betrieb mit uns gemacht hat? Wollt ihr mich zum Schuldigen machen, nur weil ich die Schweinerei aufgedeckt habe? Ich habe die Akten nicht, ich hatte nur eine, und die habe ich im Gewerkschaftsbüro abgegeben, das kann Kollmann bezeugen. Habe ich euch bespitzelt oder hat der Betrieb euch bespitzelt? Und weil ich den Beweis für die Bespitzelung geliefert habe, soll ich jetzt an allem schuld sein. Was seid ihr nur für Menschen! Ist euer Gehirn schon eingefroren?!

Anscheinend war das die Sprache, die sie verstanden. Sie brüllten nicht mehr, und Franz, den ich die ganze Zeit vermisst hatte, stand mir bei und schrie: Recht hat der Maiwald! Wir dürfen uns das nicht bieten lassen. Wenn die glauben, dass sie uns aussperren können, dann gibt es nur eins: Wir streiken!

Ich erhielt immer mehr Zustimmung. Ich hing am Gitter und spürte vor Kälte meine Hände nicht mehr.

Dann begannen einige am Tor zu rütteln. Ich sah jemanden von der gegenüberliegenden Straßenseite photographieren, es blitzte mehrmals hintereinander. Da sie so heftig am Tor rüttelten, hatte ich alle Mühe, nicht herunterzufallen. Ich wollte mich fester in die Gitter klammern, aber ich spürte meine Hände nicht mehr.

Der Pförtner war aus seinem Häuschen getreten und sah verstört um sich, er wusste wahrscheinlich auch nicht, was er machen sollte.

Da lief Kühn mit langen Schritten über den Platz. Er

ruderte mit den Armen und rannte auf das Tor zu. Der Lärm vor dem Tor verstummte, alle standen regungslos und warteten. Kühn schloss das Tor auf.

Als es nach innen aufgestoßen wurde, hing ich immer noch im Gitter verkrallt, es war zum Lachen, wäre die Situation nicht so bitterernst gewesen.

Kollmann und Kühn standen sich gegenüber, die gesamte Belegschaft hinter Kollmann noch vor dem Tor auf der Straße. Kollmann sagte: Was soll das, Herr Kühn? Wer hat das angeordnet? Das ist Kollektivhaftung.

Entschuldigen Sie, Herr Kollmann. Es war ein Irrtum. Selbstverständlich ist niemand ausgesperrt, natürlich auch nicht Maiwald …

Ach … hat vielleicht der Justitiar in Düsseldorf die Firmenleitung aufgeklärt, dass sie kleine Brötchen backen muss, wenn sie bei dieser Praktik hier bleiben sollte?

Ich weiß gar nichts, sagte Kühn, ich habe nur soeben Anweisung bekommen, das Tor aufzuschließen.

Die Belegschaft vor dem Tor stand immer noch regungslos, ich hing immer noch im Tor verkrallt, Kühn und Kollmann standen sich noch immer gegenüber, vom Hafen quietschten die Kräne und tuckerten die Schlepper, durch die Straße fegte ein eisiger Wind.

Los, Leute!, schrie plötzlich Kollmann. Steht nicht rum. An die Arbeit. Wärmt euch erst mal richtig auf.

Sie rannten auf den Platz, manche gleich zu ihren Tankzügen, die meisten aber in die Kantine. Ich kletterte langsam vom Tor und betrat als Letzter das Werksgelände. Ich ging am Pförtner vorbei, drehte mich, als ich einen Schritt an ihm vorbei war, um und fragte ihn: Was hättest du denn gemacht, wenn wir das Tor aus den Angeln gerissen hätten?

Er sah mich an, sagte: Nichts. Ich hab in fünf Minuten Ablösung.

Während des Vormittags versuchte ich Kollmann zu erreichen, damit er eine Sondersitzung des Betriebsrates einberuft. Aber er war entweder unterwegs oder führte nie enden wollende Telefongespräche mit dem Gesamtbetriebsrat in Düsseldorf.

Während meiner Arbeit dachte ich nur: Da ordnet jemand an, das Tor geschlossen zu halten, niemanden auf das Werksgelände zu lassen, mich durch die eigenen Kollegen unter Druck zu setzen, und dann kam plötzlich einer gelaufen, schloss das Tor auf und sagte wie selbstverständlich: Es war ein Irrtum.

Verdammt, wo leben wir eigentlich.

Kurz vor der Mittagspause kam Kollmann zu mir in die Werkstatt und sagte: Karl, das Fass ist jetzt zum Überlaufen. Das ist jetzt Sache des Gesamtbetriebsrates. Die in Düsseldorf haben heute Nachmittag eine Sitzung mit dem Vorstand. Ich fahre hin. Hier handelt es sich um einen einmaligen Fall von Erpressung.

Im Laufe des Tages sahen viele zu mir herein, ich hatte den Eindruck, dass manche von ihnen ihr schlechtes Gewissen erleichtern wollten, denn sie waren verlegen und drucksten herum. Ich nickte nur zu ihren Worten, und innerlich dachte ich, was wäre eigentlich geworden, wenn Kühn das Tor nicht aufgeschlossen hätte, und wie würden sie sich verhalten, wenn der Betrieb mit einer anderen Drohung käme. Sie wollen nichts riskieren, nichts für sich, schon gar nichts für andere, auch ein Risiko eingehen will gelernt sein. Wir hatten es nicht gelernt, das Risiko hatte uns immer die Gewerkschaft abgenommen und uns zwanzig Jahre lang eingeredet, dass sie nur unser Bestes wolle, nämlich unsere Sicherheit. Ich fühlte mich dauernd beobachtet und arbeitete an den beiden Tankzügen ohne Pause: Ölwechsel, Zündungen einstellen, Kontakte erneuern, Spur und Nachlauf prüfen, Federbeine testen und Kompression prüfen und Getriebe ausbauen.

Ich gab mich ganz meiner Arbeit hin, die ich hätte schon im Schlaf erledigen können, man braucht dazu keine Augen, nur Hände, und in meinem Beruf braucht man niemanden, der sagt, dass das und das am Wagen nicht in Ordnung ist, man braucht einen Motor nur anzusehen und weiß, wo es fehlt. Jede Arbeit ist mehr Erfahrung als Können.

Bei Schichtende sah ich noch im Betriebsratbüro die Tagesakte ein. Darin befand sich nur ein Rundschreiben vom Gesamtbetriebsrat aus Düsseldorf, dass man im März noch einmal wegen eines höheren Zuschusses für das Kantinenessen verhandeln wolle. Kollmann, Rahner und Franz hatten das Schreiben schon abgezeichnet.

Karin kam singend nach Hause, sie fiel mir um den Hals: Vater, am ersten März bekomme ich meine Stelle im Behindertenkindergarten in Lindenhorst. Was bin ich froh. Und so praktisch, ich kann ja fast zu Fuß hingehen.

Bist du dann ganz fertig, Karin?

Ach was, noch lange nicht, das dauert noch seine zwei Jahre. Aber nur in Abendkursen, zweimal in der Woche, du weißt doch, die Spezialkurse für Behinderte, ich hab es dir doch schon mal erklärt, Gymnastik und … Wo ist Mutter eigentlich?

Einkaufen. Sie kommt gleich wieder.

Ich erzählte Karin, was sich heute Morgen im Betrieb zugetragen hatte und dass mir bei der Sache gar nicht so wohl war.

Karin, ich habe Angst davor, was noch alles auf mich zukommt, sagte ich. Was die sich wohl noch ausdenken werden, um mich kirre zu machen.

Vater, nun mach dir nicht in die Hosen, du hast die Schweinerei aufgedeckt, du musst das jetzt durchfechten. Deine Arbeitskollegen werden dir eines Tages noch dankbar dafür sein.

Dankbar? Da kennst du sie aber schlecht. Weißt du, heute Morgen, als sie alle um mich rumgestanden sind, da dachte ich schon, sie wollen mir was.

Deine Kollegen? Aber Vater, wenn einer dir was kann, dann höchstens der Betrieb. Und so leicht ist das auch nicht, das weißt du genau. Du bist Betriebsrat, du hast einen besseren Schutz als alle anderen. Und was soll's, du hast einen doppelten Schutz, deine Frau verdient. Du musst einfach mal Zutrauen zu dir selber haben. Manchmal habe ich den Eindruck, du bedauerst dich selber am meisten …

Trotzdem, Karin, ich fürchte, es schlägt mir alles über dem Kopf zusammen. Verstehst du, ich habe so was nicht gelernt.

Dann lernst du es eben jetzt, verdammt noch mal.

Du hast leicht reden, alle haben leicht reden, die vor dem Tor stehen und nicht dahinter, deine ganz Clique redet so. Jaja, theoretisch sind die alle gut, aber in der Praxis gucken sie dumm aus der Wäsche … wenn die mal selber ihre Brötchen verdienen müssen … Karin, ich bin ein kranker Mann, ich tauge nicht mehr für eine vernünftige Arbeit, ich gehöre mit meinen sechsundvierzig Jahren zum alten Eisen, ich bin einfach aufgebraucht, wer nimmt mich denn noch.

Nun hör auf Vater, jetzt tust du dir schon wieder selber leid …

Ich habe auch mal meine Wünsche gehabt. Und was ist daraus geworden? Jetzt muss ich froh sein, wenn mich keiner rausschmeißt und wenn ich meine tausend Mark im Monat verdienen kann.

Fachleute wie du, die werden immer gebraucht, dich nehmen sie überall mit Kusshand …

Aber sicher, wenn ich vorher unterschreibe, dass ich die Schnauze halte, auch wenn sie mich in den Hintern treten, dann ist ihnen so eine Fachkraft noch was wert.

Vater, du schimpfst immer auf meine Clique, wie du sie nennst, aber in einem haben sie Recht, wenn sie sagen, dass unsere Arbeiter gar kein Interesse haben, sich ihren Maulkorb abzureißen, den ihnen andere umgelegt haben …

Du sollst nicht so mit deinem Vater reden, rief Angelika, die vom Einkaufen zurückgekommen war. Meine Frau sah Karin empört an.

Weil's wahr ist, erwiderte Karin.

Lass nur, sagte ich, es sieht alles anders aus, ob man am Anfang steht oder am Ende.

Du stehst aber nicht am Ende, du stehst mitten drin. Vater, mach dich doch nicht krummer, als andere dich machen wollen.

Als ich am nächsten Morgen in den Umkleideraum kam, hielt mir Rahner die »Westfälische Rundschau« hin.

Da lies mal, in allen drei Zeitungen steht's, sagte er und blieb vor mir stehen, als hätte ich ihm Rechenschaft zu geben oder wäre ihm was schuldig.

Im Lokalteil sah ich ein großes Bild von mir, es zeigte, wie ich am Tor hing, unter dem Bild stand ein ausführlicher Bericht über die Vorgänge in der Firma Maßmann. In der Bildunterschrift hieß es: Der Anführer: Karl Maiwald.

Vollmer rief: Jetzt weiß es wenigstens die Öffentlichkeit, was bei uns vorgeht. Jetzt gibt es kein Versteckspiel mehr, jetzt gibt es Dampf in den Hintern.

Von der Gruppe am Tor war ich als Einziger auf dem Bild klar zu erkennen, mein Name stand fett gedruckt darunter, es hieß da, dass ich der Anführer gewesen sei. Ich setzte mich auf die Bank vor meinen Spind und las, was unter der Überschrift stand: »Karl Maiwald deckt Skandal in den Maßmann Werken auf«. Je weiter ich las, desto größer wurde wieder meine Angst.

Kaum hatte ich die Werkstatt betreten und meinen Werkzeugkasten aufgeschlossen, kam Kollmann mit der »Westdeutschen Allgemeinen«.

Karl, du musst die letzte Seite im Lokalteil lesen. Wenn das nur gut geht, wir sind jetzt in einer ganz blöden Situation, das sieht nämlich so aus, als hätten wir gequatscht, du oder ich oder ein anderer, der genau Bescheid weiß. Grünefeld wird ganz schön sauer sein.

Ich setzte mich auf eine Kiste und las.

Außer über den Einbruch wurde über alles berichtet, über die Akten, die Vorgänge bei der Weihnachtsfeier, die versuchte Aussperrung und eine Menge Details, die nur ein im Betrieb Beschäftigter wissen konnte, und auch da nur jemand, der unmittelbar mit der Sache befasst war, also ich, Franz und die Schindler. Es gab also einen Informanten.

Ich war es nicht. Also wer? Franz? Nein, das traute ich ihm nicht zu. Die Betriebsleitung selbst? Unmöglich, die bezichtigt sich doch nicht selbst. Die Schindler? Die sägt doch nicht den Ast ab, auf dem sie sitzt. Aber wer? In einer der Zeitungen war auch zu lesen, dass mich der Betrieb wegen Diebstahls von Betriebseigentum angezeigt hätte, es stand aber nicht da, dass es sich bei diesem Betriebseigentum um die Akten handelte. Wer konnte so umfassend die Presse informiert haben? Wer? Wer hatte ein Interesse daran, wem konnte daran gelegen sein, die Gewerkschaftspresse auszuschalten oder ihr zuvorzukommen und die Informationen der bürgerlichen Presse zuzuspielen?

Als ich zu Ende gelesen hatte, war mir klar, dass es für Außenstehende nur einen geben konnte, der die Presse so genau unterrichtet hatte: nämlich ich!

Ich hatte Angst, denn wie würde ich beweisen können, dass nicht ich der Informant war, beweisen vor allem meiner eigenen Gewerkschaft gegenüber, die mich zum Schweigen verpflichtet hatte und auch, auf keinen Fall etwas auf eigene

Faust zu unternehmen. Nun war etwas unternommen worden, und ich hatte mich deshalb schuldig gemacht, ich konnte das Gegenteil nicht beweisen, weil ich als Betriebsrat durch das Gesetz verpflichtet war, für den Betriebsfrieden zu sorgen. Dieser Artikel aber war das genaue Gegenteil, er würde Unruhe schaffen in der Öffentlichkeit und im Betrieb. Ich war in einer fatalen Situation, ich saß da und überlegte, wie ich aus der Klemme wieder herauskommen könnte. Niemand würde mir glauben, am wenigsten wohl meine eigenen Kollegen und die Funktionäre am Ostwall, die mir jetzt alle möglichen Motive unterstellen konnten.

Entweder hatte mir jemand durch diese Veröffentlichung schaden oder aber helfen wollen. Wenn dieser Jemand aber mir helfen wollte, hatte er mir jetzt einen Bärendienst erwiesen.

Ich hätte mich gern mit Franz ausgesprochen, aber er war nach Köln gefahren und würde vor Nachmittag nicht zurück sein.

Kollmann sah ich durch die verschmutzten Fenster einige Male über den Hof laufen, als habe er es heute besonders eilig.

Um elf Uhr brachte mir ein Hofarbeiter einen Zettel: Nach der Schicht auf Betriebsratsbüro kommen. Wichtig. Ko.

Da war sie wieder, meine Angst vor der Ungewissheit.

Kollmann sagte: Setz dich, Karl. Wegen der Zeitungsartikel ist vielleicht was los, und erst in Düsseldorf … Hast du die Zeitungen informiert?

Nein, ich habe die Zeitungen nicht informiert.

Wenn du nicht, wer dann?, fragte Kollmann. Fest steht,

dass die Zeitungen von jemandem aus dem Betrieb informiert wurden, und der muss besser Bescheid wissen als ich. Das steht fest. Aber wer? Karl, wer? … Ich glaube dir. Aber das nützt uns beiden herzlich wenig. Wichtig ist, was unsere Leute von der Gewerkschaft glauben, die denken jetzt wahrscheinlich, du warst es und du wolltest ihnen, weil in unseren Blättern noch nichts erschienen ist, eins auswischen.

Mir egal, was die glauben. Was soll ich machen?

Hier, Karl, ich hab ein Schreiben aufgesetzt für unsere Bezirksleitung. Du erklärst an Eides statt, dass du mit den Zeitungsartikeln nichts zu tun hast. Unterschreib.

Kollmann, das ist doch idiotisch. Erst muss ich mich gegen die Betriebsleitung verteidigen, trotzdem ich im Recht bin, jetzt muss ich mich gegenüber meinen Funktionären verteidigen, auch wenn ich mit den Zeitungsartikeln nichts zu tun habe. Sag mal, findest du das nicht auch allmählich ein bisschen lächerlich?

Was ich finde und was nicht, das zählt jetzt nicht. Komm, unterschreib.

Ich las das Schreiben. Ich unterschrieb.

Und was jetzt?, fragte ich.

Abwarten. Ich gebe das Grünefeld. Es sieht nicht besonders gut aus, Karl, aber wir werden das Kind schon schaukeln.

Ich saß noch etwas unschlüssig da und blätterte in der Tagesakte, die mir Kollmann gegeben hatte. Es war nichts von Bedeutung zu finden, der übliche Kram.

Ich sagte noch einmal: Kollmann, wenn man es sich genau überlegt, ist die Sache doch zum Lachen. Wir müssen uns jetzt gegen unsere eigene Organisation verteidigen, so weit ist es schon gekommen, wir müssen vor denen Rechenschaft ablegen. Hätte unsere Gewerkschaft etwas in ihren Zeitungen gebracht, dann gäbe es diese Aufregung nicht.

Ich fuhr nach Hause.

Angelika hatte auf den Küchentisch die Zeitung gelegt, mein Bild sah mich an.

Mit uns geht es aufwärts, sagte sie und lachte dabei, jetzt stehen wir schon in der Zeitung, ganz groß. Wie soll das weitergehen.

Angelika … bitte …

Mein Abteilungsleiter kam heute Morgen schon mit der Zeitung gelaufen und hielt sie mir unter die Nase, er kennt dich ja gut, du hast ja früher bei uns immer Sauerstoff abgeladen, er hat gesagt, du verbrennst dir an der Sache die Finger, weil sie dich allein die Kastanien aus dem Feuer holen lassen …

Dein Herr Abteilungsleiter soll sich um seinen eigenen Dreck kümmern …

Du bringst uns ins Gerede, sagte Angelika, und nun war sie nicht mehr heiter, sie lachte auch nicht mehr.

Was soll das, Angelika, ich habe keinen umgebracht.

Sie briet mir Bratkartoffeln mit Eiern und Spinat, ich aß und las noch einmal die Zeitungen.

Ich weiß nicht Karl, man erfährt entweder aus den Zeitungen, was du machst, oder von anderen Leuten … Warum sagst du mir denn nichts … Wenn du mich brauchst, ich bin in der Waschküche, ich habe einen Berg Wäsche.

Ich saß am Tisch und stocherte in meinem Essen. Der Appetit fehlte, ich las wieder und wieder den Artikel in der

Zeitung, bald konnte ich ihn auswendig aufsagen. Ich sah alle Gesichter der Menschen vor mir, denen ich zutraute, die Information an die Presse gegeben zu haben: Die Schindler, Kollmann, Rahner, Dörrlamm und Vollmer. Aber dann verwarf ich es gleich wieder, es war unmöglich, keiner von ihnen konnte ein Interesse daran haben, nicht, um mir zu helfen, nicht, um mir zu schaden. Sie alle hingen mit in der Sache drin. Aber wer?

Ich sah aus dem Wohnzimmerfenster. Borgmann unterhielt sich mit dem Rechtsanwalt Pollmüller in seinem Vorgarten.

Karin kam aufgeräumt nach Hause. Im Flur rief sie schon: War das ein Spaß! War das ein Spaß.

Was denn für ein Spaß?, fragte ich sie.

Sie setzte sich mir gegenüber an den Küchentisch und aß die mittlerweile kalt gewordenen Bratkartoffeln auf, vom Spinat wollte sie nichts wissen. Sie erzählte.

Im Stadthaus war heute Vormittag die Sitzung des Stadtparlaments. Auf dieser Sitzung musste endgültig entschieden werden, ob das neue Fußballstadion zur Weltmeisterschaft 1974 gebaut werden sollte oder nicht. Von der veranschlagten Bausumme von 24 Millionen Mark würde die Stadt 8 Millionen zu tragen haben, es ging also um die Bewilligung dieser 8 Millionen.

Über zweihundert Studenten der Pädagogischen Hochschule, der Technischen Hochschule, Kindergärtnerinnen und Lehrer saßen auf der überfüllten Zuhörertribüne. Die Studenten der Pädagogischen Hochschule hatten sich den Plan zurechtgelegt: Als der Oberbürgermeister die Sitzung eröffnete, schwieg die Tribüne noch, aber als der Sprecher der SPD-Fraktion ans Rednerpult trat und den Neubau des Fußballstadions befürwortete, schrien die Studenten auf ein Zeichen hin im Chor: Kindergärten! Kindergärten! Kindergärten! Der Oberbürgermeister schwang die Glocke und drohte, den Saal räumen zu lassen. Da war wieder Ruhe, bis der Sprecher der CDUFraktion das Wort nahm. Wieder schrie die Tribüne im Chor: Kindergärten! Kindergärten! Kindergärten! Wieder drohte der Oberbürgermeister mit Räumung der Tribüne, die Zuhörer schwiegen wieder, aber als der Abgeordnete der FDP-Fraktion ans Rednerpult ging und ebenfalls den Stadionbau befürwortete, derselbe Abgeordnete, der in Zeitungsinterviews gegen diese Verschwendung von Steuergeldern gewettert hatte, ließen sich die Zuhörer auf den Rängen durch die Glocke des Oberbürgermeisters nicht mehr zurückhalten. Sie schrien im Chor: Kindergärten tun Not, schlagt den Fußball tot. Der Oberbürgermeister unterbrach die Sitzung, rief die Polizei, und eine halbe Hundertschaft hatte mehr als eine Stunde zu tun, um die Tribüne zu räumen, die meisten mussten hinausgetragen werden. Vor dem Stadthaus riefen sie gemeinsam mit denen, die zu Beginn der Ratssitzung keinen Einlass mehr gefunden hatten: Kindergartennot – schlagt die Ratsvertreter tot! Kindergärten tun Not, schlagt die Ratsvertreter tot!

Ein Spaß war das, Vater, die Gesichter von unseren Ratsvertretern hättest du sehen müssen, so viele dumme Gesichter auf einen Haufen habe ich in meinem Leben noch nicht gesehen. Alle drei Parteien hättest du in einen Sack stecken können und draufschlagen, du hättest immer den Richtigen getroffen.

Wir spülten gemeinsam das Geschirr. Als Karin in die Waschküche ging, um ihrer Mutter zu helfen, machte ich einen kleinen Spaziergang.

Dass Angelika immer waschen muss, dachte ich. Und plötzlich war mir bewusst, dass ich meine Frau in den zwanzig Jahren Ehe eigentlich immer nur hatte arbeiten sehen, immer beschäftigt, immer auf den Beinen, immer unterwegs. Das bisschen Zeit, das wir miteinander hatten, zählte kaum. Immer war die Sorge für den nächsten Tag größer als die Zufriedenheit über das Erreichte. Und was hatten wir erreicht? Vielleicht sollte man eine Ehe nach zwanzig Jahren auflösen. Aber das sind Hirngespinste. Mein Vater hatte immer zu mir gesagt: Jedes Alter hat seine Reize. Dass aber jedes Alter auch seine Qualen hat, davon hat er nichts gesagt.

Mir graust vor der Vorstellung, dass ich mit sechzig Jahren so herumlaufe wie Wittbräucke mit seinen Invaliden, den anderen und sich selbst im Wege auf der Suche nach der gestohlenen Zeit.

Als ich von meinem Spaziergang zurückgekehrt war, saß der alte Holzmann im Wohnzimmer und hielt mir ein Schreiben hin. Holzmann erledigte im Betrieb Botengänge.

Karl, musst unterschreiben, Karl, dass du das Schreiben bekommen hast, Karl.

Als er gegangen war, sah mich Angelika erwartungsvoll an, Karin stand neben mir und blickte mir über die Schulter, während ich das Schreiben las.

Es war eine fristlose Kündigung.

Es hieß da: Ich hätte als Betriebsrat gegen die Gesetze verstoßen, ich hätte die Presse informiert und damit einen innerbetrieblichen Konflikt an die Öffentlichkeit getragen. Das sei ein schwerer Verstoß gegen den Betriebsfrieden, zu dem ich mich bei meiner Wahl als Betriebsrat verpflichtet hätte. Die Unterschrift des Betriebsratsvorsitzenden sei in diesem Falle nicht erforderlich. Meine Arbeitspapiere und mein restlicher Lohn würden mir in den nächsten Tagen auf postalischem Wege zugestellt. Ab sofort sei mir das Betreten des Werksgeländes verboten, falls ich dieses Verbot missachte, würde ich mit Gewalt aus dem Werk entfernt.

Ich setzte mich, ich starrte auf das Schreiben, Karin riss es mir aus den Händen. Saubande, sagte ich leise vor mich hin.

Angelika war in die Küche gelaufen und brachte mir eine Flasche Bier, öffnete sie selbst und sagte: Karl, komm, trink erst mal was, das beruhigt. Ich nahm die Flasche und sah meine Frau an, mir war nicht zum Lachen zumute, aber ich musste doch lächeln, als sie sagte: Es wird schon werden. Ich verdiene ja. Das musst du jetzt durchfechten ... Geh rüber zu Pollmüller, ein Rechtsanwalt weiß immer am besten, was man da machen kann.

Das hier lasse ich mir nicht bieten, ich gehe zum Arbeitsgericht, sagte ich mühsam, die können doch nicht einfach auf Grund von Vermutungen Leute auf die Straße schmeißen ... Wo leben wir denn. Die dürfen doch nicht denken, dass sie mit unsereinem machen können was sie wollen, nur weil sie die Stärkeren sind.

Karin warf das Schreiben auf den Tisch, sie fragte: Und warum sind sie die Stärkeren?

Kluges Kind bist du wieder mal. Weil sie das Geld haben, klar, du Neunmalkluge.

Nein, sagte sie, die sind die Stärkeren, weil ihr euch nie einig seid, begreif das doch endlich mal … weil jeder von euch sich so verhält, als könnte ihm selber nichts passieren … nur immer den andern, und wenn einmal was passiert, dann sagt ihr noch: Der war ganz schön dämlich.

So ist das Vater, und nicht anders.

Der Pförtner trat mir in den Weg.

Karl, ich darf dich nicht auf das Gelände lassen. Ich habe meine Anweisungen. Karl, du musst das verstehen. Ich tue nur meine Pflicht. Karl, du verstehst das.

Ich fragte: Was willst du machen, wenn ich trotzdem reingehe, verstehst du, einfach reingehe.

Dann muss ich dich melden.

Dann melde mich. Ich gehe nämlich.

Du kannst doch nicht einfach reingehen, rief der Pförtner aufgeregt.

Ich ging an dem Pförtner vorbei in die Werkstatt. Am schwarzen Brett hing ein Durchschlag meines Kündigungsschreibens, jemand hatte mit Bleistift darunter geschrieben: Wer Dreck wegschafft, wird entlassen, wer Dreck macht, der kriegt Tarif.

Es war genau halb sieben. Um halb sechs war ich bereits von zu Hause abgefahren und hatte in der oberen Kanalgasse abgewartet, was sich am Werkstor tat. Ich konnte nichts Ungewöhnliches feststellen, die Männer gingen wie immer in das Werk und an ihre Arbeit. In der Werkstatt setzte ich mich auf den von mir konstruierten Reifenwechsler, tat nichts und wartete. Es muss doch jetzt was passieren, es kann doch unmöglich so ruhig bleiben, meine Anwesenheit wird sich schnell herumsprechen. Wer wird kommen, mich anrühren und auf die Straße setzen? Meine eigenen Kollegen? Oder wird der Direktor die Polizei rufen und mich hinausführen lassen? Ich kannte das, ich hatte es schon einmal erlebt, wie ein Entlassener, der es trotzdem gewagt hatte, auf das Gelände zu kommen, von den eigenen Kollegen mit Gewalt auf die Straße vor das Tor gezerrt wurde.

Der Erste, der in die Werkstatt kam, war Franz. Er war überrascht, als er mich sah, dann lachte er. Mensch, Karl, das gibt es ja nicht. Wie bist du denn reingekommen?

Wie schon. Durch das Tor natürlich.

Pass auf Karl, als Kollmann und ich gestern Abend von deiner Entlassung erfuhren, haben wir gleich was organisiert. Wirst staunen.

Organisiert?, fragte ich. Franz freute sich und rieb sich die Hände.

Warte mal, ich hole gleich den Kollmann. Ich sag dir nur, das hat die Firma Maßmann noch nicht erlebt.

Was denn? Red schon.

Wart's ab!, rief Franz, rannte aus der Werkstatt und kehrte nach ein paar Minuten zurück, immer noch gut gelaunt. Wenig später betrat auch Kollmann die Werkstatt. Er war ernst, er war mürrisch wie immer.

Ich wollte dich schon von zu Hause holen lassen, sagte Kollmann. Gut, dass du da bist. Wir haben jetzt das Tor verriegelt, kein Fahrer kann auf Tour … will auch keiner. Jeder bleibt. Alle sind in der Kantine versammelt. Ich habe angeordnet, dass keiner die Arbeit aufnimmt, bevor wir nicht auf der Versammlung Beschlüsse gefasst haben.

Was denn für Beschlüsse, Kollmann?, fragte ich, denn ich sah immer noch nicht durch, was da hinter meinem Rücken organisiert worden war.

Frag nicht, komm jetzt mit, sagte Kollmann und führte mich am Arm aus der Werkstatt über den Hof in die Kantine. Ich staunte. Es waren wirklich alle da, die Frühschicht, die Mittagschicht, und sogar die Nachtschicht war geblieben und nicht nach Hause gefahren.

Ich wurde mit Gejohle empfangen.

Ich dachte: Wer hat das organisiert? Wer hatte diesen Einfall? Welche Beschlüsse sollen gefasst werden?

Kollmann drückte mich auf einen Stuhl, und als Ruhe eingetreten war, rief er: Kollegen, ihr wisst, warum ihr da seid, ihr habt Maiwalds Kündigung am schwarzen Brett gelesen. Karl Maiwald hat eine Sauerei aufgedeckt, und dafür soll er die Papiere kriegen. Ich habe mit Grünefeld gesprochen. Die Gewerkschaft reicht heute eine Klage beim Arbeitsgericht ein im Eilverfahren. Aber wir können nicht warten, bis das Arbeitsgericht entschieden hat, das kann unter Umständen vier Wochen dauern, wir müssen jetzt was tun.

Maiwald soll reden, rief einer.

Kollmann wurde unsicher. Er sah mich an und fragte leise: Willst du? Oder soll ich weitermachen …

Ich stand auf und wunderte mich über mich selbst, denn ich war ruhig wie selten. Ich sagte: Vorweg eins, Kollegen.

Ich habe die Zeitungen nicht informiert. Ich weiß auch nicht, wer es gewesen sein könnte. Und wenn Kollmann sagt, dass wir was unternehmen müssen, weil wir uns nicht alles gefallen lassen dürfen, dann kann ich das nur unterstreichen, dann sage ich: Ja, wir müssen was unternehmen. Und was? Da gibt es wohl nur eins, was wir tun können: Streiken! Es war still.

Ich war über das Wort Streik, das mir so leicht von den Lippen kam, selbst erschrocken, ich dachte, jetzt werden sie dich auslachen, sie lachen immer, wenn sie das Wort Streik hören, besonders, wenn ein Streik nicht von der Gewerkschaft angeordnet wird, sie lachen darüber wie über einen guten Witz. Es war noch immer still.

Sie lachten nicht, aber es hatte ihnen anscheinend die Sprache verschlagen.

Streiken? Wegen dir?!, rief Rahner. Du leidest ja an Größenwahn! Wer bist du denn eigentlich!

Einige lachten jetzt, aber die meisten zischten ihn aus.

Kollmann, der sich neben mich gesetzt hatte, sprang auf, er schwitzte und trocknete sich dauernd mit einem Taschentuch die Stirn ab, er ruderte mit den Armen und schrie mit überschlagender Stimme: Maiwald hat Recht. Es gibt für uns nur ein Mittel. Streiken, und zwar so lange, bis Maiwald wieder eingestellt ist.

Dann können wir gleich um Rente einreichen, so lange dauert das nämlich, erwiderte Rahner.

Wer ist für Streik?, fragte ich.

Arme schnellten hoch, spontan, zögernd. Ungefähr die Hälfte stimmte dafür.

Ich war enttäuscht. Ich hatte mehr erwartet.

Da lief Kollmann hinter seinem Tisch hervor in die Mitte des Raumes, er ruderte immer noch mit den Armen, er rief: Ruhe! Ruhe!, obwohl niemand sprach, und er war so erregt, wie ich ihn noch nie gesehen hatte: Ist denn das so schwer, einmal für einen Kollegen einzutreten. Verdammt noch mal. Was heute Maiwald passiert ist, das kann jedem von euch morgen passieren, begreift das doch endlich mit euren Spatzengehirnen. Davor ist keiner sicher, keiner. Also: Wir streiken so lange, bis die fristlose Kündigung von Maiwald zurückgenommen wird.

Wer ist gegen den Streik?

Es waren immer noch zehn.

Kollmann ging an seinen Tisch zurück und ließ sich neben mir auf seinen Stuhl fallen, er schüttelte nur den Kopf und sprach vor sich hin: Karl, die werden es nie begreifen ... nie werden sie das begreifen ...

Was soll das Gerede! Lasst uns an die Arbeit gehen. Maiwald nimmt sich zu wichtig!, rief Rahner.

Dieser Rahner, flüsterte mir Franz zu, aus dem soll einer schlau werden.

Ich sagte zu Kollmann: Lass, es hat keinen Zweck. Wenn nur einer aus der Reihe tanzt, dann ist die ganze Aktion ein Schlag ins Wasser.

Kollmann erhob sich mühsam, er atmete schwer, als er ruhig und langsam sagte: Schöne Kollegen seid ihr. Wenn von euch schon mal was verlangt wird ... Wenn es so viel Bier gäbe wie Verstand, dann wären die meisten von euch schon verdurstet. Und du Rahner, du hast am wenigsten

Grund hier herumzukrakeelen, als du damals zwei Jahre lang krankfeiern musstest, da haben wir im Betrieb für dich gesammelt, über zweitausend Mark haben wir für dich gesammelt, damit du besser über die Runden gekommen bist. Um dich ging es da und nicht um Maiwald … Und du willst Betriebsrat sein!

Streik ist was anderes als sammeln, rief Rahner. Das hier wäre nämlich dann ein wilder Streik.

Mensch, Rahner, lüfte doch mal dein Gehirn aus. Hier geht es doch einfach darum, dass mit einem Einzelnen nicht so umgesprungen werden kann, wie die sich das so vorstellen. Begreif das doch endlich, um nichts anderes geht es, um nichts anderes, verdammt noch mal.

Ich hatte Kollmann noch nie so reden hören. Mir war es in diesem Augenblick unverständlich, wie manche von ihm sagen konnten, er buckle nach oben und trete nach unten.

Also nochmals: Entscheidet euch …

Vollmer fragte: Wenn uns unsere Gewerkschaft aber nicht unterstützt, was dann?

Wieder war es still.

Sie wird. Du kannst dich auf mein Wort verlassen, sagte Kollmann ruhig und bestimmt, als sei das die selbstverständlichste Sache von der Welt. Also noch mal: Wer ist gegen den Streik? Nur Rahner hob den Arm.

Es gab Applaus. Einige buhten Rahner aus.

Kollmann machte eine wegwerfende Handbewegung in Rahners Richtung. Er sagte: Die Männer vom Notdienst können jetzt abfahren, aber nur die zwei Fahrten für die Krankenhäuser, sonst nichts, sonst keine andere Fahrt. Habt ihr verstanden? Vier Fahrer verließen die Kantine. Passt auf, Leute. Jeder geht jetzt auf seinen Arbeitsplatz zurück, in die Werkstatt, ins Lager, in die Hallen, zum Hafen runter und in die Tankwagen. Ihr bleibt dann auf euren Plätzen sitzen und rührt keinen Finger. Ich weiß, Nichtstun ist anstrengend, aber es muss nun mal sein. Drei Mann gehen mit mir, wir haben nämlich über Nacht Schilder beschriftet. Die drei, die mit mir gehen, stellen sich als erste Streikposten vor das Tor und bleiben da mit den Schildern stehen. Ich muss erst noch einen Plan zurechtmachen, wie wir uns untereinander ablösen. Wer hat ganz warme Winterkleidung dabei … Karl, du kannst jetzt nach Hause fahren, dich brauchen wir hier nicht mehr.

Franz stellte sich als Streikposten zur Verfügung, Dörrlamm und Vollmer ebenfalls.

Karl, du kannst mir deine dicke Jacke da lassen, die wärmt besser als meine, sagte Franz.

Es war Viertel nach sieben geworden, und kein Tankwagen hatte den Hof verlassen. Die Tankzüge waren auf dem Hof in Linie aufgefahren, die Fahrer saßen am Steuer, vor dem Haupttor standen die drei Streikposten, im gesamten Betrieb herrschte Friedhofsruhe.

Als die ersten Angestellten um halb acht kamen, blieben sie überrascht stehen, lasen die Aufschriften auf den Schildern, die Franz, Dörrlamm und Vollmer in ihren Händen hielten, sprachen mit den dreien, aber gingen dann in ihre Büros, als ob sie das hier überhaupt nicht interessierte. Typisch, dachte ich. Ich fuhr doch nicht nach Hause, ich hätte doch keine Ruhe gehabt zu Hause, ich setzte mich in meinen Wagen und beobachtete die Einfahrt. Als mir nach zwei Stunden so kalt geworden war, dass ich meine Füße nicht mehr spürte, lief ich zu einer nahen Würstchenbude am Hafen und wärmte mich dort auf. Ich kaufte Pommes frites und brachte sie Franz, Vollmer und Dörrlamm vor das Tor.

Hättest mal lieber 'ne Pulle Schnaps mitgebracht, sagte Dörrlamm. Schnaps könnte uns jetzt aufwärmen.

Der Kollmann kommt aus dem Direktionszimmer überhaupt nicht mehr raus, sagte Franz. Da wird dicke Luft sein, aber der Kollmann wird das schon machen, in so was kann man sich auf ihn verlassen.

Um elf fuhr ich schließlich nach Hause.

Ich spülte das Geschirr, saugte die Wohnung, lief in den Keller, nahm die trockene Wäsche von der Leine und schichtete sie in einen Plastikkorb. Dann filterte ich mir Kaffee und setzte mich ins Wohnzimmer.

Die Zeitung, die morgens immer so spät kommt, dass ich sie nicht mehr lesen kann, bevor ich zur Arbeit fahre, lag auf dem Tisch, und ich sah sofort das Bild auf der Titelseite. Polizisten trugen Demonstranten aus dem Stadthaus.

Karin war gut zu erkennen, vier Polizisten trugen sie an Armen und Beinen die Treppe hinunter. Ihr kurzes Kleid war zurückgerutscht. Als ich den Artikel gelesen hatte, ärgerte ich mich, denn er nahm einseitig Partei für den einstimmigen Beschluss des Stadtrates, acht Millionen für den Bau des Fußballstadions zu bewilligen.

Ich sah immer wieder auf das Bild und dachte daran, was Angelika gesagt hatte: Mit uns geht es aufwärts, jetzt stehen wir schon in der Zeitung.

Ich saß im Wohnzimmer, trank meinen Kaffee und wartete. Es kam kein Anruf. Ich ging zum Fenster und sah auf die Straße hinunter. Eine leere Wohnung ist wie ein Gefängnis. Kinder spielten auf dem Bürgersteig vor unserem Haus Himmel und Hölle, die Kästen hatten sie mit brauner Kreide gezogen, die Kinder waren dick angezogen, es war kalt, aber es lag kein Schnee.

Ich muss jetzt was tun, sagte ich mir. Ich sitze zu Hause, und meine Arbeitskollegen streiken für mich und frieren vor dem Tor. Aber ich sitze in der warmen Stube. Wieder überkam mich Angst, und ich fragte mich: Was ist, wenn sich die Gewerkschaft nicht hinter diesen Streik stellt? Dann bleibt es ein wilder Streik. Und dann? Wir haben alle keine Erfahrung mit Ereignissen, die nicht durch das Gesetz gebilligt werden.

Ich fragte mich: Hätte ich mich auch spontan für den Streik entschieden, wenn es einen anderen betroffen hätte? Ich konnte alle verstehen, die erst gar nicht und dann nur zögernd den Arm gehoben hatten, es ging hier nicht um ein Kaffeekränzchen, es ging hier ganz einfach um die nackte Existenz. Wenn wenigstens Karin da gewesen wäre mit ihren Sprüchen und Weisheiten, die mich manchmal ärgerten und die doch meist richtig waren.

Um zwei Uhr läutete das Telefon. Es war Kollmann, er schrie in den Hörer: Karl, die schalten auf stur. Bleib heute Nachmittag zu Hause. Am Telefon kann ich das nicht ausführlich erzählen. Und dann Karl, wenn es dich beruhigt: Alle haben heute Vormittag den Streik gut durchgestanden. Keiner ist umgefallen, nicht mal gemeckert hat einer.

Im Hintergrund hörte ich einen Schlepper tuckern.

Um vier Uhr endlich kam Karin, meine Frau eine halbe Stunde später, sie freute sich über die geputzte Wohnung. Ich erzählte noch nichts vom Streik. Karin telefonierte mit Martin, der immer noch in München war, meine Frau richtete das Essen und sah ab und zu in den Flur, aber Karin ließ sich dadurch nicht beeindrucken, sie telefonierte weiter.

Willst du heute nicht in die Kneipe?, fragte meine Frau.

Vielleicht später, sagte ich, es kommt noch Besuch.

Besuch? Ich habe aber nichts im Hause.

Mach dir keine Umstände, Kollmann kommt nur, vielleicht noch Franz.

Ist was?, fragte sie und sah mich mit großen Augen an.

Warte, bis Kollmann da ist, dann brauche ich es nicht zweimal zu erzählen, du erfährst dann alles ganz genau.

Karin telefonierte immer noch. Was das wieder kostet, dachte ich, tagsüber nach München, sie hätte sich auch von Martin anrufen lassen können, er hat mehr Geld als wir. Ich stand am Fenster und wartete. Es fing schon an dunkel zu werden, als Kollmann aus seinem Wagen stieg, auch Franz und Rahner. Rahner, dachte ich. Was will der hier? Ist da was schief gelaufen? Rahner war plötzlich für mich der Unglücksbote. Die Direktion droht mit Aussperrung, rief Kollmann schon an der Korridortür.

Ich bat sie ins Wohnzimmer. Angelika blieb neben mir stehen, Karin lehnte am Türrahmen, sie hatte ihr Telefongespräch unterbrochen, als die Haustürglocke angeschlagen hatte.

Zwei Stunden habe ich mit Kühn und Bosch verhandelt. Die waren ganz freundlich, aber die haben ihre Anweisungen aus Düsseldorf, mit denen kannst du einfach nicht verhandeln, die lächeln dir ins Gesicht und dann bedauern sie.

Und was habt ihr beschlossen?, fragte ich. Ich hatte Angst vor seiner Antwort.

Rahner sagte: Was schon. Wir streiken weiter, wie es heute Morgen ausgemacht war, also bis du wieder eingestellt bist. Klar. Jetzt wollen wir es wissen.

Dieser Rahner, dachte ich. Wie können Menschen nur so schnell ihre Meinung ändern, da stimmt doch was nicht.

Kollmann unterbrach: Karl, du bist nach wie vor unser Betriebsrat, hier hast du die Protokolle unserer Sitzung von heute Mittag ... Der Grünefeld hat deine Kündigung als Eilverfahren heute vor das Arbeitsgericht gebracht. Wir streiken trotzdem weiter. Deine fristlose Entlassung ist eine Rechtsfrage, unser Streik ist eine Machtfrage ... hat Grünefeld gesagt ... Karl, die müssen schneller nachgeben, als sie denken, wo wollen die von heute auf morgen qualifizierte Fahrer hernehmen, mit Sondererlaubnis zum Fahren. So einfach ist das nicht, jetzt sitzen wir mal am längeren Hebel ... Die Belegschaft hat sich heute Mittag bei unserer zweiten Versammlung in der Kantine einstimmig für die Weiterführung des Streiks ausgesprochen ... einstimmig. Die Angestellten machen natürlich wieder mal nicht mit, wie gehabt.

Die bilden sich eben ein, sie sind was Besseres, warf Franz ein. Die blöden Heinis, sind genauso Arschlöcher wie wir auch, sagte Rahner.

Als die drei gegangen waren, fragte Karin: Vater, hab ich richtig gehört? Die gesamte Belegschaft streikt wegen dir?

Das ist ja ungeheuerlich … Es geschehen noch Zeichen und Wunder…

Sie streiken für meine Wiedereinstellung, erwiderte ich ärgerlich, Karins höhnischer Ton konnte mich manchmal rasend machen. Soll sie erst mal mit ihrer Ausbildung fertig sein und arbeiten, dann wird sie schon erfahren, wie es ist, ob man draußen steht oder drinnen.

Ich ging zum Gildenhof. Unterwegs blieb ich an der Barackenbaustelle stehen, Neonlampen brannten die ganze Nacht über. Neben den Fundamenten lagen neue Bauteile und Säcke mit Glaswolle, Dachpappe in Rollen. Aus der Baubude schimmerte das blaue Licht eines Fernsehapparates.

Im Gildenhof war es fast leer. Die drei Invaliden standen am Tresen, Schöller unterhielt sich mit einem Fremden über das Wetter und ob man es riskieren dürfte, Betondecken zu gießen.

Wittbräucke fragte mich: Sag mal Karl, war das nicht deine Tochter auf dem Bild in der Zeitung?

Ich weiß nicht, was du meinst.

Natürlich war das deine Tochter, erwiderte er. Ich hab sie doch genau erkannt, ganz genau, ohne Brille sogar.

Warum fragst du, wenn du sie erkannt hast, Wittbräucke.

Immer nur sprach Wittbräucke, seine beiden Kollegen nickten nur oder schüttelten den Kopf zu dem, was er sagte.

Die Maiwalds sind jetzt eine berühmte Familie. Jeden Tag steht über die was in der Zeitung. Müssen jetzt bald Sie zum Karl sagen, sonst spricht er nicht mehr mit uns, sagte er wieder.

Wenig los heute, sagte ich zum Wirt.

Kein Geld unter den Leuten. Weihnachten vorbei, Neujahr vorbei, und kein Wunder, wenn alles teurer wird.

Ich blieb noch etwas, es war langweilig, die Invaliden ödeten mich an, dann ging ich zu Voigts. Warum, darüber war ich mir nicht im Klaren, vielleicht wollte ich sehen, ob die Akten noch da waren, aber ich wusste nicht einmal, wo Martin sie im Haus versteckt hatte.

Heidi ließ mich ein. Der alte Voigt saß im Wohnzimmer über Rechnungen und Belegen. Na, Karl, das ist aber schön, dass du dich auch mal wieder blicken lässt … Wenn Martin das Bild seiner Verlobten in der Zeitung sieht, dann wird er ganz schön sauer sein … Nur gut, dass er in München ist … Willst einen Schnaps? Bist zu Fuß unterwegs?

Ja, zu Fuß, antwortete ich ihm, du kannst mir trotzdem einen Schnaps geben.

Ich setzte mich in den Sessel neben dem Schreibtisch. Der alte Voigt holte eine Flasche und schenkte mir ein Glas voll, er selbst trank aber nichts, er ordnete weiter seine Papiere, er ließ sich durch mich nicht stören, er sagte: Kann das ja verstehen von deiner Tochter, weil sie ja nun mal Kindergärtnerin wird, wenn es auch nicht gleich die Polizei sein muss, aber das mit dem Stadion, Karl, das muss man eben auch von einer anderen Seite sehen …

Verdienst du dran?, fragte ich.

Ach, Gott, was soll ich da schon dran verdienen. Die paar Hektoliter, die machen das Kraut auch nicht fett … falls ich überhaupt die Lizenz kriege, das ist noch nicht sicher.

Das Bier soll wieder teurer werden?, fragte ich.

Na wenn schon. Glaubst du, es wird deswegen weniger

gesoffen? Hab ich noch nicht erlebt, höchstens mehr. Er sah mich über seine Brille hinweg forschend an.

Nach einer Weile, er beugte sich wieder über seine Papiere, fragte er: Sag mal, du hast auch keine Ahnung, wer das an der Baustelle gewesen sein könnte?

Nein, ich habe auch keine Ahnung ... Sag mal Friedrich, hast du auch die Bürgerinitiative unterschrieben?, fragte ich.

Ich? Bin ich verrückt? Dreihundert Türken sind für mich bares Geld, das sind für mich drei Hektoliter mehr in der Woche, wenn nicht noch mehr.

Hat Martin unterschrieben?

Warum fragst du ... Martin? Weißt du, der unterschreibt alles, was die ihm vorlegen. Was willst dagegen machen, er ist und bleibt ein Kind. Aber deine Karin wird ja hoffentlich einen Mann aus ihm machen.

Ich lief über die Feldwege zurück, den Weg an Holtkamps Hof vorbei, dann über die Autobahnbrücke, da traf ich Borgmann, der seinen Hund spazieren führte.

Heute stinkt es aber wieder nach Kokerei, sagte er, man kann kaum richtig atmen.

Ja, sagte ich, es stinkt nach faulen Eiern.

Hoffentlich dreht sich der Wind bald wieder, damit der Gestank nachlässt. Und die Zeche muss heute Nacht wieder die Schornsteine gereinigt haben, heute Morgen lag der Kohlenstaub fingerdick.

Ja, antwortete ich, ich musste heute Morgen meinen Wagen auch erst mit einem Handfeger abstauben. Es war wieder schlimm.

Als ich nach Hause kam, saß Angelika vor dem Fernseher

und sah sich einen Krimi an. Willst du was essen?, fragte sie, ohne mich anzusehen. Ich verneinte.

Aber Karl, du musst doch was essen, du hast heute überhaupt noch nichts Richtiges im Magen gehabt.

Ich hab keinen Hunger ... Ich war bei Voigts.

Sie sah mich an. Sie war erstaunt. Was hast du denn da gemacht ... Ist was? Mit Martin? Mit Karin?

Nein, nein. Ich war nur so da, ohne Grund. Weiß auch nicht, warum ich hingegangen bin.

Karl, wie soll das nur alles weitergehen.

Es wird schon werden, sagte ich.

Ach du. Seit wir verheiratet sind, sagst du immer: Es wird schon werden. Und was ist geworden? Wir schuften heute noch genauso wie vor zwanzig Jahren, vielleicht noch mehr. Paar lumpige Kröten haben wir auf der hohen Kante, davon könnten wir nicht mal ein ganzes Jahr von leben.

Der zweite Streiktag begann, wie der erste geendet hatte: Vor dem Haupttor standen Streikposten, die sich alle zwei Stunden ablösten. Nur die Angestellten gingen durch das Tor und an ihre Arbeit.

Ich konnte das Herumsitzen und Warten zu Hause nicht aushalten, die meiste Zeit war ich bei den Männern am Tor, ich versuchte mich nützlich zu machen, holte heißen Kaffee, kaufte für sie Würstchen ein, Bier oder Cola, ich brachte ihnen Zeitungen und Illustrierte, ich erledigte für manchen private Besorgungen, wenn sie selbst nicht wegkonnten.

Am dritten Tag um die Mittagspause lief der Pförtner zu mir

auf die Straße, er winkte mich zu sich und tat geheimnisvoll: In der Kantine sind Betten aufgeschlagen worden heute Nacht. Weiß überzogen, Kopfkissen auch. Was soll das nun wieder. Du hast auch keine Ahnung, Karl?

Nein, ich habe keine Ahnung. Ich hör das von dir jetzt zum ersten Mal.

Die Erklärung erfuhren wir am Nachmittag.

Ich wollte gerade nach Hause fahren, als ein blauer, sehr moderner Bus von der oberen Kanalgasse zum Haupttor fuhr. Im Bus saßen zehn Männer, und als der Bus zur Einfahrt rollte, kippten die Männer ihre Liegesitze um, so dass sie nicht mehr zu sehen waren, zumindest nicht ihre Gesichter.

Wir hielten den Bus an und versuchten, mit den Männern zu sprechen, aber die beiden Türen vorn und hinten blieben verschlossen, der Busfahrer winkte energisch, dass wir aus der Fahrbahn gehen sollten, wir mussten hoch hüpfen aus dem Stand, um in den Bus hineinsehen zu können.

Betriebsleiter Kühn gab dem Pförtner Anweisung, das Tor zu öffnen. Als der Bus auf den Werkshof gefahren war und das Tor hinter ihm wieder geschlossen wurde, sahen wir durch den Zaun, wie die Männer aus dem Bus in die Kantine gingen, wie sie Koffer und Taschen hineintrugen, und uns war immer noch nicht ganz klar, was das zu bedeuten hatte.

Endlich kam Kollmann angelaufen, er war außer Atem, als er uns erklärte: Die haben zehn Fahrer vom Werk in Bremen hergeholt, die sollen jetzt Streikbrecher machen, die Wagen betanken und auf Tour gehen. Schöne Bescherung.

Auf alles waren wir vorbereitet, nicht aber darauf, dass sich Arbeitskollegen eines Zweigbetriebes dazu hergeben könnten, uns in den Rücken zu fallen. Franz, der wieder mit Vollmer und Dörrlamm vor dem Tor Posten stand, sagte nur: Das ist keine Bescherung, das ist eine hundsgemeine Schweinerei ... Sag mal, Kollmann, wann sollen die denn ausfahren, hast du was erfahren können?

Um sechs heute Abend, antwortete er, und es war Kollmann anzusehen, dass er nicht mehr so sicher war oder sich nicht mehr so sicher gab wie in den vergangenen Tagen.

Na dann, rief Franz, dann ist doch alles klar. Auf was warten wir denn noch. Los Leute! Wer ein Auto hier hat, der fährt jetzt gleich bei den anderen vorbei, damit alle um halb sechs hier vor dem Tor sind.

Was hast du vor?, fragte ich.

Ganz einfach, wir blockieren das Tor. Klar?

Verdammt, dachte ich, wie oft war in der vergangenen Zeit schon alles klar, und es kam dann doch anders. Franz und ich fuhren gemeinsam durch die Stadt und in die entlegendsten Vororte und gaben Bescheid, was heute Abend geplant war. Es schneite in dicken Flocken, aber dafür war es nicht mehr so kalt.

Kurz vor sechs Uhr abends war die gesamte Belegschaft vor dem Tor versammelt, die Schneeflocken fielen noch dichter als am Nachmittag, auf den Straßen bildete sich Matsch. Wenn es heute Nacht friert, wird es Glatteis geben, dachte ich.

Wir umstanden in einem Halbkreis das Haupttor und starrten in den Hof, sahen, wie die zehn Männer aus Bremen aus der Kantine traten, in Arbeitsanzügen und zu den betankten Sattelschleppern gingen, einstiegen, die Motore anließen und die Wagen langsam zum Tor rollen ließen. Kühn schloss selbst das Tor auf. Der erste Tankzug war nahe an das Tor gerollt.

Bleibt alle stehen, wo ihr steht, rief Kollmann.

Der erste Tankzug war bereits halb durch das Tor und bis zur Straßenkante gefahren, die neun anderen Fahrzeuge hatten sich zum Konvoi eingereiht.

Kühn schrie uns an: Geht weg! Geht aus dem Weg, der überfährt euch sonst. Seid ihr verrückt!

Als der erste Wagen auf die Straße fahren wollte, wir mit unserem Halbkreis waren zentimeterweise zurückgewichen, rief Franz: Legt euch alle auf den Boden. Alle flach legen! Wollen doch mal sehen, ob von denen einer wagt, uns anzufahren.

Es schneite dicht. Der Schnee auf der Straße war matschig und nass, und tatsächlich legten sich die meisten flach auf die Straße, trotz des Matsches auf dem Pflaster und trotz der Kälte.

Im ersten Wagen saß ein junger Mann mit langen Haaren und Bart, er setzte seinen Wagen langsam, indem er dauernd die Kupplung spielen ließ, auf die Straße, er hatte das Seitenfenster heruntergerollt und seinen Kopf durch das Fenster gesteckt. Franz und ich lagen in der ersten Reihe, wir hörten den jungen Fahrer schreien: Geht doch weg, ihr Idioten! Seid ihr lebensmüde? Weg von der Straße! Weg! Ihr könnt mich nicht aufhalten.

Da plötzlich sprangen ein paar von unseren Leuten auf die Trittbretter links und rechts und zerrten den jungen Mann aus dem Führerhaus, und sie hätten ihn wahrscheinlich verprügelt, wäre nicht Kollmann dazwischengegangen.

Kühn schrie hinter der Einfahrt: Das ist Gewalt! Das wird bestraft! Das ist rohe Gewalt.

Kollmann fragte den jungen Fahrer: Was haben sie dir denn geboten … Sag schon … Willst du deine eigenen Leute totfahren, du dämlicher Kerl.

Ich hab meine Anweisungen, erwiderte der junge Mann, und er sah nicht so aus, als sei er darüber empört, dass er aus dem Führerhaus gezogen wurde, er grinste uns an.

So, sagte Kollmann, du hast deine Anweisungen. Dann geb ich dir jetzt meine Anweisungen. Du setzt jetzt den Sattelschlepper wieder zurück auf den Hof, wie du das machst, das ist deine Sache, sonst kommst du hier nicht ungeschoren weg, das versprech ich dir. Arbeitskollegen in die Pfanne hauen … extra aus Bremen kommen … Was haben sie euch denn versprochen … he … doppelten Lohn … Hau bloß ab, du Pfeife.

Der junge Mann stand grinsend und zögernd vor uns, dann aber lief er den Konvoi entlang und rief seinen Kollegen zu, dass sie ihre Wagen zurücksetzen sollten.

Wir können doch unsere eigenen Leute nicht zusammenfahren, rief er ihnen wieder und wieder zu, die sind stur da draußen auf der Straße, die legen sich einfach hin.

Kühn lief aufgeregt umher, er versuchte den jungen Mann zu bewegen, wieder in seinen Wagen einzusteigen, aber der Mann aus Bremen schob ihn weg, und Kühn schrie mit überschnappender Stimme: Das ist Terror! Das ist Gewalt! Ich rufe die Polizei!

Auf der gegenüberliegenden Straßenseite, vor der Klinkermauer des Betonsteinwerkes, hatte sich eine neugierige Menge angesammelt, auch Kinder waren darunter. Bis acht Uhr umlagerten wir die Einfahrt, wir froren erbärmlich, der Schneematsch war durch die Kleider gedrungen, wir waren bis auf die Haut nass.

Endlich setzten die Tankwagen zurück und parkten auf dem Hof wieder in Linie, wie sie zuvor gestanden hatten. Kühn lief immer noch herum und schimpfte und drohte, aber keiner hörte mehr darauf, Vollmer machte sich über ihn sogar lustig. Kühn schloss, als er sah, dass die Wagen nicht auf die Straße zu bringen waren, eigenhändig das Tor. Wir sahen, wie die zehn Fahrer aus Bremen vor den Tankwagen in Gruppen heftig miteinander diskutierten und dann in der Kantine verschwanden. Der Angriff wäre abgeschlagen, sagte Franz, und jetzt fahre ich erst mal nach Hause, ich hol mir den Tod in dem nassen Zeug.

Am dritten Tag hatte sich die Gewerkschaft offiziell hinter unseren Streik gestellt, damit waren wir abgesichert, finanziell und rechtlich. Kollmann war in Düsseldorf beim Gesamtbetriebsrat gewesen und hatte versucht, Druck auf die anderen Zweigbetriebe und das Hauptwerk selbst auszuüben, damit sie in einen Sympathiestreik treten, und wenn es auch nur für einen Tag wäre, aber die Entscheidung darüber wurde zurückgestellt, man wollte erst abwarten, wie sich die Firmenleitung verhalten würde. Auch unsere drei Tageszeitungen berichteten jeden Tag über unseren Streik, wenn auch nur mit ein paar Zeilen.

Kühn heftete um die Mittagszeit an die Außenseite des

Haupttores einen Anschlag: Jeder Belegschaftsangehörige geht straffrei aus, der morgen wieder zur Arbeit kommt. Die Betriebsleitung ist bereit, die nicht gearbeiteten Tage, also die Streiktage, voll zu entlohnen. Wer jedoch weiterhin streikt, wird bei der Krankenkasse abgemeldet, ihm wird der Versicherungsschutz entzogen, ihm wird das Weihnachtsgeld für das kommende Jahr gestrichen und die Gewinnausschüttung im Juni. Auch die betriebliche Altershilfe entfällt. Jeder Arbeitswillige wird, wenn nötig, Polizeischutz erhalten, damit er unbelästigt seiner Arbeit nachgehen kann. Die Betriebsleitung ist bereit, zweihundert Prozent Zuschlag anstatt der bislang hundert Prozent für Fahrten an Sonn- und Feiertagen zu bezahlen. Das ist ein einmaliges Angebot und wird nicht mehr wiederholt für diejenigen, die morgen nicht die Arbeit aufnehmen. Wer morgen nicht zur Arbeit kommt, wird ausgesperrt und endgültig entlassen.

Nachdem ein letzter Versuch, die Tankzüge auf die Straße zu bringen, fehlgeschlagen war, fuhr der Bus mit dem Bremer Kennzeichen aus dem Werk. Wir hatten uns nicht mehr auf die Straße vor die Reifen zu legen brauchen, als die Bremer Fahrer uns im Halbkreis das Tor umlagern sahen, gaben sie von alleine auf. Die zehn Männer lagen nicht mehr, sondern saßen bei der Abfahrt aufrecht im Bus. Der junge Mann, der aus dem Führerhaus gezogen worden war, rief uns zu: Na, dann streikt mal schön!

Wir versuchten auch, die Angestellten am Betreten des Werkes zu hindern. Sie diskutierten zwar mit uns, gaben uns Recht, aber sie streikten nicht mit. Die Werksleitung blieb unnachgiebig. Ich fuhr jeden Tag zum Werk, und ich war überrascht, mit welcher Verbissenheit meine Kollegen den Streik fortsetzten.

Auch am fünften Tag blieb die Situation gespannt. Ich ließ meinen Wagen wie immer an der oberen Kanalgasse stehen und ging zu Fuß die wenigen Schritte. Der Anschlag hing immer noch am Tor. Auf dem Werkshof standen die betankten Wagen noch immer in Linie. Der Pförtner saß in seinem Häuschen, er war anscheinend der Einzige, dem dieser Streik nichts ausmachte, er hatte wenig zu tun und saß in der warmen Bude und las Zeitung, er beobachtete nur, was im Werk und auf der Straße vor sich ging.

Franz sagte scherzhaft zu mir: Was willst du denn schon wieder hier. Du darfst doch gar nicht streiken, du bist doch entlassen.

Rahner nahm mich plötzlich zur Seite und fragte mich vertraulich: Sag mal, Karl, wo sind eigentlich die Akten? Kein Mensch spricht mehr von denen. Und um die geht es doch im Grunde genommen.

Ich weiß nicht, sagte ich. Rahner war mir zuwider, seine Frage hatte mich überrascht, und doch hatte er Recht: Von den Akten war in den letzten Tagen nicht mehr die Rede gewesen.

Franz wies auf den Aushang: Die wollen uns jetzt das bezahlen, was wir schon zehn Jahre fordern.

Ich fragte: Ob sich da wohl einer ködern lässt? Was meinst du, ob jetzt einer umfällt.

Zum Umfallen ist es jetzt zu spät geworden, antwortete Franz, jetzt, wo die Gewerkschaft dahintersteht. Du kannst beruhigt sein, damit lässt sich jetzt keiner mehr ködern.

Als ich am frühen Nachmittag dieses fünften Streiktages nach Hause kam, lag im Briefkasten ein Brief, ohne Anschrift und ohne Absender. Er musste also persönlich eingeworfen worden sein. Ich riss ihn auf und las: Ich muss dich dringend sprechen. Heute Abend um acht Uhr im Brunneneck. Sch.

In den letzten Tagen hatte ich kaum an sie gedacht, einmal nur hatte ich sie morgens gesehen, als sie ins Büro ging, ihr Kopftuch tief in das Gesicht gezogen, als wollte sie nicht erkannt werden. Ich trieb mich am Nachmittag in der Stadt herum, aß an der Reinoldikirche eine Currywurst, spazierte über den Hellweg und sah mir die Schaufenster an, trank später im Café Schwarzhoff Kaffee und aß dazu ein Stück Obsttorte, saß etwa eine Stunde und blätterte in Illustrierten.

Punkt acht betrat ich die Gaststätte »Zum Brunneneck« in der Brunnenstraße. Ich hatte mich gewundert, wie kam die Schindler gerade auf dieses Lokal, es lag weit von ihrer Wohnung in der Rheinischen Straße entfernt. Sie war noch nicht da. Ich setzte mich an einen Tisch und bestellte Bier und einen Schnaps. Die Gäste beobachteten mich verstohlen, die am Tresen drehten sich mehrmals nach mir um und starrten mich unverhohlen an. Ich saß da und stierte in das verqualmte Lokal, holte meine Brieftasche aus der Jacke und malte Männchen auf ein Stück Papier, nur um nicht in die neugierigen Gesichter sehen zu müssen.

Um halb neun kam sie endlich. Sie ging direkt auf mich zu. Sie entschuldigte sich nicht, zog ihren Mantel nicht aus, setzte sich mir gegenüber und sagte: Ich war es. Ich. Du musst jetzt dafür büßen. Ich habe das nicht gewollt.

Ich dachte es mir, antwortete ich und wunderte mich, wie ruhig ich war. Ich habe es geahnt, dass du es warst.

Ich habe auch den Photographen bestellt.

Ich nickte und bestellte ein neues Bier und einen neuen Schnaps, die Schindler einen doppelten Whisky. Dann saßen wir uns gegenüber und wussten nicht so recht, was wir uns erzählen sollten. Es war ja alles gesagt.

Wenn mich jemand gefragt hätte, wie sie aussieht, dann hätte ich antworten müssen: heruntergekommen. Sie trug Cordhosen und eine Wildlederjacke mit Pelzbesatz, die Lider waren grün bemalt, für meinen Geschmack zu dick aufgetragen, der Lack auf ihren Nägeln abgebröckelt. Sie schien mir in einem miserablen Zustand zu sein. Die Haare waren strähnig, als wären sie wochenlang nicht gewaschen worden, und ihre Lippen waren ungleichmäßig geschminkt. Sie hatte breite Lippen.

Was sagt man denn so im Betrieb?, fragte ich. Hast du noch einmal Besuch gehabt? Das Du kam mir plötzlich schwer von den Lippen.

Nein, nicht mehr. Im Betrieb habe ich nichts Neues mehr erfahren. Und dann … Ich wollte dir sagen … macht weiter. Die kippen bestimmt um, wenn ihr noch ein paar Tage weitermacht. Die waren nämlich nicht darauf gefasst, dass ihr euch einig seid, und vor allem so lange einig bleibt. Das hat sie umgehauen, ich weiß das, ich habe genug gehört am Telefon.

Und der Anschlag am Tor?, fragte ich.

Lass nur, die versprechen noch mehr, je länger es dauert. Ich weiß das, ich habe genug am Telefon gehört. Von Düsseldorf geht ein ganz schöner Druck aus, Bosch würde am liebsten alles rückgängig machen ... Der muss, sonst fliegt er, verstehst du, der muss, sonst fliegt er.

Ich hielt mein Bierglas mit beiden Händen und drehte es, ich sah in die Gaststube und durch die Gäste hindurch. Die Schindler gegenüber sah mich schräg von der Seite an, ich spürte ihren Blick, aber ich vermied es, ihr in die Augen zu sehen. Unser Schweigen war peinlich geworden. Wie ein altes Ehepaar sitzen wir hier, dachte ich, das sich nichts mehr zu sagen hat und nur noch in eine Kneipe geht, um sich von anderen Gästen ablenken zu lassen.

Warum tust du das eigentlich, warum tust du das alles?, fragte ich sie.

Sie sah über mich hinweg und gab keine Antwort, sie rauchte nervös, den rechten Arm mit der Zigarette in der Hand hatte sie aufgestützt, die Finger ihrer linken Hand trommelten kaum hörbar auf die Tischplatte.

Du hast dich doch früher dafür bezahlen lassen, für das Abschreiben der mitgehörten Gespräche, du warst doch früher ein Muster von Sekretärin ... Warum ist das heute anders? Warum? Du musst doch dafür eine Erklärung haben ... oder?

Sie drückte die halb gerauchte Zigarette aus und steckte sich sofort wieder eine neue an. Sie sah mich direkt an. Ich wich ihren Augen nicht aus.

Ihre Augen waren grün.

Ich weiß es nicht, sagte sie, ich weiß es wirklich nicht. Ich frage mich auch manchmal.

Es war mir, als hätte sie Mühe zu sprechen. Sie trank ihren dritten doppelten Whisky und rauchte eine Zigarette nach der andern. Ich sah, wie der Wirt mit Gästen am Tresen tuschelte und mit dem Kopf nach uns wies.

Ich weiß es wirklich nicht. Sie sagte es wieder mit Mühe. Sie sah mir wieder direkt in die Augen und sagte: Vielleicht habe ich in den letzten Jahren zu viel mitgekriegt, was sich da oben abspielt. Im Vorzimmer bekommt man alles viel deutlicher mit. Durch dich ist mir das ein wenig klarer geworden. Vielleicht ... ich weiß es nicht. Vielleicht ist es nur, weil ich zu viel allein bin ... Vielleicht.

Wollen wir gehen?, fragte ich.

Gehen? Wohin? Zu mir? ... Ich gehe nur mit, wenn du mit zu mir mitkommst.

Meinetwegen, sagte ich.

Ich zahlte. Wir fuhren zu ihr in die Rheinische Straße. In ihrer Wohnung tranken wir zusammen noch eine Flasche Whisky leer. Ich wurde betrunken. Ich wurde müde. Die Schindler warf mir lallend eine Decke zu: Du kannst heute sowieso nicht mehr fahren, du bist betrunken. Wenn du morgen früh gehst, vergiss nicht, die Tür hinter dir abzuschließen. Wirf den Schlüssel durch den Briefschlitz. Sie ließ sich auf die Couch fallen, so wie sie war, und schlief sofort ein.

Ich schob mir zwei Sessel zusammen.

Es dauerte lange, bis ich einschlief.

Angelika saß im Wohnzimmer und rechnete, sie schrieb Zahlen auf einen Block, sie machte Kassensturz. Unsere Situation war nicht rosig. Meine Frau hatte zwar ihre achthundert Mark im Monat, jetzt aber fehlte mein Verdienst. Ich erhielt zwar, wie alle anderen, Streikgeld, aber ich fragte mich, was wird, wenn ich nicht wieder eingestellt werde, dann hätte ich die ersten Wochen keine Arbeitslosenunterstützung als fristlos Gekündigter.

Als ich mich zwei Tage nach meinem Rausschmiss auf dem Arbeitsamt gemeldet hatte, Grünefeld hatte mir den Rat gegeben und gesagt, doppelt genäht hält besser, da hatte mich der Beamte angesehen und gesagt: Jaja, Herr Maiwald, so ist das. Gestern noch auf der Titelseite aller Zeitungen, heute auf der Straße. Ich kenne das, glauben Sie mir. Ich sitze hier bald dreißig Jahre.

Und was würde das Arbeitsgericht entscheiden? Die mussten in den nächsten Tagen ja endlich etwas von sich hören lassen. Wir mussten zweihundertzwanzig Mark Miete bezahlen, Heizung, Strom, Wasser, Müllabfuhr, Zeitungen, Benzin, Kraftfahrzeugsteuer, Straßenbahn, Versicherung für den Wagen, Sterbekasse, Telefon, Karins Beitrag für den Handballverein und viele Kleinigkeiten noch dazu. Das summiert sich so, eine Mark zur andern, ein Hundertmarkschein zum andern, dann will man essen und etwas trinken, und manchmal braucht man ein paar Schuhe und eine neue Hose und ein Hemd und neue Unterwäsche, da ist der Friseur und die Apotheke, der Zahnarzt und die Kneipe, die Rundfunkgebühren und die neuen Reifen, die gekauft werden müssen.

Du wirst auf deine geliebte Kneipe verzichten müssen, sagte Angelika. Ich habe Recht behalten: Mit einem Verdienst ist heutzutage nicht mehr auszukommen.

Lumpige fünftausend Mark hatten wir auf unserem gemeinsamen Sparbuch, Angelika auf ihrem Postsparbuch etwas über tausend Mark, und Karins tausend Mark zählten nicht, die mussten Karins eiserne Reserve bleiben.

Das Gesparte wird auf keinen Fall angegriffen, sagte Angelika, und wenn wir trockenes Brot essen müssen. Es wird schon irgendwie gehen, es ist ja immer irgendwie gegangen. Ich kriege ja alle Waren zehn Prozent billiger in COOP.

Es war eine seltsame Situation. Meine Frau hatte mich nicht gefragt, wo ich vergangene Nacht gewesen war. Morgens gegen fünf war ich aus der Wohnung der Schindler fortgegangen und nach Hause gefahren. Ich hatte noch einen schweren Kopf.

Neben dem Block, auf dem Angelika unsere Zukunft schrieb, lag das Schreiben des Betriebs, in dem allen Betriebsangehörigen Gnade vor Recht versprochen wurde, wenn sie den Streik abbrechen und die Arbeit wieder aufnahmen. Der Betrieb schien so perfektioniert, dass mir, dem fristlos Entlassenen, dieses Schreiben auch zugestellt wurde.

Angelika sah mich an: Wenn du wieder eingestellt wirst, was dann? Du wirst doch in dem Betrieb dein Leben lang nicht mehr froh. Die schikanieren dich doch, wo sie nur können, die warten geradezu darauf, dass du was verbockst.

Ich will mein Recht, sagte ich.

Du mit deinem Recht. Was hast du davon, wenn du dein Recht hast und sie dich dann wie den letzten Dreck behandeln … Die wollen die Miete raufsetzen. Es wird schon was gemunkelt in unserer Straße.

Unsinn. Wir sind im sozialen Wohnungsbau.

Was heißt das schon, erwiderte sie ärgerlich.

Versteh doch, Angelika, ich muss wieder eingestellt werden, wer nimmt mich schon mit meinem kaputten Kreuz. Anderswo kann ich die Gosse fegen und anderen Leuten den Dreck wegmachen oder Toiletten reinigen, für siebenhundert Mark im Monat. Das geben sie mir vielleicht noch, mehr nicht.

Angelika sah aus, als wollte sie jeden Moment losheulen. Wenn sie einmal weinte, dann hörte sie so schnell nicht auf. Sie saß steif vor ihrer Rechnung, sie sah aus dem Fenster und spielte mit ihrem Kuli, sie drehte ihn in den Fingern hin und her.

Das ist das Ergebnis von dreißig Jahren Arbeit, davon fünfzehn mit doppeltem Verdienst, dachte ich. Als meine Schwiegermutter vor zwei Jahren starb, hinterließ sie meiner Frau tausend Mark und eine altmodische Wohnungseinrichtung, die niemand haben wollte. Fünfzig Mark musste ich dem Fuhrunternehmer noch zahlen, damit er den Plunder, wie er sich ausdrückte, überhaupt abholte und auf die Müllkippe transportierte. Bisschen wenig besaßen wir, für dreißig Jahre Arbeit.

Am frühen Abend rief Karin an, um uns zu sagen, dass sie später kommen würde, sie fahre noch mit Martin in die Westfalenhalle zu einem Handballspiel. Martin war also wieder aus München zurück.

Martin, sagte Angelika, als ich den Hörer auflegte, das ist auch so ein Fall … Brauchen wir eigentlich das Telefon?

Angelika, mach dich doch nicht verrückt, dreh jetzt nicht durch. Wir würden im Monat höchstens vierzig Mark sparen. Und deswegen willst du das Telefon aufgeben? Du hast es doch gewollt, du hast doch immer gedrängt, dass wir uns eins einrichten sollten.

Vierzig Mark sind vierzig Mark, sagte sie verbissen.

Das Telefon bleibt. Lieber gehe ich nicht mehr in die Kneipe, sagte ich laut.

Schön wär's. Aber das Telefon bleibt und du wirst trotzdem in die Kneipe gehen. Ich kenne dich doch … Aber ich sag schon nichts mehr.

Komm, spiel jetzt nicht die Beleidigte.

Um acht, im Fernsehen lief die Tagesschau, besuchte mich Franz. Er sah sich mit mir die Nachrichten an und sagte, Farbe sei doch besser. Als ich den Apparat ausgeschaltet hatte, sagte er, und mir schien, als sei er verlegen: Karl, ich muss mit dir reden … Angelika ging in die Küche und spülte das Geschirr.

Wo brennt's denn, Franz? Ich sah ihn an. Franz war nervös, er sah dauernd zur Tür, als erwarte er noch jemanden, dann aber redete er schnell: Karl, wir streiken morgen die zweite Woche, er stand auf und lief im Wohnzimmer auf und ab und verschränkte seine Arme auf dem Rücken, gut, wir erhalten Streikgeld, nicht allzu viel, gut, der Betrieb bettelt jetzt um uns, gut … Die meisten von unseren lieben Kollegen wollen jetzt wieder arbeiten, um dir das gleich zu sagen, gut, ich habe doch schon mit eigenen Ohren gehört, wie sie reden: Warum sollen wir uns wegen dem Maiwald selber das Wasser abgraben, solche Angebote kriegen wir nie wieder. Karl, vielleicht wird der Betrieb tatsächlich weich, vielleicht, aber darauf können wir jetzt nicht warten, du kennst doch unsere Leute, was lange dauert, das wird allmählich langweilig, wir können nicht mehr warten, bis der Streik zusammenbricht. Du weiß wie ich, wenn nur einer abspringt; dann ist es nur noch eine Frage von ein paar Stunden, bis die anderen umkippen. Wir müssen jetzt Druck ausüben. Nicht auf den Betrieb, nein, wir müssen Druck auf unsere Gewerkschaft ausüben. Die muss jetzt was unternehmen, nicht nur schön reden und Streikgeld bezahlen.

Franz, das ist doch absurd. Wie stellst du dir das vor, Druck ausüben, fragte ich.

Pass auf. Kollmann ist zwar anderer Ansicht, das muss ich dir gleich vorweg sagen, aber ich meine, wir sollten morgen Mittag, wenn wieder alle am Tor versammelt sind, in einem Protestzug zum DGBHaus marschieren.

Zum Ostwall? Du spinnst. Das hieße gegen die eigene Organisation marschieren, wir könnten sogar ausgeschlossen werden, Franz, das wäre was Einmaliges, das hat's noch nie gegeben, das geht nicht, schlag dir das aus dem Kopf …

Hast du das dem Ordnungsamt gemeldet? Das muss die Genehmigung für so einen Demonstrationszug erteilen, und wenn es noch so klein ist.

Ordnungsamt … Ordnungsamt … Wir marschieren einfach.

Franz, die Polizei kann uns auflösen.

Die Polizei? Möchte ich mal erleben, dass die Arbeiter auseinander treibt. Wir sind doch keine Studenten, wir werfen doch keine Autos um.

Trotzdem, es muss angemeldet werden, sagte ich.

Ist deine Entlassung auch angemeldet worden?, fragte er.

Komm, bring jetzt nicht alles durcheinander … Was meint Kollmann?

Ach, der. Du weißt doch, wie er ist, wenn es gegen die Gewerkschaft geht, dann wird er immer kreuzbrav, auch wenn er vorher fleißig mitschimpft. Aber vielleicht macht er mit, bei dem weißt doch nie, wie man dran ist.

Franz, nimm du das in die Hand. Ich mache selbstverständlich mit. Vielleicht hast du Recht, ich weiß nicht.

Gut. Ich fahr jetzt noch bei den wichtigsten Leuten vorbei. Mit Rahner habe ich schon gesprochen, der macht mit … Genauer gesagt, es war eigentlich seine Idee.

Dieser Rahner, sagte ich, aus dem werde ich einfach nicht schlau. Erst ist er der Einzige, der gegen den Streik ist, dann dreht er sich um hundertachtzig Grad und treibt nun andere.

Vielleicht hat er keine Angst mehr. Seine Frau hat nämlich jetzt einen Job bei der Stadtverwaltung, soll da ganz gut verdienen … Also Karl, dann bis morgen um zwölf Uhr. Komm schon ein bisschen früher, es macht dir doch nichts aus, du hast ja jetzt genügend Zeit.

Als ich später in der Küche saß und meiner Frau beim Bügeln zusah, sagte Angelika: Die Tür war offen. Ich hab alles gehört. Karl, ich weiß nicht, ob das richtig ist, was der Weigel da vorgeschlagen hat. Wer einen unterstützt, den soll man nicht unter Druck setzen. Und die Gewerkschaft unterstützt euch doch. Oder?

Franz fürchtet wahrscheinlich, dass die über unsere Köpfe hinweg wieder mal einen faulen Kompromiss aushandeln. Wäre nicht das erste Mal.

Mein Gott, Karl, was sollen sie denn sonst aushandeln als

nur Kompromisse, rief sie und stellte das Bügeleisen laut auf den Untersetzer. Was denn sonst. Sind doch nur faule Kompromisse, die ausgehandelt werden. Unser Meister hat heute Vormittag zu mir gesagt: Frau Maiwald, Sie brauchen die Arbeit nicht zu machen, wenn sie Ihnen zu schwer ist oder wenn Sie damit unzufrieden sind. Sie können sich in die Lagerhaltung versetzen lassen.

Na und?, fragte ich.

Na und! In der Lagerhaltung verdiene ich hundert Mark weniger im Monat. Das ist auch ein Kompromiss.

Kurz darauf klingelte das Telefon. Es war Grünefeld.

Maiwald, sagte er, deine Verhandlung beim Arbeitsgericht ist am Freitag. Richte dich drauf ein. Nähere Einzelheiten hörst du noch.

Ich hatte also noch fünf Tage.

Franz hatte gut vorgearbeitet und organisiert. Als ich kurz vor zwölf am Haupttor ankam, waren alle versammelt, auch die drei vom Notdienst; um dabei zu sein, hatten sie am Vormittag nur eine Tour gefahren. Vollmer und Dörrlamm hatten ein Transparent gefertigt: Gerechtigkeit für Maiwald.

Kollmann machte nun doch mit, er gab durch ein Megaphon Anweisungen: Drei Mann gehen immer nebeneinander. Die beiden mit dem Transparent marschieren vorne. Dass mir keiner aus der Reihe tanzt, dass mir auch alles ruhig bleibt. Ist alles klar? Dann los!

Ich marschierte in der zweiten Reihe. In der ersten waren Kollmann, Franz und Rahner, neben mir gingen Vollmer und Dörrlamm, die das Transparent trugen. Schon im

Hafenviertel erregten wir Aufsehen. Die Passanten blieben stehen und sahen unserem etwas merkwürdigen Zug nach, Autofahrer hielten und fragten, was und wo was los wäre. Es lachten auch viele, die uns kommen sahen.

Wir marschierten über die Schützenstraße zur Münsterstraße. An der Bornstraße wurden wir von zwei Polizisten auf Motorrädern angehalten, sie verlangten die Genehmigung für unseren Zug durch die Stadt, Kollmann versuchte sie abzuwimmeln: Ich hab die Genehmigung im Büro liegen gelassen. Er fügte scherzhaft hinzu: Ruft doch den Polizeipräsidenten an, der kennt mich.

Der ist in Urlaub, sagte einer der Polizisten und lachte. Hinter unserem Zug stauten sich die Autos, wir blockierten den Verkehr. Da wir keine Genehmigung vorweisen konnten, forderten uns die beiden Polizisten auf, wie gewöhnliche Passanten auf dem Bürgersteig zu gehen. Es blieb uns nichts anderes übrig, als ihrer Aufforderung nachzukommen, wollten wir uns nicht mit ihnen anlegen und unsere Sache platzen lassen.

Als wir mit viel Mühe, wir hatten uns gegenseitig mehrmals aus den Augen verloren, am Ostwall ankamen, stellten wir uns im Halbkreis vor den Eingang des Gewerkschaftshauses und riefen im Sprechchor: Grünefeld rauskommen! Grünefeld rauskommen! Alle Fenster zur Straße wurden geöffnet. Zwei Peterwagen sperrten die ohnehin für den Durchgangsverkehr gesperrte Straße ab.

Franz zischte mir zu: Wenn das noch lange dauert, dann sind bald mehr Polizisten als Demonstranten da.

Nach ein paar Minuten kam Grünefeld. Kollmann übergab ihm an der Tür eine Resolution, die er mit Franz gemeinsam verfasst hatte: Wenn der Betrieb nicht nachgibt, dann muss die Gewerkschaft in allen Zweigwerken der Firma Maßmann den Streik ausrufen, in Düsseldorf, Hamburg, Bremen, Kassel, Stuttgart, Frankfurt und Saarbrücken. Grünefeld versuchte zu beschwichtigen, er konnte sich gegen den Lärm nicht durchsetzen, Kollmann gab ihm das Megaphon. Grünefeld rief: Keine Aufregung, Kollegen. Wir sind mitten in den Verhandlungen.

Aktionen wollen wir, keine Verhandlungen, rief Rahner.

Aber Leute, nicht so hitzig, auch wir müssen uns an die bestehenden Gesetze halten …

Halten die sich vielleicht an die Gesetze? Die feuern uns, wenn's ihnen gerade passt. Ob mit oder ohne Gesetze, schrie Vollmer. Keine faulen Kompromisse, wenn wir bitten dürfen!

Lasst mich doch ausreden. Heute Abend ist die entscheidende Sitzung, wo wir beschließen werden, ob in allen Zweigbetrieben und im Düsseldorfer Hauptwerk eine Urabstimmung abgehalten wird oder nicht. Wir müssen auch erst das Urteil der Arbeitsgerichtsverhandlung abwarten. Davon wird auch weitgehend unsere Entscheidung abhängen. Leute, es ist alles nicht so einfach, wie es aussieht. Ihr streikt schließlich nicht um mehr Lohn, sondern um eine Person … Seid doch vernünftig, wir haben schließlich euern Streik legalisiert. Was wollt ihr noch. Wir können schließlich die Kollegen in den anderen Werken nicht zwingen, in einen Streik zu treten, wenn sie nicht wollen. Das wäre undemokratisch.

Der Maiwald ist auch undemokratisch entlassen worden, schrie Dörrlamm.

Geht nach Hause. Und noch was, Leute, nehmt kein Angebot der Firma an, und wenn es noch so verlockend ist, wie das etwa an eurem Tor. Beugt euch keiner Drohung. Es darf jetzt keiner ausbrechen. Nur Geschlossenheit führt zum Erfolg. Denkt daran. Ob Drohung oder Verlockung von der Firma, ihr streikt weiter, bis ihr von uns neue Anweisungen bekommt. Und jetzt, geht nach Hause, geht einzeln. Ihr seht, die Polizei passt auf. Ich will nicht, dass es Ärger gibt.

Photographen liefen umher und knipsten, ein junger Mann war mit seiner Kamera auf einen Baum geklettert. Ein Reporter sprach mich an. Sie sind doch Herr Maiwald. Sagen Sie, wie fühlt man sich, wenn man Mittelpunkt einer Aktion wie dieser hier ist.

Beschissen!, schrie ihm Franz ins Gesicht.

Lassen Sie doch Herrn Maiwald reden ... Was fühlt man so, Herr Maiwald, wenn man alle Arbeitskollegen auf seiner Seite weiß, ohne Ausnahme, das ist doch immerhin nicht selbstverständlich.

Würden Ihre Kollegen auch streiken, wenn Sie aus der Zeitung rausfliegen?, fragte Franz.

Aber so lassen Sie doch Herrn Maiwald reden ... Wer sind Sie überhaupt, dass Sie sich immer einmischen.

Sie sehen doch, der will sich mit Ihnen nicht unterhalten. Franz lachte.

Ich sagte zu dem Reporter: Ach, wissen Sie, ich war am meisten überrascht ...

Der Reporter schrieb auf einen Block, was ich sagte.

Haben Sie die Zeitung informiert?, fragte er.

Nein, antwortete ich.

Sie werden aber beschuldigt.

Ach, wissen Sie, beschuldigen kann man jeden, sagte ich, ärgerlich geworden von der vielen Fragerei.

Wenn Sie, Herr Maiwald, nun wirklich die Information gegeben hätten, dann wäre Ihre Firma doch im Recht mit der Entlassung, oder täusche ich mich da.

Im Recht?, schrie Franz dicht vor seinem Gesicht. Dass sie uns systematisch bespitzelt hat, ist das vielleicht Recht ... Sie, schreiben Sie aber auch in Ihrer Zeitung das, was hier gesagt worden ist und nicht das Gegenteil ... Man kennt euch doch, ihr dreht unsereinem das Wort im Mund rum.

Warum regen Sie sich so auf, Mann, ich bin ganz auf Ihrer Seite. Ich muss nur einen Bericht über Ihre Demonstration schreiben, da muss ich nun mal einige Fragen stellen.

Der Reporter ließ von mir ab, versuchte es bei Dörrlamm und Vollmer, aber die beiden liefen weg, als sie ihn kommen sahen, dann fragte er Zuschauer.

Kollmann forderte uns auf, auseinander zu gehen.

Die meisten fuhren mit der Straßenbahn nach Hause. Wir, Franz, Rahner, Vollmer, Dörrlamm, Kollmann und ich, gingen zu Fuß zum Hafen zurück.

Rahner sagte: Das war ein Schlag ins Wasser.

Die sind auch in keiner beneidenswerten Lage, antwortete Kollmann, ich möchte nicht in ihrer Haut stecken.

So?, fragte Franz. Und in was für einer Haut stecken wir? Glaubst du, die möchten in unserer Haut stecken? Kollmann, glaub mir, ich werde einfach das Gefühl nicht los, dass wir verschaukelt werden.

Bis jetzt können wir uns nun weiß Gott nicht beklagen, antwortete Kollmann gereizt.

Kommt, lasst uns ein Bier trinken, rief Rahner.

Wir stellten uns in der Stehbierhalle an der Münsterstraße, Ecke Steinplatz, an den Tresen und bestellten Bier. Franz trug das Transparent mit den beiden Stangen unter dem Arm. Ein Angetrunkener rempelte ihn an, wies auf die beiden Stangen und lallte: Willst heute noch einen totschlagen?

Ja. Dich, wenn du mich noch einmal anrempelst.

Na, langsam. Hier reingucken und Stunk anfangen. Mann, wenn dich deine Nutte nicht drangelassen hat, dann brauchst es nicht an mir auszulassen.

Zieh Leine, sagte Franz.

Kommt, Leute! Hier weg! Zahlen!, rief ich.

Das fehlte noch, dass wir gerade hier, in dieser üblen Spelunke, Streit bekommen, dachte ich. Wir gingen zum Hafen zurück.

Na dann, sagte Kollmann, dann wollen wir mal sehen, was es morgen gibt … Wir kommen natürlich alle, das ist doch klar, Karl, da können wir dich nicht allein lassen.

Ich verabschiedete mich und fuhr nach Hause. Es regnete, nach den kalten Tagen war es plötzlich fast frühlingshaft warm geworden. Im Wohnzimmer saßen Martin und Karin, sie tranken Kaffee.

Wie war's in München?, fragte ich ihn, er sah schlecht aus. Martin winkte ab: Musst dich heutzutage um jeden Dreck selber kümmern, wenn das Geschäft laufen soll. So einen gewissenhaften Mann wie dich müssten wir in unserem Geschäft haben, sagt mein Vater auch immer … Weißt du, Karl, wir haben die Niederlassung in München nur aufgemacht, weil wir da einen absolut zuverlässigen Mann hatten, der hat den Laden allein geschmissen, als ob es sein eigener Laden wäre. Na ja, und jetzt ist es rausgekommen, durch die Kundschaft, deshalb war ich unten in München, er hat nämlich ganz schön in seine eigene Tasche gewirtschaftet, achttausend Mark. Das wäre nicht mal so schlimm, aber der Kerl kann uns um die gesamte Kundschaft bringen.

Und jetzt?, fragte Karin.

Martin zuckte mit den Schultern: Was jetzt. Was soll man da groß machen, solchen Leuten ist man doch hilflos ausgeliefert. Wenn wir ihn entlassen, dann können wir die Niederlassung zumachen, find' mal einen, der das selbständig machen kann. Ich hab' ihm gesagt: Schwamm drüber, das Geld zahlst du in Monatsraten von hundert Mark zurück. Das nächste Mal fliegst du auf der Stelle und es gibt Anzeige.

Wir saßen noch etwas zusammen und redeten über alles und nichts. Martin, der sonst vor Gesundheit nur so strotzte, saß gebückt im Sessel und fuhr mit dem linken Zeigefinger die rechte Sessellehne auf und ab. Er sah übernächtigt aus. Bevor er ging, fragte er: Kommst heute Abend noch in den Gildenhof, einen ausflippern?

Ich glaube nicht, sagte ich, ich hab' andere Sorgen. Später, Martin, später.

In der Küche, als ich beim Zeitunglesen war, fragte Karin völlig unvermittelt: Hast du mit der Schindler geschlafen?

Ich versteckte mein Gesicht hinter der Zeitung und fragte sie: Woher weißt du.

Na, hör mal, Vater, ich bin doch nicht blöd, ich hab doch Augen im Kopf.

Ich hab bei ihr geschlafen, aber nicht mit ihr … Karin, es stimmt, sie hat die Presse informiert. Hat sie mir selber gesagt … einfach so: Ich war es.

Für mich war das klar. Es konnte einfach niemand anders gewesen sein … Willst du Kaffee oder Tee?

Bier. Und dann, Karin, sie trinkt viel, sie war wieder einmal betrunken.

Und da musstest du sie natürlich trösten, sagte sie höhnisch. Gott ja, was soll eine Frau machen, allein machen. Besser eine Flasche im Hals als einen widerlichen Kerl im Bett …

Das merke dir nur gut, konnte ich mir nicht verkneifen zu sagen.

Sie sollte zu deiner Verhandlung kommen und sagen, dass sie es war, die …

Bist du verrückt! Dann fliegt sie.

Vater, die fliegt nicht, die weiß nämlich zu viel, die weiß wahrscheinlich mehr, als sie dir gegenüber zugegeben hat. Die kennt wahrscheinlich sogar die Leute beim Namen, die das mit der Abhöranlage angeordnet haben … Ich sag dir noch einmal, die weiß mehr, als sie dir gegenüber zugegeben hat … Ich trau ihr nicht, nein, ich trau ihr nicht … Warum hat sie eigentlich die Presse informiert? Sie muss doch einen Grund haben.

Sie wollte mir helfen.

Helfen? Du meine Güte. Die hat dich reingeritten, und jetzt soll sie zusehen, dass du auch wieder aus dem Schlamassel rauskommst, sie soll zur Verhandlung kommen und sagen, dass sie es war.

In diesem Augenblick kam Angelika von der Arbeit nach Hause, sie sagte sofort: Ich habe mir für die Verhandlung frei genommen. Ich will bei der Verhandlung dabei sein.

Ja verdammt, rief ich, seid ihr denn alle verrückt! Ich bin doch kein Kind. Ich habe meinen Rechtsbeistand, ich brauche die Familie nicht.

Sei still. An solchen Tagen gehört die Familie zusammen, sagte meine Frau bestimmt.

So viele Menschen bei einer Gerichtsverhandlung hatte das Arbeitsgericht noch nie gesehen. Auf dem langen Flur und vor der Tür zum Sitzungssaal 110 drängte sich die gesamte Belegschaft unseres Werkes. Ich stand mit meinem Rechtsanwalt im Flur an einem Fenster, der Rechtsanwalt nuschelte nur immer vor sich hin: Hoffentlich geht das gut, hoffentlich machen die Leute keinen Terror im Gericht … Na, so viel Sitzgelegenheiten gibt es sowieso nicht, höchstens fünfzig Stühle.

Was ist denn hier los?, fragte ein Beamter. Kommen die Leute alle wegen der Verhandlung Maßmann-Maiwald? Großer Gott, das hat's hier noch nicht gegeben, sonst kommt nicht mal ein Reporter.

Die Tür zum Sitzungssaal wurde aufgeschlossen, die Männer rissen sich um die Stühle. Als Martin mit Karin und meiner Frau den Saal betrat, nickte er mir zu. Er sah immer noch schlecht aus.

Es war, wie der Rechtsanwalt vorausgesagt hatte, die meisten mussten stehen, sie stellten sich an die rückwärtige Wand und an die Fensterfront. Mein Rechtsbeistand und ich gingen als Letzte in den Saal, wir setzten uns an den für uns bestimmten Tisch. Gegenüber, an einem etwa fünf Meter entfernten Tisch, saß der Justitiar unserer Firma mit einem Berater. Die Spannung schien fast greifbar. Man unterhielt sich flüsternd und hinter vorgehaltener Hand, kaum einer wagte etwas lauter zu sprechen, zu husten oder sich zu räuspern. Ich saß gerade und starrte auf die weiße Wand gegenüber.

Als der Richter mit seinen beiden Beisitzern, einem Vertreter der Gewerkschaft und des Arbeitgeberverbandes, den Saal durch eine kleine Seitentür betrat, wurde es augenblicklich still. Ich sah erst auf die drei Herren, die etwas erhöht links von mir Platz nahmen hinter einer Brüstung, dann auf die Gesichter im Saal. Ich war doch nicht so sicher, wie ich geglaubt hatte, ich hatte ein flaues Gefühl im Magen. Der Richter trug keine Robe, nur einen ganz gewöhnlichen Straßenanzug. Ich sah, dass Martin zwischen Karin und meiner Frau in der ersten Reihe saß, und als ich meine Frau sah, da wurde ich wieder ruhig, das flaue Gefühl aus dem Bauch wich, und ich war wieder sicher geworden und doch konnte ich den Worten des Richters kaum folgen, als er meine Klage auf Wiedereinstellung verlas.

Ich beobachtete die beiden Beisitzer, drehte meine Daumen unter dem Tisch und wagte nicht mehr, in den Zuhörerraum zu sehen, ich hörte den Justitiar sagen, dass meine Entlassung durch den Vertrauensbruch hinreichend begründet sei, und den Vertrauensbruch hätte ich zweifellos begangen, denn gerade als Betriebsrat sei ich wie kein anderer zur Friedenspflicht angehalten. Ich dürfte die Presse nicht über innerbetriebliche Vorgänge informieren, ich dürfte vor allem einen innerbetrieblichen Konflikt nicht an die Öffentlichkeit tragen, wenn auch nur die geringste Chance bestünde, den Konflikt auch innerbetrieblich auszuräumen, und wenn ich an die Öffentlichkeit gehe, könne mich auch meine Position nicht mehr schützen. Im Gegenteil, das wiege schwerer als bei einem gewöhnlichen Betriebsangehörigen.

Herr Doktor Bartsch, hörte ich den Richter sagen, woher oder von wem wissen Sie, dass es Herr Maiwald war, der die Presse über innerbetriebliche Vorgänge informiert hat.

Wir haben unsere Informanten, selbstverständlich, aber wir müssen selbstverständlich auch unsere Informanten schützen.

Aber, aber … so geht das natürlich nicht. Sie müssen schon Beweise vorlegen oder die Informanten benennen, die hier dann aussagen müssen, schließlich ist das hier keine Geheimverhandlung. Ihre Methode würde sich nur auf eine Denunziation stützen … und das wollen wir doch beide nicht. Na also. Was Sie tun, Herr Doktor Bartsch, ist eine Behauptung aufstellen, Herr Maiwald kann mit gleichem Recht eine andere Behauptung aufstellen. Ich brauche Ihre Beweise, Herr Doktor Bartsch.

Im Zuhörerraum entstand Unruhe, der Richter wartete, bis wieder Ruhe war, dann fragte er mich direkt: Herr

Maiwald, haben Sie der Presse Informationen gegeben über innerbetriebliche Vorgänge?

Nein, Herr Vorsitzender, sagte ich laut.

Die Verhandlung zog sich hin. Ich verfolgte alles, aber ich verstand wenig, manchmal schien es mir, als würde über etwas ganz anderes verhandelt, nur nicht über meinen Fall. Klar blieb, der Justitiar aus Düsseldorf konnte keine Beweise vorlegen und auch keinen Zeugen benennen. Ich wollte mehrmals aufspringen und etwas sagen, das Paragraphengewäsch brachte mich langsam in Rage, aber mein Rechtsanwalt neben mir hielt mich immer wieder zurück, er hielt mich am Arm oder zog an meiner Jacke, schließlich aber sprang ich auf und schrie: Die Abhöranlage! Mein Rechtsanwalt zog mich wieder auf meinen Stuhl und belehrte mich flüsternd, dass diese Sache nicht Gegenstand der Verhandlung sei. Mir war alles egal geworden. Ich fragte laut zurück: Die Abhöranlage ist also nicht Gegenstand der Verhandlung?

Aus dem Publikum rief jemand: Aber Ursache …

Der Richter war einen Moment irritiert, er fragte mich, als er Ruhe geboten hatte: Was meinen Sie konkret damit, Herr Maiwald, sprechen Sie bitte.

Der Justitiar protestierte, der Richter beschwichtigte ihn, ich stand auf, ich gab mir Mühe, ruhig zu bleiben und ruhig zu sprechen, die Kollegen und die Familie hinter mir zu wissen machte mich trotzdem nervös. Ich sagte: Herr Vorsitzender, ich habe im Betrieb eine Schwei… wollte sagen, eine Ungesetzlichkeit entdeckt. Unsere Gespräche sind im Betrieb der Firma Maßmann drei Monate lang systematisch abgehört worden, durch eine Gegensprechanlage, die in

Wirklichkeit eine Abhöranlage war. Und darüber wurden auch noch Akten angelegt. Eine dieser Akten wurde mir zugespielt. Ich habe sie als Beweis meiner Gewerkschaft gegeben … Ich habe auf der letzten Weihnachtsfeier die Belegschaft darüber aufgeklärt. Ich wollte, dass diese Sache von der Gewerkschaft geregelt wird, ich habe nichts getan, was nicht die Billigung unserer Bezirksleitung hatte, weil auch ich der Meinung bin, dass das, was ich entdeckt hatte, in erster Linie eine Sache der Gewerkschaft ist. Dann hat jemand, der wahrscheinlich gut darüber unterrichtet war, die Zeitungen informiert. Daraufhin wurde ich einfach, ohne mich anzuhören, rausgeschmissen aus dem Betrieb. Meine Kollegen sind für meine Wiedereinstellung in den Streik getreten. Der Streik dauert heute die dritte Woche. So ist der Sachverhalt, und nicht anders, nicht, wie uns der Herr Justitiar weismachen will. Es scheint so, als sei ich hier der Angeklagte und nicht der Kläger, weil ich aufgedeckt habe, wie man mit uns umspringt im Betrieb. Der Betrieb müsste sich hier vor aller Öffentlichkeit entschuldigen. Ich klage hier auf Wiedereinstellung … Und was ich entdeckt habe im Betrieb, das nenne ich schlichtweg eine bodenlose Schweinerei …

Im Zuhörerraum war es während meiner Rede völlig still, aber als ich zu Ende war, klatschten meine Kollegen Beifall, etliche riefen: Bravo!

Der Richter schlug heftig auf die Tischglocke und, rief: Ruhe! Ruhe! Ich lasse sonst den Saal räumen!

Als der Beifall nicht nachlassen wollte, rief er noch einmal: Ich lasse den Saal räumen! Ruhe.

Es wurde still. Aber plötzlich rief eine Frauenstimme: Ich war es. Ich habe die Presse informiert!

Es war die Schindler. Es war auf einmal so still geworden, dass man kaum mehr einen atmen hörte, alle drehten sich um, die Schindler stand allein an der Saaltüre. Sie ging mit festen Schritten durch den Zuhörerraum. Noch immer war es quälend still, nur ihre Schritte waren zu hören. Vor dem

Richtertisch blieb sie stehen und sagte laut: Herr Richter, ich habe die Presse informiert, nicht Herr Maiwald. Ich war es, ich kann es beweisen und beschwören.

Mein Rechtsanwalt flüsterte mir aufgeregt zu: Haben Sie das gewusst?

Ich nickte.

Ja aber … warum haben Sie mir denn nichts gesagt?

Soll ich sie vielleicht in die Pfanne hauen, dass sie an meiner Stelle rausfliegt?

Maiwald, sagte er etwas lauter, Sie sollten zur Heilsarmee gehen. Ihre Gefühle können wir uns hier nicht leisten, schon gar nicht Ihre etwas eigenartige Moral.

Der Richter und seine Beisitzer steckten die Köpfe zusammen, auch der Justitiar redete auf seinen jungen Berater ein, und die Schindler stand immer noch vor dem Richter. Da läutete der Vorsitzende wieder mit seiner Tischglocke, und als Ruhe eingetreten war, fragte er die Schindler nach Namen, Wohnort, und ob sie mit mir verwandt sei und was sie im Betrieb arbeite.

Ich bin die erste Sekretärin. Vorzimmer Doktor Bosch, früher bei Herrn Faber.

Karin hielt die Hände vor ihr Gesicht, und meine Frau

sah mich erleichtert an und nickte mir kaum merklich zu. Einen Moment lang hätte man eine Stecknadel fallen hören können, die Luft war zum Schneiden, ich wagte nicht, die Schindler anzusehen. Offensichtlich war auch der Richter ratlos, er redete wieder angeregt mit seinen Beisitzern, dann stand er auf, für mich war es wie eine Erlösung, und sagte laut: Angesichts der neuen Sachlage zieht sich das Gericht zur Beratung zurück.

Er verließ mit seinen Beisitzern den Sitzungssaal durch die kleine Tür, durch die er am Anfang auch in den Sitzungssaal getreten war.

Die Schindler stand immer noch allein vor dem Richtertisch, ich wollte zu ihr hingehen, aber wieder hielt mich mein Rechtsanwalt zurück.

Sind Sie verrückt! Bloß jetzt nicht und in aller Öffentlichkeit. Das kompliziert die Sache nur, die ist schon kompliziert genug.

Man kann doch diese Frau nicht allein da stehen lassen, sagte ich und war auf den Rechtsanwalt wütend.

Jetzt geht es erst mal um Sie. Das da, und er wies auf die Schindler, ist was anderes, das soll uns nicht kümmern. Ich bin für Sie da und nicht für das Frauenzimmer.

Der Saal leerte sich langsam, man wartete auf den Fluren. Als der Justitiar den Raum verlassen wollte, lief mein Rechtsanwalt hinter ihm her, holte ihn an der Tür ein und zog ihn mit sich. Da ich nicht wusste, was ich machen sollte, mein Rechtsanwalt hatte mir keine Verhaltensregeln gegeben, stand ich ebenfalls auf und verließ den Sitzungssaal.

Im Flur stand plötzlich Franz vor mir: Mensch, Karl, die

Schindler. Wer hätte das gedacht … Im Richterzimmer ist große Konferenz. Den Kollmann haben sie auch reingeholt. Jetzt wird die Sache erst spannend.

Der Schindler geht es jetzt an den Kragen, sagte Rahner und lachte ungut. Ich hab' schon immer so eine Ahnung gehabt, dass sie es war.

Ich lehnte mich auf ein Fensterbrett und rauchte in tiefen Zügen, um mich waren Stimmen, aber ich verstand nicht, was die Leute um mich sprachen, nicht, was sie auf mich einredeten, ich dachte nur: Die Schindler.

Nach einer halben Stunde wurde die Verhandlung wieder aufgenommen. Grünefeld lief an mir vorbei und klopfte mir flüchtig auf die Schulter. Wo kam er plötzlich her, ich sah ihn hier zum ersten Mal.

Als der Saal wieder gefüllt und es ruhig geworden war, verlas der Richter den Beschluss: Angesichts der veränderten Lage zieht der Bevollmächtigte der Firma Maßmann, Herr Doktor Bartsch, die fristlose Kündigung gegen den Schlosser Karl Maiwald zurück. Der Betriebsratsvorsitzende des Dortmunder Zweigbetriebes der MaßmannWerke, Herr Kollmann, erklärt im Einvernehmen mit dem Bevollmächtigten der IGChemie, Herrn Grünefeld, dass der Streik mit dem heutigen Tag beendet und morgen früh sechs Uhr die Arbeit wieder aufgenommen wird. Die Annullierung der fristlosen Kündigung durch den Arbeitgeber ist vorbehaltlich der Zustimmung der Firmenzentrale Maßmann in Düsseldorf, erklärt der Bevollmächtigte der Firma, Herr Doktor Bartsch. Die Sitzung ist geschlossen.

Jeder versuchte mir die Hand zu schütteln, auf die Schulter zu klopfen, sie rissen mir fast die Jacke vom Leib. Ich stand nur da und lächelte verkrampft, ich war nicht besonders froh, ich bahnte mir langsam durch die Menschentraube einen Weg zur Tür, dort blieb ich stehen. Langsam leerte sich der Saal, ich sah mich nach der Schindler um, konnte sie aber nirgendwo entdecken.

Ja, ich hätte mich eigentlich freuen müssen, aber ich konnte nicht, ich dachte nur: Was wird jetzt aus der Schindler. Sie gingen an mir vorbei, lachten, schlugen mir auf die Schulter, ich nahm das wahr, als sei dies alles weit weg und hätte nichts damit zu tun.

Auf einmal stand ich allein im Flur. Ich ging zum Flurfenster und sah, wie einige Kollegen die Straße zum Stadthaus hinunterliefen, wie Martin meiner Frau, Karin und der Schindler in seinen Wagen half. Was sollte ich tun? Ich ging noch einmal in den Saal zurück. Der Saal war leer. Was war passiert? Meine fristlose Kündigung war aufgehoben worden. Sonst nichts … sonst nichts. Ich konnte mich nicht freuen.

Langsam lief ich den Flur zurück zur Treppe. Am Treppenhaus ging eine Tür auf. Der Richter stand vor mir. Sie sind noch hier?, fragte er. Das war ja eine unerwartete Wende für Sie, Herr Maiwald, die Aussage dieses Fräulein Schindler.

Ja, sagte ich, und mir war peinlich, dass mich der Richter angesprochen hatte, ich hätte nie für möglich gehalten, dass sie hier aussagt.

Wieso? Er blinzelte mich durch seine dicken Gläser an. Wussten Sie denn, dass sie es war, die …

Ja, das wusste ich.

Aber … und Sie wären …

Herr Richter, unterbrach ich ihn, sollte ihr an meiner Stelle gekündigt werden?

Nach Lage der Dinge wird ihr das. Kein Arbeitsgericht kann diesen eklatanten Vertrauensbruch honorieren … Ihr Fall lag anders, ganz anders.

Da bin ich mir aber nicht sicher, dass sie fliegt. Sie weiß zu viel.

Er sah mich an. Er war einen Kopf kleiner als ich, er trug einen dunklen, gestreiften Anzug und eine zu große Hornbrille. Er war ein ganz gewöhnlicher Mann, und auf der Straße hätte ich ihn für jeden Beruf eingeschätzt, nur nicht für den eines Richters.

Ist alles ein bisschen sehr kompliziert in Ihrem Betrieb, was? Er lächelte mich an. Mir war, als blinzelte er mir sogar zu.

Ja, alles sehr kompliziert, sagte ich.

Wissen Sie, ich war auch einmal Schlosser, bevor ich zu studieren begann, sagte er und ging weiter, ohne Gruß.

Auf der Straße ärgerte ich mich über meine Kollegen, weil sie mich allein gelassen hatten. Ich stand da und wusste nicht recht, was ich tun sollte. Ich ging zu meinem Wagen auf den Neuen Markt und fuhr nach Hause. Die Wohnung war leer. Dann fuhr ich zum Hafen. Das Werkstor stand weit offen, ich stieg aus und fragte den Pförtner: Was ist los?

Kühn hat eben angerufen, Karl, ich soll sofort das Tor aufschließen.

Ist denn noch keiner von unseren Leuten gekommen?, fragte ich.

Nur die drei vom Notdienst, die sind vor einer Viertelstunde abgefahren.

Und Kollmann?, fragte ich.

Auch noch nicht gesehen. Was ist denn los, Karl?

Ich nickte ihm zu und fuhr zum Gildenhof. Da standen am schönsten Mittag die drei Invaliden am Tresen und tranken Bier.

Ich fragte den Wirt: Hast du Martin gesehen?

Nein, der war heute noch nicht hier.

He! Karl, warum hast du es denn so eilig? Wo brennt's denn?, hörte ich Wittbräucke hinter mir herrufen.

Ich fuhr zur Innenstadt, da fiel mir die Gaststätte Brunneck ein. Sie saßen beim Essen.

Martin schob mir einen Stuhl hin, er sagte: Setz dich. Wo warst du denn so lange? Bestell dir was. Ich geb heute einen aus, ich hab heute meinen sozialen Tag.

Ich bestellte mir Gulasch mit Nudeln.

Warst schon in den Unionstuben?, fragte Martin.

Unionstuben?

Na, da sitzt doch eure ganze Meute. Ich muss übrigens gleich weg, muss noch zur Brauerei, sonst läuft der Laden womöglich nicht, man muss sich doch heutzutage um jeden kleinen Dreck selber kümmern.

Nach dem Essen gab ich Karin meine Wagenschlüssel und fuhr mit Martin.

Die Schindler hatte während des Essens kein Wort gesagt, und ich hatte nicht gewagt, sie anzusprechen, ich vermied es sogar, ihr in die Augen zu sehen. In den Unionstuben traf ich ungefähr noch die Hälfte an, die meisten waren schon betrunken.

Denen haben wir's gegeben, rief Rahner, als er mich zur

Tür reinkommen sah. Auch er schien mir nicht mehr ganz nüchtern. Dieser Rahner, dachte ich, der ist überall dabei und führt das große Wort.

Ich musste mit ihnen saufen, obwohl mir nicht zum Trinken zumute war. Ich saß am Tisch, hielt das Bierglas in beiden Händen, und mir ging das Bild nicht aus dem Kopf: Da geht eine Frau durch den Gerichtssaal und sagt einfach: Ich war es.

Es gibt Vorgänge, die unbegreiflich sind.

Am Montag nahm jeder seine Arbeit wieder auf, als wäre das die selbstverständlichste Sache der Welt, und auch ich arbeitete in der Werkstatt so, als hätte ich keinen Tag gefehlt, wäre nicht entlassen worden, hätte es keinen Streik gegeben, wäre keine Gerichtsverhandlung gewesen. Ich stellte wieder Zündungen ein, wechselte Öl, Kerzen und Reifen, reparierte Scheibenwischer und suchte nach Fehlern an und in Motoren. Um zehn ging ich in die Kantine und kaufte mir einen halben Liter Milch, ging in die Werkstatt zurück, setzte mich auf einen alten Reifen und frühstückte. Ich hatte nur einen Gedanken: Die Akten. Sie waren immer noch in Voigts Haus versteckt, ich wusste nicht einmal wo. Und was noch unbegreiflicher war: Niemand sprach mehr von den Akten, obwohl sie doch alles ausgelöst hatten. Später brachte mir ein Büromädchen ein Rundschreiben, das ich in der Werkstatt anheften musste: Jeder Fahrer hat darauf zu achten, dass ein halber Zentner Streusalz, eine Schaufel und zwei Unterlegkeile mitgeführt werden müssen. Die Stimmung im Betrieb und unter den Fahrern war so, als hätte unser Werk drei Wochen Betriebsferien gemacht, nichts deutete mehr auf einen Streik hin. Jeder ging seiner Arbeit nach, und begegnete man sich, sprach man nicht mehr von den vergangenen Wochen, sondern nur noch über das Wetter und die Fußballergebnisse in der Bundesliga.

Als Franz von seiner Tour nach Köln gegen Mittag zurückkehrte, sagte er: Die Schindler haben sie nicht gefeuert, sie ist ins Lohnbüro versetzt worden. Ist ja anständig, dass sie nicht entlassen wurde. Der hätte keiner mehr helfen können. Ja, sagte ich, wir hätten sonst wieder streiken müssen. Franz sah mich an und machte ein Gesicht, als habe er Zahnschmerzen. Karl, das glaubst du doch nicht im Ernst.

Der Streik schien längst Vergangenheit zu sein.

Nichts passierte. Die Tankzüge fuhren vom Hof, ich tat meine Arbeit, nichts passierte. Die Schicht ging zu Ende, nichts passierte. Die Zeit schien still zu stehen. Ich ging zum Parkplatz, am Pförtner vorbei, nichts passierte. Ich schloss meinen Wagen auf, stieg ein, nichts passierte.

Als ich zu Hause war, dachte ich nur: Was wird jetzt aus den Akten? Mein Gott, soll denn alles umsonst gewesen sein?

Sie hatten über alles gesprochen, über meine Entlassung, über den Streik, über die Verletzung der Friedenspflicht, über rechtmäßig oder unrechtmäßig, über Versprechungen und Drohungen, über Vermutungen und Beweise, aber niemand hat über die Akten gesprochen. Wenn ich davon sprechen wollte, hieß es nur: Das steht nicht zur Diskussion. Waren Franz und ich umsonst zum Einbrecher geworden? Hatten wir umsonst gefroren und Angst ausgestanden? Ich konnte die Akten nicht ewig bei Martin lassen, Akten, die in einem Keller liegen, verstauben und werden vergessen.

Aber was will ich mit den Akten. Was springt für uns dabei heraus. Sind sie ein Pfand? Diese verdammten Akten. Warum fordert Grünefeld die Akten nicht an, warum tut Grünefeld so, als interessiere ihn das nicht mehr. Erst hatte er gesagt, ich hätte ihm Munition geliefert, dann hatte er gesagt: Abwarten, nichts überstürzen, der Fall ist zu ernst, als dass man wie ein Scharlatan handeln könnte. Abwarten.

Aber ich wartete jetzt bereits sieben Wochen, die neue Ausgabe unserer Gewerkschaftszeitung lag vor, nichts war darin über unseren Fall zu finden, nichts, keine Zeile, nichts.

Da lagen die dreißig Akten im Keller eines Mannes, der nichts mit der Sache zu tun hatte. Was könnte ich damit anfangen. Sollte ich sie auf eine der nächsten Parteiversammlungen mitnehmen und daraus vorlesen? Sie würden sagen: Das ist nicht Sache der Partei. Sollte ich mich auf den Alten Markt stellen und daraus vorlesen? Die Leute würden mich auslachen und mich für verrückt halten und vielleicht wegjagen. Sollte ich einzelne Blätter im Betrieb ans schwarze Brett heften? Die Arbeitskollegen würden über mich herfallen, weil intime Dinge drin standen. Da hatte ich also Akten und wusste nichts mit ihnen anzufangen. Ich musste jetzt was tun. Ich konnte nicht hier sitzen und warten, bis einer zu mir kam und sagte: Maiwald, es ist soweit. Ich wusste, dass keiner kommen würde. Was aber springt dabei heraus, wenn ich mit den Akten die Firma unter Druck setze? Was springt für uns alle dabei heraus? Mehr Geld? Mehr Urlaub? Höhere Gewinnausschüttung? Mehr Weihnachtsgratifikation? Bessere Arbeitsbedingungen? Kürzere Arbeitszeit? Billigeres Kantinenessen? Arbeitskleidung auf Betriebskosten? Mehr Mitsprache? Unkündbarkeitserklärung für jedermann? Betriebsrente für Bandscheibengeschädigte? Aber was ist, wenn sich die Betriebsleitung dafür entschuldigt, und sagt, es war das Werk eines Übereifrigen, den Übereifrigen haben wir aus der Betriebsleitung oder Firmenleitung entfernt. Was dann? Sie werden sagen, es war ein Einzelfall, sie werden aber nicht zugeben, dass dahinter System steckt oder dass es zum System werden kann in deutschen Betrieben.

Ich habe Angst davor, eines Tages könnte einer zu mir kommen und sagen: Herr Maiwald, Sie sind ein Idiot, glaubten Sie wirklich, dass eine Weltfirma sich von Ihnen erpressen lässt, nur weil Sie ein paar verstaubte Akten haben, von deren Existenz die oberste Firmenleitung nicht einmal wusste. Ich musste es einfach durchstehen. Und wenn es noch so lange dauerte.

An einem Mittwochabend, es war Anfang Mai, als ich von der Kneipe zu Fuß nach Hause ging, fiel mir wieder ein, dass am nächsten Tag Sperrmüll abgefahren würde. Vor den meisten Häusern in unserer langen Straße lag Gerümpel, auf der grünen wie auf der schwarzen Seite. Alte Elektroherde, Fahrräder, Matratzen, alte Zeitungen gebündelt, ausrangierte Kinderwagen, angefaulte Bretter, zerbrochene Plastikschüsseln oder Eimer.

Mein Gott, dachte ich, was sich in einem Haushalt doch so ansammelt, wofür man Geld ausgibt und es dann doch wegwirft und dabei froh sein muss, dass es überhaupt jemand abholt.

Vor Gerlings Haus fiel mir ein Drehsessel auf, ein Modellstück, Karin hatte sich so einen Sessel schon immer für ihr Zimmer gewünscht, wir konnten ihn ihr nicht kaufen, er war einfach zu teuer. Nun stand derselbe Sessel vor Gerlings Haus auf dem Bürgersteig, hingestellt zum Abholen. Er war wie neu.

Ich erzählte Karin, dass ihr Traumsessel als Sperrmüll vor Gerlings Haus stünde. Den holen wir gleich, sagte sie sofort, sprang auf und zog mich mit auf die Straße. Es war mir peinlich. Als sie den Sessel sah, sagte sie nur: Das schöne Stück. Komm, den tragen wir weg, jetzt, vielleicht regnet es über Nacht, dann wird er bloß nass. Der Sessel passte gut in Karins Zimmer, und als Martin wenig später kam, um sie fürs Kino abzuholen, der Film lief in der Innenstadt schon die fünfzehnte Woche, zeigte sie ihm den Sessel und erklärte, wie sie ihn erworben habe.

Ich sah Martin an, dass er den Sessel am liebsten wieder auf die Straße getragen hätte, aber er sagte nur: Wenn das mein Vater erfährt. Gerling und er können es gut miteinander. Hoffentlich hat euch keiner gesehen. Während sich Karin umkleidete, meine Frau in der Küche hantierte, nahm mich Martin im Wohnzimmer beiseite und gab mir zu verstehen, dass die Akten endlich aus seinem Haus verschwinden müssten, es sei ihm unmöglich, sie noch länger vor seinen Eltern verborgen zu halten und seinen Vater und seine Mutter könnte er unmöglich in die Sache mit hineinziehen und sie zu Mitwissern machen.

Denk mal an die Stellung von meinem Vater, Karl, der macht sich unmöglich als Geschäftsmann, die Brauerei kann ihm glatt die Lizenz entziehen, denk mal dran, Karl, die Akten müssen weg, mein Vater kriegt einen Anfall, wenn er erfährt, dass sie in unserem Haus sind.

Ich versteh' schon, Martin, ich will mal sehen, wo ich sie unterbringen kann. Vielleicht hat Franz irgendwo Platz, in alten Häusern gibt es ja immer Winkel, wo das ganze Jahr keiner hinkommt.

Ich will dich nicht drängen, Karl, aber spätestens Mitte Juni müssen die Akten verschwunden sein, wir haben dann für drei Wochen die Handwerker im Haus, Vater lässt eine neue Heizung einbauen.

Jaja, Martin, ich werde schon was finden.

Karl, brauchst du denn das Zeug noch? Guck mal, jetzt ist doch alles vorbei, für dich ist es bestens gelaufen.

Nichts ist gelaufen, nichts.

Was willst du denn mit den Akten ... Ich will mich nicht in deine Angelegenheiten einmischen, ich sag das nur, weil ich bei der Sache damals bisschen mitgemischt habe, aber ich kann mir nicht vorstellen, dass du noch was damit anfangen kannst. Was stellst du dir denn vor?

Ich weiß auch nicht Martin, noch weiß ich es nicht. Vielleicht kann ich noch was damit anfangen, solche Sachen soll man nicht freiwillig aus der Hand geben.

Komm, Karl, verbrenn das Zeug, es ist doch alles gelaufen, es ist doch zu Ende.

Nein, Martin, ich hab das Gefühl, jetzt fängt alles erst an.

Wir waren zufällig in das Fest geraten. Anfang Mai hatten, wie jedes Jahr, die Bürgervereine der nördlichen Vororte Eving, Brechten und Lindenhorst Rentner und Invaliden zu Kaffee und Kuchen in den Süggelwald, der hinter den Häusern der grünen Seite in unserer langen Straße liegt, eingeladen. Man hatte Tische und Bänke zwischen den Bäumen aufgestellt. Das Rote Kreuz hatte Kaffee und Tee gekocht in einer fahrbaren Küche. Bäckereien hatten Kuchen gespendet. Eine Feuerwehrkapelle spielte, ein großes Fass Bier, von den Voigts gestiftet, war angezapft. Und ein Tenor von der Städtischen Oper sang Volkslieder.

Es war für diese Jahreszeit ein ungewöhnlich warmer Nachmittag, man konnte ohne Jacke gehen, die Frauen trugen schon ihre Sommerkleider, unter den hohen Buchen war es fast schwül. Die alten Leute saßen an den Tischen und erzählten sich von früheren Zeiten, Enkelkinder waren dabei, und man führte sie stolz den Nachbarn vor. Für die Kinder gab es Luftballons und Bratwürste, auf Holzkohle gegrillt.

Dreihundert alte Leute, mehr Frauen als Männer, der nördlichen Vorstädte waren geladen. Auch der Oberbürgermeister war für eine halbe Stunde gekommen. Er überreichte der ältesten Frau, sie war siebenundneunzig, Witwe eines schon vor dreißig Jahren verstorbenen Bergmanns, einen Strauß roter Rosen, und dem ältesten Mann, einem früheren Stahlkocher bei den HoeschWerken, er war vierundachtzig, eine Kiste Zigarren und eine Flasche Schnaps. Der Oberbürgermeister hielt über ein Mikrophon eine kleine Ansprache, er sagte zu den alten Leuten: Das Alter, liebe

Mitbürger, muss man ehren, noch gilt das alte Bibelwort, es hat nichts von seiner Bedeutung eingebüßt. Es ist eine großartige Sache, wenn Bürger dieser Stadt in Eigeninitiative solche Feste ausrichten und unter die Losung stellen: Jedes Jahr erneut eine Freud für alte Leut. Es ist zu begrüßen, wenn Bürger und Vereine dieser Stadt von sich aus etwas unternehmen und sich nicht immer auf die Verwaltung verlassen oder auf karitative Organisationen, und es ist zu begrüßen, wenn sich die Künstler unserer Stadt zur Verfügung stellen, kostenlos, möchte ich betonen, im Wissen darum, dass es unser aller Los ist, einmal alt zu werden. Hier im Wald an den Tischen sitzen, zusammengerechnet ein paar tausend Jahre, und es sitzt da auch ein Stück Geschichte unserer Stadt. Und ich möchte noch hinzufügen, weil heute, gerade in unserer Zeit, so viele Missverständnisse zwischen Jung und Alt herrschen: Versuchen wir doch einander zu verstehen, die Jungen leben in der Zukunft, die Alten in der Vergangenheit, das ist ganz natürlich. Wir können aber viele Konflikte dadurch lösen, wenn wir die Worte des von mir so hochverehrten Dichters Kurt Tucholsky beherzigen, der einmal schrieb: Die Alten vergessen, dass sie einmal jung waren, die Jungen vergessen, dass sie einmal alt werden.

Es gab stürmischen Beifall. Der Oberbürgermeister ließ sich inmitten der Alten photographieren, er war beliebt. Die Mehrzahl der Männer waren Silikosekranke, deren einzige Beschäftigung noch darin bestand, in Gruppen von fünf bis zehn Mann täglich durch den Wald oder über die Felder zu spazieren, von früheren Zeiten zu reden, so, als wären diese Zeiten golden gewesen.

Ich hatte mich zu Wittbräucke gesetzt, Angelika saß am Nebentisch zwischen zwei alten Frauen aus unserem Nebenhaus, die bei ihren Kindern lebten und den Haushalt führten. Auch viele von der Waldseite waren da, Landgerichtsrat Burrmeister, von dem es hieß, dass er schwer krank sei, schüttelte Hände, ich sah Gerling mit seiner Frau, den Rechtsanwalt Pollmüller, der mir plötzlich zunickte, als wären wir seit ewigen Zeiten enge Vertraute, auch der Direktor der AllianzVersicherung war gekommen.

Wittbräucke erzählte mir dauernd, wie gemütlich es früher unter Tage zugegangen sei und dass er Gott sei Dank die Hetze heutzutage nicht mehr mitmachen müsse. Von seiner Staublunge sprach er nicht. Manchmal pumpte er sich verstohlen aus einer handtellergroßen Sauerstoffpumpe in den Mund, um wieder besser atmen zu können. Im Krieg hat er russischen Kriegsgefangenen Pellkartoffeln mit unter Tage gebracht. Manchmal hatte ihm seine Frau auch Butterbrote für die Gefangenen mitgegeben. Wäre er dabei von Aufsichtspersonen oder Vorgesetzten ertappt worden, hätte das Front oder Zwangsarbeit bedeuten können. Das war schon eine Zeit damals, eine Zeit war das, sagte Heinrich Wittbräucke, und seine beiden Kollegen nickten.

Am Abend wurden Lampions angezündet. Und weil es sehr kühl geworden war, drängten viele, die sich keine warmen Sachen mitgebracht hatten, schon zum Aufbruch.

Auch Angelika sagte: Karl, lass uns gehn.

Ich nickte, ich wollte noch bleiben, das große Fass, das der alte Voigt gestiftet hatte, war noch nicht leer, und es waren auch noch viele volle Flaschen da.

Die alten Leute wurden, wenn sie nicht direkt aus unserer langen Straße kamen, mit Privatautos nach Hause gebracht, auch das war vorher organisiert worden. Martin, der sich ebenfalls zur Verfügung gestellt hatte, winkte mir, nahm mich beiseite und sagte mit Nachdruck, dass die Akten bald aus dem Haus müssten, er könne sie nicht länger verstecken, sein Vater gehe jeden Tag durch das Haus und vor allem durch alle Kellerräume, um für die Handwerker alles vorzubereiten.

Du hättest dich auch zur Verfügung stellen können, sagte Angelika, als ich zum Tisch zurückkam.

Mich hat keiner darum gebeten, sagte ich, und übrigens, ich hab schon zu viel getrunken, ich kann sowieso nicht mehr fahren.

Sie drängte energisch zum Aufbruch; um Streit zu vermeiden, ging ich mit. In der Küche sagte Angelika vorwurfsvoll: Warum musst du denn immer so viel trinken. Auch wenn es das Zeug umsonst gibt, braucht man doch nicht zu saufen, bis es einem aus den Ohren wieder rauskommt.

Sie kochte mir Kaffee.

Sie ging schlafen, ich schaltete den Fernseher an und war bald darauf eingeschlafen, aber als ich nach etwa einer Stunde wieder aufwachte, ging ich noch einmal zum Fest in den Wald. Tische und Bänke waren leer.

Ich wollte schon wieder umkehren, da stand Schöller vor mir. Er war betrunken.

Komm, Karl, wir haben zwei Kästen Bier in Sicherheit gebracht, die saufen wir noch leer.

Ich war froh, wenigstens noch Schöller angetroffen zu haben. Er führte mich hinter Sträucher, wo Männer auf dem Boden hockten oder auf leeren Bierkästen, in den Händen hielten sie Flaschen. Ich setzte mich einfach dazu, ohne zu fragen, wer die Männer waren, ich setzte mich dazu und trank mit und hörte mir ihre Reden an und verstand nichts. Langsam wurde ich wieder betrunken, ich spürte, wie mein Kopf schwerer wurde, meine Beine abzusterben begannen. Ich saß da und dachte mir, dass doch alles egal sei. Lass den Martin die Akten in die Heizung werfen, was kümmert's mich noch. Um mich herum saßen Männer, die diese Sorgen nicht hatten, die mich höchstens auslachten, würde ich anfangen, von meinen Sorgen zu erzählen. Sollen sich die Akten in Luft auflösen.

Da schrie einer von weit weg durch den Wald: Schöller! Schöller! Wo bist du!

Verdammt, was für ein Arschloch schreit denn da durch die Gegend. Muss doch nicht jeder wissen, dass ich hier bin.

Schöller war wütend.

Schöller! Schöller! Wo bist du! Das Rufen kam näher.

Es ist Angelo, sagte ich.

Schöller! Schöller!

Der verdammte Kerl, den hau ich unangespitzt in den Boden …

Schöller! Schöller! Angelo war ganz nah.

Komm hierher und halt's Maul, rief ihm Schöller entgegen.

Als Angelo durch die Sträucher sprang und keuchend vor uns stand, fragte Schöller: Warum schreist du denn so durch die Gegend? Wo brennt's denn, du hetzt uns ja die ganze Straße auf den Hals, du …

Angelo, der sich an die Dunkelheit anscheinend gewöhnt hatte, packte Schöller an den Armen, schüttelte ihn und sagte: Ist gefunden, Mörder von deiner Renate, ist gefunden. Es war nicht Angelo … Es war nicht Angelo.

Wer?!, schrie Schöller, wer war das Schwein!

Es war nicht Angelo, rief Angelo, und er weinte und lachte in einem: Es war Mustafa … Es war Mustafa.

Da stieß Schöller Angelo vor die Brust, dass er nach hinten fiel, lief weg, und ich hörte ihn durch den Wald brüllen: Es war Mustafa … Mustafa …

Ich ging schließlich eines Tages zu Grünefeld ins Gewerkschaftshaus und fragte ihn direkt, ob er noch Interesse an den Akten habe. Er war kurz angebunden, ja unfreundlich und gab mir den Rat, ich sollte nicht im Brei von vorgestern rühren, uns müsste jetzt daran gelegen sein, eine innerbetriebliche Regelung zu treffen, denn was hätte es schon für einen Zweck, dauernd mit groß aufgemachten Schlagzeilen die Öffentlichkeit aufzuscheuchen, im Grunde genommen würden die Leute das lesen und dann wieder zur Tagesordnung übergehen.

Maiwald, sei vernünftig, der Belegschaft ist am meisten gedient, wenn wieder Ruhe einkehrt, sagte er. Spiel nicht dauernd den Unruhestifter, versuch nicht mit dem Kopf durch die Wand zu rennen, das ist noch keinem bekommen. Warte ab, es wird sich alles so entwickeln, wie wir es wünschen …

Grünefeld fragte mich, wobei er mich eigenartig ansah:

Oder willst du noch einmal einen Streik anzetteln? Wegen der Akten. Da muss ich dir allerdings sagen, dass wir da nicht mehr mitmachen. Und die Geduld deiner Arbeitskollegen hat auch seine Grenzen. Und dann, das ist die andere Seite, wir können uns nach der momentanen politischen Lage Extratouren nicht leisten. Versteh mich bitte richtig, prinzipiell bin ich auf deiner Seite, aber aus taktischen Gründen muss ich dagegen sein. Gegenwärtig zählen nur taktische Gründe ... Und dann, ich habe manchmal den Eindruck, dass du deine wirklichen Feinde nicht siehst oder sehen willst, und du weißt manchmal auch nicht, wer deine wirklichen Freunde sind ... das sind nämlich wir.

Grünefeld, sagte ich, dann gebe ich die Akten an die Zeitung, wenn ihr sie nicht wollt, meine wirklichen Freunde, wie du eben gesagt hast.

Er lachte. Da werden dir deine eigenen Kollegen ganz schön aufs Dach steigen, wenn sie sich in der Zeitung wiederfinden. Sei vorsichtig, Maiwald, riskiere keine große Lippe, ich meine es gut mit dir, sei vernünftig.

Martin brachte mir eines Abends in vier großen Plastiktaschen die Akten. Ich versteckte sie im Keller hinter dem Kartoffelkasten, da waren sie sicher. Kollmann, den ich fragte, was ich mit den Akten machen sollte, war nur erstaunt darüber, dass ich sie immer noch hatte, so sehr lief das Leben im Betrieb wieder seinen geregelten Lauf. Sogar Kollmann hatte die Existenz der Akten vergessen.

Franz sagte einfach: Verbrenn sie.

Ich hätte mich gerne mit Karin darüber beraten, was am besten wäre, aber sie büffelte entweder für ihre Kurse oder sie war mit Martin unterwegs oder sie ging einfach aus dem Zimmer, wenn ich sie auf dieses Thema hin ansprach. Angelika mochte ich nichts sagen, sie würde mir jeden Tag in den Ohren hängen und so tun, als hätte ich im Keller nicht Papier versteckt, sondern eine Bombe.

Eines Nachmittags schließlich nahm ich zwei Akten und fuhr in die Redaktion der »Westfälischen Rundschau«. Ich bot der Zeitung das gesamte Material an. Drei Redakteure hörten mir eine Stunde aufmerksam zu, winkten dann aber ab, und einer gab mir hinter vorgehaltener Hand zu verstehen, dass Doktor Bosch mit einem der Herausgeber befreundet sei und obendrein ein treuer SPDGenosse wäre.

Nein, Herr Maiwald, wir können das nicht bringen. Tut mir aufrichtig leid. Im Prinzip bin ich auf Ihrer Seite, aber es gibt auch taktische Erwägungen, Sie verstehen?

Ich ging mit meinen Akten zu den CDU-orientierten »Ruhrnachrichten«. Dort hörte man mich wieder aufmerksam an, nickte und sagte mir schließlich, sie würden das Material gern veröffentlichen, aber die Publizierung dieser Akten habe nicht das, was man öffentliches Interesse nennt. Außerdem sei das Material zu umfangreich, es passe nicht in eine Tageszeitung. Und dann würde es wohl auch so aussehen, als ob wir gegen die Gewerkschaft schießen, weil sie das Material noch nicht veröffentlicht hat. Das könne sich eine CDUnahe Zeitung in der gegenwärtigen politischen Lage nicht leisten. Im Prinzip sei man auf meiner Seite, aber aus taktischen Gründen könne man das Material nicht veröffentlichen.

Ein junger Redakteur begleitete mich die Treppe hinunter und sagte: Wissen Sie, es sind auch andere Gründe maßgebend, Herr Maiwald, einer unserer leitenden Redakteure ist mit dem früheren Direktor Ihrer Firma eng befreundet. Sie verstehen. Er gab mir den Rat, es bei der »Westdeutschen Allgemeinen« zu versuchen. Aber auch dort winkte man ab. Ein älterer, sympathisch wirkender Redakteur hielt mir einen Vortrag über die Verantwortung der Presse. Ich verstand wenig davon. Er sagte: Wissen Sie, in unserer Stadt darf man nicht immer nur die Schattenseiten sehen. Unsere Stadt kommt zwangsläufig ins Gerede, wenn wir Ihr Material veröffentlichen. Negativ natürlich. Im Prinzip, Herr Maiwald, bin ich ganz auf Ihrer Seite, aber für eine Zeitung gibt es auch taktische Gründe. Sie verstehen.

So, da stand ich also wieder auf der Straße. Keiner wollte mehr die Akten haben. Mein Gott, was hatte ich nur erwartet. Dass sich alle auf die Akten stürzten, sie mir aus der Hand rissen. Ich hatte wohl zu viel erwartet. Im Betrieb war Ruhe eingekehrt, ich hatte meinen Prozess gewonnen, es war wieder alles in Ordnung, und niemand wollte sich diese Ordnung durcheinander bringen lassen, nicht durch mich, schon gar nicht durch die Akten. Wahrscheinlich würde kein Hahn danach krähen, wenn ich sie auf offener Straße verbrennen würde. Und ich fragte mich manchmal: Bin ich verrückt oder sind die verrückt, bin ich ein Rechthaber oder sind die anderen Betrüger. Ich war manchmal so verwirrt, dass ich mir nicht mehr im Klaren darüber war, ob das, was ich tat, was ich wollte, richtig war oder nicht.

Martin wurde bei uns ständiger Gast, ich nahm ihn schon nicht mehr als Besucher wahr, es kam mir vor, als sei er schon immer in unserer Wohnung zu Hause gewesen. Angelika und ich saßen abends meist vor dem Fernseher, einmal hatte sie mir die Hand gedrückt und gesagt: Ich bin richtig froh, dass jetzt alles vorbei ist. Nächstes Jahr fahren wir auch in Urlaub, was andere sich leisten können, das können wir auch, wir stimmen unseren Urlaub aufeinander ab, und wenn es nur vierzehn Tage sind … Was bin ich froh, dass alles vorbei ist. Ich konnte ihr nicht sagen, dass ich das Gefühl nicht los wurde, es komme erst der Anfang. Wenn ich nach der Schicht spazieren ging, begegneten mir immer Türken, sie waren längst in die drei Baracken eingezogen. Man traf sie überall, in der Kneipe, in den Läden, auf der Straße, und nie waren sie allein, sondern immer in kleinen Trupps. Sie trugen schlecht sitzende Anzüge, ihre Hosen fielen wie eine Ziehharmonika auf die Schuhe, und wenige Tage nach ihrem Einzug in die Baracken hieß es: Die Zerknautschten kommen.

Im Gildenhof gewöhnte man sich an sie, in der Straße, in den Läden, schneller, als ich es für möglich gehalten hätte. Karin legte Mitte Juni ihre Prüfung ab. Sie dauerte fast eine Woche. Sie erhielt glänzende Noten und ein Prädikat. Wir gaben für sie eine kleine Feier. Zwei Tage später fuhr sie mit einer Reisegruppe übers Wochenende nach Berlin. Das Geld dafür hatte sie sich zusammengespart, ich gab ihr noch zwanzig Mark dazu.

Angelika besuchte überraschend eine frühere Schulfreundin, deren Mann vor kurzem gestorben war und die im Süden der Stadt wohnte. Nach einem Telefongespräch, das sie mit ihrer Freundin geführt hatte, entschloss sie sich plötzlich dazu.

Ich bleibe über Nacht da, sagte sie, du wirst schon allein zurechtkommen. Du hast ja deine Kneipe, da wird es dir bestimmt nicht langweilig. Ich wollte sie hinfahren, aber sie nahm die Straßenbahn. Ich war über das Wochenende allein und langweilte mich schon in der ersten Stunde. Mir wurde plötzlich bewusst, dass wir im Grunde ohne Freunde lebten und nur Bekannte hatten, meist Arbeitskollegen. Auch die Männer in der Kneipe, mit denen ich seit Jahren sprach und am Tresen mein Bier trank, waren nur Bekannte. Ich kannte nicht einmal ihre Wohnungen von innen, und von vielen wusste ich nicht, in welcher Straße unseres Viertels sie wohnten, und da man sich im Allgemeinen nur mit Vornamen ansprach, waren mir viele Familiennamen nicht bekannt, außer von denen, die in unserer Straße wohnen. Ich fragte mich, was die wohl heute tun, mit denen ich auf der Schulbank gesessen hatte. Das war eine Ewigkeit her.

Vor Jahren kam, als ich mit Angelika und Karin in der Innenstadt einen Schaufensterbummel machte, ein Mann auf mich zu und rief: Maiwald … Mensch, Karl, bist du es wirklich. Ich rätselte, wer der Mann sein konnte. Ich erinnerte mich, als er schnell auf mich einsprach, dass wir zwei Jahre in der gleichen Kompanie in Paris kriegswichtige Anlagen bewacht hatten. Ich nickte zu allem, was er sagte, und vor allem, wenn er sagte: Karl, weißt du noch? Mensch, war das eine Zeit. Ich sag dir nur eins, Paris war unsere schönste Zeit, die kommt nicht wieder. Er lud mich und meine beiden Frauen zum Bier ein, ich entschuldigte mich damit, dass ich in einer halben Stunde irgendwo dringend erwartet würde. Ich war froh, als er wieder ging.

Ich versuchte, mir eine Zeit in Erinnerung zu bringen, die bald dreißig Jahre zurücklag. Damals war ich knapp achtzehn Jahre alt gewesen. Das ist eine Ewigkeit her und schon bald nicht mehr wahr, ich konnte oder wollte mich nicht mehr an diese Zeit erinnern, und ich wunderte mich, dass alte Leute immer nur von ihrer Vergangenheit sprachen. Da lernt man eine Frau kennen, heiratet und hat plötzlich ein Kind. Dann stellt man fest, dass die Wohnung zu klein ist und ein Kind Geld kostet und merkt bald, dass der Verdienst vorne und hinten nicht reicht, da verdient die Frau mit, die Tochter wird größer und wählt sich einen nicht alltäglichen Beruf. Eltern und Schwiegereltern sterben, ohne großen Aufwand, man geht zu den Beerdigungen, hat etwas feuchte Augen und am nächsten Tag geht man wieder seiner Arbeit nach, als wäre nichts gewesen. Man lernt Arztpraxen kennen und Krankenhäuser von innen, Gerichtsvollzieher und Vorarbeiter, Direktoren und Gewerkschaftsfunktionäre und viele Straßen im Land, auf denen man mit einem Sechsunddreißigtonner Tankzug Tag und Nacht flüssigen Sauerstoff oder Stickstoff transportiert. Man lernt Leute kennen und wieder vergessen, spielt Lotto und wartet Woche für Woche auf einen Gewinn, und der Gewinn bleibt nur ein Traum. Dann findet man endlich eine Kneipe, in der man sich wohl fühlt, und stellt fest, dass eine der anderen gleicht. Dann fängt man an, sich für Politik zu interessieren und tritt in eine Partei ein und fragt sich nach einer gewissen Zeit, warum man eigentlich eingetreten ist, wenn doch nur immer wieder dieselben das Sagen haben und andere niederreden, weil sie angeblich nichts davon verstehen. Wenn ich es recht bedenke, war ich immer auf der Suche nach Freunden. In der Kneipe lernt man Menschen kennen und glaubt nach einiger Zeit, dass sie Freunde sind, aber sie sind kaum mehr als Bekannte. Und in der Partei lernt man Menschen kennen und glaubt, dass sie Freunde sind, aber sie sind nicht mehr als Bekannte. Und bei der Arbeit lernt man Menschen kennen und glaubt, dass sie Freunde sind, aber sie sind nur Arbeitskollegen.

Am Samstagmorgen fuhr ich einfach zur Schindler. Sie war nicht überrascht, sie sagte: Komm rein. Ich bin beim Frühstücken.

Ich zog mir die Schuhe aus, legte mich auf die Couch und las Zeitung, ich benahm mich, als gehörte ich in diese Wohnung und zu dieser Frau. Sie trug einen abgewetzten Morgenmantel, unter einem blauen Kopftuch Lockenwickler im Haar. Sie schlürfte laut ihren Kaffee und schmatzte, wenn sie in ein Brötchen biss, mit vollem Mund sagte sie: Weißt du, am Samstag gammle ich meist bis Mittag durch die Wohnung. Es ist schön, wenn man sich so gehen lassen kann. Es stört dich doch nicht, oder?

Vom Fenster ihrer Wohnung aus sah man nur triste Häuser, hinter den Häusern wieder Häuser, wenn die Straßenbahn vorbeifuhr, klapperten die Tassen auf dem Tisch.

Wir sollten ins Grüne fahren, sagte ich. Vielleicht ins Sauerland, an die Möhnetalsperre. Was meinst du.

Lass uns hier bleiben. Was wollen wir im Grünen. Ich mach uns zu Mittag was Leckeres zu essen.

Dann blieb sie für eine Stunde im Badezimmer. Ich hörte sie plantschen und singen. Als sie wieder ins Wohnzimmer trat, war sie nackt. Sie warf mir ein Frotteetuch zu und sagte: Massier mir den Rücken. Sie legte sich auf die Couch, ich rieb ihr den Rücken, dann kleidete sie sich an, und wenn sie ein Kleidungsstück anzog, drehte sie sich vor dem Spiegel und betrachtete sich eingehend. Sie hatte rote Hosen und einen weißen, etwas zu engen Pulli angezogen, die Haare hingen ihr über die Schulter, sie sah gut aus und jünger, wäre ich ihr so auf der Straße begegnet, ich hätte mich bestimmt nach ihr umgedreht. Sie brachte eine Flasche Kognak, setzte sich mir gegenüber und füllte zwei Gläser.

Schon am frühen Morgen?, fragte ich.

Es wird bald Mittag. Ein paar Gläschen vor dem Essen, das hebt den Appetit.

Ihr Essen schmeckte, ich aß hungrig das Schnitzel. Sie war lustig und betrunken, sie lachte viel und laut, und ich erinnerte mich plötzlich, wie ich mit Franz in ihre Wohnung eingedrungen war. Nach dem Essen ließ sie das Geschirr auf dem Tisch stehen, holte eine Decke und legte sich neben mich auf die Couch, und bevor ich etwas sagen konnte, schlief sie ein. Sie sprach im Schlaf, aber ich verstand nichts, sie roch wieder nach Seife und Schnaps.

Ich lag im Halbschlaf, hörte auf ihre Atemzüge und ihre unverständlichen Worte. Manchmal war mir, als ob neben mir ein Kind läge, das ich bewachen und wärmen müsste. Zwei Stunden hatte ich so gelegen. Mein rechtes Bein schien abgestorben, mein Nacken war steif. Als sie aufwachte, sagte ich: Machst du Kaffee?

Mach du, antwortete sie und gähnte laut. Rechte Tür im Schrank. Da findest du alles.

Ich brühte Kaffee auf, und als ich mich zu ihr nach der Couch umdrehte, goss sie sich wieder aus der Flasche ein. Sie sah meinen Blick, sie winkte ab und sagte: Reg dich nicht auf. Vor dem Kaffee ein paar Gläschen, das hebt die Laune.

Wie viel trinkst du am Tag?, fragte ich.

Werktags überhaupt nicht. Vielleicht abends mal einen Schluck. Ich trinke nur Samstag und Sonntag. Zwei Flaschen am Tag.

Bist du verrückt? Du machst dich doch kaputt. Wie alt bist du eigentlich?

Zweiunddreißig … Na, da bist du baff, was? Natürlich, mich schätzt jeder jünger. Sie lachte.

Während wir Kaffee tranken, überlegte ich, wie ich hier rauskommen könnte, ohne Lüge, ohne Szene, ohne Geschrei. Mich widerte die Frau plötzlich an, so wie mich die leere Wohnung zu Hause angewidert hatte.

Du musst nicht den Tröster spielen, sagte sie unvermittelt. Ich war nicht betrunken, das vor Gericht habe ich selbstverständlich getan.

Daran habe ich jetzt nicht gedacht.

Nicht? An was denn?

Es ist so lange her, es ist alles schon bald nicht mehr wahr, sagte ich und wollte aufstehen.

Für dich vielleicht, sagte sie, weil der Betrieb Kündigung und Anzeige zurückgenommen hat. Für mich nicht. Für mich fängt es erst an.

Hast du Schwierigkeiten?, fragte ich.

Schwierigkeiten? Was verstehst du darunter. Ich rechne

jetzt eure Löhne aus, das ist auch eine Arbeit, und die lieben Kollegen und vor allem Kolleginnen im Büro gehen mir aus dem Weg, als ob ich eine ansteckende Krankheit hätte. Sie tuscheln hinter meinem Rücken. Für mich ist es nicht vorbei.

Was willst du machen?, fragte ich.

Nichts. Weitermachen. Sie werden mich nicht rausschmeißen. Ich weiß zuviel, nicht nur eure Sache, nicht nur deine Sache. Ich war früher ein paar Mal zu wichtigen Sitzungen mit in Düsseldorf. Da muss man dabei gewesen sein, da reden sie über euch, wie ein Bauer über seine Kühe, ob sie noch Milch geben und wie viel Liter sich am Tag rausmelken lassen und wann es an der Zeit ist, die Kühe abzuschlachten.

Na und? Warum sollten sie anders über uns reden. Das ist doch nicht neu, da braucht man nun wirklich nicht dabei gewesen zu sein … Weißt du sonst noch was?, fragte ich sie.

Kleinigkeiten … Nur Kleinigkeiten. Zum Beispiel Preisabsprachen mit anderen Firmen. Da gibt es ja nicht viel in Deutschland von unserer Branche. Na, eben so Kleinigkeiten.

Du fühlst dich zu sicher, sagte ich, das ist gefährlich, für dich gefährlich. Ich habe mich auch zu sicher gefühlt. Du lebst auch in dem Wahn, dass sie dir nichts anhaben können, weil du meinst, dass sie dich fürchten. Aber sie können, wenn dein Wissen wertlos geworden ist. Was dann? Dann fassen sie dich nicht mehr mit Samthandschuhen an. Eines Tages werden sie dich in den Hintern treten.

Zuvor habe ich mir was anderes gesucht, ich bin mit der Firma nicht verheiratet.

Das wird für dich gar nicht so leicht sein. Wo willst du

unterkommen? Spätestens seit meinem Arbeitsgerichtsprozess wissen es alle, auf die es ankommt, dass du eine ungetreue Sekretärin bist, die kriegt keinen Job mehr, nein, du machst dir immer noch was vor. Gegen solche Leute wie dich ist man sich einig, auch wenn man sich sonst nicht einig ist.

Jetzt können wir eigentlich bisschen durch die Gegend fahren, sagte sie plötzlich und zog sich ihre Schuhe an. Hast du noch Lust?

Ich hatte zwar keine Lust, aber wir fuhren doch durch das Münsterland. Wir redeten kein Wort. Ich fuhr und sah nach vorne, sie drehte manchmal einen anderen Sender im Radio ein, wenn auf dem letzten die flotte Musik zu Ende ging. Es wurde dunkel, es wurde Nacht, die Schindler wurde wieder betrunken, sie hatte sich eine Flasche Whisky mitgenommen, den Liegesitz zurückgeklappt und fragte manchmal: Wo sind wir?

Weiß nicht, irgendwo.

Sie sagte: Das ist gut, irgendwo.

Wäre ich doch lieber in meine Kneipe gegangen, dachte ich. Ich fuhr von der Straße ab in eine Waldschneise, ich schaltete das Licht aus und saß regungslos und stumm. Ich fragte mich: Warum bist du in diese Waldschneise gefahren? Dann spürte ich die Wärme der Schindler. Sie schmiegte sich an mich.

Ich nahm sie, meine Erregung und mein Verlangen nach ihr überraschten mich. Sie roch nach Schnaps, aber ich küsste sie, und als ich nach einer Ewigkeit erschöpft von ihr ließ und sie wegschieben wollte, da war mir auf einmal, als hätte mir jemand eine spitze Nadel mit voller Wucht in den Rücken gestoßen. Der Schmerz nahm mir den Atem.

Die Schindler sagte leise: Es tut mir leid. Es kam einfach so über mich. Es tut mir leid.

Ich lag im Sitz, ohne mich zu rühren, bis der Schmerz langsam nachließ, dann setzte ich den Wagen auf die Straße zurück. Fahr nach Hause, sagte sie. Es ist spät.

Nach wenigen Kilometern erst war es mir möglich, mich an Wegweisern zu orientieren. Wir waren in der Nähe der holländischen Grenze, hundert Kilometer von Dortmund entfernt.

Wir werden zwei Stunden brauchen, sagte ich.

Fahr, sagte sie und warf die leere Flasche aus dem Fenster. Ich spürte meinen Rücken und doch war das kein Schmerz, ich fuhr auf Straßen nach Dortmund zurück, die mir jetzt bei Nacht alle fremd vorkamen und von denen ich doch die meisten in den letzten Jahren befahren hatte, wo ich manchmal jede Kurve kannte und jede Ortsdurchfahrt, manche Gaststätte und die meisten Tankstellen. Ich fuhr wie durch ein fremdes Land und mit einer fremden Frau im Wagen, die irgendwo gestanden und darum gebeten hatte, dass ich sie ein Stück mitnehme. Ich sah meine Scheinwerfer die Straße erhellen und Scheinwerfer auf mich zukommen und wieder verschwinden, und Wagen hupten auf mich ein und ich fuhr doch nicht schneller. Ich spurte meinen Rücken, und es war doch kein Schmerz, und plötzlich hatte ich wieder Angst und wusste nicht, wovor. Zwischen Lünen und Dortmund hielt ich am Straßenrand, ich sah die Straßenlampen in meiner langen Straße, ich hatte Lust, mit der Schindler in den

Gildenhof zu fahren, aber sie sagte halb im Schlaf: Fahr mich nach Hause, es ist spät geworden. Als ich sie vor ihrem Haus absetzte, war es Mitternacht. Sie stieg aus und taumelte etwas, dann sagte sie: Du solltest die Akten verbrennen.

Ich wartete, bis sie die Haustür hinter sich schloss.

Der Arzt gab mir jeden Abend eine Spritze. Er verschrieb mir Tabletten, die ich schon früher genommen hatte, dreimal täglich drei Stück.

Da lag ich also wieder einmal im Bett und hoffte, dass meine Bandscheibe bald wieder in Ordnung kommen würde. Ich lag den ganzen Tag im Bett und hörte auf die Geräusche im Haus und auf der Straße, auf die Stimmen der Kinder, die Himmel und Hölle spielten auf dem Bürgersteig vor dem Haus, auf die Glocke des Bäckerwagens, die Dreiklanghupe des Milchwagens. Manchmal läutete das Telefon, aber bis ich mich in den Flur geschleppt hatte, war das Läuten schon verstummt. Karin brachte mir Bücher, die ich nicht las, Angelika Illustrierte, die ich nicht durchblätterte, ich lag nur stundenlang und stierte zur Decke. Ich schlief schlecht. Wenn mir Alkohol nicht verboten worden wäre, hätte ich mich damit betäubt. Der Arzt mahnte immer wieder und eindringlich: Herr Maiwald, bloß kein Alkohol. Einmal erreichte ich doch rechtzeitig das Telefon.

Wie geht es dir?, hörte ich die Schindler sagen.

Leidlich, sagte ich. Und dir?

Gut, antwortete sie. Dann blieben wir ein paar Sekunden stumm. Das Schweigen wurde peinlich. Endlich sagte sie:

Ich habe schon einige Male angerufen. Hast du Schmerzen?

Es ist auszuhalten.

Darf ich dich wieder anrufen?

Wenn du willst. Ich liege im Bett, ich weiß nur nicht, ob ich so schnell zum Telefon komme.

Es geht dir also schlecht, rief sie.

Dann war die Leitung tot. Wahrscheinlich hatte sie vom Büro aus angerufen und jemand war ins Zimmer getreten.

Dann lag ich wieder stundenlang und stierte zur Decke oder zum Kleiderschrank oder einfach vor mich hin und hörte auf die Stimmen im Haus und auf der Straße.

Eines Vormittags, es war bereits die zweite Woche, die ich lag, besuchte mich Angelo. Er hatte seinen Jahresurlaub in Sizilien verbracht, er setzte sich zu mir auf die Bettkante.

Ja, Karl, Schmerzen ist schlimm im Rücken. Meine Großmutter läuft schon dreißig Jahre mit Gesicht zur Erde.

Was gibt es Neues, Angelo.

Was schon. Immer dasselbe in Deutschland. Immer arbeiten. Immer an morgen denken. Immer arbeiten.

Angelo, geh wieder nach Sizilien zurück, sagte ich.

Karl, was soll ich da. In Sonne liegen und verhungern? In Mezzogiorno ist nur Sonne und Hunger. Dann lieber Deutschland. Dann lieber arbeiten und an morgen denken.

Wir rauchten und schwiegen. Er trank einige Gläser Wein, er schenkte sich aus einer großen Korbflasche ein, die er für mich mitgebracht hatte.

Ich trinke auf deine Gesundheit, sagte er jedes Mal. Er saß auf der Bettkante und machte einen zufriedenen Eindruck.

Mustafa war verrückt, sagte er plötzlich. Fünf Jahre hat er

gefahren bei Schöller, fünf Jahre, immer nach Arbeit, und dann ... er ist verrückt ... Mutter wusste nicht, dass sie mich hatten verhaftet, ich ihr auch nichts gesagt ... Sie mag nicht Deutsche, weiß nicht warum ... sie mag nicht.

Dann stand er auf, sagte: Gute Besserung, und ging.

Ein Tag war wie der andere. Ich lag im Bett und stierte zur Decke und hörte auf die Stimmen im Haus und auf der Straße. Meine Frau ging ihrer Arbeit nach und saß abends bei mir, sie sprach wenig, sie saß da und strickte. Die Spritzen zeigten Wirkung. Die Schmerzen waren längst nicht mehr wie Nadelstiche, sie waren dumpf geworden.

Aber der Arzt sagte zu mir: Wenn es nicht bald erheblich besser wird, muss ich Sie ins Krankenhaus einweisen.

Nur nicht Krankenhaus, sagte ich.

Dort werden Sie dann auf ein Brett geschnallt, sagte er.

Das meinen Sie doch nicht im Ernst, Herr Doktor.

Das ist eine verdammte Sache mit Ihrem Rücken, sagte er, in Ihrem Alter. Sie sollten eine andere Arbeit haben.

Haben Sie eine für mich? Wissen Sie, Doktor, solche Arbeiten, die der Arzt verschreibt, gibt es bei uns im Betrieb nicht.

Dann müssen Sie eben solange liegen, bis das mit Ihrem Rücken wieder in Ordnung kommt.

Er verschrieb mir wieder Tabletten und Säfte. Mit dem Spritzen wollte er aufhören.

Es wird sich schon einrenken, sagte er.

Und wenn nicht? Wenn wir nur auf Wunder warten?

Maiwald, machen Sie keine Witze. Im Lehrbuch steht, dass sich alles nach zehn Spritzen wieder einrenkt. Er lachte, wurde dann ernst, sah auf mich herunter und sagte: Manchmal habe ich den Verdacht, Sie wollen gar nicht gesund werden.

Das ist Unsinn, Herr Doktor.

Dann lag ich wieder allein im Zimmer und hörte auf die Stimmen im Haus und auf der Straße. Angelika umsorgte mich. Sie fing morgens im Betrieb zwei Stunden früher an, damit sie schon am frühen Nachmittag zu Hause sein konnte. Manchmal war ihre Sorge lästig. Dauernd fragte sie, ob ich was brauche, was sie mir zu essen richten solle, was ich trinken möchte. Sie hätte mich am liebsten wie ein Kind in Watte gepackt, sie besuchte nicht einmal Frau Borgmann oder Frau Beuster, ich hörte sie manchmal nur abends mit beiden Frauen telefonieren, und Frau Beuster kam einmal und brachte Medikamente. Am liebsten hätte ich geschrien: Schert euch weg! Lasst mich allein. Aber ich sagte nur ja und nein. Sie waren zufrieden, weil ich einen zufriedenen Eindruck machte.

Nach vier Wochen endlich durfte ich aufstehen und laufen. Das Treppensteigen war zuerst mühsam, aber ich konnte wenigstens mit einem Stock gehen und nach draußen, in den Wald und auf die Felder. Die Wintergerste färbte sich schon gelb.

Der Arzt hatte mir täglich zweimal eine Stunde Spaziergang verordnet, und mehrmals hatte ich eine Aufforderung zur vertrauensärztlichen Untersuchung erhalten, aber mein Arzt steckte die Vorladung ein und sagte wütend: Ich bestimme, wann Sie gesund sind, nicht diese Ärztepolizisten. Auch der Krankenkontrolleur war einmal bei mir.

Bei meinen Spaziergängen vermied ich es, in die Nähe des Gildenhofes zu kommen. Ich lief meist zur nahen Autobahnbrücke und sah auf den Verkehr hinunter, ich ging durch den Wald und fütterte die Rehe und Damhirsche im Gehege, ich lief mit den tapsenden Invaliden und hörte mir das Geseire von früheren Zeiten an, ich sah den Spielern auf dem Minigolfplatz zu, ich stand an der Straßenbahnhaltestelle und betrachtete die Ein- und Aussteigenden, ich sah den Bauern auf den Feldern zu und verfolgte mit den Augen die gelben und rosa Giftwolken über den Hoeschwerken und die weißen Dämpfe über der Kokerei im Osten.

In einigen Geschäften unseres Viertels wurde eingebrochen. Zigarettenautomaten wurden geknackt, aus Lebensmittelgeschäften Alkohol gestohlen. Natürlich wurde die Melonensiedlung verdächtigt, wie die drei Baracken jetzt hießen, in denen die Türken wohnten.

Mein Rücken besserte sich allmählich immer mehr. Ich konnte mich wieder bücken, ich sehnte mich wieder nach meiner Arbeit, denn es war zum Fürchten langweilig geworden, es war mir unbegreiflich, wie Menschen ohne Arbeit leben konnten, und ich verstand plötzlich die Invaliden, die nichts mehr zu tun hatten, die niemand mehr brauchte, die niemand mehr haben wollte, die anderen und sich selbst im Wege standen und nur von ihrer Vergangenheit sprachen, als sie noch arbeiteten, als sie noch gebraucht wurden. Ich verstand sie.

Karin erzählte mir eines Tages, es sei mit den Kindern doch anstrengender, als sie gedacht hatte. Man müsse sie füttern, tragen, die meisten können nicht allein zur Toilette, man müsse ihnen sogar den Hintern ausputzen, müsse sie waschen und anziehen.

Was da auf einem Fleck an Elend sitzt, Vater, du machst dir keinen Begriff.

Aber das wusstest du doch vorher, Karin … Willst du nicht mehr?, fragte ich sie und war beunruhigt.

Unsinn. Ich wollte dir das nur sagen, wie es wirklich ist. Verstehst du, mir vergeht manchmal der Appetit, jetzt weißt du auch, warum ich manchmal nichts esse, wenn ich nach Hause komme, ich kann einfach nicht, ich habe immer die Gesichter vor Augen.

Das vergeht, sagte ich.

Natürlich, das sagen die Kolleginnen im Kindergarten auch, das wird mit der Zeit Routine, sagen sie, aber das ist ja gerade das Schlimme. Und Martin hat mich heute bald verrückt gemacht. Er hat mich abgeholt. Weißt du, was er gesagt hat? Für so was gibt der Staat noch Geld aus. Das hat er gesagt.

Wahrscheinlich würde ich auch erschrecken, wenn ich die Kinder zum ersten Mal sehe. Wir kennen doch nur Gesunde.

Erschrecken?, sagte sie. Vielleicht. Aber du würdest so was nicht sagen … Vater, ich kenne ihn jetzt so lange, ich hab ihn wahnsinnig gern … aber so was darf man nicht sagen, nicht zu mir … nicht zu mir.

Er wird sich daran gewöhnen, versuchte ich sie zu trösten, du musst dich ja auch erst daran gewöhnen … und es ist dein Beruf.

Vater, ich weiß manchmal nicht, ob er eine große Lippe riskiert oder ob er es wirklich so meint.

Gleich am ersten Arbeitstag nach meiner Krankheit wurde ich um elf Uhr in die Direktion bestellt. Bei meinem Eintritt sagte Doktor Bosch: Herr Maiwald, Sie erhalten ab sofort totales Fahrverbot. Lediglich auf dem Hof dürfen Sie noch fahren im Rahmen Ihrer Werkstattaufgaben. Haben Sie bitte dafür Verständnis. Wir mussten diese Anordnung treffen. Sie ist zu Ihrem Nutzen, für Ihre Gesundheit und für die Sicherheit des Betriebes und der Fahrzeuge.

Ich wünsche niemandem diese Schmerzen, sagte ich.

Der Direktor nickte vor sich hin, stand auf, kam hinter dem Schreibtisch hervor und sah interessiert auf seine Schuhe. Jaja … ist schon möglich… Rücken ist immer eine schmerzhafte Sache. Aber das Fahrverbot ist für Ihre Gesundheit … Übrigens … Sie können dann ja auch die Akten wieder zurückgeben, die aus dem grünen Schrank hier gestohlen wurden.

Auf diese Frage war ich irgendwie gefasst, ich wusste immer, dass sie einmal kommen musste, ich hatte sie mir sogar, als ich im Bett lag und zur Decke starrte, selber vorgesprochen. Ich antwortete ganz ruhig und sah Bosch direkt an: Sie müssen sich irren, Herr Direktor. Ich habe keine Akten und habe keine gestohlen. Sie müssen mich mit jemandem verwechseln. Dann ging ich.

Im Vorzimmer blieb ich eine Sekunde stehen. Hier hat alles angefangen, dachte ich. Wäre ich damals nicht gerufen worden, um mir die hundert Mark und ein Lob für das Mitdenken bei der Arbeit abzuholen, was wäre dann geworden? Die Schindler säße noch hier, und das halbrunde Ding würde noch auf dem Schreibtisch stehen.

Bosch rief hinter mir her: Glauben Sie vielleicht, unsere Firma lässt sich von Ihnen auf der Nase rumtanzen.

Ich lief langsam über den Hof. Ich erzählte Kollmann von dem totalen Fahrverbot. Auch er war der Ansicht, das sei jetzt das Beste für mich, zu meinem eigenen Schutz. Er ging mit mir in die Werkstatt, und ich erzählte ihm, was Bosch von mir gewollt hatte.

Er sah an mir vorbei, er nickte nur vor sich hin, er sagte dann: Einmal muss die Sache mit den Akten doch geklärt werden, Karl, das kann doch so nicht weitergehen. Was willst du denn, willst du uns alle unter Druck halten?

Mir fiel der Schraubenschlüssel aus der Hand. Sag mal, Kollmann, was meinst du damit. Jetzt sind wir wohl noch die Schuldigen, jetzt bin ich wohl noch der böse Mann, der euch das Leben schwer macht, das meinst du doch, gib's doch zu.

Karl, sei vernünftig, einmal muss Schluss sein mit der Sache. Sollen wir das bis in unser Rentenalter mit hinüberziehen. Sollen wir dir ein Denkmal bauen. Ja, was willst du denn eigentlich. Das geht jetzt Monate.

Wer verschleppt die Sache? Ich? Der Betrieb hat ein bestimmtes Interesse, klar. Und unsere Gewerkschaft? Was hat die für ein Interesse?

Ich will nur sagen, Karl, dass wir die Angelegenheit endlich bereinigen sollten. Du hast wieder deine Arbeit, der Schindler ist trotz allem nichts passiert, langsam kommt wieder Ruhe in die Belegschaft, nur die Akten sind nicht wieder aufgetaucht. Wenn sie wieder da sind, dann ist alles in bester Ordnung.

Ordnung … ich hör immer nur Ordnung. Kollmann, denk doch mal nach, ein halbes Jahr ist vergangen, die Gewerkschaft hat nichts, so gut wie nichts unternommen, in der Gewerkschaftspresse ist nichts darüber geschrieben worden, das ist doch seltsam, wo die sich sonst auf den kleinsten Dreck stürzen, der hinter Werkstoren passiert, nein, sie haben sich nur selber hochgejubelt, weil sie einen Streik gewonnen haben, die Betriebsleitung hat sich nicht entschuldigt, bei niemandem, sie hat nur einen neuen Mann hier bei uns an die Spitze gesetzt. Sonst ist alles beim Alten geblieben. Und da sprichst du von Ordnung … schöne Ordnung.

Was willst du mit den Akten, Karl, nun sag doch endlich, was du mit den Akten willst, verdammt noch mal, du musst doch bestimmte Vorstellungen haben.

Ich will ein Druckmittel haben gegenüber den Leuten, die jeden Tag auf uns Druck ausüben, verstehst du, Kollmann. Wir haben sie in der Hand. Kollmann, begreif das doch.

Das ist doch kindisch. Eine Firma wie unsere lässt sich doch nicht von uns kleinen Kackers auf der Nase rumtanzen. Jetzt glaub ich auch bald, dass du an Größenwahn leidest.

Von uns beiden allein nicht, Kollmann, das ist klar.

Na, Karl, dann berufe mal eine Belegschaftsversammlung ein. Möchte mal sehen, wer dich dann noch unterstützt. Es interessiert nämlich keinen mehr, dass es die Akten gibt und dass man damit vielleicht was anfangen könnte. Das ist Tatsache. Keinen interessiert es mehr, sie wollen ihre Ruhe und sie wollen ihre Ordnung haben.

Ich sah ihn an: Na und? Dann können wir das Interesse bei den Leuten ja wieder wecken.

Nein, Karl, es muss wieder Ruhe sein im Betrieb. Solange die nicht hergestellt ist, misstraut einer dem andern und dir am meisten. Das geht nicht auf die Dauer, wir machen uns gegenseitig kaputt und haben keinen Vorteil, und die in Düsseldorf lachen sich eins ins Fäustchen … Übrigens Karl, weil die Gewerkschaftspresse nichts gebracht hat, das ist so, ich weiß das von Grünefeld, es tut sich was, da stehen Veränderungen bevor, einschneidende … ich sag nur, Veränderungen.

Was für Veränderungen?

Kollmann gab mir keine Antwort und ging aus der Werkstatt. Ich sah ihm durch die offene Werkstatteinfahrt nach.

Gegen ein Uhr kehrte Franz von seiner Tour nach Duisburg zurück.

Die Karre zieht nicht richtig, Karl, du musst vielleicht die Zündung neu einstellen.

Als ich Franz das Gespräch mit Kollmann erzählt hatte, sah er irgendwohin und antwortete zögernd: Ich glaube, Kollmann hat Recht, wir sollten die Sache endlich begraben. Nach so langer Zeit, es ist alles schon bald nicht mehr wahr. Die Sache bringt nichts mehr … Wir haben uns das mal so schön vorgestellt … Firma erpressen? Für was? Dass sie uns mehr Lohn gibt oder mehr Weihnachtsgeld oder was. Karl, willst du jeden Tag sagen, Leute, ich hab was gegen euch in der Hand. Das bringt uns doch nichts. Sogar unsere Gewerkschaftsfritzen haben sich gedrückt. Möchte nicht wissen, was da hinter den Kulissen gemauschelt wurde nach der bewährten Methode: Tust du mir nichts, tu ich dir nichts. Mensch, Karl, wir sind immer die Dummen. Und wenn wir noch so eine Bombe in den Händen hätten, es findet sich immer einer, der uns den Zünder rausschraubt. Was willst du eigentlich.

Der Betrieb soll sich entschuldigen, öffentlich und schriftlich, das will ich.

Mensch, Karl, davon kannst du dir kein Stück Brot kaufen ... Verbrenn die Akten, dann ist Ruhe.

Auch Franz ließ mich stehen. Erpressen hatte er gesagt, und bei einer Entschuldigung würde kein Stück Brot dabei herausspringen. Erpressen? Ja, für wen und was? Was springt für uns dabei heraus? Sollen wir die Forderung stellen, dass der Betrieb jedem tausend Mark extra gibt, wenn ich die Akten wieder auf den Tisch lege? Das ist doch lachhaft. Aber wie Kollmann seine Ordnung haben will, so will ich meine Gerechtigkeit. Nur meine Gerechtigkeit.

An diesem Tag musste ich drei Stunden länger arbeiten, weil der Tankzug, den Franz beanstandet hatte, für die Nachtschicht wieder fahrbereit sein musste. Als ich nach Hause kam und in Karins Zimmer ging, sah ich sofort, dass sie geweint hatte.

Mit Martin Krach gehabt?, fragte ich. Sie schüttelte den Kopf. Ich setzte mich zu ihr, ich blätterte in ihren Fachzeitschriften, die überall verstreut lagen.

Vater, ich halte das nicht durch. Das mit den Kindern. Das geht einfach über meine Kraft.

Du wirst darüber hinwegkommen, sagte ich, nur um etwas zu sagen.

Hör auf, Vater, sagte sie heftig. Wenn dir nichts mehr einfällt, dann sagst du, man wird schon drüber wegkommen. Was anderes fällt dir nie ein.

Was soll ich sonst sagen, ich habe heute totales Fahrverbot bekommen. Man gewöhnt sich an alles. In einem Jahr ist dir dein Beruf auch Gewohnheit.

Das fürchte ich ja, sagte sie.

Hast du denn ein Rezept?, fragte ich.

Ich weiß nur, dass mich die Arbeit im Kindergarten fix und fertig machen kann.

Du hast es dir ausgesucht, rief plötzlich meine Frau unter der Tür. Du musst dich jetzt zurechtfinden. Mach nicht immer uns für alles verantwortlich.

Hört auf, rief Karin, immer diese abgeleierten Sprichwörter. Wo man Hilfe braucht, da habt ihr nur Sprichwörter oder Vorwürfe.

Angelika ging beleidigt aus dem Zimmer.

Vater, ich möchte nicht mehr, dass Martin mich vom Kindergarten abholt ... Vater ... sag mal ... habe ich mich geirrt ... mit Martin ... kann das sein?

Während des Essens sprachen wir kaum. Später legte ich mich im Wohnzimmer auf die Couch, sah mir die Nachrichten an und dachte nur: Die Akten müssen aus dem Haus. Vielleicht weiß die Schindler Rat. Ich sprang auf und lief zu Angelika in die Küche, ich sagte: Ich muss noch mal weg! Angelika sah mir aus dem Wohnzimmerfenster nach, als ich abfuhr.

Die Haustüre der Schindler war schon verschlossen, ich rief sie von einer Telefonzelle aus an. Sie meldete sich sofort. Ach, du bist es? Wo bist du denn? Zu Hause?

Um die Ecke, in einer Telefonzelle, wollte dich aufsuchen …

Ich komm runter und schließe auf.

Sie zog mich ins Haus und die Treppe hoch, sie hielt meine Hand, bis wir in ihrer Wohnung waren. In der Wohnung lag Wäsche verstreut herum, sie hatte genäht. Sie räumte einen Sessel für mich ab. Eine halb volle Kognakflasche stand auf dem Tisch, sie roch widerlich aus dem Mund.

Was hast du denn auf dem Herzen?, fragte sie und trank aus einem Glas.

Ich war plötzlich wütend auf sie, ich schrie sie an: Lass das Trinken, verdammt noch mal.

Sie sah mich einen kurzen Augenblick an, runzelte die Stirn, steckte sich eine Zigarette an und sagte: Damit wir uns klar verstehen, wir sind nicht verheiratet, ist das klar? … Also, was hast du auf dem Herzen.

Ich versuchte ruhig zu bleiben, als ich sie fragte: Warum ich komme … ja … was würdest du mit den Akten machen, wenn du sie hättest.

Sie setzte sich zu mir auf die Sessellehne. Ich erzählte ihr vom Gespräch mit Bosch, Kollmann und Franz. Sie stand wieder auf und schenkte sich ein Glas voll, trank, dann brachte sie mir ein Glas und füllte es, ich zögerte, trank dann aber doch. Sie trug blauweiß gestreifte Hosen und einen hellblauen Pulli, die Haare waren im Nacken zu einem Knoten gebunden.

Und um mich das zu fragen, kommst du mitten in der Nacht? Du bist gut.

Entschuldige, wo soll ich hin. Weißt du, ich hatte mir das alles anders vorgestellt, sagte ich und vermied, sie anzusehen.

Wie anders?, fragte sie und trat vor mich hin. Hast du geglaubt, du wirst jetzt in den Aufsichtsrat gewählt? Nein, die sind zu stark. Da kannst du hundertmal im Recht sein, die biegen das schon so, dass du zwar Recht behältst, aber mit deinem Recht nichts anfangen kannst. Wenn ich wüsste, was du vorhast, dann könnte ich dir vielleicht einen Rat geben, du musst mir schon sagen, was du dir vorstellst.

Wir sollten an die Öffentlichkeit gehen, ich weiß nur nicht, wie. Verdammt, ich habe keine klaren Vorstellungen … Kollmann hat mir da was von Veränderungen erzählt. Weißt du, was er gemeint haben könnte?, fragte ich sie.

Veränderungen? Bei uns? Nein, ich weiß nichts. Im Lohnbüro hört man nichts.

Schon gut, war nur so eine Frage … Wenn ich nur wüsste, was ich machen soll. Ich habe was in der Hand und kann nichts damit anfangen, das ist zum Verrücktwerden.

Dann saßen wir uns gegenüber und schwiegen lange. Ich versuchte, in ihrem Gesicht zu lesen. Sie schaute an mir vorbei und trank ihren Kognak in kleinen Schlucken, und wenn sie doch meinen Augen begegnete, dann sah sie durch mich hindurch. Ihr Gesicht blieb unbeweglich.

Ja, sagte ich, wenn du auch keinen Rat weißt, dann will ich mal wieder. Aber ich blieb sitzen.

Obwohl die Schindler dauernd trank, machte sie auf mich einen nüchternen Eindruck. Sie rauchte hastig, sie drückte die halb gerauchte Zigarette aus und steckte sich sofort wieder eine neue an, sie sagte: Du hast was von Öffentlichkeit gesagt. Was meinst du damit?

Ich weiß es eben nicht, sonst würde ich dich ja nicht fragen und mitten in der Nacht kommen, wie du sagst.

Nehmen wir einmal an, unser Betrieb in Dortmund macht zu, was machst du dann?

Lachhaft. Der macht nicht zu, der hat am Hafen die beste Lage, die man sich denken kann.

Es gibt noch günstigere Standorte. Zum Beispiel am Rhein. Nach Rotterdam nur ein Katzensprung. Und ein schönes Grundstück am Rhein, vielleicht …

Was weißt du genau. Ist das die Veränderung, von der Kollmann gesprochen hat?

Das glaube ich nicht. Die Pläne liegen in Düsseldorf im Panzerschrank, die kann keiner wissen, und du bist der Erste, dem ich es erzählt habe. Karl, spring ab, jetzt, in fünf Jahren ist für dich endgültig der Ofen aus.

Ich will nicht abspringen, ich will mein Recht. Ich muss an die Öffentlichkeit … Aber wie?

Sie stand auf, ging eine Zeitlang im Zimmer auf und ab, blieb dann wieder vor mir stehen, sah auf mich herunter und fragte: Hast du schon mal an Flugblätter gedacht?

Flugblätter? Was soll das?

Flugblätter sind immer gut, die haben Wirkung. Wir könnten Flugblätter drucken lassen und vor allen Dortmunder Betrieben verteilen.

Märchentante … Drück dich klarer aus. Wie denkst du dir das, so etwas kann man sich nicht aus dem Ärmel schütteln.

Jetzt habe ich klare Vorstellungen, sagte sie. Ich habe mir das so gedacht: Wir schreiben einen Text, wir machen Flugblätter, schreiben über die Vorgänge bei der Firma Maßmann, und zwar richtig, nicht so entstellt, wie es in den Zeitungen gestanden hat damals beim Streik, wir fordern auf den Flugblättern die Arbeiter und Angestellten in allen Betrieben auf, dass sie darauf achten sollen, ob es in ihren Betrieben Gegensprechanlagen gibt und wenn ja, ob die auch zu Abhöranlagen umgebaut werden können … Was wir machen können, ist nur Unruhe stiften … so etwa habe ich mir das vorgestellt.

Ich hatte ihr erst ungläubig zugehört, aber an ihrem Vorschlag war was dran, ich fragte: Wer soll das schreiben? Wer soll das drucken? Wer soll das bezahlen? Hast du das auch schon überlegt? Das kostet doch ein Heidengeld. Und dann, wer soll das verteilen?

Ich kenne einen. Der hat eine kleine Druckerei. Einmannbetrieb. Der Mann ist allerdings bei den Kommunisten …

Um Gottes willen, bloß das nicht, mit Kommunisten will ich nichts zu tun haben.

Dann eben nicht, dann geh zu deinen eigenen Genossen, vielleicht helfen die dir … Wir brauchen eine Druckerei. Mit seiner Partei hast du ja nichts zu tun.

Das kostet Geld. Glaubst du, der, den du kennst, macht das umsonst? Nein, das geht nicht … Und wie sollen die Flugblätter unter die Leute?

Du fragst zu viel auf einmal … Ich habe ja nur einen Vorschlag gemacht … Ich weiß auch nicht, wie genau das zu machen ist und ob es möglich ist … Dann musst du eben nach Hause fahren und dich wieder ins Bett legen.

Ich blieb sitzen und dachte nach. Ihr Vorschlag bot eine Möglichkeit. Könntest du das arrangieren?, fragte ich.

Natürlich, sonst hätte ich den Vorschlag ja nicht gemacht.

Wer ist der Mann? Kann er seine Schnauze halten, ich meine …

Der hat sein Leben lang nichts anderes gemacht als in kritischen Situationen seine Schnauze zu halten, sonst wäre er heute wahrscheinlich nicht mehr am Leben.

Wer ist der Mann?

Ein alter Bekannter von meinem Vater.

Und der lebt von der Partei?

Quatsch. Der hat eine kleine Druckerei, Einmannbetrieb … lebt von Lohndruckerei, was eben so ansteht, Hochzeitskarten, Todesanzeigen …

Kannst du den Mann anrufen?

Gleich?, fragte sie und ging zum Telefon.

Ja. Sofort.

Sie wählte und sprach dann leise in die Muschel.

Los, sagte sie, als sie den Hörer aufgelegt hatte.

Was denn! So schnell?

Wir gingen zu Fuß und liefen durch einige Straßen. Nach zehn Minuten klingelte sie an einem Neubau. Der Mann, der uns die Wohnungstür öffnete, war an die sechzig, Kopf kleiner als ich, dick, er hatte eine Glatze.

Er nickte der Schindler zu, sah mich kurz an und sagte: Kommt rein.

Die Wohnung war nicht üppig, eine Allerweltseinrichtung aus dem Kaufhaus, dachte ich.

Sprich dich aus, sagte er zur Schindler, als wir saßen.

Die Schindler redete. Ich saß dabei und wurde nicht gefragt, ich wollte mehrmals unterbrechen, um zu ergänzen oder zu erklären, aber der Mann winkte nur ab, er machte sich Notizen. Ich kenne deinen Fall ein bisschen, sagte er schließlich zu mir, aus der Zeitung, und ich habe auch noch andere Quellen. Ich schreibe euch den Text. Wir sprechen ihn dann durch. Ich denke, wir drucken zwanzigtausend Exemplare. Es müssen Handzettel sein … Und noch was, Maiwald. Ich darf auf keinen Fall in die Sache hineingezogen werden. Mein Name muss aus dem Spiel bleiben. Ist das klar, Maiwald.

Ich zögerte, ich wollte Fragen stellen, aber ich fragte nur: Wer zahlt das?

Du fragst zu viel, sagte er.

Ich weiß nicht, ob das überhaupt Zweck hat, sagte ich.

Umgekehrt mein Lieber, hinterher kannst du erst feststellen, ob es Zweck gehabt hat.

Er begleitete uns die Treppe hinunter. Ich sah mich um. Am Türschild stand: Manfred Roggensack. Der Name kam mir bekannt vor.

An der Haustüre sagte er: Noch einmal, Maiwald, mein Name muss aus der Sache rausbleiben, klar.

Wegen deiner Partei?, platzte ich heraus.

Kommt morgen Abend wieder, dann habe ich den Text fertig, wir sprechen ihn dann durch.

Die Straßen waren wie ausgestorben, es begegnete uns

kein Mensch. Ich hatte plötzlich Angst vor der Schnelligkeit, mit der andere so etwas planen und ausführen.

Am Freitag fuhr ich nach der Schicht zum Ostwall und ging ohne Umstände in Grünefelds Büro. Die Sekretärin hielt mich auf: Wenn Sie warten wollen, er kommt in etwa einer Stunde zurück. Ich rufe Sie dann, warten Sie bitte im Flur.

Ich setzte mich im Flur an einen runden Tisch, auf dem ein Stapel Gewerkschaftszeitungen lag, an den Wänden hingen Informationsblätter. Auf dem Fußboden, über die ganze Länge des Flures, waren Broschüren gestapelt, es sah aus wie in einer unordentlichen Papierhandlung.

Was das alles kostet, dachte ich und wusste, dass es kaum einer las.

Als ich bereits eine Stunde gewartet hatte, ging ich wieder ins Vorzimmer.

Sie müssen noch etwas Geduld haben, Konferenzen dauern eben manchmal etwas länger, sagte die Sekretärin.

Da stand Grünefeld im Zimmer.

Wartest du auf mich, Maiwald?

Ich warte schon über eine Stunde, sagte ich.

Tut mir leid. Hättest anrufen sollen, übers Wochenende habe ich einen vollen Terminkalender. Na, komm mit in mein Büro. Er bot mir Platz an und sagte: So, Maiwald, kannst losschießen. Ich habe eine halbe Stunde Zeit.

Grünefeld, was wird jetzt aus den Akten. Es muss doch endlich was unternommen werden.

Was denn für Akten?, fragte er … Mensch, das hab ich schon wieder vergessen.

Vergessen? Ja aber … ich kann sie nicht mehr länger in meinem Haus verstecken.

Er saugte nervös an seinem Stumpen, er sah mich an, dann auf seinen Stumpen und wieder auf mich.

Was soll man da schon machen, der Fall ist abgeschlossen. Du hast vor Gericht Recht bekommen, du hast deine Arbeit wieder, was willst du denn noch?

Dass die Sache endlich geklärt wird, sonst nichts.

Maiwald, die Sache ist doch geklärt …

Für wen? Für euch oder für uns?

Maiwald, wir wollen die Suppe nicht wieder aufkochen. Was versprichst du dir überhaupt davon?

Grünefeld, die Akten müssen doch endlich mal aus der Welt, ich kann sie nicht länger im Keller liegen lassen …

Ich hab sie dir nicht in den Keller gelegt, sagte er scharf. Maiwald, du hast Nerven. Gehen wir doch die Angelegenheit mal nüchtern durch. Du hast Material. Gut. Was der Betrieb gemacht hat, ist eine Sauerei. Nicht gut. Was aber jetzt.

Die Firma soll sich entschuldigen, bei jedem im Betrieb, und auch öffentlich, schrie ich.

Entschuldigen? Du spinnst, Maiwald, und Grünefeld lachte.

Er schlug mit seinen flachen Händen auf den Schreibtisch und rief: Entschuldigen! Entschuldigen! Habe ich richtig gehört … Und was hast du davon?

Genugtuung, sagte ich ganz ruhig.

Er hörte zu lachen auf. Er fragte: Und was hast du davon? Die Genugtuung und die Entschuldigung kostet die Firma

Maßmann keinen Pfennig, und euch allen bringt sie nicht das Geringste ein.

Sie bringt uns was ein, antwortete ich und wurde langsam wütend, dass die Firma nämlich öffentlich zugeben muss, dass wir mit kriminellen Methoden monatelang überwacht und bespitzelt worden sind, das bringt uns das ein.

Ich hatte den Eindruck, er sei erschrocken über das, was ich sagte. Er stand langsam auf und sah mir direkt ins Gesicht.

Mensch, Maiwald, sagte er, so einen Luxus wie Moral, das können wir uns nicht leisten, da bist du von gestern, da bist du auf dem falschen Dampfer. Wir rechnen.

Ich stand ihm gegenüber und dachte nur: Leute wie Grünefeld müssten aus der Gewerkschaft ausgeschlossen werden.

Er lief im Büro auf und ab. Dann blieb er wieder vor mir stehen und sagte: Schaff die Akten weg. Egal wohin. Verbrenn sie, mach was du willst, aber sie müssen verschwinden. Die Zentrale in Hannover hat kein Interesse, verstehst du. Es werden sich in der nächsten Zeit Veränderungen in der Firma Maßmann ergeben, da sind dann deine Akten nur ein Ärgernis. Ich kann und darf darüber jetzt nicht sprechen … Maiwald, du bist ein Träumer … Moral … so ein Luxus.

Ich wollte noch etwas fragen, aber ich ließ ihn stehen und ging ohne Gruß. Am Stand an der Reinoldikirche aß ich eine Bratwurst und trank eine CocaCola. Da sah ich Martin mit einem Mädchen. Sie hielten sich an den Hüften umschlungen, sie lachten sich an und überquerten die Kampstraße.

Es war noch viel Zeit bis zum Treffen mit Roggensack um neun. Ich ging in der Brückstraße in ein Kino, aber mitten in der Vorstellung lief ich wieder hinaus. Der Film interessierte mich nicht. Ich setzte mich in meinen Wagen und fuhr zu Franz. Er saß im Garten und las Zeitung, ich setzte mich auf den Rasen, und weil er mich nicht fragte, was ich von ihm wollte, schwieg ich und rauchte nur. Seine beiden Kinder spielten hinter Stachelbeersträuchern, sie hatten aus alten Decken eine Hütte gebaut. Seine Frau schrubbte die Fliesen vor der Haustüre. Endlich sagte Franz: Schöner Abend heute, da will man gar nicht Fernsehen gucken. Ist was, Karl?

Ich erzählte ihm von meinem Plan mit den Flugblättern. Er winkte ab.

Das kostet Geld, Karl, das weißt du, und die Wirkung ist gleich Null. Wir setzen uns am Ende zwischen alle Stühle. Nein, Karl, das geht nicht.

Angenommen, Franz, ich habe zwanzigtausend Flugblätter, angenommen, würdest du mir helfen, die zu verteilen?

Erstens hast du keine zwanzigtausend Flugblätter, weil du sie nicht bezahlen kannst, und zweitens, uns kennt doch jeder, wenn wir vor einem Betrieb auftauchen, dann bekommt man schnell raus, wer wir sind, das können wir uns nicht leisten, das ist glatter Selbstmord.

Ich saß noch einige Zeit in seinem Garten auf dem Rasen. Die Kinder spielten noch immer in ihrer Hütte hinter den Stachelbeersträuchern. Seine Frau war mit dem Schrubben fertig geworden. Es war ein lauer Abend. Ich fuhr zur Russenbaracke in die Evinger Straße.

Angelo saß am Tisch in seinem Zimmer, er war allein, schnitt Scheiben von einer Salami und legte sie auf eine Scheibe Brot. Auf der Schnitte war die Butter dick aufgetragen. Auf dem Tisch stand eine Flasche Rotwein, eine von der ganz billigen Sorte.

Ich erzählte Angelo von den Flugblättern. Er aß, trank und hörte zu. Es war ihm nicht anzusehen, ob es ihn interessierte oder langweilte, was ich sagte.

Wenn ich verstehe richtig, Karl, du brauchst Leute, die verteilen die Flugblätter … Was steht auf Flugblätter?

Das weiß ich genau erst in einer Stunde.

Und Blätter sollen überall verteilt werden … richtig? … Vor den Betrieben, in Betrieben und Straßen in Stadt. Du brauchst Leute, ich verstehe.

Angelo, du hilfst mir?

Ich helfe. Natürlich. Aber was hilft das dir. Ist nur ein Tropfen auf heißen Stein. Du musst haben zwanzig Leute, du musst haben fünfzig Leute und noch mehr. Wo hast du Leute, so viele Leute. Wir sind zwei, Karl, du und ich.

Meine deutschen Kollegen kneifen, denen ist das nicht geheuer, die haben Angst, so etwas zu machen.

Und du glaubst, meine italienischen Kollegen machen mit? Nein, die haben doch mehr Angst als Deutsche, wenn die machen das, dann sie werden abgeschoben nach Italien, das weißt du, wir dürfen uns nicht betätigen politisch, das weißt du, nein, Karl, das geht nicht, du verstehst. Flugblätter sind politisch, sind nicht neues Waschmittel.

Jaja, entschuldige, Angelo. Ich habe einfach nicht daran gedacht, es war dumm von mir.

Trotzdem, Sache ist gut, ich werden sprechen mit meine Kollegen, wenn sie kommen von Arbeit, vielleicht sie haben nicht so Angst, wie ich glaube.

Ich fuhr in die Stadt zurück, schlenderte durch die Straßen, sah den jungen Leuten am Bläserbrunnen zu, die sich mit Gesang und Gitarrenspiel die Zeit vertrieben.

Dann fuhr ich zu Roggensack. Ich parkte meinen Wagen in einer Seitenstraße, nicht direkt vor dem Neubau. Die Schindler saß schon im Wohnzimmer, sie rauchte, nickte mir nur kurz zu, als ich eintrat.

Roggensack machte sich in einem Nebenraum zu schaffen, ich saß da und wusste nicht recht, was ich sagen, wie ich mich verhalten sollte. Dann legte mir Roggensack ein Blatt auf den Tisch und sagte: Lies es. Es ist ein Muster. Sag dazu ja oder nein.

Ich las:

Wehrt Euch!

Arbeiter! Angestellte! Kollegen!

Die Schnüffler sind unterwegs. Bei der Firma Maßmann am Hafen wurde die gesamte Belegschaft durch eine Abhöranlage, die als Gegensprechanlage getarnt war, über ein Vierteljahr hinweg systematisch bespitzelt. Die vertraulichen und auch intimen Gespräche der Arbeitskollegen untereinander und miteinander wurden durch diese Anlage abgehört, auf einem Tonband festgehalten, dann schriftlich niedergelegt und in dreißig Akten registriert. Nur durch einen Zufall wurde diese Anlage entdeckt und die Akten gefunden.

Prüft in Euren Betrieben, in Werkshallen, Kantinen, Ver-

sammlungsräumen, Umkleidekabinen, Fabrik und Parkplätzen, Büros und Lagerhallen, ob dort ebenfalls solche Anlagen existieren. Wenn ja, dann lasst umgehend feststellen, ob es auch Gegensprechanlagen sind oder ob es möglich ist, sie auf Abhöranlagen umzustellen.

Wehrt Euch!

Das ist Gesinnungsschnüffelei und eines sozialen Rechtsstaates unwürdig, das ist schlichtweg kriminell, das ist eine ungeheure Verletzung der Würde des Menschen, die im Grundgesetz garantiert ist. Die Würde des Menschen gilt auch und gerade am Arbeitsplatz.

Wehrt Euch!

Prüft in Euren Betrieben alle Einrichtungen ähnlicher Art. Wehrt Euch gegen die Installierung ähnlicher Einrichtungen. Wenn das Beispiel der Firma Maßmann Schule macht in deutschen Betrieben, in Büros und Amtsstuben, dann sind die Betriebe in unserem Land keine Produktionsstätten mehr, sondern nur noch Operationsfelder für private Geheimdienste im Auftrage und im Solde der politischen Reaktion, und wir sind dann nicht mehr weit entfernt von einer Betriebsdiktatur, die sich leicht zu einer staatlichen Diktatur entwickeln kann.

Wendet Euch an Eure Betriebsräte, und wenn sie versagen, geht an die Öffentlichkeit. Wendet Euch an Eure zuständigen Funktionäre der Gewerkschaft. Wenn sie versagen, jagt sie zum Teufel und geht an die Öffentlichkeit. Im Falle der Firma Maßmann hat die Gewerkschaft total versagt. Deshalb dieser Appell an die Öffentlichkeit.

Wehrt Euch! Heute und jetzt!

Morgen ist es zu spät!

Kürzer darf der Text nicht sein, sagte Roggensack, sonst wird er missverständlich.

Ich habe eigentlich nichts daran auszusetzen, sagte ich.

Er nahm mir das Blatt aus der Hand. Ja oder nein, fragte er und sah mich an. Der Mann war mir nicht geheuer, in seiner Nähe fühlte ich mich unsicher.

Ja, sagte ich.

Ich drucke die zwanzigtausend. Das Papier habe ich mir besorgt. Die Flugblätter müssen übermorgen Nacht aus meiner Druckerei raus. Ich habe mir heute in Düsseldorf einen neuen Satz besorgt. Meine Typen sind vielleicht registriert. Sicher ist sicher. Also dann, noch was unklar?

Wer holt sie ab?, fragte die Schindler.

Ich hole sie natürlich ab, sagte ich. Um wie viel Uhr passt es dir? Wo muss ich hinkommen?

Vor deiner Schicht, Maiwald, sagte Roggensack. Am besten morgens um vier, da schlafen die Leute noch. Hier hast du die Adresse meiner Druckerei.

Die Druckerei, las ich, war im Stadtteil Hörde in einer Straße, die ich gut kannte.

Ich bin um vier Uhr da. Ich stand auf, ich wollte Roggensack die Hand geben, aber der war schon an der Tür und öffnete sie. Die Schindler folgte mir.

An der Haustüre sagte ich zu Roggensack: Wegen der Verteilung, vielleicht ergibt sich da eine Möglichkeit, ich weiß noch nicht genau, aber …

Die Verteilung ist deine Sache, nicht meine. Und noch einmal: Mein Name bleibt aus dem Spiel. Kein Wort. Meine Partei tritt mich in den Hintern. Und noch was, Maiwald.

Ich habe da was gehört. Euer Betrieb soll von der Bank für Gemeinwirtschaft aufgekauft worden sein, also von der Gewerkschaft. Hast du begriffen. Die Bank soll über siebzig Prozent des Aktienkapitals aufgekauft haben.

Das ist doch Unsinn, sagte ich.

Meistens stimmen meine Informationen, sagte Roggensack und ging ins Haus zurück. Ich stand mit der Schindler auf dem Bürgersteig, ich wusste nicht so recht, was ich machen sollte, die Schindler sagte: Bringst du mich eben nach Hause?

Ich setzte sie vor ihrer Wohnung ab, ging aber nicht mit hinauf, sie hatte mich auch nicht dazu aufgefordert. Kurz nach zehn war ich wieder zu Hause.

Die Lange Straße war menschenleer, von der nahen Kokerei trieb wieder Staub und Gestank in die Straße, es roch nach faulen Eiern.

Ich ging in den Keller und holte die Akten hinter dem Kartoffelgestell hervor und verschloss sie im Kofferraum meines Wagens. Ich war mir nicht klar darüber, warum ich die Akten aus dem Versteck holte, mir war, als hätte mir auf der Heimfahrt jemand gesagt, ich müsse sie aus dem Keller holen, obwohl es verrückt war, sie im Auto spazieren zu fahren.

Angelika saß vor dem Fernsehschirm, sie brachte mir eine Flasche Bier und öffnete sie, sie sah mich an, als erwarte sie eine Erklärung, warum ich so spät kam, verfolgte aber sofort wieder den Krimi.

Unsere Straße ist für den Durchgangsverkehr gesperrt worden, sagte sie nach einer Weile.

Ja, ich habe es bemerkt.

Wahrscheinlich haben die Leute der Waldseite ihre Beziehungen spielen lassen, dachte ich, die haben nach überallhin ihre Beziehungen, aber uns konnte es nur recht sein, jetzt donnern wahrscheinlich die schweren Lastwagen nicht mehr durch unsere Straße.

Wieder etwas später sagte sie: Karin ist mit verheultem Gesicht nach Hause gekommen. Frag du sie, mir hat sie nichts gesagt, sie ist gleich auf ihr Zimmer gegangen. Ich ging in Karins Zimmer, ohne anzuklopfen. Sie lag auf ihrem Bett, noch angezogen und das Gesicht zur Wand gedreht.

Schläfst du schon?, fragte ich.

Ja, ich schlafe schon.

Was ist denn?, fragte ich.

Sie heulte.

Das Mädchen war schon immer scharf auf ihn, sagte sie, und er hat mich heute nicht vom Kindergarten abgeholt.

Ich wollte ihr erwidern, dass sie es doch selbst wollte, dass Martin nicht mehr zum Kindergarten kam, aber ich sagte nur: Stell ihn doch zur Rede.

Martin kannst du nicht zur Rede stellen. Der lacht dich einfach aus, der gibt dir nie eine Antwort auf das, was du fragst, das weißt du doch.

Mach Schluss, sagte ich und wunderte mich, dass ich das so einfach sagen konnte.

Und was ist dann?, fragte sie und wandte mir ihr verheultes Gesicht zu. Sie trocknete die Augen mit dem Kopfkissen.

Was dann? Klare Verhältnisse, sagte ich. Du bist auf ihn nicht angewiesen, du hast deinen Beruf.

Sie setzte sich auf, sah mich an, ließ sich dann wieder in die Kissen fallen. Klare Verhältnisse, murmelte sie vor sich hin, vielleicht hast du Recht.

Ich sagte: Wenn das wirklich so schwer ist mit den kranken Kindern, dann solltest du vielleicht in einen normalen Kindergarten wechseln.

Ich bin schon drüber weg. Es war nur so ungewohnt am Anfang, die andern haben Recht, man gewöhnt sich an alles.

Das mit Martin, sagte ich, das ist doch …

Lass nur Vater, ich will jetzt allein sein.

Ich ging.

Meine Frau saß immer noch vor dem Fernsehschirm, sie sagte, ohne mich anzusehen: Du musst ihr das mit Martin ausreden, der macht sie doch ganz konfus.

Da können wir uns nicht hineinmischen, sagte ich, das muss sie allein mit sich ausmachen, wir könnten nur alles verderben.

Im Bett lag ich noch lange wach und überlegte, wie ich die Flugblätter am besten unter die Leute bringen konnte, vor allem an die, auf die es ankam, und vor allem, wo ich die Akten in Sicherheit bringen konnte. Im Kofferraum durften sie nicht bleiben. Aber wohin? Verdammt, da ist man mit Vorsicht und Angst wie ein Einbrecher eingestiegen, um sie zu stehlen, und jetzt waren sie wie ein Klotz am Bein, und ich wusste nicht, was ich damit anfangen sollte.

Wie kam Grünefeld dazu, mich einen Träumer zu nennen? Und wenn das stimmte, was Roggensack gehört hatte, dann würde die Gewerkschaft unser Arbeitgeber, unser

Interessenvertreter würde unser Arbeitgeber. Dann stimmte etwas nicht mehr.

Ich konnte nicht schlafen. Ich stand wieder auf, nahm mir eine Flasche Bier aus dem Kühlschrank und setzte mich im Wohnzimmer ans Fenster. Vor dem Haus stand mein Wagen, im Kofferraum lagen die Akten. Die Straße war hell erleuchtet, aber ich sah keinen Menschen gehen, kein Auto fahren. Nachts hatte unsere Lange Straße etwas Gespenstisches, es war zum Fürchten. Je mehr ich trank, um so durstiger wurde ich. Nein, viel Alkohol ist nicht gut, am nächsten Morgen trägt man eine Fahne im Betrieb vor sich her. Das kann Unannehmlichkeiten bringen. Fahrer, die in der Nacht vorher getrunken haben, kauen morgens Unmengen von Pfefferminzpillen, und doch war bei vielen der Alkoholgeruch aus dem Mund nicht zu vertreiben. In diesem Beruf sollte man überhaupt keinen Alkohol trinken, denn wer seinen Führerschein verlor, der verlor auch seinen Arbeitsplatz und damit seine Existenz. Hinter der Autobahn, wo die Melonensiedlung steht, sah ich es plötzlich heller werden. Das konnte nicht der Morgen sein, es war erst kurz nach Mitternacht, aber es wurde immer heller. War auf der Autobahn ein Unfall passiert? Brannte ein Auto aus?

Da schrie Karin unter der Tür: Vater! Es brennt! Die Baracken brennen!

Ich saß immer noch am Fenster und sah auf die Straße und auf den Punkt im schwarzen Himmel, wo es immer heller wurde. Ich hörte Karin telefonieren, ich war immer noch unfähig aufzustehen, Karin schrie in die Muschel: Feuer! Lange Straße! Baracken! An der Autobahn! Schnell!

Da hörte ich schon die Sirenen der Feuerwehr und sah Karin unten auf der Straße zur Melonensiedlung hetzen.

Vier große Feuerwehrautos mit eingeschaltetem Blaulicht jagten mit hoher Geschwindigkeit durch die Lange Straße zur Melonensiedlung. Ich lief aus der Wohnung auf die Straße und hinter anderen her, die ebenfalls in Richtung Baracken rannten. Die Feuerwehr spritzte bereits aus allen Schläuchen, von weitem hatte ich schon gesehen, dass von den drei Baracken nichts mehr zu retten war. Als ich mich zur Brandstelle durchgezwängt hatte, hörte ich einen Mann rufen, dass in den Baracken noch Menschen seien, und Feuerwehrleute liefen in Asbestanzügen und mit Gasmasken in die brennenden Baracken und schleppten Türken ins Freie, bei einigen brannte die Kleidung, sie wurden mit Wasser übergossen oder mit großen Klatschen geschlagen. Ein Durcheinander von Polizeiautos, Megaphonstimmen, Krankenwagen, Türken und Zuschauern, und immer wieder Türken, die durch Fenster ins Freie sprangen.

Die Türken warfen Kartons aus dem Fenster, Kofferradios, Matratzen, Betten und Fernsehgeräte, Anzüge, Schuhe und Wäsche, die meisten waren halb nackt oder im Schlafanzug, sie schrien oder weinten, sie rauften sich die Haare.

Da standen Borgmann und Beuster neben mir, Borgmann schrie mir ins Ohr: Die sollen doch sehen, dass sie ihr nacktes Leben retten.

Haben Sie meine Tochter gesehen?, fragte ich.

Wie soll man in dem Auflauf jemanden finden, erwiderte er.

Beuster zog mich weiter, und ich sah plötzlich Martin im

Flackern des Feuers mit einigen anderen Gästen aus dem Gildenhof am Weidezaun stehen. Karin war nicht dabei. Die Polizei forderte wieder und wieder auf, die Straße freizuhalten für die Feuerwehr und die Rettungswagen.

Vor uns hatte sich eine Gruppe Türken gesammelt, sie stießen ihre Arme in die Luft, klagten, weinten, umarmten sich, einige warfen sich auf die Erde und klatschten mit ihren flachen Händen auf den Boden und warfen ihre Oberkörper nach vorn und nach hinten.

Immer noch schleifte die Feuerwehr Bewusstlose aus den Baracken, sie waren halb nackt, einige sogar nackt, um sie wurden Decken geworfen. Borgmann sagte plötzlich neben mir: Um Gottes willen, es wird doch keine Brandstiftung gewesen sein.

Unser ganzer Stadtteil käme in Verruf, erwiderte Beuster.

Wer weiß, sagte ich und hielt nach Karin Ausschau, ich hatte sie immer noch nicht entdeckt, aber wie sollte man einen Einzelnen finden in der Menge der Neugierigen, die immer größer wurde.

Aus den Baracken war nichts mehr zu retten, sie waren mittlerweile bis auf die Fundamente niedergebrannt. Der Druck aus den Schläuchen riss die wenigen noch senkrecht stehenden Barackenteile um, und wenn sie fielen, sprühten Funken auf und sprangen bis zu uns herüber auf die Straße. Ich beobachtete, wie sich einige Türken auf eine Gruppe Neugieriger stürzten, mit Fäusten auf sie einschlugen und dabei schrien: Deutsche haben angezündet! Wir alles verloren! Deutsche haben angezündet!

Kommen Sie, rief ich zu Borgmann, wir müssen dazwischen, das gibt ein Unglück, wenn wir die nicht zurückhalten. Ich zerrte Borgmann am Ärmel. Beuster lief hinter uns her. Hat doch keinen Sinn, rief Beuster. Das hat doch keinen Sinn, die schlagen womöglich auch auf uns ein.

Wir liefen über das freie Feld auf die Gruppe zu, ich suchte Karin, ich konnte sie nirgendwo entdecken. Ich versuchte auf die Türken einzureden, aber das war unmöglich. Immer mehr von ihnen kamen angelaufen, halb nackt, in Schlafanzügen oder Unterhosen und schlugen blind auf uns ein.

Da hörte ich Karin rufen: Vater! Vater!

Aber je enger wir zusammenstanden, desto heftiger droschen die Türken auf uns ein und schrien: Deutsche haben angezündet! Alles verloren! Deutsche haben angezündet.

Vater!, hörte ich Karin schreien. Ich konnte nicht zu ihr, ich war eingekeilt, ich versuchte aus dem Knäuel herauszukommen, es war unmöglich. Ich rief nach ihr, aber der Lärm um uns war so groß, dass Schreien sinnlos geworden war.

Vater! Wo bist du!

Da keuchte Karin neben mir, sie klammerte sich an mich. Ich rief ihr zu: Bist du verrückt! Hau schnell ab hier!

Fräulein Maiwald!, rief Borgmann, laufen Sie, schnell, es ist zu gefährlich hier, die Türken sind nicht mehr zu bremsen! Karin versuchte mich mitzuziehen, wir konnten uns aus der Umklammerung nicht befreien. Und dann war das Wasser über uns wie ein Wolkenbruch. Die Feuerwehr spritzte dazwischen, um uns auseinander zu treiben. Diese Idioten, dachte ich, die machen doch alles nur schlimmer. Die Erde wurde glitschig, es war immer schwerer geworden, sich auf den Beinen zu halten. Die Türken, die sich kaum von dem Wasser beeindrucken ließen, rannten, als wir uns endlich aus dem Knäuel befreien konnten, hinter uns her und droschen weiter auf uns ein. Hinter den Türken liefen Polizisten, die schlugen wieder auf die Türken ein, um sie von uns abzuhalten.

Ich stürzte, von einem Schlag auf die Schulter getroffen, und als ich am Boden lag, hörte ich Borgmann schreien: Nicht das Mädchen! Ihr Verrückten! Nicht das Mädchen.

Vater!

Ich hörte Karin schreien, wie ich selten einen Menschen hatte schreien hören.

Ich sprang wieder auf und sah, dass sich Borgmann über Karin beugte, und als ich ihn wegriss und Karin aufheben wollte, jammerte sie: Vater ... Vater ... Ihr Gesicht war schwarz vor Dreck.

Karin wimmerte: Vater! Mein Auge ... mein Auge ... es tut so weh ... mein Auge ... Vater ...

Borgmann und Gerling halfen mir, Karin aus der Menge zu zerren, der Polizei war es nun möglich geworden, die wütenden Türken abzudrängen, sie liefen über die Felder in die Dunkelheit hinein, man hörte sie schreien und jammern.

Als wir auf der Straße unter einer Peitschenlampe standen, sah ich Blut über Karins Gesicht laufen.

Vater! Mein Auge ... es tut so weh.

Gerling rief einem Sanitäter zu: Schnell! In die Augenklinik! Machen Sie schnell!

Ich wollte mit in den Krankenwagen steigen, aber Gerling hielt mich zurück. Bleiben Sie hier, Herr Maiwald, Sie stören da nur. Ihre Tochter wird gut versorgt werden, das veranlasse ich schon … bleiben Sie hier.

Ich setzte mich auf einen Randstein, ich war so erschöpft, dass ich erst nach einer Weile den Türken neben mir bemerkte. Er blutete aus der Nase und murmelte etwas in seiner Sprache, er hielt sich mit beiden Händen den Kopf, dann kippte er plötzlich vornüber und blieb liegen. Sanitäter trugen ihn weg, er murmelte immer noch vor sich hin.

Borgmann zog mich hoch. Kommen Sie, Herr Maiwald, ich rufe gleich die Augenklinik an.

Machen Sie sich keine Mühe, sagte ich, ich kann auch von meiner Wohnung aus anrufen.

Kommt nicht in Frage. Unter Ärzten erledigt sich das besser. Kommen Sie mit zu mir.

Frau Borgmann jammerte, als wir in die Diele traten. Borgmann telefonierte. Ich hörte, wie er sich durchfragte, wartete, wieder fragte, wartete, dann hörte ich ihn sagen: Sehr wohl, Herr Kollege, habe verstanden.

Dann stand Borgmann vor mir. Er sah müde aus, er hatte rot unterlaufene Augen. Ich hatte ihn noch nie so gesehen, und auf einmal bemerkte ich die kleine Narbe auf seinem rechten Handrücken.

Sie liegt auf dem Operationstisch, sagte er. Es sieht nicht gut aus.

Und dann sprach er weiter, aber ich hörte nichts mehr, ich sah Frau Borgmann in einem Sessel sitzen und die Hände vor das Gesicht halten. Das Wohnzimmer schien plötzlich zu wachsen, Borgmanns Hund trottete durch das Zimmer auf mich zu und leckte mir die Hand.

Borgmann sprach immer noch, ich sah sein Gesicht über mir, und mir war, als würden seine Augen immer größer. Seine Frau hörte ich schluchzen, sie hielt ihre Hände immer noch vor das Gesicht.

Ich hatte Mühe aufzustehen. Borgmanns Gesicht war immer noch nahe vor mir. Ich hörte mich sagen: Haben Sie vielen Dank. Ich muss jetzt gehen.

Zwischen den Häusern lag Brandgeruch, schwadenartig wehte er durch die Lange Straße. Vom Brandplatz hörte ich noch Menschen rufen. Ich schloss die Wohnungstür auf, und als die Tür hinter mir ins Schloss schnappte, fiel mir meine Frau ein. Mein Gott, das durfte nicht wahr sein: Meine Frau lag im Bett und schlief. Nein, das durfte nicht wahr sein. Ich setzte mich, dreckig wie ich war, auf die Bettkante und rüttelte sie, sie reagierte überhaupt nicht, ich hob sie hoch und ließ sie zurück in die Kissen fallen, aber sie wachte nicht auf. Ich lief in die Küche und holte eine Tasse Wasser, ich sah die Packung mit den Schlaftabletten liegen. Verdammt, warum muss sie auch immer diese Tabletten schlucken, sie glaubt, ohne Tabletten nicht mehr schlafen zu können. Ich goss ihr das Wasser aus der Tasse einfach ins Gesicht. Endlich machte sie die Augen auf.

Was ist denn?

Karin ist im Krankenhaus, schrie ich, und ich war über meine Frau so wütend, dass ich sie am liebsten geohrfeigt hätte.

Im Krankenhaus?

Steh auf! Zieh dich an, wir fahren in die Stadt.

Jaja, sagte sie.

Ich hatte den Eindruck, dass sie immer noch nichts begriffen hatte, aber sie kleidete sich an.

Karins linke Gesichtshälfte und ihre Stirn waren verbunden. Sie lag allein im Zimmer, die beiden anderen Betten waren leer. Angelika und ich saßen neben ihrem Bett und schwiegen. Karin hatte ihre Hände auf der Bettdecke liegen, ich vermisste ihren Verlobungsring am Finger.

Hast du Schmerzen?, fragte ich.

Aber sie fragte: Wer war es?

Niemand weiß, wie es passiert ist, niemand.

Dann saßen wir wieder da und sprachen kein Wort. Die Schwester forderte uns mit einer Handbewegung auf, unseren Besuch zu beenden. Angelika hatte kein Wort gesprochen, sie hatte nur teilnahmslos auf ihrem Stuhl gesessen und dauernd ihr Taschentuch zerknüllt. Sie sagte auch nichts, als wir aus dem Zimmer gingen. Als ich sie zum COOP fuhr, bat sie mich zu warten. Sie kam schnell zurück und sagte, sie hätte sich für heute freigenommen. Dann brachte ich sie nach Hause. Sie setzte sich in die Küche und legte ihre Arme auf den Tisch und starrte vor sich hin. Sie war nicht ansprechbar, sie gab mir keine Antwort, wenn ich sie etwas fragte.

Im Betrieb war mein erster Weg zu Kollmann.

Sag mal, weißt du, dass unser Betrieb den Besitzer gewechselt haben soll?

Woher weißt du denn … Wer hat denn da wieder gequatscht …

Also doch, Kollmann. Bank für Gemeinwirtschaft wird dann unser Arbeitgeber. Stimmt doch? Und warum erfahren wir nichts? Warum wird das so stillheimlich hinter unserem Rücken abgewickelt? Findest du das richtig?

Reg dich nicht auf, Karl, wenn es soweit ist, dann wird die Belegschaft schon unterrichtet.

So, sagte ich, dann wird sie unterrichtet. Das ist ja wirklich gnädig, dass man was erfährt. Aber zuerst erfährt man das von Leuten, die nichts mit unserem Betrieb zu tun haben.

Ich arbeitete an diesem Tag wie an allen anderen. Ich vermied aber, mit jemandem zu sprechen, ich ging allen aus dem Weg, und betrat jemand die Werkstatt, gab ich keine Antwort, wenn ich etwas gefragt wurde. Ich war froh, als die Schicht zu Ende ging.

Die Wohnung war nicht aufgeräumt, anscheinend hatte Angelika den ganzen Tag nur in der Küche gesessen und vor sich hingestarrt. Ich hatte den Eindruck, dass sie immer noch nicht begriffen hatte, was vorgefallen war und was mit Karin passiert war. Am Abend fuhr ich mit ihr in die Klinik. Karin war in ein anderes Zimmer verlegt worden. Ich fragte die Stationsschwester: Hat das was zu bedeuten?

Ihre Tochter braucht Ruhe, die Straßenseite war zu laut für sie. Angelika stand die Angst im Gesicht, als die Schwester uns zum Arzt führte.

Herr Maiwald, wir haben getan, was wir konnten. Ihre Tochter wird auf dem linken Auge blind bleiben, sagte er.

Angelika weinte. Die Schwester legte ihren Arm um Angelikas Schulter und versuchte sie zu beruhigen.

Keine Hoffnung mehr?, fragte ich.

Sie können morgen Nachmittag mit dem Chef selber sprechen. Vorerst jedenfalls sieht es nicht so aus. Es gibt allerdings eine geringe Hoffnung, wenn sie in drei oder vier Jahren noch einmal operiert wird, der Sehnerv ist nicht völlig zerstört. Es tut mir leid, Herr Maiwald, dass ich Ihnen jetzt nichts anderes sagen kann.

In Karins Zimmer lag eine ältere Frau, die eine dunkle Brille trug. Karin war wach, sie wollte sich aufrichten, aber die Schwester drückte sie wieder aufs Kissen.

Nicht bewegen, sagte sie.

Und zu uns sagte sie: Eine Viertelstunde, nicht länger.

Auf Karins Nachttisch stand eine Vase mit roten Rosen. Ich weiß nicht, wer sie geschickt hat. Aber die Rosen sind schön, sagte sie. Angelika kämpfte mit sich.

Ist alles gut, Mutter, ich hab doch noch meinen Kopf auf, und Karin versuchte zu lächeln.

Aber dann heulte Angelika. Wir ließen sie weinen, bis sie sich von selbst beruhigt hatte. Die Frau im Bett daneben zeigte keine Regung, sie lag, als wäre sie in tiefem Schlaf.

Vater, hast du schon was gehört, ob es Brandstiftung gewesen ist?

Nein, ich habe noch nichts gehört.

Ich saß auf einem Stuhl, Angelika auf der Bettkante, sie holte Karins Hand und streichelte sie. Ob der Arzt Karin schon etwas gesagt hat, dachte ich.

Und Karin sagte, als habe sie meine Gedanken erraten: Ich werde auf dem linken Auge blind bleiben.

Da sagte die Frau nebenan auf einmal, und ich erschrak: Unter Blinden ist ein Einäugiger König.

Angelika begann wieder zu weinen.

Es besteht noch Hoffnung, sagte ich.

Ja, Vater, das sagen die Ärzte immer.

Dann saßen wir wieder stumm beisammen, bis die Schwester uns aufforderte, unseren Besuch zu beenden.

Auf den Stufen am Haupteingang sagte ich zu meiner Frau: Ich muss noch mal an der Russenbaracke vorbei, muss mit Angelo sprechen. Willst du mitkommen?

Aber da dürfen doch keine Frauen rein.

Egal. Du kommst einfach mit. Ich muss mit Angelo sprechen.

Ich parkte am Bürgersteig vor der Baracke und sagte meiner Frau, ich sehe eben nur mal nach, ob Angelo da ist.

Ich klopfte an sein Barackenfenster. Angelo saß auf seinem Bett, ich winkte ihm. Als er herauskam, sagte er: Karl, ich schon auf dich gewartet. Ich habe Kollegen gesagt, das mit Flugblättern.

Nebeneinander gingen wir langsam zur Straße.

Angelo, lass dir nicht jedes Wort aus der Nase ziehen. Was haben deine Kollegen gesagt?

Sie wollen nicht, haben Angst. Du verstehst.

Was mache ich jetzt, Angelo, jetzt bin ich so schlau wie zuvor. Wie bringe ich die Flugblätter unter die Leute. Ich kann mir doch keinen Hubschrauber mieten und sie über der Stadt abwerfen.

Karl, Kollegen in Baracke sind die meisten bei italienischen Kommunisten. Sie sagen, wenn Flugblätter für deutsche Kommunisten, dann sie würden verteilen. Du verstehst.

Angelo, das darf doch nicht wahr sein, das ist doch grotesk …

Was meinst du mit grotesk?

Angelo, hör zu, pass genau auf, weil die Flugblätter einer druckt, der bei der deutschen KP ist und weil dessen Name aus der Sache herausbleiben muss, da er sonst mit seiner eigenen Partei Schwierigkeiten bekommt, das ist so kompliziert, dass ich nicht weiß, wie ich dir das erklären soll …

Roggensack?, fragte er.

Ich war verblüfft. Ich blieb stehen und starrte ihn an. Du kennst ihn? Ja aber, woher denn, du hast mir ja nie was gesagt.

Du mich nie gefragt wegen Roggensack. Woher du ihn kennen?

Wir gingen langsam weiter. Wir waren an meinem Wagen angekommen.

Wir ihn alle kennen, sagte Angelo … Wenn Roggensack, dann ist einfach. Ich werde noch einmal sprechen mit meine Kollegen in Baracke, werde sagen, Flugblätter sind von Roggensack, werde sagen … dann sie werden machen …

Um Gottes willen, nein Angelo, sein Name darf nicht genannt werden, ich habe das hoch und heilig versprechen müssen, der Mann kann doch in Teufels Küche kommen.

Keine Angst, Karl. Ich werde das sagen meinen Kollegen, aber nicht Namen von Roggensack. Die verstehen auch so. Du verstehst?

Aber Angelo, das ist doch Betrug, das können wir nicht machen, wir können doch nicht …

Wieso Betrug? Heißt nicht deutsches Sprichwort: Zweck

heiligt die Mittel? Also. Du verstehst. Ich sage dir Bescheid, morgen, komm wieder, dann kann ich sagen, ob einverstanden. Wann ist Aktion?

Morgen bekomme ich die Flugblätter, sagte ich.

Ich verabschiedete mich. Angelo gab Angelika durchs Wagenfenster die Hand, er lachte sie an. Dann fuhren wir nach Hause.

Unterwegs fragte mich Angelika: Karl, sie werden Karin doch nicht die Stelle aufkündigen?

Unsinn, die sind doch froh, dass sie sie haben. Es gibt doch sowieso zu wenig Kindergärtnerinnen.

Wir wussten am Abend nicht, was wir uns erzählen sollten. Wir saßen nebeneinander auf der Couch und sahen fern, aber ich war überzeugt, dass auch Angelika nicht wusste, was sie sah, hörte, was gesprochen wurde. Ich ging vor ihr zu Bett.

Punkt vier Uhr morgens war ich vor Roggensacks Druckerei. Er stand schon an der Tür und winkte mir, die Druckerei lag in einem Keller, ich folgte ihm, es waren acht Stufen.

Er sagte: Ich mach kein Licht. Die Kartons stehen links von der Tür.

Es waren vier Kartons. Ich konnte kaum glauben, dass zwanzigtausend Flugblätter so wenig Platz brauchten. Die vier Kartons waren schnell eingeladen. Ich nahm Roggensack mit zurück und setzte ihn an seiner Wohnung in der Innenstadt ab.

Mein Name bleibt aus der Geschichte raus, Maiwald. Ist das auch wirklich klar?

Klar ... Was kostet das alles? Wer bezahlt das?

Du fragst zu viel. Wenn mein Name aus der Geschichte rausbleibt, ist die Sache bezahlt, wenn nicht, dann war es ein Lohnauftrag wie jeder andere, ich schicke dir die Rechnung und du bezahlst es. Ist das klar?

Er stieg aus, er beugte sich zu mir in den Wagen und sagte: Noch was, Maiwald. Nimm dich vor Rahner in Acht. Ich kenne ihn.

Ich war froh, als ich ihn los hatte, er war mir nicht geheuer, seine Nähe machte mir das Atmen schwer. Nun hatte ich die Akten im Kofferraum und die Flugblätter. Beides musste ich loswerden.

Am nächsten Tag fuhr ich gleich nach der Arbeit in die Klinik. Karin machte auf mich einen heiteren Eindruck, ich erzählte ihr, dass ich mir wegen ihrer Mutter Sorgen mache, denn sie sitze nur zu Hause und stiere vor sich hin, sie räume die Wohnung nicht auf, sie koche nichts mehr.

Du kennst sie doch, Vater, sie hat manchmal so Tage. Morgen macht sie wieder großen Hausputz. Fahr doch bitte in den Kindergarten und richte ihnen Grüße aus.

Sie drängte mich zu gehen. Ich fuhr in den Kindergarten nach Lindenhorst, um Karins Grüße auszurichten. Zum ersten Mal sah ich die Kinder, mit denen Karin täglich zu tun hatte. Ich war betroffen, ich war unfähig, zuerst mit der Leiterin zu sprechen. Dicke Köpfe, runde Köpfe, schiefe Gesichter, keins der Kinder konnte laufen, die einen krabbelten auf allen vieren durch den Spielraum, einige waren auf Spezialstühlen festgebunden, zwei saßen in Rollstühlen, eins war in ein viereckiges Gestell geschnallt und versuchte mit Hilfe einer jungen Frau einen Fuß vor den anderen zu setzen. Die Leiterin des Kindergartens, eine dicke Frau mit strengem Gesicht, sagte zu mir: Richten Sie doch bitte Ihrer Tochter aus, dass wir sie am Sonntag besuchen kommen. Wir konnten bis jetzt nicht weg.

Ich stand noch einige Zeit im Spielzimmer und wusste nicht, wie ich mich verhalten sollte. Hier gab es nichts mehr zu sagen. Ich fuhr nach Hause und nahm aus dem Kofferraum ein Bündel von tausend Flugblättern, legte es in einen alten Schuhkarton und schob ihn im Wohnzimmer unter die Couch. Dann fuhr ich zu Franz, den ich heute bei der Arbeit nicht gesehen hatte. Franz mähte den Rasen.

Ich stand dabei und sah ihm zu, ich wollte ihm eigentlich erzählen, was ich von Kollmann erfahren hatte und fragen, ob er auch schon von der Sache wusste, dass unsere Firma den Besitzer gewechselt hat. Aber ich sagte nichts, ich fuhr nach ein paar Minuten wieder weg, ohne mit Franz gesprochen zu haben, wir hatten uns nur zugewinkt. An der Melonensiedlung hielt ich. Ein Bulldozer schob das, was vom Brand übrig geblieben war, auf einen Haufen zusammen, ein Bagger hob das Gerümpel auf einen Lastwagen.

Im Gildenhof waren wenig Gäste, Wölbert, Meermann und Schöller spielten Skat. Ich warf ein Markstück in den Schlitz des Automaten und spielte vier Spiele. Die Invaliden waren nicht da, aber sie begegneten mir vor der Kneipe, als ich abfahren wollte.

Wittbräucke sagte zu mir: Das mit deiner Tochter, Karl,

das ist schon schlimm … kannst uns glauben … das tut uns leid.

Es war kaum zu glauben, dass in einem Viermannzimmer dreißig Männer Platz fanden. Angelo half mir, die Kartons in das Zimmer zu tragen. Dann nahm er ein Flugblatt und übersetzte es seinen Landsleuten, die wenigen, die Deutsch konnten, lasen es selbst. Wir machten uns einen Plan, wie wir die Flugblätter am besten verteilen konnten. Die wichtigsten Betriebe, Straßen und Plätze der Stadt wurden aufgezählt: Siemens, AEG, Hoesch, Klönne und Jucho, die Schokoladenfabrik, die Zechen »Minister Stein« und »Gneisenau«, die großen Brauereien, einige Mittelbetriebe im Osten der Stadt und im Westen, die Universität im Süden, vor allem aber die Geschäftsstraßen Ostenhellweg und Westenhellweg, die Brückstraße, Alter und Neuer Markt.

Die Flugblätter wurden aufgeteilt, diejenigen, die in den Betrieben verteilen wollten, erhielten die meisten. Ich wurde überflüssig, ich ging, Angelo folgte mir auf die Straße, er fragte mich: Warum deine deutschen Kollegen nicht machen mit, warum, Karl?

Sie haben Angst. Weil die Flugblätter auch gegen die eigene Gewerkschaft sind.

Sind die Götter? Deine Kollegen sind dumm … Deutsche sind immer dumm … und feige.

Es gab nichts mehr zu sagen.

Am nächsten Morgen hing im Betrieb am schwarzen Brett ein großer Anschlag, der allen Belegschaften der Maßmann Werke davon Kenntnis gab, dass die Bank für Gemeinwirtschaft fünfundsiebzig Prozent des Aktienkapitals der Maßmann AG, Industriegase, erworben hatte und damit seit dreißigsten sechsten 1972 Mehrheitsaktionär geworden war. In der Führung des Konzerns würde sich nichts ändern.

Während der Morgenschicht liefen die unglaublichsten Gerüchte um, manche glaubten, dass sie nun Miteigentümer des Werkes geworden wären, und ich überraschte zwei Fahrer in ihrem Führerhaus, wie sie tatsächlich auf einem Block rechneten und mir dann sagten, dass sie nun das Drei bis Vierfache verdienen müssten, nach der Dividende des letzten Jahres. Franz war guter Laune, als er mich in der Werkstatt aufsuchte, er lachte mich an und haute mir auf die Schulter. Er fragte mich: Na, Karl, kriegen wir jetzt die Mitbestimmung? Ich meine, weil wir doch jetzt ein gewerkschaftseigener Betrieb geworden sind.

Ich bezweifelte es, es interessierte mich in diesem Augenblick auch nicht, ich dachte nur an die Flugblätter und die Akten im Kofferraum meines Wagens. Der Wagen stand auf dem Parkplatz vor dem Werk.

Karl, spiel nicht immer den Miesmacher. Das ist doch klar. Was früher die Aktionäre an Dividende geschluckt haben, das kriegt jetzt zu drei Viertel unsere Gewerkschaft, und weil die sich an uns nicht bereichern darf, muss sie das Geld an uns weitergeben. Das ist doch eine Milchmädchenrechnung. Oder?

Franz, hör bloß damit auf. Es bleibt erst mal alles so, wie es ist. Unsere Gewerkschaft ist jetzt Unternehmer geworden, und da muss sie sich nach den Methoden der Unternehmer richten, wenn sie nicht baden gehen will. Das ist auch eine Milchmädchenrechnung.

Ich dachte, jetzt müssten eigentlich schon die ersten Flugblätter verteilt sein. Mir war nicht wohl bei diesem Gedanken, zu viele Leute waren an dieser Aktion beteiligt, zu viele konnten, wenn man sie beim Verteilen erwischte, gefragt werden, zu viele wussten zu viel.

Als ich nach Schichtende von den Duschen in den Umkleideraum zurückging, kam Rahner gelaufen und rief: Das ist ein Ding! Das müsst ihr lesen! Leute, das ist ein Ding!

Ich setzte mich auf die Bank vor meinen Spind, Rahner hielt mir mein eigenes Flugblatt vor die Nase. Ich tat erstaunt, ich fragte: Wo hast du denn das her?

Draußen auf dem Hof flattern die Dinger durch die Luft, du brauchst sie nur aufzuheben. Ich komme gerade vom Hafen, da liegen die Dinger auch rum. Junge, Junge, jetzt wird's heiter, wer das wohl war.

Ich tat so, als lese ich den Text zum ersten Mal, steckte dann das Blatt ein und sagte zu Rahner: Aber stimmen tut ja alles, was drauf steht.

Stimmen? Mensch, das gibt eine Katastrophe, noch dazu jetzt, wo bekannt geworden ist, dass unsere Firma den Besitzer gewechselt hat. Junge, Junge … das ist ein Ding.

Ich fuhr in die Augenklinik. Karin saß auf der Bettkante und betrachtete sich im Spiegel, mit ihrer Augenbinde sah sie wie Moshe Dajan aus. Sie war ausgelassen und lachte mich an. Die Frau neben ihr war entlassen worden. Ich gab ihr das Flugblatt. Sie las und grinste, sie sagte: Vater, das hast du gemacht.

Das ist nicht von mir.

Aber es ist trotzdem gut.

Ich setzte mich auf einen Stuhl, da erzählte sie mir, dass sie mit Martin Schluss gemacht habe.

Ich habe ihm gesagt, wir dürften uns nichts vormachen, wir passten nun einmal einfach nicht zusammen. Ich habe ihm den Ring zurückgegeben.

Ich hörte ihr zu und dachte nur: Gott sei Dank, das Kapitel ist abgeschlossen. Es ist gut so.

Übrigens, fuhr sie nach einer Weile fort, der Arzt hat zu mir gesagt, wenn mir die Binde abgenommen wird, dann würde meine Pupille grün sein. Aber mit einem Auge kann man auch sehen. Es wird ein bisschen schwierig beim Autofahren.

Als ich gehen wollte, tat Karin etwas, was sie noch nie getan hatte: Sie schmiegte sich fest an mich.

Ich streichelte ihr übers Haar. Ich fragte sie: Wann kommst du aus dem Krankenhaus, im Kindergarten warten sie auf dich.

Zum Wochenende, wahrscheinlich, sagte sie. Fahr jetzt nach Hause, Mutter wird auf dich warten.

Als ich nach Hause kam, lief Angelika aufgeregt durch die Wohnung, sie putzte, kaum ein Möbelstück stand noch an seinem Platz, sie sagte: Karl, was hältst du davon, wenn wir hier wegziehen.

Wegziehen? Aber Angelika, warum denn, uns tut doch keiner was hier in der Straße, jetzt, wo wir uns richtig eingelebt haben, sollen wir wegziehen? Das kann doch nicht dein Ernst sein.

Ich meine es ernst, wegziehen, je früher, desto besser.

Aber Angelika, das schafft unsere Schwierigkeiten nicht aus der Welt. Das bringt höchstens neue.

Am nächsten Tag wurde im Betrieb nur über die Flugblätter diskutiert, Rahner drückte mir die »Ruhrnachrichten« in die Hand, und ich las die fett gedruckte Überschrift: Geheimnisvolle Flugblattaktion in der ganzen Stadt! – Wer zeichnet verantwortlich?

Ich tat wieder erstaunt, ich zuckte nur die Schultern, wenn sie mich fragend anblickten, ich antwortete dann: Ich weiß so viel wie ihr auch. Aber ich spürte, dass sie mir nicht glaubten. Rahner grinste mich frech an. Ich gab mich gelassen, und doch zitterte ich vor den Fragen, die noch auf mich zukommen würden, ich arbeitete in meiner Werkstatt und an den Tankzügen wie immer, ich las dann noch einmal in aller Ruhe den Artikel in der Zeitung, ich erfuhr daraus, dass in allen größeren Betrieben der Stadt Aufregung herrschte, man hatte die Flugblätter in der ganzen Stadt gefunden, vor allem aber in den Großbetrieben, und auch bis in die entlegensten Außenbezirke, aber niemand hatte bemerkt, von wem die Flugblätter verteilt wurden.

Im Laufe des Vormittags kam Kollmann in die Werkstatt, er fragte: Hast du was damit zu tun, Karl?

Nein, Kollmann, ich habe nichts damit zu tun.

Der Kerl, der das geschrieben hat, muss gut informiert gewesen sein, sehr gut.

Jeder, der in den letzten Monaten die Augen nur halbwegs offen gehabt hat, konnte dieses Blatt schreiben, da muss man nicht besonders gut informiert sein.

Jeder nicht, Karl, das weißt du genau, und das kostet Geld, viel Geld, und dazu braucht man eine Menge Leute, die das Zeug verteilen. Du hast beides nicht.

Nein, sagte ich, ich habe beides nicht.

Die Gewerkschaft kann es nicht gewesen sein, die klagt sich ja nicht selbst an. Also wer? Karl, hast du eine Ahnung?

Frag mich nicht, ich weiß nichts, gar nichts.

Ist schon gut, Karl. Aber eins sage ich dir, das wird noch ein dicker Hund, ein ganz dicker Hund, das ist heute noch nicht abzusehen, was daraus werden kann, sagte er beim Hinausgehen. Ich hätte gestern Abend noch mit Angelo sprechen sollen, dachte ich, aber die Vorsicht hatte mich zurückgehalten und die Angst, ich war zu Hause geblieben und hatte mir immer eingeredet: Es wird schon gut gehen! Es muss gut gehen! Gegen elf bestellte mich ein Mädchen für zwölf in die Direktion.

Ich fuhr die beiden Tankwagen, die ich gewartet hatte, auf den Hof. Es war heiß. Ein Hofarbeiter spritzte den Asphalt und das Pflaster, aber das Wasser war wenig später schon verdampft, es wurde dadurch auch nicht kühler, eher schwüler.

Bosch war freundlich, er bot mir Platz an. Er nahm ein Flugblatt vom Schreibtisch und fragte: Kennen Sie das?

Natürlich. Liegt ja überall rum.

Haben Sie etwas damit zu tun?

Nein. Ich habe nichts damit zu tun, Herr Bosch.

Haben Sie einen Verdacht, wer das gedruckt und wer das

verteilt haben könnte? Ich frage Sie in Ihrem eigenen Interesse, verstehen Sie mich bitte richtig.

Ich weiß nicht mehr als jeder andere auch. Ich war gestern selbst überrascht, als mir bei Schichtende jemand dieses Flugblatt gab. Ich weiß nicht mehr, wer es mir gegeben hat.

Gestern? Warum sind Sie dann nicht gleich zu mir gekommen?

Zu Ihnen? Warum sollte ich. Warum fragen Sie ausgerechnet mich, warum fragen Sie nicht die anderen?

Ich frage Sie, nicht einen anderen.

Und mit welchem Recht, Herr Direktor.

Mit dem Recht Ihres Vorgesetzten und mit dem Recht, dass Sie derjenige sind in unserer Firma, der das größte Interesse an solchen Dingen haben muss. Er knüllte das Flugblatt zusammen und warf es in den Papierkorb, das ist Dreck, sagte er.

Interesse, sagte ich. Ich habe nur Interesse, dass Sie mich endlich in Ruhe lassen. Ihre ewige Fragerei geht mir auf die Nerven. Vielleicht haben Leute außerhalb des Betriebes mehr Interesse.

Sehen Sie, das wollte ich wissen. Politische Kräfte? Radikale? Was wissen Sie, Herr Maiwald? Ich habe den Verdacht, Sie wissen mehr, als Sie sagen.

Sie machen sich wieder lächerlich, Herr Bosch …

Werden Sie nicht unverschämt!

Was braucht es denn da große Informationen. Auf den Flugblättern steht nicht mehr, als allgemein bekannt ist, oder … und was auch den Tatsachen entspricht, oder?

Bosch sah mich an, er ging einmal um seinen Schreibtisch, dann trat er mir wieder gegenüber und sagte: Ich warne Sie, Herr Maiwald, wenn Sie nur das Geringste damit zu tun haben sollten, es käme Sie teuer zu stehen.

Ich stand auf und sah ihn direkt an, und obwohl ich vor Wut kochte, sagte ich leise: Sparen Sie sich Ihre Drohungen, Sie sind nicht der liebe Gott, ich bin es jetzt endgültig leid, dauernd von Ihnen verhört zu werden. Sie überschätzen sich, Herr Direktor Doktor Bosch. Mahlzeit!

Ich ließ ihn einfach stehen und ging in die Werkstatt zurück, wo ich, ohne gestört zu werden, bis Schichtende arbeitete.

Auf dem Parkplatz lehnte Rahner an meinem Wagen, er tat vertraulich. Eine Aufregung ist das heute, Karl … Hör mal, du weißt doch was, Mensch, das ist eine tolle Sache, du hättest mich doch einweihen können.

Bist du ein Schlauberger … Weißt du, Rahner, was du mich kannst, du kannst mich am Arsch lecken.

Ich stieg ein und fuhr ab. Zu Hause sah ich sofort unter die Couch. Der Schuhkarton war leer. Verdammt, das konnte doch nicht wahr sein. Ich nahm ihn mit in die Küche und legte ihn auf den Küchentisch. Als Angelika von der Arbeit nach Hause kam, war sie guter Laune. Ach so, sagte sie und wies auf den leeren Schuhkarton, die hab ich gestern mitgenommen und bei uns im Betrieb vom Schlauchturm geworfen. Beruhige dich, mich hat keiner gesehen.

Du hast was?, rief ich.

Karl, du könntest mir wenigstens sagen, was du machst. Fremde wissen immer mehr als ich. Das finde ich nicht schön von dir … Nein, das ist nicht schön.

Ich saß nur da und starrte sie an.

Glaubst du, ich war taub, als wir bei den Italienern waren, ich meine, als wir an der Russenbaracke vorbeigefahren sind … Ich weiß nicht, ob das richtig war, dass du die Italiener mit hineingezogen hast, du weißt doch, wie gefährlich das für die ist, die können nicht nur entlassen, die können sogar abgeschoben werden.

Angelika, ich wollte dich einfach aus der Sache raushalten, versteh doch.

Übrigens Karl, eine Kollegin von mir im Betrieb, die ist nach Benninghofen gezogen, in das neue Viertel. Sie meint, wir sollten uns die Wohnungen doch mal ansehen.

Aber Angelika, ich sehe nicht ein, warum wir hier ausziehen sollten. Warte doch erst mal ab, Karin kommt wahrscheinlich zum Wochenende aus dem Krankenhaus … Wer hat dir nur die Schnapsidee von der neuen Wohnung eingeredet.

Am Abend fuhr ich zu Franz. Der spielte mit seinen Kindern auf dem Fußboden Lego.

Mir war endgültig klar geworden, nachdem Bosch mich hatte kommen lassen und mir sogar gedroht hatte: Wenn sie jetzt die Akten bei mir fänden, könnten sie mir eindeutig anhängen, was sie bislang nicht beweisen konnten. Die Flugblätter hatten ihnen indirekt den Beweis gegeben.

Franz, sagte ich, vielleicht hast du Recht. Wir müssen die Akten verbrennen. Ich fahre sie jetzt schon so lange im Kofferraum spazieren. Wie Sprengstoff, der nass geworden ist. Hilfst du mir?

Natürlich helfe ich dir, das ist doch Ehrensache. Mitgeklaut, mitverbrannt, ist doch klar. Ich habe am Montag keine Ferntour. Wir machen es am Montag auf dem Werkshof, da können es alle sehen … Karl, ich hätte nie gedacht, dass es mit den Flugblättern klappen würde, das hast du schlau gemacht, ein ganz Schlauer bist du.

Ich sagte nichts, ich zuckte nur die Schultern und fuhr seit langem wieder einmal zum Gildenhof.

Samstagmittag holte ich Karin aus dem Krankenhaus. Angelika hatte Karins Leibspeise gekocht, Schweinebraten und rohe Knödel mit Preiselbeeren.

Sonntag blieb ich den ganzen Tag in der Wohnung, ich saß nur am Fenster und sah auf die Lange Straße. Manchmal sprach ich mit Karin ein paar Worte, aber Karin blieb die meiste Zeit auf ihrem Zimmer.

Am Montag nach der Schicht verbrannten Franz und ich mitten auf dem Werkshof die Akten. Franz goss Benzin über die Akten, die ich zu einem Kegel geschichtet hatte, ich warf ein brennendes Streichholz hinein. Eine Flamme schoss hoch, wurde jedoch sofort wieder kleiner, die Plastikhüllen, die ich dazu geworfen hatte, gaben nur schwarzen Qualm. Franz stocherte mit einer Rohrstange in dem Haufen, um die Glut nicht ersticken zu lassen. Eine gleichmäßige Flamme loderte über den Papieren, ich achtete darauf, dass auch nicht ein einziges unverbranntes Blatt vom Wind weggefegt würde. Ich sah den Pförtner, der erst am Tor gestanden und uns zugesehen hatte, in sein Häuschen laufen und telefonieren. Niemand hatte uns abgehalten, auf dem Werkshof

Feuer zu machen, obwohl doch alle wussten, dass offenes Feuer auf dem Werkshof wegen Explosionsgefahr verboten war. Beim Anblick des Feuers dachte ich an den Christbaum bei der letzten Weihnachtsfeier. Das war lange her.

Die Akten schmorten langsam. Ich sah den Pförtner wieder aufgeregt am Tor herumlaufen. Er hob den Schlagbaum und ließ Bosch mit seinem Mercedes auf den Hof fahren. Bosch fuhr auf uns zu und hielt wenige Meter vor dem Feuer. Er stieg aus und schrie: Was machen Sie denn da! Sofort aufhören! Sind Sie verrückt! Wollt ihr alles in die Luft jagen!

Er wollte Franz die Rohrstange aus der Hand reißen.

Was schreien Sie denn so, Herr Bosch, wir verbrennen doch nur die Akten, sagte ich. Das kann Ihnen nur recht sein. Oder?

Bosch war anzusehen, dass er nicht wusste, was er machen sollte, denn von den Akten war nicht mehr viel übrig geblieben, was zu Asche verbrannt war, das fegte der Wind fort, was noch glimmte, hielt Franz mit seiner Rohrstange fest.

Franz betrachtete Bosch, der stand immer noch zwischen uns und sah auf die Brandstelle, wo langsam auch das letzte Papier verkohlte. Endlich blieb nichts mehr übrig, nur noch ein silbriger Fleck auf dem Asphalt unseres Werkshofes.

Franz trug seine Stange in die Werkstatt und kam mit einem Eimer Wasser und einem Schrubber wieder. Er schrubbte den silbrigen Fleck weg, er schrubbte so lange, bis nichts mehr zu sehen war. Dann klatschte Franz in die Hände und sagte: Noch irgendwelche Fragen, Herr Bosch.

Bosch sagte immer noch nichts, er stand und starrte auf die Stelle, wo das Feuer war, er rührte sich nicht, er sagte nichts, er stand wie geistesabwesend da.

Dann gingen Franz und ich in die Werkstatt. Franz trug den Schrubber auf den Schultern, am Schrubber hing der Eimer. Wir wuschen uns am Kran in der Werkstatt die Hände, und als wir über den Hof liefen, hörten wir jemanden hinter uns schreien. Wir drehten uns aber nicht um. Der Pförtner sah uns an, als wir an ihm vorbeigingen, als wären wir zwei Fremde, die sich an ihm vorbeigemogelt hatten und auf das Werksgelände gelaufen waren.

Wir stiegen in unsere Autos und fuhren zum Gildenhof, mir war leicht wie seit Monaten nicht mehr. Das Bier schmeckte wieder, und in der Kneipe war es kühl.

Wittbräucke fragte: Karl, wie geht's deiner Tochter?

Es geht, sagte ich.

Hast gute Laune?, fragte er.

Ja, ich habe gute Laune, sagte ich.

Um sieben war ich zu Hause, etwas besäuselt, aber nicht betrunken. Ich musste mir das Lachen verbeißen, als ich Karin mit ihrer MosheDajanBinde sah. Um die Stirn trug sie ein Indianerband. Wir können morgen Nachmittag mal nach Benninghofen fahren und uns die neuen Wohnungen ansehen, sagte meine Frau.

Ach ja, die Wohnungen, antwortete ich, hatte ich schon wieder vergessen. Eine Schnapsidee ist das mit der neuen Wohnung, verrückt ist das. Keiner vertreibt uns hier aus der Straße.

Willst du plötzlich nicht mehr?, fragte sie.

Ich habe nie gewollt, Angelika, es war deine Idee. Aber wenn du unbedingt willst, dann fahren wir eben mal nach Benninghofen, damit Ruhe ist.

Am Dienstag sprach mich keiner im Betrieb an, auch nicht Kollmann, obwohl jeder wusste, dass wir die Akten verbrannt hatten. Manchmal hatte ich das Gefühl, ich wäre allein im Betrieb. Das machte mich unruhig, mich überkam wieder so etwas wie Angst, denn es wäre doch die natürlichste Sache gewesen, dass mich wenigstens Kollmann auf die Akten und auf das Verbrennen der Akten hätte ansprechen müssen.

Auch am Nachmittag verließ mich diese kleine Angst nicht, als ich mit Angelika und Karin nach Benninghofen fuhr. Ich fuhr automatisch, ich sprach automatisch, mir war, als sei ich von jemandem programmiert worden, mir war, als fahre nicht ich, sondern einer für mich, als spreche nicht ich, sondern einer für mich.

Die Siedlung im Süden der Stadt war sauber. Wir liefen erst herum und besichtigten dann einen halbfertigen Bau. Es waren große Wohnungen in schöner Lage, man hatte einen weiten Blick über die Stadt.

Und die Wohnungen sollen nur zweihundertfünfzig Mark kosten?, fragte ich meine Frau. Das sind doch mindestens achtzig Quadratmeter.

Meine Frau nickte, sie sah sich in den halbfertigen Wohnungen um, als hätte sie sie schon eingerichtet.

Lass uns lieber mal die Leute fragen, die hier schon eingezogen sind, sagte ich.

Schnapsidee dachte ich, wie kann man nur von heute auf

morgen plötzlich den Wunsch haben, eine Wohnung zu verlassen, aus der einen niemand hinausjagt.

Wir suchten ein bezogenes Haus. Karin klingelte. Eine junge Frau öffnete, hinter ihr standen zwei kleine Kinder.

Entschuldigen Sie bitte die Störung, wir haben die Absicht, in die Siedlung hier zu ziehen … Wir wollten mal fragen, was die Wohnungen hier kosten.

Zweihundertfünfzig Mark, sagte die Frau, die Öfen müssen Sie allerdings selbst kaufen. Ölheizung, keine Kohlen … Aber warten Sie, ich gebe Ihnen die Adresse der Wohnungsbaugesellschaft.

Sie ging in die Wohnung zurück und kam kurz darauf wieder. Hier haben Sie noch ein Blatt, das muss jeder unterschreiben, der hier einzieht. Bitte.

Wir bedankten uns und gingen langsam den Weg zurück zu unserem Wagen. Es war kaum anders, als in unserer Langen Straße auch, auf der einen Seite Einfamilienhäuser mit schönen Vorgärten, auf der anderen mehrstöckige Mietshäuser, die zum Teil noch nicht fertiggestellt waren.

Auf der Hohensyburg tranken wir Kaffee und sahen auf das Ruhrtal hinunter, auf den Verkehr auf der Autobahn nach Köln. Es war nicht mehr so heiß wie in den letzten Tagen.

Ich nahm das Blatt aus der Tasche, das uns die Frau gegeben hatte und las es halblaut vor:

Hunde, Katzen, Vögel, Goldhamster und Meerschweinchen dürfen nicht in der Wohnung gehalten werden, der Rasen vor dem Haus ist kein Spielplatz. Fahrräder und Kinderwagen dürfen nicht im Hausflur abgestellt werden. Die Mülleimer dürfen nur so weit gefüllt werden, dass die Deckel völlig schließen. Die Haustüre ist um zweiundzwanzig Uhr abzuschließen. Die Mieter im Parterre müssen im wöchentlichen Wechsel zweimal in der Woche Bürgersteig und Straße fegen. Die Wohnung darf nicht für gewerbliche Zwecke genutzt werden. Die Garagentore sind stets geschlossen zu halten. Auf dem Balkon darf keine Wäsche aufgehängt werden, es ist verboten, Zigarettenkippen oder andere Dinge über den Balkon zu werfen. Werden Blumenkästen auf dem Balkongeländer aufgehängt, ist eine Absprache der Mieter erforderlich, damit alle die gleiche Farbe der Kästen wählen und die gleiche Bepflanzung. Politische Agitation im Treppenhaus, gleich für welche Partei, ist verboten. Wer mit seiner Mietzahlung vier Wochen im Rückstand ist, dem kann zwangsgeräumt werden. Wer diese Bestimmungen missachtet, dem wird innerhalb einer Frist von vier Wochen gekündigt. Gerichtsstand ist Dortmund.

Ich mochte nicht mehr weiter lesen, obwohl noch eine halbe Seite Kleingedrucktes folgte.

Karin nahm mir das Blatt aus der Hand und sagte lachend: Das ist wohl ein Witz.

Nein, das steht hier, sagte ich.

Wir fuhren wieder nach Hause. Angelika war sehr nachdenklich, sie sprach auf dem Nachhauseweg kein Wort, sie antwortete nicht einmal, wenn sie gefragt wurde. Nach dem Essen fuhr ich noch einmal nach Benninghofen, ich suchte und fand eine Kneipe in der Nähe der Straße, in der wir das Haus besichtigt hatten. Ich stellte mich zwischen die Männer am Tresen und bestellte ein Bier. Der Wirt musterte mich und fragte dann: Bist auch neu hier? Ich nickte. Ein

Mann neben mir stieß mich an, und wir kamen ins Gespräch, er war in meinem Alter. Ich erfuhr, dass in den Einfamilienhäusern Beamte und mittlere Angestellte wohnen. Der Mann sagte: Glaubst du vielleicht, die grüßen unsereinen? Nein, die wollen alle noch was werden.

Ich hatte genug gehört, ich zahlte und ging. Ich dachte, es ist doch besser, in der Langen Straße zu bleiben, da grüßen die Leute, die sind alle was geworden, die wollen nichts mehr werden. Die Lange Straße war für mich plötzlich ein Trost.

Am Mittwochmorgen stellte sich mir der Pförtner in den Weg.

Maiwald, sagte er, ich darf dich nicht durchlassen.

Ich schob meine Karte in die Uhr und drückte ihn zur Seite: Komm, such dir einen anderen am frühen Morgen für deine Späße.

Er hielt mich am Ärmel fest: Maiwald, ich darf dich nicht aufs Gelände lassen. Habe meine Anweisungen von Doktor Bosch persönlich. Drinnen liegt ein Brief für dich.

Ein Brief? Gib her.

Ich ging hinter ihm ins Pförtnerhaus. Da lag ein Brief mit meiner Adresse. Ich nahm ihn, riss ihn auf: Sehr geehrter Herr Maiwald! Nach langjähriger Zusammenarbeit sehen wir uns leider gezwungen, Sie mit heutigem Datum fristlos zu entlassen … Friedenspflicht als Betriebsrat verletzt … Zerstörung von Betriebseigentum … Mutwilliges Feuerlegen … Gefährdung von Betriebseinrichtungen, Gebäuden und Fahrzeugen… Explosionsgefahr … Aufwiegelung und Verunsicherung der Belegschaft … gröbliche Missachtung der Betriebsleitung …

Hat Franz Weigel auch so einen Brief bekommen?, fragte ich.

Weiß nichts, antwortete der Pförtner. Nur für dich ist der Brief hinterlegt worden.

Ich steckte den Brief ein und ging an meine Arbeit.

Jetzt will ich wissen, was passiert, wenn sie mich in der Werkstatt finden. Was bilden die sich ein, so ein Schreiben beim Pförtner zu hinterlegen, das muss per Einschreiben zugestellt werden.

Ich zog mich um und schloss meinen Werkzeugkasten auf, und plötzlich stand ein Fremder vor mir, auch in einem Blaumann.

Den Mann hatte ich noch nie gesehen.

Was machst du denn hier?, fragte ich.

Das könnte ich dich auch fragen. Ich bin hier eingestellt für die Werkstatt. Und du, was machst du hier?

Ich? Ich bin schon immer in der Werkstatt.

Komisch, sagte er. Mich haben sie gestern in Düsseldorf aus meiner Kneipe rausgeholt. Ich müsse unbedingt nach Dortmund. Hier soll einer fristlos entlassen worden sein, sie haben keinen Ersatz.

Der bin ich, sagte ich.

Du? Und wie kommst du hier rein, wenn du entlassen bist?

Durchs Tor natürlich, wie denn sonst.

Ich kümmerte mich nicht mehr um den fremden Mann und verrichtete meine Arbeit wie immer. Der Neue tat keinen Handgriff, er stand nur dabei und sah zu, dann setzte er sich auf einen alten Reifen und las Zeitung. In diesem Augenblick betrat Kühn die Werkstatt, er wollte dem Neuen etwas sagen, da bemerkte er mich auf der Kühlerhaube sitzen, er war so verblüfft, dass er stotterte: Ja, Maiwald, was machen Sie denn hier ... wo kommen Sie denn her ... was machen Sie denn hier ...

Sie sehen doch, ich arbeite.

Ja aber ... Sie sind doch fristlos entlassen, Sie dürfen doch gar nicht mehr aufs Werksgelände.

Ich, sagte ich und stieg vom Wagen.

Ich habe das Schreiben selber unterzeichnet, sagte Kühn wieder.

So? Dann nehmen Sie bitte zur Kenntnis, Herr Kühn, dass ich mich weigere, das Schreiben anzunehmen.

Weigern? Ja aber ... Kühn sah auf mich, auf den neuen Mann, auf mich, dann lief er aus der Werkstatt.

Du bist also der Maiwald, sagte der Neue und gab mir die Hand. Ich heiße Rosenbaum. Lass das doch, du ziehst nur den Kürzeren, ich kenn das, die haben einen langen Arm.

Weißt du, Rosenbaum, ich möchte nur wissen, wie weit die gehen.

Und was hast du davon?, fragte er mich.

Da horte ich Bosch hinter mir schreien: Aufhören! Sofort aufhören! Hinter Bosch standen Kühn und Kollmann.

Sofort aufhören!, rief Bosch wieder. Ich muss Ihre Arbeit als Sabotage verstehen.

Rosenbaum lachte laut.

Raus hier!, schrie Bosch. Sie sind gekündigt. Raus hier! Eine Unverschämtheit ist das, was Sie sich erlauben.

Ich nehme die Kündigung nicht an, sagte ich.

Nicht annehmen, rief Bosch.

Er war einen Augenblick stumm, dann aber brüllte er mich an: Was bilden Sie sich eigentlich ein! Sie haben sie anzunehmen! Sie werden doch gar nicht gefragt. Ich verfüge!

Verfügen Sie doch. Ich weigere mich, Herr Bosch, ich weigere mich. Und jetzt halten Sie mich bitte nicht von der Arbeit ab. Heute Mittag beschweren sich die Fahrer, wenn die Wagen nicht fertig sind.

Sie verlassen sofort das Werk!, schrie er. Auf der Stelle! Auf der Stelle! Sie unverschämter Kerl.

Rosenbaum lachte.

Kollmann schwitzte, er wischte sich mit dem Taschentuch dauernd die Stirn und den Nacken, er sagte leise: Maiwald, sei doch vernünftig. Was willst du denn machen …

Was ich machen will? Ich ging auf Bosch zu und sagte ihm: Herr Bosch, in der Werkstatt habe ich das Sagen, nicht Sie. Ist das klar. Lesen Sie mal die Arbeitsordnung hier an der Wand.

Gehen Sie! Oder ich rufe die Polizei.

Rosenbaum lachte.

Lecken Sie mich doch am Arsch, Herr Bosch.

Kollmann schwitzte, er wischte sich dauernd die Stirn und den Nacken.

Das war schon wieder ein Kündigungsgrund, rief Bosch atemlos.

Da wurde ich wütend, ich sprang auf Bosch zu und schrie ihm meine Wut ins Gesicht: Ja, verdammt noch mal! Sind wir hier in einem deutschen Betrieb oder in einem Zuchthaus. Scheren Sie sich zum Teufel, sonst könnte Ihnen was auf die Zehen fallen.

Rosenbaum, der immer noch auf dem alten Reifen saß, lachte wieder, der Mann aus Düsseldorf machte mich langsam nervös mit seiner Lacherei.

Kommen Sie, meine Herren, keuchte Bosch, dieser Mensch ist ja … ist … ein Kommunist, ein extremes Subjekt … Wenn das Schule macht … nicht auszudenken …

Als sie gegangen waren, sagte Rosenbaum: Ich verdrück mich wieder nach Düsseldorf, hier ist es mir zu mulmig. Mensch, aus der Kneipe haben sie mich herausgeholt …

Ich arbeitete weiter, als ob nichts vorgefallen wäre, Rosenbaum drehte sich Zigaretten und steckte sie in ein Lederetui. Das mach ich immer in der Arbeitszeit. Ich rauche nur Selbstgedrehte, die schmecken besser.

Nach einer Stunde kamen Kühn und Kollmann mit einem Werkschutzbeamten, der sonst im Hafen seinen Dienst tut. Seine Uniform erinnerte mich immer an die Feuerwehr. Kollmann fasste mich am Arm und sagte: Komm, Karl, mach jetzt keinen Stunk, hat doch keinen Zweck, deine Sturheit.

Kollmann, was wollt ihr eigentlich. Die Betriebsleitung und auch die Belegschaft wollten doch die Akten aus der Welt haben. Ich habe sie verbrannt. Sie sind aus der Welt.

Kühn wies auf den Werkschützer: Wenn Sie nicht freiwillig gehen, dann müssen wir Sie mit Gewalt entfernen.

Dann entfernen Sie, Herr Kühn.

Damit will ich nichts zu tun haben, sagte Kollmann, damit nichts, und er ging aus der Werkstatt.

Komm, Maiwald, mach es uns nicht so schwer, sagte der

Werkschutzmann, ich tue doch auch nur meine Pflicht, und die ist verdammt nicht angenehm.

Du, fragte ich, was passiert eigentlich, wenn du dich weigerst, mich mit Gewalt auf die Straße zu setzen?

Er war einmal zwei Jahre mein Beifahrer gewesen. Er gab mir keine Antwort, ich sah nur seine unruhigen Augen, dann ließ ich mich von ihm aus dem Werk führen.

Als wir am Pförtner vorbeigingen, sagte er: Verdammt, hab ich heute wieder das Reißen, muss anderes Wetter geben.

Der Mann hatte Recht, es war kühler geworden.

Karin war beim Großreinemachen, sie hatte alle Fenster geöffnet, Stühle und Sessel auf die Tische gestellt.

Was ist denn los, du bist schon da?

Mach mir Kaffee, ich kann ihn vertragen.

Ich folgte ihr in die Küche, und während sie den Kaffee filterte, erzählte ich ihr in wenigen Sätzen, was sich heute Vormittag im Werk zugetragen hatte.

Aber Vater, das ist doch unmöglich, das gibt es doch nicht, das darf es doch gar nicht geben.

Weißt du Karin, du glaubst ja gar nicht, was alles möglich ist. Mir ist in der letzten Zeit vieles klar geworden.

Ich ging in der Küche auf und ab.

Da hat mal einer im Fernsehen gesagt, weißt du, damals, neunundsechzig, nach den wilden Streiks, als ein neuer Tarifvertrag abgeschlossen wurde, der uns praktisch nicht viel eingebracht hat, da hat er gesagt: Wer jetzt noch streikt oder andere zum Streik auffordert, der ist entweder ein politisch Radikaler oder ein notorischer Querulant.

Wer hat das gesagt?, fragte sie.

Ein Gewerkschaftsboss. Kurz darauf ist er Minister in Bonn geworden und macht heute eine ganz gute Figur.

Am selben Nachmittag fuhr ich zum Ostwall, um mit Grünefeld meinen Fall zu besprechen, aber er war nicht da, die Sekretärin verwies mich an seinen Stellvertreter, den Leiter der Rechtsabteilung.

Vier Zimmer weiter winkte der Leiter der Rechtsstelle nur ab, als ich ihm meinen Fall schildern wollte: Maiwald, bin schon unterrichtet, gebe dir einen guten Rat, nimm dir einen Rechtsanwalt. Die Gewerkschaft stellt dir keinen. Wir haben uns von dir distanziert. Feuer legen neben hochexplosivem Material, das tun Kinder, aber nicht Betriebsräte.

Ich glaubte nicht richtig zu hören.

Du hättest uns die Akten geben sollen, Maiwald.

So, damit sie auf Nimmerwiedersehen verschwinden. Als ich sie euch damals anbot, da wollte sie keiner … Ist meine Entlassung eigentlich eine Schande oder ein Skandal.

Komm, klotz hier nicht so rum. Nimm dir einen Rechtsanwalt und lass uns mit deiner Geschichte zufrieden.

Wo soll ich das Geld für einen Rechtsanwalt hernehmen?, fragte ich und wurde langsam von einer Wut gepackt, wie ich es von mir nicht kannte.

Das ist deine Sache. Du hast uns vorher ja auch nicht gefragt, als du das Feuerchen gelegt hast.

Ich war sprachlos, ich wollte einfach weglaufen, aber ich beherrschte mich und sagte: Noch bin ich Mitglied der Gewerkschaft. Wozu habe ich zwanzig Jahre meine Beiträge bezahlt, wenn mir in einem kritischen Augenblick nicht geholfen wird. Also was ist!

Quak mir doch nicht die Ohren voll. Immer sollen wir die Karre aus dem Dreck ziehen, die ihr in eurer Dummheit reinfahrt.

Ich stand auf und sah auf den Mann herunter, er war Mitte dreißig. Dann spuckte ich ihm auf den Schreibtisch. Ich lief zum Neumarkt, wo ich meinen Wagen abgestellt hatte und fuhr zum Gildenhof und trank drei Bier.

Zu Hause saß Kühn. Ich war völlig überrascht, ich blieb an der Tür stehen und fragte ihn: Was machen Sie denn hier?

Herr Maiwald, ich bin beauftragt, Ihnen mitzuteilen, dass Ihre fristlose Kündigung aufgehoben und in eine fristgerechte umgewandelt wurde. Sie müssen morgen wieder anfangen, der heutige Tag wird Ihnen voll bezahlt. Die Frist ist ein Vierteljahr, das wissen Sie, nach unseren besonderen Vereinbarungen. Der Betrieb möchte sich keine Formverstöße vorwerfen lassen.

Ich sah mir Kühn genau an. Ich hatte plötzlich Mühe, mir das Lachen zu verbeißen. Ich fragte ihn: Herr Kühn, kommen Sie sich nicht ein bisschen komisch vor?

Ich tue nur meine Pflicht, sagte er und ging.

Der letzte Sonntag im August war ein schwüler Tag. Schon am frühen Vormittag war es drückend heiß, und an den Fensterscheiben hingen lästige Gewitterfliegen. Ich hatte meiner Frau versprochen, mit ihr am frühen Nachmittag ins

Münsterland zu fahren und irgendwo Kaffee zu trinken. Ich hatte es widerwillig getan, weil ich am Nachmittag im Fernsehen die Olympischen Spiele verfolgen wollte. Karin war mit ihren Kolleginnen aus dem Kindergarten verabredet, sie trug jetzt eine dunkle Brille, sie sah interessant aus, die Männer drehten sich nach ihr um.

Nach dem Mittagessen trug ich Angelikas Tasche und ihren Sommermantel in den Wagen. Warum in dieser Hitze einen Mantel, dachte ich. Ich wartete vor dem Wagen auf sie. Unsere Straße war wie ausgestorben. Aber am Ende der Straße, wo sie in den Feldweg überging, sah ich viele Menschen.

Es waren Kinder. Angelika kam doch früher und ohne die sonst übliche Hast, sie folgte meinem Blick und sagte: Karl, das sind ja Kinder. Was machen sie denn?

Ich wollte einsteigen.

Warte noch, die kommen auf uns zu in die Straße.

Ich beobachtete, wie sich Kinder auf dem Feldweg zu einem Zug ordneten, ein leichter Wind wehte von den Feldern, aber man hörte keine Stimmen. Das war sonderbar.

Als die Kinder näher gekommen waren, rief meine Frau erschrocken: Karl, um Gottes willen! Was ist denn das! Die Kinder tragen ja Kreuze.

Der Zug bewegte sich auf unsere Straße zu. Die kleineren Kinder trugen Kreuze aus Pappe auf den Schultern, die größeren trugen ihre Kreuze vor der Brust. Auf die Kreuze waren Kinder genagelt aus Pappe. Am Anfang des Zuges marschierten vier Erwachsene. Die Kinder waren im Alter von drei bis zwölf.

Um Gottes willen! Wer kann sich nur so was ausdenken, rief Angelika, das ist ja furchtbar.

Der Zug kam langsam näher.

Die Kinder trugen keine Luftballons, keine Papierschlangen, keine Puppen, keine bunten Bänder, kein Spielzeug, sie trugen Kreuze, und darauf waren Kinder aus Pappe genagelt. Die Kinder lachten nicht, sie hatten ernste Gesichter. Der Zug lief an uns vorbei.

Fünfzig Meter oberhalb unseres Hauses hielt der Zug vor dem Haus des SPDRatsvertreters. Es mochten hundert Kinder sein. Aus den Häusern liefen die Menschen auf die Straße. Ich sah Borgmann und bei ihm Pollmüller ratlos im Vorgarten, der Rechtsanwalt Pollmüller, mit dem ich noch keine hundert Worte gesprochen hatte, seit ich hier wohnte, schüttelte nur wieder und wieder den Kopf.

Eine der jungen Frauen, die mit den Kindern gekommen war, winkte einer Fünfjährigen, das Mädchen trat vor, stellte sein Kreuz zwischen die Füße und sprach laut und hell: Lieber SPDMann sei so fromm, damit ich einen Spielplatz bekomm!

Das Mädchen nahm sein Pappkreuz, legte es in den Vorgarten des Ratsvertreters und stellte sich wieder in die Reihe zurück. Ein etwa zehn Jahre alter Junge trat vor und sagte laut: Und nicht nur Sand, Rutschbahn und Kletterstangen, auch mal was Teures für uns Rangen. Auch er warf sein Kreuz in den Vorgarten.

Noch immer lachte kein Kind, auch die nicht, die ihre Sprüchlein aufgesagt hatten. Ihre Gesichter waren wie gefroren.

Dann trat ein Vierzehnjähriger vor und rief laut: Liebe Leute, lasst euch sagen, eure Uhr hat längst zwölf geschlagen, unsre aber lang noch nicht, wir beugen uns Parteien nicht.

Auch er warf sein Kreuz, das aus zwei Zaunlatten genagelt war, in den Vorgarten.

Neugierig geworden umringten herbeigelaufene Anwohner die Kinder auf der Straße, der Ernst der Kinder übertrug sich auf die Erwachsenen, sie standen ratlos, sie sahen einander verwirrt an, als erwarte jeder vom andern eine Antwort darauf, wie man sich nun verhalten müsste.

Meine Frau flüsterte: Karl, das ist ja grausam.

Die junge Frau gab ein Zeichen, und die Kinder begannen nach der Melodie Der Mai ist gekommen ... zu singen: Die Zeit ist gekommen, nach Kindern tritt man aus, die Erwachsenen verstopfen sich die Ohren und bleiben beim Fernsehn zu Haus ...

Jemand von den Umstehenden rief den Kindern zu: Singt doch keine Lieder! Lauft doch auf den Rasen! Es ist doch euer Rasen ... Lauft!

Die Kinder liefen, als hätten sie nur auf diese Aufforderung gewartet, auf die Rasenflächen rings um unsere Mietshäuser auf der schwarzen Seite, endlich mit Geschrei und Lachen. Da kam der Ratsvertreter aus seinem Haus und schrie: Kinder für so etwas zu missbrauchen! Ich werde Anzeige erstatten ... Das ist politischer Missbrauch von Kindern. Er drohte mit der Faust irgendwohin, dann sammelte er die Kreuze in seinem Vorgarten auf und trug sie ins Haus. Zwischen den Häusern auf den Rasenflächen tummelten sich die Kinder, ihr Geschrei war weithin zu hören.

Meine Frau sagte: Karl, lass uns hierbleiben, ich habe keine Lust mehr wegzufahren.

Mir war es recht. Ich konnte mich endlich vor den Fernsehapparat setzen und die Spiele in München verfolgen. Als ich ins Haus gehen wollte, rief mir Borgmann quer über die Straße zu: Herr Maiwald, Doktor Pollmüller möchte Sie einen Augenblick sprechen!

Angelika ging ins Haus. Pollmüller kam auf mich zu: Entschuldigen Sie, Herr Maiwald, wenn ich Sie so einfach auf der Straße anspreche. Kommen Sie doch bitte mit zu mir. Sie haben doch ein Stündchen Zeit?

Ich lief neben ihm her. Ich dachte, was will der Mann von mir, und ich war etwas ärgerlich, weil ich nun wieder nicht vor den Fernsehapparat konnte, aber ich war zu neugierig, um seine Einladung, zu ihm zu kommen, abzulehnen.

Pollmüller führte mich in sein Wohnzimmer, die Seite zum Garten war eine einzige Glaswand, draußen war eine breite Terrasse, im Garten ein runder Springbrunnen, in der Mitte des Brunnens ein Fisch aus Stein, aus dessen Maul Wasser spritzte.

Sie werden sich vielleicht wundern, Herr Maiwald, aber ich kenne Ihren Fall, aus den Zeitungen, aus dem Flugblatt und auch von Leuten, die mir einiges erzählt haben … Setzen Sie sich doch, erzählen Sie mir bitte alles, von Anfang an, mich interessiert Ihr Fall, vielleicht kann ich da was unternehmen, vielleicht kann ich Ihnen helfen.

Ich hatte Mühe, ruhig zu bleiben, was hatte der Mann mit mir zu tun, was hatte der Mann mit meinem Fall zu tun, mit der Firma Maßmann. Ist es nur, weil wir in der gleichen Straße wohnten? Ich erzählte doch, stockend erst, dann immer schneller, und während des Erzählens erst war mir bewusst, was sich im Verlauf eines Jahres alles angestaut hatte, was ich alles erlebt hatte. Ich gab mir Mühe, ausführlich zu sein und doch nicht mehr zu erzählen, als ihn interessieren konnte. Ich erwähnte auch, dass damals meine Tochter und Martin Voigt mir und Franz Weigel geholfen hatten, welche Rolle Kollmann spielte, dass ich vor Rahner gewarnt worden war und dass ich ihm selbst nicht mehr traute.

Pollmüller saß mir gegenüber, er rauchte Pfeife, er hatte mich kein einziges Mal unterbrochen, nur manchmal aufmunternd mit dem Kopf genickt, wenn ich ins Stocken gekommen war. Dann stand er auf und sagte: Ich weiß jetzt Bescheid … Ich übernehme Ihren Fall. Es ist nicht Ihr Fall, Herr Maiwald, Sie sind nur zufällig dazwischengeraten, und das ist auch kein Fall mehr für das Arbeitsgericht, Ihr Fall gehört vor das Verfassungsgericht. Ihr Problem heißt nicht Maiwald oder Maßmann, nicht Maßmann und nicht Maiwald, Ihr Problem ist ein Fall der deutschen Industrie … Sie sind nur zufällig dazwischengeraten … Ebenso hätte es einen anderen treffen können.

Er verabschiedete mich in der Diele und sagte: Sie hören wieder von mir.

Ich ging wie betäubt. Als ich nach Hause kam, saß Angelo vor dem Fernseher und sah sich die Übertragung aus München an. Wo läufst du rum?, fragte er … ich warten auf dich … deine Frau mir Kaffee gemacht … ich deine Tochter in Stadt getroffen …

Ich ließ mich neben ihm auf die Couch fallen. Mir ging noch durch den Kopf, was Pollmüller gesagt hatte, und ich fragte mich, warum sich dieser Mann, von dem ich wusste, dass er ein gut verdienender Industrieanwalt ist, für mich und meinen Fall interessierte, er tat es doch nicht, nur weil ihm meine Nase gefiel oder weil ich Maiwald hieß und in seiner Straße wohnte. Was steckte dahinter.

Als mir meine Frau ebenfalls eine Tasse Kaffee auf den Tisch stellte und einen Teller mit zwei Stück Kuchen, klingelte es. Angelika öffnete. Es waren Kühn und Stratmann. Sie blieben an der Wohnzimmertür stehen, als trauten sie sich nicht einzutreten, Kühn sagte: Herr Maiwald, Sie müssen fahren.

Fahren … Ich stand nicht einmal auf, so hatte mich der Besuch der beiden überrascht.

Ja, nach Wuppertal, zu den Städtischen Krankenanstalten, sagte Kühn. Sie wissen ja Bescheid, Sie sind früher ja öfters diese Tour gefahren.

Und der Notdienst?, fragte ich.

Die liegen in Siegburg mit Motorschaden fest … Wir wären nicht zu Ihnen gekommen, wenn wir andere Fahrer aufgetrieben hätten. Herr Stratmann und ich sind alles abgefahren, die Männer sind entweder nicht zu Hause oder sie sitzen vor dem Fernsehschirm und gucken Olympische Spiele und sind nicht mehr fahrtauglich … na, Sie wissen schon …

Was habe ich damit zu tun. Ich bin gekündigt …

Auch ein Gekündigter unterliegt bis zu seinem letzten Arbeitstag der Betriebsordnung und der Arbeitsordnung, warf Stratmann ein. Sie wissen das genau, Herr Maiwald.

Was habe ich damit zu tun, sagte ich wieder und sah auf den Bildschirm. Angelo saß neben mir, so, als wären wir beide allein. Kühn war nun doch ins Zimmer getreten, er wollte etwas sagen, aber ich kam ihm zuvor und sagte wieder: Was habe ich damit zu tun, Herr Kühn, Sie wissen genau, Maiwald darf nicht mehr fahren. Ganz klare Anweisung vom Direktor. Sie wissen das genau, Herr Kühn.

Und Sie wissen auch, Herr Maiwald, dass man Anweisungen nicht überbewerten darf. Hier handelt es sich um einen echten Notstand in unserem Betrieb.

Was kümmert's mich, ich habe absolutes Fahrverbot. Ich weigere mich. Und jetzt lassen Sie mich bitte zufrieden, Sie sehen doch, Sie stören.

Herr Maiwald, Sie sind verbittert, ich verstehe. Aber es geht nicht um unsere Firma, es geht um das Krankenhaus, Sie müssen einfach fahren …

Was kümmert's mich … Was kann mir schon passieren. Nichts! Gehen Sie endlich.

Sie wissen, Herr Maiwald, dass Sie sich straffällig machen können mit Ihrer Weigerung, Sie verkennen unsere besondere Situation als Betrieb mit öffentlichem Interesse …

Ich habe totales Fahrverbot, sagte ich wieder.

Ich hörte meine Frau sagen: Karl, sei doch nicht so, denk doch mal, unsere Karin würde in dem Krankenhaus liegen.

Warum kann meine Frau nicht den Mund halten, dachte ich, sie hatte aber Recht.

Kühn sagte: Um sieben muss der Sauerstoff abgetankt sein. Der Tankwagen steht auf dem Hof. Wagen achtzehn. Die Schlüssel liegen beim Pförtner.

Ich stand endlich auf, Kühn stand mir gegenüber, dieser Bote der Pflichterfüllung. Heute bringt er Einstellung, morgen Beförderung, übermorgen Entlassung, heute Geburt, morgen Tod. Ich sah Stratmann an, der halb verdeckt hinter Kühn stand, ich dachte, was wäre geworden, wenn ich damals das halbrunde Ding auf Schindlers Schreibtisch nicht entdeckt hätte, wahrscheinlich wäre ich längst Vorarbeiter in Stuttgart bei den MaßmannWerken oder vielleicht schon Meister geworden.

Ich sagte: Ich fahre. Gehen Sie jetzt.

Als beide gegangen waren, richtete mir Angelika Butterbrote und füllte meine Thermosflasche mit Tee. Ich fragte Angelo: Willst du mitfahren oder hier bleiben?

Ich fahre mit ... wohin du willst ... natürlich ... Hauptsache, Sonntag geht kaputt.

Wenn man lange keinen Tankzug gefahren hat, wird man das Gefühl nicht los, nicht ein Auto, sondern ein schwerfälliges Ungetüm zu lenken. Alles verengt sich, auch die breitesten Straßen werden plötzlich zu schmalen Wegen. Dieses Gefühl fällt erst nach einer gewissen Zeit ab, zurück aber bleibt trotzdem eine kleine Unsicherheit, die nicht da ist, wenn man täglich über Autobahnen, Bundesstraße und durch Städte und Ortschaften fährt. Alles ist Erfahrung. Auch die Sicherheit. Ist man über einen längeren Zeitraum nicht in einer fremden Stadt gewesen, in ihr gefahren, weiß man nicht mehr über Veränderungen auf den Straßen Bescheid, über Umleitungen, Baustellen, Zubringer. Die

Straße, die gestern für den Durchgangsverkehr noch frei war, wurde über Nacht zur Einbahnstraße oder gesperrt für Fahrzeuge über siebenkommafünf Tonnen. Dazu noch dieses verrückte Wuppertal, in dem entweder alle Straßen steil bergauf oder steil bergab führen, ein Alptraum für alle Fahrer mit ausschwenkbaren Anhängern.

Als ich nach Wuppertal fuhr, fand ich mich nur mit Mühe zurecht. Die drei Straßen, die früher den kürzesten und bequemsten Weg boten, waren gesperrt, ich war gezwungen, Umwege zu fahren. Meine Unsicherheit wuchs in dem Maße, wie ich mich durchfragen musste, Umwege, überflüssige Wege fahren musste.

Ich schwitzte. Zu allem Unglück spürte ich wieder meinen Rücken. Angelo pfiff auf dem Nebensitz vor sich hin, er sah dauernd aus dem Fenster, er konnte mir in keiner Weise behilflich sein, ich ärgerte mich nur über ihn, weil er daneben saß und so tat, als würde er spazieren gefahren.

Ich rutschte unruhig hin und her, versuchte ständig, meine Sitzstellung am Lenkrad zu verändern, um das unangenehme Stechen im Rücken zu verdrängen, und als ich nach endloser Fragerei die Straße fand, die auf geradem Weg zu den Anstalten führte, glaubte ich, nicht richtig zu sehen: Sie war steil und schmal, links und rechts parkten Personenwagen, die Straße war gerade so breit, dass mein Tankzug auf die Fahrbahn passte, ohne die parkenden Autos zu streifen.

Wenn das nur gut geht, dachte ich und war etwas erleichtert, als ich sah, dass es eine Einbahnstraße war, ein Auto konnte mir also nicht entgegenkommen. Wenn das nur gut geht, dachte ich.

Ein Passant winkte mir, ich hielt, fragte, er gab mir den Rat, nicht den Berg hinaufzufahren, sondern die Umgehungsstraße zu benutzen und von oben her, von der Autobahn einzufahren. Aber es war längst zu spät, denn ohne fremde Hilfe war es unmöglich geworden, den Wagen rückwärts aus der engen Straße zu manövrieren, ich hätte womöglich ein paar Autos beschädigt.

Es wird schon gut gehen, sagte ich dem Mann, der aber schüttelte nur den Kopf und sagte, mehr zu sich als zu mir: Immer diese Fernfahrer ... und dann noch am Sonntag.

Ich quälte den Tankzug im zweiten Gang den Berg hoch und wurde dabei, je weiter ich bergauf fuhr, die Vorstellung nicht los, dass die Straße sich ständig verengte und die Häuser wuchsen. Der Schweiß lief mir über das Gesicht, und ich umklammerte mit beiden Händen das Lenkrad wie ein Anfänger, als könnte ich nur so den Wagen beherrschen, und als ich in den ersten Gang schalten wollte, die Kupplung treten, mich vorbeugen und den Schaltknüppel betätigen, packte mich der Schmerz im Rücken, dass mir schwarz vor Augen wurde und ich glaubte, die Besinnung zu verlieren.

Ich schrie, ich ließ die Hände vom Lenkrad und nahm die Füße von den Pedalen, ich krümmte mich zusammen, ich hörte Angelo schreien, und als ich wieder zufasste und die Pedale treten wollte, da erst war mir bewusst, dass der Lastzug rückwärts rollte. Langsam, zeitlupenartig, ich wollte die Bremse treten, kuppeln, den Gang einlegen, ich fand die Kupplung nicht, meine Beine gehorchten mir nicht mehr, ich war wie gelähmt vor Schmerz, unfähig, mich zu bewegen. Der Wagen rollte schneller, Angelo schrie und fluchte.

Mein einziger Gedanke war, den Lastzug so schräg zu setzen, dass er rückwärts an eine Hauswand stieß und ich ihn so zum Stehen bekam. Wie verrückt drehte ich an dem großen Steuerrad, meine Beine gehorchten mir immer noch nicht, das Steuerrad schien verklemmt, entweder ich war unfähig oder blind geworden vor Schmerz oder ich bildete mir nur ein, dass ich am Steuerrad drehte.

Dann gab es einen Ruck, ich hörte es klirren und splittern, mein Oberkörper wurde auf das Lenkrad geworfen und wieder zurück an die Lehne gepresst, ich sah Angelo aus dem Führerhaus springen und weglaufen.

Dann war es still. War ich bewusstlos? War es denn wirklich still geworden oder war es nur Einbildung. Durch die offene Wagentür drang Staub. Wo kam der Staub her? Ich versuchte mich zu bewegen. Der Schmerz war noch da, mein Kopf wurde schwer. Ich richtete mich in meinem Sitz auf und tastete mich ab. Ich sah aus dem Führerhaus: Es war von Menschen umringt. Wo kamen so plötzlich die vielen Leute her? Wo bin ich. Verdammt, es muss doch einer zu mir was sagen.

Ich stieg aus. Der Schmerz war noch da. Immer noch war es dunkel um mich. Dabei strahlte die Sonne. Die Menschen traten vor mir zurück, als hätten sie vor mir Angst, ich hörte Rufe, ich drehte mich um, mehrmals um mich selbst, aber ich sah niemanden rufen, die Leute starrten mich nur an und blieben stumm.

Endlich sah ich, was ich angerichtet hatte: Mit voller Wucht war ich schräg rückwärts durch die großen Scheiben einer Bankfiliale gestoßen, der Tankzug stand bis zum Führerhaus in der Schalterhalle und hatte alles niedergewalzt, auch das Sicherheitsglas der Schalter und Tische, Stühle, Sitzgarnituren, die gesamte Schalterfront.

Ich stand auf der Straße und sah in die Bank. Ich sah nur Trümmer. Ich stieg langsam in die Bank ein durch ein großes Loch, wo einmal Fenster waren, ich sprang über die Scherben, über Metallrahmen und heruntergefallene Mauerstücke.

Endlich sah ich einen Menschen. Ich rief. Es war Angelo.

Er hüpfte durch den Schalterraum oder das, was übrig geblieben war und rief: Das ist verrückt! Und kein Geld! Das ist verrückt ... Und kein Geld!

Der Tankzug stand schräg in der Schalterhalle wie eine nicht explodierte Riesenbombe. Ich setzte mich auf einen aus seiner Verankerung gerissenen Betonsockel, Angelo setzte sich neben mich. Karl, sagte er, das ist verrückt. Und kein Geld.

Ich dachte nur, warum kommt die Polizei nicht, die Feuerwehr, sie müssten doch längst hier sein, es war doch eine Ewigkeit vergangen. Aber es blieb alles still, nur Staub rieselte langsam zu Boden. Ich spürte keinen Schmerz mehr, mir schienen alle Glieder abgestorben zu sein.

Wie viel Zeit hat die Ewigkeit.

Ich saß wie gelähmt und doch ohne Schmerzen, ich hörte Angelo jammern und fluchen zugleich, dann hörte ich jemanden hinter mir sagen: Da sitzt er.

Ich nahm den Polizisten wie durch dichten Nebel wahr und sagte tonlos: Rufen Sie sofort die Feuerwehr. Der Tankzug ist beladen. Flüssiger Sauerstoff. Explosionsgefahr.

Was dann folgte, war weit weg. Die Polizei ließ die Straße räumen, alle Fenster der Häuser in der Straße öffnen. Ich blieb bei meinem Fahrzeug, auch Angelo blieb bei mir.

Später zogen zwei voreinander gekoppelte Raupenschlepper den Tankzug aus der Bank. Da die Straße an dieser Stelle ihre größte Steigung hatte, gelang das nur langsam und zentimeterweise.

Ich sollte an das Steuer und helfen, den Tankwagen zu lenken, den Einschlag festzuhalten, ich versuchte es, biss die Zähne aufeinander und doch schrie ich vor Schmerz. Dann zog mich Angelo aus dem Führerhaus und setzte sich hinter das Lenkrad. Angelo schaffte es spielend.

Obwohl ich mehrmals versicherte, dass ich keinen Alkohol, keinen Tropfen getrunken hatte, musste ich in die Tüte blasen, und als sich trotz heftigen Pustens das Röhrchen nicht verfärbte, blieben die Polizisten skeptisch und einer sagte: Da haben Sie noch einmal Glück gehabt.

Zwei Stunden waren vergangen, bis der Tankzug wieder auf der Straße stand, die beiden Fahrer der Raupen drängten, sie wollten nach Hause, sie zogen den Lastzug den Berg hinauf, bis Angelo mit eigener Kraft weiterfahren konnte. Einen Augenblick dachte ich an die Kinder auf den Rasenflächen in der Langen Straße und auch daran, dass die Spiele aus München übertragen wurden.

Am Tankzug waren kaum Schäden zu sehen, ein paar Beulen, Kratzer, Lackschäden, Abschürfungen, nur das Ventil war verbogen, funktionierte aber noch, ich würde beim Abtanken keine Schwierigkeiten haben.

Die Polizei hatte die Firma in Dortmund verständigt, mir

wurde gesagt, Direktor Bosch werde selbst in Kürze hier sein.

Wir tankten vor der Ambulanz der Anstalten ab, und später versuchte ich bei der Vernehmung zum Unfallhergang klar zu machen, dass ich mir nicht erklären könne, wie alles abgelaufen sei.

Angelo verstand wieder mal kein Deutsch.

Ich erzählte das von meinem Rücken, von meinem plötzlichen Schmerz, und der Polizist, der protokollierte, sagte nur: Mensch, mit so einem kaputten Kreuz am Steuer bist du ja allgemeingefährlich ...

Ein anderer tröstete mich: Lassen Sie den Kopf nicht hängen, Mann, das zahlt doch alles die Versicherung, und eure Karren sind doch Vollkasko. Hier, trinken Sie erst mal einen Magenbitter, das ist kein Alkohol, das ist Medizin.

Sie gaben mir meine Papiere zurück. Ich wartete auf den Stufen zur Ambulanz, bis Bosch und Kühn eingetroffen waren. Bosch beachtete mich kaum, er ging nur einige Male prüfend um das Tankfahrzeug, dann erst fragte er mich: Alles in Ordnung?

Der Tankzug hat nur Kratzer, sagte ich. Bisschen Lack ab, Ventil verbogen. Das können wir in unserer eigenen Werkstatt reparieren. Bosch nickte, er sprach dann noch mit den Polizisten, die den Unfall aufgenommen hatten, dabei betrachtete er dauernd Angelo, so, als überlege er, wo er ihn schon einmal gesehen habe.

Kühn nahm mich beiseite, er fasste mich am Arm, als er auf mich einredete: Maiwald, wir kriegen das schon wieder hin, nur keine Aufregung. Kein Wort zu den anderen, vor allem nicht zu den Versicherungsfritzen, die tanzen ja Montag oder Dienstag an. Das kriegen wir schon wieder hin. Hauptsache, der Tankzug hat nichts abgekriegt und Sie sind heil geblieben. Sie leben noch, das ist die Hauptsache.

Bosch sah sich Angelo genau an, er fragte mich: Hat der Mann Führerscheinklasse zwei?

Ja, antwortete ich, er hat früher bei einem Bauunternehmer Lastwagen gefahren, jetzt arbeitet er bei Hoesch. Er heißt Angelo Pinola.

Zu Kühn sagte Bosch, laut, dass es Angelo hören musste: Kein übler Bursche. Sprechen Sie mal mit ihm, scheint ein guter Mann zu sein. Vielleicht können wir ihn zu uns rüberziehen … Aber der Tankzug bleibt heute über Nacht hier stehen, ich lasse ihn morgen abholen.

Sie nahmen uns mit im Wagen, Angelo und ich saßen hinten, Kühn fuhr, Bosch saß daneben, und es wurde bis Dortmund kein Wort gesprochen. Angelo sah wieder aus dem Fenster, als wäre draußen etwas Interessantes zu sehen.

Ich musste noch zu Kühn ins Büro, Angelo wartete im Treppenhaus, Kühn hatte ihm zu verstehen gegeben, dass er mit mir allein sprechen wollte. Kühn gab mir einen Schnaps.

Trinken Sie erst mal. Alles andere wird sich finden. Mit Doktor Bosch werden wir schon klar kommen, der ist gar nicht so, mit dem lässt sich reden … Maiwald … Am Montag oder Dienstag kommen die Heinis von der Versicherung, das sind unverschämte Kerle, und dabei blättern wir denen jedes Jahr ganz schöne Sümmchen auf den Tisch … Na, Sie wissen ja selber, Sie haben genug mit denen zu tun gehabt. Bitte, Herr Maiwald … was ich da noch sagen wollte … wir wollen die Geschichte nicht komplizieren, Sie werden ja verhört werden … also, was ich sagen wollte, Sie haben natürlich nie Fahrverbot gehabt, niemals … Wenn Sie nämlich das sagen, dann reißen Sie nicht nur uns rein, sondern sich selber … Sie verstehen mich doch.

Ach Gott, sagte ich, was soll mir schon passieren. Ich bin doch schon halb aus dem Betrieb draußen.

Darüber ist noch nicht das letzte Wort gesprochen, Herr Maiwald. Doktor Bosch hat mir vorhin in seinem Büro zu verstehen gegeben, dass er Ihren Fall noch einmal prüfen wird und mit den verantwortlichen Leuten in Düsseldorf bereden muss. Es ist noch nichts endgültig, verstehen Sie …

Sie müssen uns natürlich auch ein wenig helfen … Sie verstehen.

Nein, ich verstehe nicht, sagte ich und ging.

Angelo fuhr mich nach Hause. Er sagte: Karl, das wäre gut, wenn ich Stelle bei Maßmann bekäme, dann wäre ich weg von Dreckarbeit bei Hoesch, könnte Tankzug fahren, könnte ich mehr verdienen, könnte ich lernen Deutschland kennen … immer auf Fahrt, das wäre gut.

Ja, Angelo, für dich brechen rosige Zeiten an. Komm mit rauf, Angelo, vielleicht hat meine Frau was Gutes gekocht.

Angelika sagte an der Tür: Du kommst aber spät. Gott sei Dank, dass du wieder da bist. Ist auch alles gut gegangen?

Es gab Bohneneintopf mit Hammelfleisch. Angelika setzte sich zu uns in die Küche und sah uns beim essen zu. Angelo aß, als habe er tagelang schon nichts Richtiges mehr gegessen.

In der Straße war vielleicht noch was los heute. Die Leute sind vielleicht aufgebracht, sauer sind die alle, das kann ich dir gar nicht sagen, wie. Sie erzählte, dass die Kommunisten den Kinderzug organisiert hätten, und sie sagte wieder: Die Leute sind vielleicht aufgebracht, weil sie an der Nase herumgeführt werden. Haben doch alle gedacht, das wäre von Kindergärtnerinnen organisiert worden. Gott sei Dank, dass Karin nichts damit zu tun hat.

Angelo ließ den Löffel sinken und vergaß zu essen, während Angelika aufgeregt erzählte, dann kaute er wieder mit vollen Backen, dann lachte er los.

Das ist aber gar nicht zum Lachen, Angelo, entrüstete sich meine Frau, die Leute in der Straße sind nämlich ganz schön sauer, weil man sie an der Nase rumgeführt hat.

Aber es ist doch egal, wer Kinderzug organisiert hat, rief Angelo, Hauptsache ist doch Kinderzug für guten Zweck.

Für dich vielleicht, Angelo, in Italien. Aber nicht hier bei uns, sagte meine Frau.

Angelo stand auf. Essen war gut, sagte er, aber ihr Deutschen dumm ... sehr dumm.

Er warf mir die Autoschlüssel auf den Tisch und ging.

Und das muss man sich bieten lassen, rief ihm meine Frau hinterher.

Ich hätte zufrieden sein müssen.

Ich hätte zufrieden sein müssen, dass Pollmüller bei Gericht Klage eingereicht hatte gegen die Firma Maßmann wegen Verletzung des allgemeinen Persönlichkeitsrechtes nach

Paragraph 823 des Bürgerlichen Gesetzbuches und, wenn das scheitern sollte, dass er Verfassungsklage einreichen wollte; die Firma hatte die Würde des Menschen verletzt durch die als Gegensprechanlage getarnte Abhöranlage und durch die Aufzeichnung und Registrierung der Gespräche. Pollmüller hatte mehrmals und lange mit mir darüber gesprochen in seinem Wohnzimmer im Bungalow auf der grünen Seite. Er hatte mit mir ausführlich und oft stundenlang dieses Problem erörtert, und so, als wäre ich Jurist und nicht Laie, ich hatte mich gewundert, dass er für mich so viel Zeit erübrigen konnte. Aber seine juristische Sprache verwirrte mich mehr, als sie mich aufklärte, ich verstand wenig. Er hatte mir auch gesagt, es werde viel Zeit vergehen bei der Abwicklung des Musterprozesses, und über die Kosten brauchte ich mir keine Sorgen zu machen. Ich hatte immer nur zugehört, als ich bei ihm saß, und nie gewagt, ihn zu unterbrechen.

Ich hätte zufrieden sein müssen. War ich aber aus seinem Haus und stand wieder auf dem Bürgersteig und sah die Häuser der schwarzen Seite, wurde ich wieder unzufrieden.

Ich hätte froh sein müssen.

Ich hätte froh sein müssen, dass trotz aller Nachforschungen nichts über die Herkunft der Flugblätter bekannt wurde, weder über den Verfasser, noch über die Verteiler. Es gab nur Vermutungen, sonst nichts. Es wurde von politischen Hintermännern gemunkelt, sogar Gewerkschaftsfunktionäre wurden verdächtigt, die mit der Haltung ihrer Gewerkschaftsspitze nicht einverstanden waren. Die Firma Maßmann und auch die IG Chemie hatten Anzeige erstattet gegen Unbekannt wegen Verleumdung, übler Nachrede und Geschäftsschädigung. Niemand hatte die Italiener verdächtigt, niemand Roggensack, zumindest war das anzunehmen, denn von Roggensack hatte ich seit damals, als ich die Flugblätter abgeholt und ihn vor seiner Wohnung abgesetzt hatte, nichts mehr gehört.

Ich hätte froh sein müssen. Aber ich war es nicht.

Ich hätte stolz auf mich selbst sein müssen.

Ich hätte stolz auf mich selbst sein müssen, dass ich den faulen Handel abgelehnt hatte, den mir Bosch und Kühn angeboten hatten, nämlich den Herren von der Versicherung mein Fahrverbot zu verschweigen. Ich hätte dadurch wahrscheinlich meinen Arbeitsplatz retten können. Aber an dem bewussten Montag nach dem Unfall in Wuppertal sagte ich bei der Einvernahme durch die drei Herren von der Versicherung einfach die nackte Wahrheit, und auch, wie es zu dem Unfall gekommen war und warum ich mich durch Kühn und Stratmann zu dieser Fahrt hatte überreden lassen. Ich hatte mich weder von Kühn noch von Bosch aufhalten lassen, als sie mir vor der Tür mit hastigen und beschwörenden Worten zu verstehen gaben, dass, wenn ich in ihrem Sinne aussagte, die Vergangenheit nicht gewesen wäre, sie hatten mir sogar den Vorarbeiterposten zum ersten März dreiundsiebzig versprochen. Ich hatte sie einfach weggeschoben und das Büro betreten, in dem die drei Herren der Versicherung saßen. Ich sagte alles. Ich sagte auch, dass Bosch und Kühn mich daran hindern wollten mit Versprechungen und Zurücknahme meiner Kündigung, vor ihnen die volle Wahrheit zu sagen. Ich wollte nicht mehr lügen müssen für mich und andere. Die Lügen sind es, die uns im Laufe der Jahre in einem Betrieb in die Angst treiben und uns abhängiger werden lassen, als wir ohnehin sind. Obwohl ich wusste, dass damit der dreißigste November zweiundsiebzig mein endgültig letzter Tag bei der Firma Maßmann sein würde, packte ich alles aus, was ich wusste, was ich erlebt hatte.

Ich hätte stolz auf mich selbst sein müssen.

Jetzt aber war ich nicht mehr stolz auf mich und meinen Entschluss, mit Lügen und Vertuschen aufgeräumt zu haben, ich spürte keine Genugtuung, dass ich den Helden gespielt hatte und ein zweifelhafter Sieger geblieben war. Sieger über wen? Als ich nach der Vernehmung aus dem Büro trat und in meine Werkstatt zurückging, war mir, als hätte ich mich selbst zerstört. Nein, ich war kein Sieger. Das flaue Gefühl im Bauch war wieder da. Der Magen zwickte.

Ich war nicht stolz auf mich.

Ich war beunruhigt darüber, weil ich nie erfuhr, wer die Flugblätter bezahlt und das Papier geliefert hatte, und ich war beunruhigt darüber, dass Pollmüller diesen Prozess ohne Honorar führen wollte, denn Selbstlose gibt es nicht, das wusste ich jetzt. Als ich Pollmüller bei der letzten Besprechung noch einmal daraufhin ansprach, hatte er gesagt: Honorar? Aber Herr Maiwald, was soll das. Ich habe genug davon. Und außerdem: Diese Kosten kann ich von der Steuer absetzen.

Das beunruhigte mich.

Noch mehr aber beunruhigte mich die Tatsache, dass Pollmüller, wie ich zufällig erfahren hatte, Industrieanwalt war und sein Vater von den Honoraren der Industrie lebte. Wollte Pollmüller durch diesen Prozess ausschließlich die Firma Maßmann treffen und nicht die Industrie und nicht die Bosse in Düsseldorf, sondern die Gewerkschaft und die Funktionäre in Hannover? Würde er den Prozess führen, wenn die Gewerkschaft nicht Eigentümerin der Firma Maßmann wäre?

Das beunruhigte mich sehr.

Eigenartigerweise beunruhigte mich weniger meine eigene Zukunft als vielmehr diese Vorgänge, die sich für mich in keinen Zusammenhang fügen wollten. Wenn ich Karin von meiner Unruhe und meinen Zweifeln erzählte, sagte sie, Vater, da kann ich dir auch nicht helfen. Ich hatte etwas in Bewegung gesetzt, dem ich nicht gewachsen war.

Das alles ging mir durch den Kopf, als ich in der ersten Reihe dieses denkwürdigen Zuges, der in der Geschichte unserer Stadt wohl ohne Beispiel war, durch die Straßen marschierte. Es war der vierte November, verkaufsoffener Samstag. Ich trug ein Schild mit der Aufschrift: Abordnung Firma Maßmann. Die Stadt war voller Menschen.

Überall in der Stadt spürte man die bevorstehende Wahl, und den meisten im Betrieb war klar geworden, dass diese Wahl in vierzehn Tagen entscheidend war für uns Arbeiter. Überall hingen Plakate. Strauß war auf vielen Plakaten ein Hitlerbärtchen gemalt worden und Barzel eine Sprechblase an den Mund geklebt: Ich wähle Brandt. Karin, die zum ersten Mal wählen darf, hatte gesagt: Vater, ich kriege Angst, wenn ich diesen Strauß sehe, verstehst du, Angst.

Ich lief in dem langen Zug durch die Stadt und dachte

nur daran, als ich wieder und wieder die Wahlplakate sah, was würde in vierzehn Tagen sein? Vielleicht ist dann Strauß an der Macht und Abhöranlagen in Betrieben werden zur Regel. Ja, Karin hatte Recht, da konnte einen schon die Angst packen.

Aber am meisten beunruhigte mich dieser kleine, dicke, glatzköpfige Mann, der plötzlich neben mir war. Roggensack marschierte ohne Schild. Er nickte mir nicht einmal zu, er benahm sich so, als habe er mich zuvor nie gesehen.

Zehntausend Menschen waren es, die sich an diesem Samstagnachmittag auf dem Neuen Markt versammelt hatten und dann in einer langen Kolonne und in Sechserreihe durch die Innenstadt zogen, schweigend, ohne Sprechchöre, ohne schwarze oder rote Fahnen. Nur in den vorderen Reihen trugen Demonstranten Schilder mit Aufschriften: Abordnung Firma Hoesch. Abordnung Union Brauerei. Abordnung Zeche »Minister Stein«. Abordnung Zeche »Gneisenau«, Abordnung COOP. Abordnung Klönne. Abordnung Firma Jucho … Aus siebzig größeren Betrieben waren Abordnungen vertreten, zehntausend, darunter viele Frauen, folgten den siebzig Schilderträgern.

Ich war der Einzige aus meiner Firma, nicht einmal Franz hatte ich bewegen können mitzukommen, er hatte nur den Kopf geschüttelt. Nein, Karl, es ist schon genug, wenn du auf die Straße fliegst. Aber du hast es leichter. Du hast eine Frau, die verdient. Deine Tochter ist selbständig. Ich habe kleine Kinder. Versteh mich doch.

Es gab im Zug zwar viele Transparente, aber nur mit einer Aufschrift: Gegen Gesinnungsschnüffelei. Roggensack lief neben mir, als sei er der Anführer der Zehntausend, und als wir von der Bornstraße in die Mallinckrodtstraße einbogen, da fing er plötzlich an zu singen, wie ein Kind.

Brüder, zur Sonne, zur Freiheit … Aber weiter kam er nicht. Er wurde niedergezischt, nach vorne gestoßen, zur Seite und schließlich mit Fußtritten auf den Bürgersteig getrieben. Als er auf das Pflaster gestürzt war, rief einer hinter mir: Kommunisten raus!

Es blieb mir lange unklar, wer diese Demonstration eigentlich organisiert hatte. Als ich aus der Zeitung von der geplanten Kundgebung erfahren hatte und auch, dass das Ordnungsamt die Genehmigung dafür gegeben hatte, wenn auch mit Bedenken, weil durch den verkaufsoffenen Samstag ein Verkehrschaos zu befürchten wäre, fragte ich meine Arbeitskollegen im Betrieb. Keiner wusste etwas davon. Ich hatte plötzlich gehofft, dass die Gewerkschaft endlich über ihren eigenen Schatten gesprungen wäre und die Angst vor ihrer eigenen Courage abgeworfen hätte.

Aber es war anders.

Nach und nach erfuhr ich, dass die Belegschaften vieler Großbetriebe nach der Flugblattaktion ihre Betriebsräte und Vertrauensleute gedrängt hatten, öffentlich auf die Flugblätter zu reagieren, und als die zuständigen Gewerkschaften es abgelehnt hatten, eine öffentliche Aktion zu starten, nahmen es eine Handvoll Vertrauensleute und Betriebsräte aus verschiedenen Betrieben in die Hand, diesen Demonstrationszug zu organisieren. Sie hatten ein Komitee gebildet, die Arbeiter in ihren Betrieben informiert und durch wiederholte Zeitungsaufrufe auf diesen Protestmarsch hingewiesen.

In meinem Betrieb hatte man sich darüber ausgeschwiegen. Obwohl Kollmann die Pflicht gehabt hätte, den Beschluss des Komitees am schwarzen Brett auszuhängen. Sie waren mir aus dem Weg gegangen, wenn ich sie darauf angesprochen hatte. In ihrem Zimmer hatte mir Karin meine Tafel beschriftet, in Wölberts Werkstatt nagelte ich dann Tafel und Stange zusammen.

Mir war wohler, als Roggensack nicht mehr neben mir marschierte. Ich war zwar erschrocken, als sie ihn so brutal auf den Bürgersteig gestoßen hatten, aber ich hatte mich nicht nach ihm umgedreht. Erst in der Schützenstraße, als wir wieder zurück zum Neuen Markt marschierten, sah ich ihn wieder. Er stand vor einer Tankstelle auf dem Bürgersteig, und als wir den Brauereihügel hochliefen, an der Union Brauerei vorbei, und in die Kampstraße einbiegen wollten, marschierte er plötzlich wieder neben mir, wie aus dem Boden gewachsen.

Die anderen schienen ihn nicht zu bemerken.

Während des Marsches durch die Stadt verteilten wir Zettel an die Passanten, es waren die Flugblätter von damals. Polizisten auf Motorrädern fuhren unserem Zug voran, stoppten den Verkehr, wenn wir in eine neue Straße einbogen, drängten Autos an die Seite, wenn wir durch eine Straße marschierten. Auch die Straßenbahnen wurden angehalten.

Ich hätte mich freuen müssen.

Ich hätte mich freuen müssen, dass hier Tausende auf den Beinen waren, freiwillig, aus eigenem Antrieb, nicht für mehr Lohn, nicht für besseren Tarif, nicht für günstigere Arbeitsbedingungen, aber auch nicht auf Anordnung oder

Empfehlung ihrer Gewerkschaften, sondern freiwillig und gegen den Willen ihrer Gewerkschaftsspitzen. Ich hätte mich freuen müssen, dass Tausende für eine Sache marschierten, die ihnen weder Geld noch andere materielle Vorteile einbrachte, dass noch einmal Tausende, die zum Einkaufen in die Stadt gekommen waren, zum Zuhören und Zusehen gezwungen wurden.

Aber ich freute mich nicht.

Ich ging in der ersten Reihe wie mechanisch, als habe mich jemand aufgezogen und nun lief die Feder ab gegen meinen Willen. Ich hätte mich freuen müssen, dass ich es war, der diese Menschen auf die Beine gebracht hatte, wenn es auch niemand wusste.

Jetzt fürchtete ich mich.

Jetzt fürchtete ich mich vor diesem Zug der Zehntausend, der sich wie ein Wurm durch die Straßen der Stadt schlängelte. Ich hatte wieder Angst und konnte sie mir nicht erklären. Bei der Abschlusskundgebung vor dem Stadthaus auf dem Neuen Markt, wandten sich von einem primitiv zusammengezimmerten Podest aus mehrere Redner gegen Schnüffelei und andere Überwachungsmethoden in deutschen Betrieben.

Ich war müde, ich bekam nicht mehr viel mit. Ich stützte mich auf mein Schild, das ich auf den Boden gesetzt hatte. Um mich war eine unübersehbare Menschenmenge, bis hin zur Hansastraße und zum Stadttheater und bis hinauf zum Wall. Der Asphalt war noch nass, die Stadtreinigung hatte kurz vorher die Abfälle vom Wochenmarkt weggespült.

Die Kundgebung löste sich auf, die Menge verlief sich. Ich trottete über den Alten Markt, ich war vom Laufen und Stehen müde. Ich trug mein Schild unter dem Arm. Auf dem Platz vor der Reinoldikirche riss mich plötzlich jemand an der Schulter herum. Vor mir stand Roggensack. Ich sah ihn an, wollte etwas sagen, aber sagte nichts und kam mir dumm vor.

Na, Maiwald, zufrieden?, fragte er.

Der Mann war mir unheimlich. Er stand da, klein, dick, auf seiner Glatze perlte der Schweiß, er grinste mich an. Er fragte wieder: Na, Maiwald, zufrieden?

Am liebsten hätte ich ihm einen Stoß gegeben, aber ich würgte nur heraus: Hau ab! Lass mich in Ruhe.

Ich drehte mich um, lief über den Platz und über die Kampstraße. Ich hörte Roggensack hinter mir herlachen.

Erst im Gildenhof, am Tresen, neben den vertrauten Gesichtern, wurde mir leichter. Ich spürte förmlich, wie die Angst von mir abfiel.

Wittbräucke prostete mir zu und sagte: Karl, willst Montag mitkommen?

Montag? Was ist denn Montag?

Zum Gericht. Zuhören. Montag fängt doch der Prozess an gegen den verdammten Türken, diesen Mustafa.

Schöller nickte vor sich hin, als habe er damit nicht das Geringste zu tun.

Wittbräucke drehte sich um und sagte in die Gaststube hinein: Jaja, wir drei haben die Renate damals gefunden … im Wald … und jetzt sind wir Zeugen.

Ich rief Angelika an: Willst du noch rüberkommen? Ein

Zigeunerschnitzel essen? Sie sagte zu und kam eine halbe Stunde später, aber ohne Karin. Die kann nicht, sagte sie auf meinen fragenden Blick, sie hat Besuch.

Angelika grüßte wieder verlegen nach allen Seiten und doch hatte ich den Eindruck, dass sie hier nicht mehr so fremd war und auch der Kneipe nicht mehr so feindselig gegenüberstand. Sie unterhielt sich später sogar mit Martin, der in die Kneipe gekommen war und sich zwischen uns an den Tresen stellte. Angelika saß auf einem Hocker.

Vielleicht sollte ich sie öfter mitnehmen, dachte ich.

Am Ecktisch, an der langen Eichenplatte, wo sonst die Schützen sitzen, saßen Männer in schwarzen Anzügen.

Burrmeister, wer hätte das gedacht, sagte der Wirt zu mir, dass es mit dem mal so schnell geht. Dabei haben wir alle gedacht, der will sich nur wichtig machen mit seiner Krankheit.

Burrmeisters Frau hatte in der Todesanzeige in der Zeitung geschrieben, man möge von Kranzspenden absehen und dafür das Geld wohltätigen Zwecken überweisen.

Angelo, der mit Franz gekommen war, rief mir zu: Ich komme gleich, Karl ... Ich gebe Runde ... Ich habe neuen Job ... Jetzt ich bin Fahrer.

Martin stieß mich an: Also, Karl, Kneipe ist immer der beste Platz für Geschäfte. Jetzt machen wir beide mal Nägel mit Köpfen: Willst anfangen bei mir oder nicht. Letztes Angebot.

Martin, das hat doch keinen Zweck, das weißt du doch. Drei Tage hinterm Steuer und ich liege wieder flach.

Du sollst doch gar nicht fahren. Ich habe das mit meinem alten Herrn schon bequatscht, du brauchst nur ja zu sagen. Du übernimmst für mich in der Brauerei die Fahrdienstleitung.

Und du?, fragte ich.

Ich übernehme dem alten Herrn seine Arbeit. Die Heidi heiratet, die zieht nach Weihnachten weg. Der alte Herr will jetzt nur noch reisen. Der will jetzt endlich sein Geld ausgeben. Meinetwegen. Mir soll's recht sein, dann ist einer weniger im Haus, der mir ins Geschäft redet.

Angelika nickte zögernd. Sie trank Bier zu ihrem Essen.

Ich weiß nicht, sagte ich.

Komm, überleg nicht lange. Ich brauche einen zuverlässigen Mann. Und du bist ein zuverlässiger Mann. Sagt mein alter Herr auch. Wir kennen uns doch seit Jahren. Komm, Hand drauf.

Ich weiß nicht, sagte ich wieder.

Hinter dem Tresen an der Wand war ein neuer Spruch: Saufen wollen sie alle, aber keiner will sterben.

Ich sage dir morgen Bescheid, Martin, ich muss noch mal drüber schlafen.

Gut, Karl, ich komme morgen Nachmittag bei dir vorbei. Wirt! Gib mal eine Lokalrunde … auf meine Rechnung.

Ich hätte zufrieden sein müssen.

Aber ich war es nicht.

»Dortmund« – »Arbeit – was das war und was das ist«

Max von der Grün, der 1951 aus seiner fränkischen Heimat ins Ruhrgebiet zog, wurde zum Autor der Ruhrgebietsmetropole Dortmund. Die Bergbau-, Eisen- und Bierstadt wurde Schauplatz seiner Romane – zum Beispiel im 1973 erschienenen »Stellenweise Glatteis«. Das Dortmund, das Max von der Grün in »Stellenweise Glatteis« beschreibt, entspricht noch ganz der Stadt, die er 1967 in einem Beitrag für die Anthologie »Geliebte Städte« des Fackelträger Verlags porträtiert hat: Seine Prosaskizze »Dortmund« ist eine Hommage an die 600000-Einwohnerstadt in der Zeit vor dem Beginn des großen Zechensterbens in den siebziger und achtziger Jahren. Der Wahl-Ruhrgebietler Max von der Grün liebt die aus lauter Dörfern zusammengesetzte kleinstädtische Kohle-, Koks- und Hütten-Stadt, auch wenn oft ein Schleier aus giftgelbem Staub in der Luft liegt. Das nach dem Krieg neu aufgebaute Stadtzentrum – »protzig, neureich, uniform« – ist seine Sache nicht. Dortmund ist für Max von der Grün eine Stadt mit »vielen Gesichtern«: »morgens eine Arbeiterstadt, vormittags eine Stadt der Geschäftsleute, mittags die der Jugend, abends eine der Gehetzten, nachts eine der Trinker«. Und verliert die »Borussia« ein Fußballspiel, kann schon mal ein Fernsehgerät am Borsigplatz aus dem dritten Stock fliegen.

Für den dialogfreudigen, an Menschen interessierten Schriftsteller Max von der Grün sind in den »städtischen Dörfern« Dortmunds Kneipen klassenlose Zentren der Kommunikation. Hier tauschen die Invaliden, zumeist Silikosekranke wie in »Stellenweise Glatteis«, am Tresen Neuigkeiten aus und versichern sich ihrer Vorurteile. Auch in seiner Stammkneipe, im »Schützenhof«, hört er ihnen zu, wenn sie die neuesten Zeitungsmeldungen kommentieren, und da zuallererst: das Wetter, die Rente, den Anzeigenteil. Dass die im Ruhrgebiet ohnehin schwache Zeitungslandschaft in der real existierenden freien Markwirtschaft immer uniformer wird, stört sie nicht.

Max von der Grün war immer ein großer Leser und ein nachdenkender Autor. Was und worüber und wie impulsiv dabei auch immer er eine Erzählung oder einen seiner Ruhrgebietsromane schrieb, stets war es begleitet von Reflexion und Analyse. Er bedachte den politischen Gesamtzusammenhang und unterzog sein Sujet der moralischen und philosophischen Betrachtung. Freilich ohne Allüren, allein aus seiner Lebenserfahrung als Arbeiter und als Sohn einer Mutter, für die nur handfeste Arbeit zählte und für die Lesen Zeitvergeudung war. Davon erzählt Max von der Grün in der gerade auch heute in der großen Finanz- und Kapitalismuskrise wieder anregenden Prosa- und Gedankenskizze »Arbeit – was das war und was das ist« (»Frankfurter Hefte« 1977). Aufgewachsen ist er mit mütterlichen Ermahnungen wie: »Wer nicht arbeitet, der braucht auch nicht essen!« oder »Hast du dir dein Brot schon verdient?« Daran hat er sich gehalten. Aber dann kam auch die Überlegung dazu: »Ein raffinierter ökonomischer Mechanismus hat mir eingeredet, das ich meine Daseinserfüllung finden werde, wenn ich das und das besitze.« Bedeutet dieser mit bedeutenden Summen in der Werbung täglich neu aufgeredete Konsumismus aber wirklich »Daseinsbefriedigung, Glück, erfüllten Traum«? Oder nicht doch das Einlösen der »Versprechungen anderer«, also Fremdbestimmung? Und damit Abkehr vom Eigenen, vom möglichen Ganzeigenen? Der Obersteiger fragte einmal den Steiger von der Grün unter Tage, warum der keine Überstunden mache, um noch besser zu verdienen. Von der Grün antwortete ihm: »Weil mir das, was ich verdiene, genügt. Ich bin nämlich nicht zum Arbeiten geboren.« Von der Grün machte keine Überstunden, weil er die freie Zeit über las und schrieb, übers Lesen zum Schriftsteller wurde.

Stephan Reinhardt

Dortmund

Der blühende Baum in meiner Stadt ist mehr als ein blühender Baum, er ist ein Wunder, das den Alltag lebenswert macht.

Der Baum, die Blüten, die Frucht.

Meine Stadt hat eine tausendjährige Geschichte, und doch ist sie neu, wie nur etwas sein kann, das im letzten Krieg über sechs Jahre hinweg täglich zerstört wurde und Menschen übrig ließ, die aus Höhlen krochen. Sie ist ohne Tradition, nüchtern, fleißig, staubig und sauber – und doch liebenswert.

Meine Stadt ist ein großes Dorf, ein Bündel Dörfer – ich liebe in dieser Stadt nicht die Stadt, sondern die Dörfer dieser Stadt. Ich hasse den Gestank, der ständig über der Riesenstadt liegt, aber ich liebe die Menschen in den unzähligen Dörfern, ich hasse die City, denn sie ist protzig, neureich, uniform – aber ich liebe die Kneipen in den städtischen Dörfern oder dörflichen Städten.

Ganz Dortmund ist eine Kneipe, die nächste ist kaum hundert Schritte weit, dort stehen die Männer am Tresen, trinken ihr Bier und palavern, stundenlang, und sollte es einem Fremden einfallen zu fragen, warum sie sich um Himmels willen nicht hinsetzen, wird er zur Antwort bekommen: Weil wir keine Zeit haben.

Meine Stadt stinkt manchmal, und manchmal ist sehr oft.

Immer ist irgendwo Rauch, Dampf, Qualm – giftgelb, rosa, weiß; immer ist Staub, braun, schwarz, rot. Immer ist Lärm, nie endender. Immer läuft irgendwo der Bierhahn, immer wird irgendwo gesungen, krakeelt: vor dem Fußball, nach dem Fußball, in der Kneipe, in der Westfalenhalle – auch ohne Westfalenhalle ist Dortmund eine Kneipe.

Die Stadt ist endlos von Norden nach Süden, mehr noch von Osten nach Westen. Dorf reiht sich an Dorf, auch Vorstädte genannt, Straßen sind die Perlonschnüre, auf der die Dörfer aufgereiht werden zu dem, was man gemeinhin Großstadt nennt.

Neben den Gebirgen der Neuzeit, den Kohlenhalden, grasen Kühe, neben einer Großzeche pflügt ein Bauer; in der City stauen sich nicht nur zu Stoßzeiten die Autos, einige hundert Meter weiter treibt ein Schäfer seine Herde über eine Ausfallstraße, Autos und Straßenbahnen stoppen, alle haben sie plötzlich Zeit, die Unrastigen werden wieder sehend.

Nach einem verlorenen Spiel »Borussias« fliegt aus dem dritten Stock am Borsigplatz ein Fernsehgerät aus dem Fenster, bei Hoesch wird ein Hochofen abgestochen, achthundert Meter unter dem Unfallkrankenhaus wird Kohle aus Flözen geschrämt, im Norden der Stadt tragen Bergbauinvaliden ihre Silikose und ein Stück Geschichte der Stadt spazieren. Auf der Hohensyburg tagen Industriebosse, Frauen fortgeschrittenen Alters treffen sich zum Kaffeekränzchen, entlang des Ruhrschnellweges wohnen Deutschlands junge Millionäre und stehen über zehntausend Arbeitslose in der Hoffnung auf einen Job an, im Süden ragt die Universität aus den Feldern, Fortschritt und Alptraum zugleich.

Meine Stadt hat viele Gesichter, wechselt ihr Gesicht nicht nur im Zwang der Jahreszeiten, sie wechselt ihr Gesicht mehrmals am Tag, sie ist morgens eine Arbeiterstadt, vormittags eine Stadt der Geschäftsleute, mittags die der Jugend, abends eine der Gehetzten, nachts eine der Trinker.

An Sonntagen führen Eltern ihre Kinder im Westfalenpark spazieren, Herrchen ihre Hunde, im Stadtteil Eving wäscht ein Mädchen mit warmer Seifenlauge den Staub von den Ziersträuchern im Garten. Sie ist glücklich, denn eine Stunde lang ist grün wieder grün, rot wieder rot, denn auch an Sonntagen scheint die Sonne hier nicht wirklich, dauernd ist zwischen Sonne und der Stadt ein Schleier gezogen, der aus unzähligen Schornsteinen steigt.

Die Frauen wissen sich zu helfen, sie hängen die Wäsche nicht auf die Leine ins Freie, sondern in den Keller oder auf den Dachboden; und in den Schrebergärten – auch die gibt es zahllos – strömt das Wasser aus dem Schlauch und spült die Industrie ab. Ein Sieg für Stunden.

Meine Stadt ist eine von der SPD regierte, aber das besagt überhaupt nichts. Die Menschen sind ein bisschen stolz auf ihre Stadt, vor allem auf ihre Brauereien, die den Namen der Stadt in alle Welt tragen. Das macht sie im Ausland selbstsicher.

Meine Stadt ist eine reinliche Stadt, die Männer tragen nicht nur an Sonntagen weiße Hemden und Krawatten, proper muss man sein, der Staubausstoß der Industrie fordert sie geradezu heraus, sich täglich neu herauszuputzen, die Frauen putzen ihre Fenster zweimal die Woche, der Wagen wird mindestens einmal gewaschen und der Balkon bestimmt dreimal gefegt.

Man hat gelernt, mit dem Staub zu leben, mit der Luft und der nie siegreichen Sonne.

An Sonntagen gähnt die Innenstadt vor Langeweile, die Menschen sind ins nahe Sauerland oder Münsterland gefahren, sie kalkulieren die kilometerlangen Autoschlangen mit ein, die sind es ihnen wert, um für einige Stunden in freier Luft zu atmen.

Die Menschen meiner Stadt sind gastlich und großzügig, jedoch nicht verschwenderisch, sie spendieren in der Kneipe auch einem Fremden ein Bier, wenn er sich an ihren Gesprächen beteiligt, sie lassen leben, wenn sie selbst zu leben haben, sie sind tolerant, solange man ihnen nicht widerspricht.

Die Menschen meiner Stadt atmen auf, wenn sie nach dem Urlaub wieder in den Dunstkreis ihrer Stadt zurückkommen; es war ein schöner Urlaub, man hat sich erholt, war am Strand, im Gebirge, man ist braun geworden, hat etwas vorzuweisen – aber jetzt nur schnell den Wagen leeren. Und während die Frau auspackt, vielleicht mit Wehmut an den verlassenen Ferienort zurückdenkt, die Wohnung wieder wohnlich macht (die Nachbarin hat während ihrer Abwesenheit die Blumen versorgt und vielleicht auch den Hund), geht der Mann schnell mal rüber in die Kneipe, nur sehen, was los ist, nur eben ein Bier trinken, kurz einen Skat spielen, vielleicht mal knobeln, für die anderen am Tresen einen Klaren ausgeben, weil man doch zurückgekehrt ist, das gehört sich so, das ist Ritual und Bedürfnis zugleich, und ein Helles trinken, denn nirgendwo auf der Welt schmeckt Dortmunder Bier so gut wie in Dortmund selbst.

Er stellt fest, dass sich nichts verändert hat, alles ist, wie es war; Wirt, gib mir ein Solei oder ein kaltes Schnitzel, das man gleich aus der Hand essen kann, die Frau hat ja doch nichts zu Hause. Paule ist noch in Urlaub, er hat eine Karte geschrieben an den Wirt, der ist Schaltstation, Postbote für Grüße von überall her.

Und dann die Kirmes. Dort ist man Mensch, dort muss man es sein, da trifft sich der Mercedes 450-Besitzer mit dem Fußgänger, denn zur Kirmes streifen sie alles ab, es sind Volksfeste besonderer Art, sie haben ihren speziellen Geruch und ihre unnachahmlichen Normen.

Um zehn Uhr abends geht meine Stadt schlafen, sie ist eine Arbeiterstadt, ist gezwungen, am Morgen ausgeruht zu sein. Hier gibt es keine Boheme, hier herrscht der praktische Sinn von Menschen, deren Alltag bestimmt wird von Rechnen, Haushalten, Rechnen. Die Vergnügungen sind für die Feiertage oder wenn Tante Emmi zu Besuch kommt. Dann gibt es Kartoffelsalat mit Würstchen und einen Kasten Bier.

Meine Stadt ist eine befremdliche Mischung aus Fortschritt und Scheußlichkeit, eine Mischung aus Langeweile und Kneipengesang, Sportbegeisterung und Lechzen nach Tradition. An der Reinoldikirche stinkt eine Bratwurstbude, in der Münsterstraße steht eine Bude für Reibeplätzchen, es stinkt nach heißem Öl und satten Menschen. Der Kiosk auf dem Alten Markt bietet alle Zeitungen des In- und Auslandes an, die Buchhandlungen sind auf dem neuesten Stand, bei den Sonderzügen im Bahnhof starren Türken auf das Wort Istanbul.

Meine Stadt besteht zu über fünfzig Prozent aus Grünflächen, überall sind Parks und ruhige Plätze, wo die Invaliden spazieren gehen und von einer Zeit reden, wo es einmal schöner war, und doch von einer Zeit, die es niemals gegeben hat, die sich nur in ihrer Sehnsucht verklärte.

Ich bin auch ein bisschen stolz auf meine Stadt und hasse sie trotzdem, ich liebe die Kneipen und die Menschen in den Kneipen, die Stadt bietet die Freiheit, anonym zu leben und doch mit ihr eins zu sein.

Ich kenne keine Großstadt, die aus so vielen Dörfern besteht, man liebt diese Stadt der vielen Dörfer wegen, wo die Menschen in ihrer Freizeit noch am liebsten in den Fenstern liegen und andere beobachten, Nachbarn zuwinken, über einen dritten Nachbarn reden – nicht bösartig, auch nicht besonders liebevoll, aber doch so, dass man ihn mehr als nur zur Kenntnis nimmt. Und das ist schon etwas.

Wenn mein Nachbar sagt: »Na«, dann antworte ich: »Es geht.«

Wenn er sagt: »Kommst du heute Abend?«, dann sage ich: »Mal sehen.« Er meint die Kneipe – ich auch.

Aber der blühende Baum in meiner Stadt ist mehr als nur ein Baum, er ist ein Wunder, das den Alltag lebenswert macht. Der Baum, die Blüten, die Frucht.

Arbeit – was das war und was das ist

Groß geworden bin ich mit dem Satz: »Wer nicht arbeitet, der braucht auch nicht essen!« Ich wurde sozusagen alttestamentarisch erzogen, denn Arbeit bedeutet dort: Drangsal, Mühsal, Not. Arbeit war für mich also etwas Fluchenswertes, Notwendiges, Zwangsläufiges, nicht aber das, was allein mir erstrebenswert schien, nämlich Handeln zur Befriedigung von Bedürfnissen oder aber Arbeit als Daseinserfüllung. Ich war Knecht, der arbeiten sollte, zunächst um die bedrängende Not zu lindern, später, um mir Dinge erwerben zu können, die das Leben erträglicher, leichter zu machen versprachen.

War im Altertum die Arbeit ein Fluch, da die Gesellschaft sich in Herren und Unfreie teilte, so ist doch erstaunlich, wie lange sich trotz aller Änderungen das Bild der Arbeit als Mühsal über die Jahrhunderte gehalten hat. Erst christliche Mystiker des ausgehenden Mittelalters und schließlich die Reformation haben den Begriff, das Verständnis von Arbeit grundlegend geändert: Arbeit wurde allmählich mit Stolz genannt, wurde Befriedigung und sogar Befreiung.

Die Arbeit des Künstlers zum Beispiel wurde seit dem Altertum – nach meiner Erfahrung bis heute – nicht als Arbeit definiert. Arbeit verstand man ja nicht als etwas Kreatives, Arbeit (arebeit) war immer Dienen, Verdingen, sich in sein Dasein fügen, auch als es noch keine Arbeitsteilung gab. Was der Mensch früher fertigte, das tat er ganz. Der Bauer war Bauer und ernährte sich und seinen Clan und ernährte die, die ihn beherrschten; auch der freie Bauer blieb unfrei, weil von ihm immer gefordert wurde, jene zu ernähren, deren Daseinserfüllung darin bestand, Kriege zu führen oder den lieben Gott einen guten Mann sein zu lassen.

Erst allmählich fiel der Fluch, mit dem die Arbeit beladen war. Zum Bauern, der seine Gerätschaften schon selbst fertigte, trat der Handwerker, der sich speziellen Fertigungen zuwandte. Der Zusammenschluss der Handwerker zu Zünften aber wertete die Arbeit auf, brachte der Arbeit Achtung, Respekt; Arbeit wurde ein ethischer Begriff.

Die industrielle Revolution hat den Begriff Arbeit wiederum auf den Kopf gestellt. Die Massenproduktion versetzte den Arbeiter zurück in die Masse grauer Heere, aus denen sie im Mittelalter ausgebrochen waren; Arbeit war nicht mehr das Erstrebenswerte wie im Zeitalter der Zünfte, Arbeit war notwendig geworden, damit man überhaupt leben konnte. Sie wurde spezialisiert, es gab den Metallarbeiter und Holzarbeiter, den Bauarbeiter; der Arbeiter mit Pickel und Schaufel verschwand, in Erscheinung trat der Arbeiter im weißen Kittel, der nichts weiter zu tun hatte, als Maschinen, die wiederum andere Arbeiter für ihn gefertigt hatten, zu überwachen, um mit ihnen Produkte zu fertigen, mit denen der Arbeiter selbst nichts anzufangen wusste, weil er sie für seinen täglichen Bedarf nicht benötigte. Er bestaunte nur das Endprodukt und fragte sich: Zu was soll das gut sein? Die Arbeiter wurden schließlich zum Hätschelkind der Politiker, denn sie waren die Mehrheit, und in einer Demokratie zählt nun mal die Mehrheit.

Wenn ich als Junge an den Brotschrank ging und mir eine

Kante vom Laib Brot schnitt, hat meine Mutter immer gerufen: »Hast du dir dein Brot schon verdient?«

Brot war Belohnung für eine nützliche Tätigkeit im Haus, im Haushalt, im Garten, auf den Feldern. Wenn ich in der Ferienzeit oder an Wochenenden zwei Handwagen voll mit Holz aus dem Wald nach Hause gezogen hatte, Holz für den Winter, dann bekam ich zur Belohnung Wurst auf mein Brot, auf das ich sonst nur selbst gemachten Quark streichen durfte.

Und wollte ich ein Buch lesen, musste ich mich in der Wohnung verstecken, und weil die Wohnung auf die Dauer zu klein war, versteckte ich mich im Schuppen; war das Wetter gut, legte ich mich an Feldraine zum Lesen, denn Lesen bedeutete ja Müßiggang, gestohlene Zeit, die hätte anders – also nützlich – ausgefüllt werden können. Lesen soll man getrost den Reichen überlassen, die haben dafür die Zeit, und die Zeit haben sie, weil sie das Geld haben. Das war die Denkungsart meiner Mutter, und sie blieb bis zu ihrem Tode unglücklich darüber, dass ich den Presslufthammer mit einer Schreibmaschine vertauscht hatte und nur spinniges Zeug zutage förderte, und dennoch bewunderte sie mich plötzlich, weil ich Zeit hatte; sie stand verstört vor dieser Erkenntnis.

In einem berühmten Gedicht des vorigen Jahrhunderts heißt es: »Das Einzige, das uns fehlt mein Kind, damit wir frei wie die Vögel sind, ist Zeit mein Kind, ist Zeit mein Kind.« Früher war der arbeitende Mensch noch eine Einheit, ruhte trotz unvorstellbarer Not und Mühen in sich, wurde nicht gejagt von Uhren und messbaren Einheiten,

Stückzahlen und Gewichten, arbeitete von Sonnenaufgang bis Sonnenuntergang, legte seine Arbeit weg, wenn es ihm dienlich schein, nahm sie zur Hand, wenn es notwendig wurde. Die Zeit war der Tag und nicht die Uhr. Das Produkt, das man fertigte, diente dem eigenen Leben, dem Leben des Nachbarn oder man bot es zum Tausch an für Dinge, die man selbst nicht fertigen konnte.

Wenn ich am offenen Fenster lehnte und den Flügeln der Schwalben zusah und meine Mutter das Zimmer betrat, dann sagte sie nur: »Müßiggang ist aller Laster Anfang«, und dann klapperte sie doppelt laut mit den Töpfen auf dem Herd, um mich an meine Pflichten zu erinnern: Immer in Bewegung sein, denn so lange im Haus Bewegung war, war auch für Überleben gesorgt.

Als der Arbeiter begann, Produkte herzustellen, die nicht mehr für sein eigenes persönliches Leben verwendbar waren, musste er sich fragen, für wessen Leben das Produkt gut sein sollte – aber er wurde dafür entlohnt. Danach fragte er sich, ob nicht das Produkt, das er im Auftrag fertigte, auch ihm dienlich sein könnte. Er begann, sich dafür zu interessieren, die Nutzbarkeit zu prüfen – und siehe, er konnte es wohl brauchen; aber der Preis war ihm zu hoch, er kuschte. Der Wunsch blieb, es blieb das Verlangen und schließlich die Forderung.

»Was brauchst du ein Fahrrad«, hatte meine Mutter gesagt, »Wir sind auch zu Fuß in die Schule gegangen, und wenn man verreisen muss, nimmt man die Eisenbahn.« Als ich mir Jahre später ein Motorrad kaufte, bekreuzigte sie sich.

Ich glaube nicht, dass die Tragik des Arbeiters darin besteht, einer Wirtschaft Hilfsdienste zu leisten, die ihm nicht gehört und auf die er keinen Einfluss hat, ob sie floriert oder nicht floriert. Die Tragik besteht darin, dass diese Wirtschaft mit seiner Hilfe Dinge produziert, die er nicht braucht und die ihm dann doch so erstrebenswert erscheinen, dass er wieder seine ganze Arbeitskraft einsetzt, um sie erwerben zu können.

Gemessen an der Geschichte der Menschheit ist die Begriffsverlagerung des Wortes Arbeit sehr jung. Die besitzlosen Theten im alten Griechenland wurden von den Proletarii im alten Rom abgelöst, in die Dunkelheit des Mittelalters entlassen, und erst Luther prägte den Begriff des Tagelöhners, des Mannes also, der Arbeit für andere verrichtet und sich damit in Abhängigkeit begibt, auch wenn er dafür bezahlt wird – eben, weil er bezahlt wird. Er musste seinen und seiner Kinder Hunger stillen. Der Arbeiter zählte nicht, war der letzte Dreck; wenn er gefertigt hatte, was ihm aufgetragen war, schickte man ihn weg. Erst der Calvinismus sah in der Arbeit Daseinserfüllung.

Der Drang in die Städte, weil das Land seine Menschen nicht mehr ernährte, und das 19. Jahrhundert mit seinen umwälzenden Erfindungen und der damit zwangsläufig fortschreitenden Industrialisierung machten Arbeit als Daseinserfüllung wieder zur Farce. Der Arbeiter war wieder Thete, Proletarier, war wieder Tagelöhner. Aus dieser Erkenntnis heraus musste er sich wehren, sich zu Interessengemeinschaften zusammenschließen, um die Arbeit wieder aufzuwerten. Er wollte, er musste frei werden, denn nur die Arbeit der Freien galt etwas. Tarife machen nicht frei, sie sind neutral, weder menschenfeindlich noch menschenfreundlich, sie sind einfach notwendig. Frei wollten sie sein!

Ist der Arbeiter frei? Nach Karl Marx ist er frei an Eigentum von Produktionsmitteln, also auch frei, seine Arbeitskraft auf dem freien Markt so vorteilhaft wie möglich zu verkaufen. Bei solch einer Entwicklung ist es zwangsläufig, dass eine Tages die Umkehrung oder die Perversion eintreten musste: Die Abhängigkeiten sind noch dieselben, nur sind sie komfortabler geworden. Ein Proletarier konnte sein Leben verlieren, ein Arbeiter heute nur seine Waschmaschine – allenfalls aber auch seine Wohnung. Man wäre dann nicht mehr Arbeiter, man würde Asozialer, Obdachloser genannt. »Das können wir uns nicht leisten«, war der Leitsatz meiner Mutter; später erst habe ich oft über den Satz von Sokrates nachgedacht, der seinen Schülern bei einem Gang über den Markt von Athen gesagt haben soll: »Wie viele Dinge gibt es doch, die ich nicht brauche.«

Heute allerdings muss man sagen: Wie viele Dinge sind doch notwendig, wie viele Dinge brauche ich doch, damit mein Leben sich so gestaltet, dass ich nicht aus der Gesellschaft herausfalle. Vielleicht aber sagen nur andere, das und das brauchst du, und dann steht es zu Hause herum, man braucht es nicht, man hat auch keine Freude daran. Ein raffinierter ökonomischer Mechanismus hat mir eingeredet, dass ich meine Daseinserfüllung finden werde, wenn ich das und das besitze. Nirgendwo sind da scharfe Grenzen zu ziehen, die Grenzen sind verschwommen und fließend.

»Hast du nichts zu tun?«, fragte meine Mutter immer, wenn ich im Garten lag und mit dem Hund spielte; der hatte doch die Aufgabe zu wachen, der Rasen war da, um zu wachsen, damit es Gras gab für die Ziegen im Stall, die uns Milch lieferten. Alles war eingebaut in das Leben, alles hatte seinen Sinn, alles war notwendig, nichts Überflüssiges belastete unser Leben – aber auch nichts Überflüssiges bereicherte unser Leben, machte es heller. Und wenn bei uns zu Hause erlaubt war, in der Bibel oder in der Zeitung zu lesen, dann nur, um dadurch vielleicht zu erfahren, wie die Kartoffeln größer wachsen. Die Freizeit bestand darin, dass wir jeden zweiten Sonntag in das ein paar Kilometer entfernte Waldgasthaus spazierten, auf den Bänken im Freien unsere mitgebrachten Brote verzehrten. Aber schon der Nachhauseweg musste nutzbringend angewendet werden: Zu Hause hatte die Tasche mit Pilzen voll zu sein. Sollte man sich unterstehen, diesen Tagen nachzutrauern, käme man bei den Zeitgenossen in den Geruch, ein unrettbarer Träumer oder Romantiker zu sein, der immer noch unterwegs ist, die blaue Blume zu finden. Ich kann diesen Tagen nicht nachtrauern, weil alles und jedes der Not gehorchend getan wurde, es war weder Zeit noch Platz für Müßiggang, aber doch für Träume. Dennoch: Auch wenn heute die Maschinen auf die fernsten Inseln der Ozeane fliegen, um die Sonne einzuholen, so muss dieser Wettlauf mit der Sonne hart erarbeitet werden, und diese Arbeit heute ist nicht weniger belastend als die damalige, in der nur Raum war bis zu einer Waldgaststätte.

Ist noch Platz für Träume? Die Entfernungen sind gewachsen, wer es sich leisten kann, für den ist der Stille

Ozean noch genauso weit wie vor tausend Jahren. Auch der Preis ist geblieben – »Lohn der Angst« läuft nicht nur im Kino.

Heute arbeiten wir weitgehend für die Bedürfnisse, die täglich neu geweckt werden und von denen jeder glaubt, sie zu stillen bedeute schon Lebenserfüllung, Daseinsbefriedigung, Glück, erfüllten Traum. Dieses Sich-etwas-leisten-Können ist weitgehend die eigentliche Antriebskraft arbeitender Menschen geworden, der Urlaub eine Fluchtbewegung, einmal durch Ortsveränderung diese Abhängigkeit abzustreifen oder aber das Abenteuer Leben neu zu entdecken, das in den eigenen vier Wänden und in den Werkshallen nicht mehr zu entdecken ist. Die Arbeit ist wieder zur Notwendigkeit geworden, die Lebenserfüllung auf außerbetriebliche Bereiche verlagert; die Arbeit ist nur noch das Vehikel, um in Lebens- und Gesellschaftsbereiche vorzustoßen, die sich verschlossen geben oder tatsächlich auch verschlossen sind. Leitbilder sind die Stars geworden, eine geschickte Industrie verkauft das süße Nichtstun, und der Besitz ist erstrebenswert um des Besitzes willen. Noch vor wenigen Jahren warben Banken mit dem Spruch: »Hast du was, bist du was«. Der Besitz ist also nicht mehr Erfüllung, Grundlage dafür, dass ich mir einen Freiraum schaffe zur Gestaltung meiner freien Zeit, Besitz wurde zum Selbstzweck und damit schon wieder zu einer Belastung – aber doch immer auch mit der Hoffnung, dass er mir eines Tages Freiheit bringt.

»Arbeit macht frei«, stand über dem Tor eines nationalsozialistischen Konzentrationslagers. Frei macht mich nur die

Arbeit, zu der ich mich berufen fühle, und ich kann diese Arbeit nur ausfüllen, wenn ich darin einen Sinn entdecke. Aber durch das tägliche Wecken neuer Wünsche hat die Arbeit einzig und allein den Sinn, durch sie so viel Geld wie möglich zu verdienen, mit dem Versprechungen anderer einzulösen sind, um dann diese Freiheit vielleicht endlich zu erreichen. Das ist absurd, das ist aber Alltag.

Unser Leben ist geteilt in Arbeit und in Hobby-Arbeit. Bei der Arbeit verdiene ich mir das Geld, das ich für die Hobby-Arbeit wieder ausgebe; es gibt nicht ungeschickte Werber, die eine solche Arbeit als Zurück-zur-Natur-Bewegung verkaufen, und der Mensch, der in totaler Abhängigkeit lebt, ist nur zu gern bereit, diesen Einflüsterungen nachzugeben, um wieder einen Sinn in seinem Leben zu finden. Es ist ja auch nicht einfach, Frau und Kindern zu Hause zu erzählen, was man wirklich im Betrieb macht. Wenn es auch erklärbar wäre, sie würden es nicht begreifen, weil sie es nicht nachvollziehen können; vielleicht würde man sich für den Mann und Vater schämen, weil er eine so demütigende Arbeit verrichtet. Das ist auch der Grund dafür, warum wohl die meisten Kinder in der Schule wissen, wo ihr Vater arbeitet, nicht aber, was er arbeitet.

Eine Hobby-Arbeit ist einsehbar, nachvollziehbar, sie entzieht sich nicht der Begutachtung und Bewertung, das Kreative bricht aus der Verschüttung. Aber alles das hat seinen Preis.

Mein Vater hatte mir aus einem Holzstamm ein Schaukelpferd geschnitzt. Es wäre ihm nie der Gedanke gekommen, mir ein Schaukelpferd zu kaufen, weil er dafür hätte bezahlen müssen, für das Bezahlen wiederum hätte er arbeiten müssen. Er aber schnitzte auch und gerade, weil diese Tätigkeit ihn mit Freude erfüllte, wenn er spürte, wie unter dem Schnitzmesser etwas Form anzunehmen begann. Dann trat er zurück, betrachtete es, sah, dass es kein Kunstwerk war, sah aber, dass es gut war.

Das Schlagwort der Gegenwart lautet: »Humanisierung der Arbeitswelt«. Ich hege den Verdacht, dass es vor allem die Funktion hat, die Menschen einzuschläfern, ihre Hoffnungen zu konservieren, damit sie nicht mehr so viel fragen und nicht resignieren, damit sie das Gefühl behalten, für sie allein werde ein gigantischer ökonomischer Aufwand betrieben. Ich nahm teil an interdisziplinären Kursen und Veranstaltungen an einer Schweizer Universität, die unter dem Begriff »Humanisierung der Arbeitswelt« liefen. Da hielten zwanzig Referenten Referate. Alle Referenten hatten noch nie einen Betrieb von innen gesehen, außer durch die obligate Betriebstourismusbewegung. Gesprochen wurde vor Studenten, die ebenfalls noch keinen Betrieb von innen gesehen hatten, die wahrscheinlich auch diese modernen Tretmühlen niemals kennen lernen werden – und die dann später vielleicht auch wieder Referate halten werden ...

Kein Arbeiter war zum Referat geladen. Warum nicht? Weil es dann wahrscheinlich nicht mehr möglich wäre, über sie zu berichten wie über exotische Tierchen. Grau ist alle Theorie – auch an den Universitäten mit auch noch so gut gemeinten Referaten von Leuten, die sich für diese exotischen Tierchen engagiert haben. Hätte man Arbeiter befragt, sie hätten nicht akademisiert, sie wären nur wahrhaftig geblieben.

»Warum machst du überhaupt keine Überstunden?«, hat mich mein Vorgesetzter unter Tage einmal gefragt.

»Weil mir das, was ich verdiene, genügt. Ich bin nämlich nicht zum Arbeiten geboren.«

»Sie sind ein sonderlicher Heiliger«, hatte er da geantwortet. Fast körperlich spürte ich sein Mitleid.

Wenn mich meine Mutter doch einmal beim Lesen ertappte, schimpfte sie zwar nicht, sie sagte nur: »Vom Lesen wird man nicht satt.« Ich hätte ihr nie begreiflich machen können, dass sie sich irrt.

»Warten ist tödlich, auch wenn man dabei noch lebt«

Ein Interview von Stephan Reinhardt mit Max von der Grün

S.R.: Herr von der Grün, Sie sind seit 1964 freier Schriftsteller; bekannt geworden mit dem Roman »Irrlicht und Feuer«, einem Roman, in dem zum ersten Mal ein Autor in der Bundesrepublik dem Arbeiter im Ruhrgebiet, dem Ruhrgebietsbewohner ein Gesicht und eine Stimme gegeben hat. Sie haben nicht nur gesellschaftskritische Romane geschrieben, von denen einige mit großem Erfolg verfilmt wurden, sondern auch den Jugendbuchbestseller »Die Vorstadtkrokodile«. Lassen Sie uns noch einmal zurückblicken. Sie wurden vor 70 Jahren am 25. Mai 1926 in Bayreuth geboren, als Sohn einer Porzellanarbeiterin und eines Schuhmachers und Bibelforschers, der aus einer verarmten bayerischen Adelsfamilie stammte.

M.G.: Meine Jugend war, wie man sagt, kein Honigschlecken. Ich wurde zu Hause streng erzogen. Die Bibelforscher waren ja im Dritten Reich strengstens verboten, weil sie ja nicht nur den Kriegsdienst, sondern auch den Wehrdienst ablehnten. Sie kamen alle ins KZ. Übrigens gibt es eine Stelle bei Ernst Wiechert in seinem Buch »Der Totenwald«, in der schreibt er, die Aufrechtesten im KZ seien Kommunisten und Bibelforscher gewesen.

S.R.: Sie haben durch die Tatsache, dass sich Ihr Vater mit der Bibel befasst hat, auch eine Bibelkenntnis damals erwerben können …

M.G.: Wenn man älter wird, forscht man nach: Wo kommen eigentlich meine Neugierde her und meine spätere Belesenheit? Mein Vater hatte in unserer Wohnstube, eine eigene Werkstatt konnte er sich nicht leisten, eine Ecke, in der die Schusternähmaschine stand und alles, was dazugehörte. Da stand auch ein kleines Pult, auf dem lag die Bibel. Ich glaube, dass das mit ein Grund war, warum das Buch mir nie etwas Fremdes war, sondern einfach etwas Vertrautes.

S.R.: Ihr Vater ist nach Amberg ins Zuchthaus gebracht worden und war anschließend bis 1945 im KZ Flossenbürg. Hatten Sie und Ihre Mutter in dieser Zeit Kontakt mit ihm?

M.G.: Nein! Als er ins Zuchthaus in Amberg eingeliefert wurde, durfte er, aber das hat mir meine Mutter später erzählt, noch eine Karte schreiben: »Mir geht es gut, macht Euch keine Sorgen.« Meine Mutter kriegte nach ungefähr einem Jahr einen amtlichen Bescheid, dass er, wie es damals hieß, in Schutzhaftverwahrung im Lager Flossenbürg sei, Besuch war unmöglich.

S.R.: Als Ihr Vater verhaftet wurde, waren Sie zwölf Jahre alt. Hat das Schicksal Ihres Vaters Einfluss auf Ihre Einstellung zum NS-Regime gehabt?

M.G.: Mein Gott, mit zwölf Jahren geht das an einem nicht spurlos vorbei, mein Verstand wurde schon etwas geschärft. Das hatte natürlich auch Konsequenzen. Ich wurde nicht aufs Gymnasium gelassen, was meine Mutter immer wollte.

Stattdessen bekam ich eine kaufmännische Lehre bei den Rosenthal-Porzellanfabriken. Das ist ja die Porzellangegend Europas: Hutschenreuther und Rosenthal. Diese Lehrzeit bei Rosenthal war für mich ein Erlebnis. Ich habe viel gelernt, vor allem wie man mit Menschen umgeht, und ich habe gelernt, akkurat zu arbeiten. Man musste sämtliche Abteilungen durchlaufen.

S.R.: Ihr damaliger Lehrer in der Volksschule hat Ihr Interesse für Literatur auch gefördert …

M.G.: Mein Deutschlehrer hat mich immer beobachtet. Einmal hat er mir auf dem Heimweg ein Päckchen gegeben, in Zeitungspapier eingewickelt. Es war ein Buch. Der Autor hieß Stefan Zweig und der Titel des Buches lautete »Sternstunden der Menschheit«. Ich habe mich auf die Couch gehauen, angefangen zu lesen und gemerkt, dass zwischen Stefan Zweig und Karl May ein Ozean liegt. Ich habe nicht alles verstanden, aber es war eine Sprache, mit der ich nicht umzugehen gelernt hatte.

S.R.: Im Alter von 17 1/2 Jahren wurden Sie 1943 zur Wehmacht eingezogen.

M.G.: Ich habe mich freiwillig gemeldet. Dieses Freiwilligmelden hatte mit dem praktischen Verstand meiner Mutter zu tun. Sie sagte: Wenn du dich freiwillig meldest zu einer Spezialeinheit, wirst du länger ausgebildet und solange du ausgebildet wirst, brauchst du nicht zu schießen und andere schießen nicht auf dich. Dann habe ich mich zu den Fallschirmjägern gemeldet.

S.R.: Sie kamen dann nach Frankreich und in amerikanische Kriegsgefangenschaft.

M.G.: Wenn ich zurückblicke, muss ich sagen, dass ich nie wieder so intensiv gelesen habe wie in diesen drei Jahren in Amerika. Erst die deutsche Literatur, die in Deutschland verboten war: Werfel, natürlich Heinrich Heine. Dann bin ich langsam übergegangen zur amerikanischen Literatur. Den »Ruf« haben wir ins Lager gekriegt. Im »Ruf« habe ich meine erste literarische Arbeit veröffentlicht: eine Reflexion über ein Gedicht von Goethe – eine Spalte.

S.R.: Sie sind dann wieder zurückgekehrt nach drei Jahren Kriegsgefangenschaft und waren dann eine Zeitlang auch als Maurer arbeitslos.

M.G.: Die Firma ging pleite. Doch überall hingen Plakate, dass der Ruhrbergbau Arbeitskräfte suche. Ich meldete mich. In Würzburg wurde ein Sammeltransport zusammengestellt. Der Sonderzug landete in Essen-Heisingen. Von dort wurden wir an die einzelnen Zechen vermittelt. Mir wurde Gelsenkirchen, Wanne Eickel, Wattenscheid und dergleichen vorgeschlagen. Ich habe immer nur den Kopf geschüttelt. Auf einmal sagte der Vermittler: »Da hätte ich noch was für Sie in Königsborn.« Oh, denk ich, das klingt aber gut. »Sagen Sie mal, wo liegt denn das?« »Das gehört zu Unna.«

»Da geh ich hin.« Er war ganz erstaunt. »Wissen Sie«, sagte ich, »in Unna war Heinrich Heine.« Darauf er: »War wohl ein guter Freund von Ihnen?«

S.R.: Sie hatten dann – 1951 sind Sie eingefahren auf der Zeche Königsborn in Heeren – einige Jahre später einen schweren Unfall. Wie war das damals?

M.G.: Dem Unfall habe ich es zu verdanken, dass ich dann nicht mehr vor Kohle war, sondern zum Lokomotivführer umgeschult wurde.

S.R.: Hat Ihr Unfall auch damit etwas zu tun, dass Sie damals etwas ganz Ungewöhnliches taten: nämlich zu schreiben begannen?

M.G.: Genau genommen begann ich schon in Amerika zu schreiben. Ich führte ein Tagebuch, schrieb Gedanken auf über ein Buch, das ich gelesen hatte, oder über Menschen, die ich beobachtet hatte. In Heeren, wo ich damals wohnte, betrieb ich das Schreiben systematisch, schrieb mal eine kleine Kurzgeschichte, dies und das und dann war ich voll drin.

S.R.: Dann begegneten Sie dem Dortmunder Büchereidirektor Fritz Hüser …

M.G.: Das war etwas Entscheidendes. Fritz Hüser war nicht nur ein glänzender Büchereidirektor, sondern auch ein unheimlich belesener Mensch, ein Archivar. Fritz Hüser hat mich an einen Mann vermittelt, der hieß Friedhelm Baukloh und war der Außenlektor des Bitter Verlages in Recklinghausen. Ihm habe ich das Manuskript gegeben, ein halbes Jahr später war das Buch da.

S.R.: Sie haben zu dieser Zeit in Dortmund auch den Arbeitskreis »Literatur der Arbeitswelt«, bekannt als »Gruppe 61«, gegründet. Das war 1961. Zu dieser Gruppe gehörten Josef Reding, Angelika Mechtel, Wolfgang Körner, Günter Wallraf, Peter Paul Zahl. Was hat diese Gruppe, wenn Sie es einmal aus der Rückschau betrachten, Ihrer Meinung nach bewegt?

M.G.: Ich glaube, es ist nicht vermessen, wenn ich sage, durch diese Gruppe wurde die Öffentlichkeit darauf aufmerksam gemacht, dass man eben auch Literatur schreiben kann, die mit dem einfachen Menschen auf der Straße zu tun hat oder mit dem, womit die meisten Menschen ihr Geld verdienen, nämlich mit der Arbeit.

S.R.: Als 1962 Ihr erster Roman »Männer in zweifacher Nacht« erscheint, bringt der leider früh verstorbene Journalist Walther Schmieding einen Vorabdruck in den »Ruhr Nachrichten«. Der Roman, in dem beschrieben wird, wie bei einem Strebbruch drei Bergleute eingeschlossen werden und fünf Tage und fünf Nächte auf ihre Rettung warten, erhitzte die Gemüter. Erstmals gab in der westdeutschen Nachkriegsliteratur ein Autor der Ohnmacht und Wut des

Arbeiters eine Stimme, eine Stimme, die die offizielle Rede von sozialer Partnerschaft und Wirtschaftswunder als Gerede hinstellte. »Sind wir erst draußen« – so der Hauer Hubalek –, »sollten mit einem Schlag alle Zechen explodieren, dann hat diese Sklavenarbeit ein Ende. Verdammte Bonzen. Früher hat uns der Staat ausgemistet, heute die Aktionäre … Wirtschaftswunder – Käse, Arbeiter erleben keine Wunder: Sie wundern sich nur über die Wunder der anderen, und schließlich wird alles Wunder auf unseren Rücken ausgetragen … Gefasel von Freiheit! Die Idioten, als ob unter Tage Freiheit wäre.« »Sklavenarbeit«, »verdammte Bonzen«, »Gefasel von Freiheit« – das waren starke Worte!

M.G.: Ich stehe heute noch dazu.

S.R.: Sie haben dann relativ schnell Ihren zweiten Roman »Irrlicht und Feuer« geschrieben. Es erschien ein teilweiser Vorabdruck und auf diesen Vorabdruck hin begann eine regelrechte Kampagne gegen Sie.

M.G.: Kampagne ist ein etwas milder Ausdruck. Es war ein Vorabdruck des später inkriminierten Kapitels. Auf der Zeche hat man eine Marke, damit muss man durch die Markenkontrolle gehen. Eines Tages war meine Marke gesperrt. Ich hab gefragt, warum meine Marke gesperrt war. Es hieß: du sollst wieder nach Hause gehen, um elf Uhr wirst du mit dem Auto abgeholt. Ich ging nach Hause, und um elf Uhr stand draußen ein Mercedes. Wir fuhren in eine Ausflugsgaststätte nach Königsborn. Da wurde ich von einigen Herren begrüßt. Es stellte sich heraus, dass sie zum Vorstand der Klöckner-Werke gehörten. Die Zeche, auf der ich arbeitete, gehörte zum Klöckner Konzern. Mit dem von meiner Mutter geerbten Misstrauen dachte ich: Was wollen die eigentlich? Es ging dann später um das inkriminierte Kapitel. Mir wurde Honig um den Bart geschmiert, ich sei eigentlich deplaziert unter Tage, wenn ich mich dazu entschließen könnte, nach Duisburg umzuziehen, würde ich einen Job bei der Werkszeitung kriegen. Aber sie möchten halt gerne das Manuskript haben. Ich bin mit dem Mercedes hingefahren worden, ich ging zu Fuß die drei Kilometer zurück. Dann rollte eine Prozesslawine an. Die Bergwerksmaschinenfabrik Westfalia-Lünen, die diesen Panzerförderer herstellte, klagte gegen mich wegen »Geschäftsschädigung« über drei Instanzen.

S.R.: Ihr Roman bzw. der Streit über den Roman wurde zum Politikum, das allgemein beachtet wurde. Über das Verhalten des Unternehmensverbandes Ruhrbergbau teilten Sie Ihrem Verlagslektor Friedhelm Baukloh mit: »Sie drohen mir mit wirtschaftlichen Repressalien, sie sagen ganz offen, dass sie mich schikanieren können und dass es an ihnen liegt, mich wirtschaftlich kirre zu machen, zumal ich immerhin ein Eigenheim habe, das noch für fünf Jahre an den Arbeitgeber gebunden ist.« Was für Repressalien waren das?

M.G.: Sie hätten mich entlassen können, was sie später auch getan haben. Wenn ich keine Arbeit mehr gehabt hätte, hätte ich aus dem Eigenheim herausgemusst, es war ja betriebsgebunden. Weder mein Verleger noch ich konnten doch damals ahnen, dass das Buch innerhalb von zwei Jahren ein so genannter Welterfolg werden würde. Das war dann die finanzielle Basis, mit der ich als freier Autor leben konnte.

S.R.: Ein Kapitel für sich war damals das Verhalten der Gewerkschaft. Zunächst gab sie Ihnen nach Kräften Rückendeckung und schrieb etwa: »Wieder ein Stück Meinungsfreiheit dem Profitinteresse« zu opfern, sei unerlaubt. Ein anderes Gewerkschaftsorgan schrieb zu Beginn des Prozesses: »Wo kämen wir hin, wenn die Romane der Zukunft in den Patentabteilungen der großen Industriefirmen geschrieben werden.« Das hat sich schlagartig geändert dann, als das gesamte Manuskript bekannt war.

M.G.: Ja, bei dieser anfänglichen Unterstützung der IG Bergbau, damals war noch Walter Arendt dabei, der später Minister wurde, war mir sehr unwohl. Ich habe immer wieder gewarnt: »Wartet, bis das fertige Buch da ist, ihr kennt ja durch den Vorabdruck nur einen Ausschnitt.« Als die Prozesse losgingen, habe ich gedacht, mein bester Verbündeter sei meine Gewerkschaft. Das war der größte Irrtum.

S.R.: Walter Arendt, der stellvertretende Vorsitzende der IG Bergbau und Energie und spätere Bundesarbeitsminister, nannte Ihr Buch ein Machwerk. Was war denn das eigentlich Antigewerkschaftliche an Ihrem Buch? Was war die »Nestbeschmutzung«?

M.G.: Jürgen Fohrmann, der Held des Buches, sagt: »Mein Gott, was soll nur werden, wenn sich unsere Gewerkschafter zu Bonzen ausleben, dann müssen wir uns mit den Unternehmern verbünden.« Das war eine Art Landesverrat. Ich habe zur damaligen Zeit gemerkt, dass Funktionäre einer großen Organisation wie einer Gewerkschaft auch abheben und nicht mehr wissen, was sich an der Basis zuträgt.

S.R.: Jürgen Fohrmann, die Hauptfigur des Romans »Irrlicht und Feuer«, entsprach in keiner Weise dem Musterbild der klassenbewussten Arbeiters, des ideologisch mustergültigen Betriebsrats. Auf einer Betriebsversammlung klagt der leicht angetrunkene Fohrmann vor seinen Kollegen sich und sie des bloßen Konsum- und Leistungsdenkens an: »Wir haben nur noch zu wählen zwischen Verdienst und Aufbegehren. Wir möchten gerne aufbegehren, weil gegen die herrschenden Zustände aufbegehrt werden muss. Aber wir halten die Schnauze, wir müssen nämlich Geld verdienen, wir müssen leben, wir wollen gut leben. In uns ist ein kleiner Rebell, aber die Rebellen sind in unserem Lande müde geworden, man findet sie nur noch am Biertisch oder in den Zeitungen. Wir haben keine eigenen Entschlüsse, wir haben nur noch Steuertabellen …« Hier erhielt der Arbeiter in der westdeutschen Literatur wieder ein Gesicht und eine Stimme. Und Sie haben damit ein Thema gefunden: die Lebens- und Arbeitsbedingungen des Arbeiters, der zwischen Anpassung und Widerspruch steht: dessen Existenz bedroht ist von Arbeitslosigkeit, Strukturwandel und Rationalisierung. Der der Politik von Parteien, Gewerkschaften und Unternehmen mit Skepsis gegenübersteht. Das ist ein in Ihrer Literatur immer wiederkehrender Zusammenhang. Der Einzelne als Rebell gegen eine Gesellschaft …

M.G.: Es sind ja natürlich Grunderlebnisse da, in den dreizehn Jahren unter Tage habe ich eine Menge gelernt. Die Leute begehren auf, sie sehen, wie sie manipuliert werden, nicht nur vom Unternehmer, sondern auch von gewissen Gewerkschaftskreisen, die Kompromisse schließen auf dem Rücken der Arbeiter. Wir haben die Situation genauso heute wie damals. Ich würde sagen, heute ist sie fast noch stärker. Meine Ohnmacht, die ich als Arbeiter hatte, ist in diesen Roman hineingeflossen, das meiste unbewusst.

S.R.: Sie sind, wenn man so sagen kann, bei Ihren Figuren geblieben, im Milieu des Ruhrgebietes. Und Sie haben auch immer wieder einmal eine Arbeit angenommen, um sich mit den Schauplätzen Ihrer Romane vertraut zu machen. Herr von der Grün, 1973 erscheint der Roman »Stellenweise Glatteis«. Wieder reagieren Gewerkschaftsvertreter heftig auf die Kritik, die Sie in diesem Roman an ihnen üben: Ein Abhörskandal wird von der IG Chemie nicht weiterverfolgt, weil die gewerkschaftseigene Bank für Gemeinwirtschaft inzwischen den Betrieb aufgekauft hat. Karl Maiwald – die Hauptfigur – setzt daraufhin sein Recht mit Hilfe eines wilden Streiks durch. Wieder wird vor Erscheinen des Romans Druck auf Sie ausgeübt. Walther Hesselbach, Vorstandsvorsitzender der Bank für Gemeinwirtschaft, fordert Sie brieflich auf, Ihre »geplante Aussage nochmals (zu) überprüfen und Zielvorstellungen verantwortlicher Kollegen in der Gemeinwirtschaft (zu) respektieren«. Was war da vor sich gegangen?

M.G.: Der Abhörfall ist authentisch. Sinn und Zweck dieser Sache war zu fragen, wie verhält es sich eigentlich, wenn die Arbeitnehmervertretung plötzlich zum Arbeitgeber wird.

S.R.: Aus der heutigen Sicht muss man ja wohl sagen, den Glaubwürdigkeits- und Gesichtsverlust, den die Gewerkschaften durch die Skandale von Lappas bis Steinkühler erlitten haben – indem sie ihr moralisches Fundament, den Satz, dass Gemeinsinn vor Eigensinn geht, ins Gegenteil verkehrten –, hätten sie sich eigentlich ersparen können, wenn sie Kritikern wie Ihnen zugehört hätten.

M.G.: Aber die meisten Leute können ja nicht mehr zuhören. Als das mit Steinkühler passierte, habe ich mich gefragt, wie ein so kluger Mann so dumm sein kann. Also, hätte ich's in einem Roman geschrieben, dann hätte bestimmt der mündige Lektor gesagt, das ist zu unwahrscheinlich, das streichen wir raus.

S.R.: Sie haben dann die Archäologie der gesellschaftlichen Verhältnisse weitergeführt, mit Arbeiter- und Gastarbeiterprotokollen, Porträts von Menschen, deren Lebens- und Arbeitsumstände Sie in großen Interviews erfragt haben. Dabei haben Sie sich zum Sprachrohr von Minderheiten gemacht. Sie haben um Toleranz gebeten für Andersdenkende und für

Anderslebende und Wert darauf gelegt, die Partei des Einzelnen und seiner Würde zu ergreifen. Gleichzeitig haben Sie immer wie z.B. in Ihrem Roman »Flächenbrand« gesellschaftliche Fehlentwicklungen zum Thema gemacht. Anfang der 90er führte die rechtsradikale Kriminalität zu immer mehr Katastrophen. In »Flächenbrand« kommt Lothar Steingruber, ein arbeitsloser Maurer, auf die Spur einer »Vereinigung zur moralischen und sittlichen Erneuerung Deutschlands«. Der arbeitslose Maurer Steingruber resigniert in diesem Roman zunächst, bis er begreift: »Stehe ich am Ufer des Flusses. Wenn ja, dann muss ich auch Feuer schüren und nicht warten, bis mir jemand Streichhölzer wegnimmt. Wir haben zu lange gewartet. Warten ist tödlich, auch wenn man dabei noch lebt.« Welche Rolle spielen in Ihrem Denken und Schreiben Begriffe wie Hoffnung, Handeln, Gegensteuern – etwas, was man vielleicht auch das Politische nennen könnte?

M.G.: Wenn mich einer fragen würde, was ich in meinem Leben erreicht habe, könnte ich mit einem Satz antworten: Ich kann nein sagen. Ich habe gelernt, mich zu verweigern, mich kann niemand zwingen! Ich bin ein hoffnungsfroher Mensch, kein Pessimist.

S.R.: Es geht in »Stellenweise Glatteis« nicht nur um das Verhalten der Gewerkschaft, sondern um mehr: um Themen wie Wohlstandsgesellschaft, Jusos, DKP, Neonazismus und Frauenarbeit. Wie keines Ihrer Bücher vorher fand »Stellenweise Glatteis« die Anerkennung der Kritik. Die Kritik sprach vom »überzeugenden politischen Zeitroman«, der

Kritiker Heinrich Vormweg von einem »außerordentlichen Roman«, der realistischem Erzählen einen Inhalt gebe, weil er authentisch »von den heute und hier konkreten Verhältnissen her« (...) »auf Menschen, Menschlichkeit und Solidarität« verweise. Ein Elektrizitätswerk war der Schauplatz Ihres dritten Romans, »Zwei Briefe an Pospischiel«. Was hat Sie daran besonders gereizt oder irritiert?

M.G.: Ich wollte einfach mal wissen, wie ist die Lage in so einem Elektrizitätswerk, wo man nur noch Knöpfe und Hebel sieht. Ein paar Tage habe ich da gearbeitet. Ich hab mich furchtbar gelangweilt, weil man kaum etwas zu tun hat. Aber man muss einmal spüren, wie die Situation ist, wobei ich im Hinterkopf hatte, dass ich einfach die Tür öffnen und gehen konnte, während der andere lebenslang dahin gebannt ist.

S.R.: Pospischiel bricht aus dieser verwalteten, computerisierten Welt aus. Eigentlich ein sehr modernes, aktuelles Thema, und zwar wird die Frage gestellt, inwieweit geht diese Technisierung zu Lasten der Menschen. Dennoch hat damals die Gewerkschaft wiederum sehr kritisch reagiert.

M.G.: Sie hat immer kritisch reagiert. Diese Herren haben das Bild des Arbeiters, wie er sein sollte, aber ich habe ihn nicht beschrieben, wie er sein sollte, sondern wie er eben ist: hilflos, den Mächten des Geldes ausgeliefert, Schnauze halten, damit der Arbeitsplatz nicht verloren geht. Heute ist es noch schlimmer als damals.

S.R.: Sie wurden regelrecht diskriminiert von der Gewerkschaft und in der offiziellen Sprachregelung etwa der IG Bergbau und Energie galten Sie nun als »Nörgler«, als billiger »Winkeladvokat« – keineswegs als »Anwalt der Arbeitnehmer«. Hat Sie das verletzt?

M.G.: Ich würde mit den Leuten, die das damals geschrieben haben, gerne wieder sprechen. Zum Teil wurden sie ja von der Führung der Gewerkschaft nur vorgeschickt. Ich habe zwar immer noch keine dicke Haut, aber seit »Irrlicht und Feuer« habe ich sehr viel dazugelernt. Ich habe mir schon einen Panzer zugelegt, obwohl es nach wie vor Momente gibt, in denen man von Kritik stark betroffen ist.

S.R.: Von Mitbestimmung und Humanisierung des Arbeitsplatzes spricht seit langem schon keiner mehr. Sie haben das Mitte der achtziger Jahre zum Thema gemacht in Ihrem Roman »Die Lawine«. Ein Fabrikant tritt – in einer rheinischen Industriestadt, in der die Zahl der Arbeitslosen wächst – eine »Lawine« los. Er hat nämlich in seinem Testament verfügt, dass sein Betrieb zur Hälfte in den Besitz der 500 Belegschaftsmitglieder und der Erben übergeht. Betriebsleiter wird der Vorsitzende des Betriebsrats. Arbeiter und Angestellte des Unternehmens erarbeiten den Mehrwert aus ihrer Arbeit auch für sich selbst. Dieses Modell ruft heftige und widersprüchliche Reaktionen hervor.

M.G.: Ich würde den Roman heute wohl anders schreiben. Schauen wir doch auf die Vulkan Werft: 500 Millionen spielen für bestimmte Leute überhaupt keine Rolle. Das Modell zur Lawine habe ich eigentlich aus Südfrankreich. Ich war dort mit meinem französischen Übersetzer. Er hat mir alles erklärt, ich kann kein Wort französisch. Arbeiter hatten eine Fabrik besetzt. Diese Fabrik arbeitete, nachdem sie den Inhaber, der den Betrieb in die roten Zahlen gewirtschaftet hatte, weggejagt hatten, nach zwei Jahren wieder mit schwarzen Zahlen. Es ist ein Modell, das in die Praxis umgesetzt werden kann – das glaube ich immer noch.

S.R.: Wieder ganz aktuell ist Ihr Roman »Springflut«. Es geht um Arbeitslosigkeit, Fremdenfeindlichkeit, Asylpolitik in einer Großstadt im Ruhrgebiet. Die Arbeitslosenquote beträgt 17 Prozent. Aussiedler aus Polen sollen in einer Hauptschule untergebracht werden. Ein Journalist soll darüber eine Serie schreiben; dabei sind ihm deutliche Grenzen gezogen: Schreibt er nicht, was die Blattherausgeber für gut halten, gefährdet er seinen Arbeitsplatz, redet er ihnen aber opportunistisch nach dem Mund, stellt er seine Glaubwürdigkeit in Frage und bezahlt seinen intellektuellen und moralischen Verrat sogar mit Zynismus.

M.G.: Die Hauptschule hier am Ort wurde geschlossen. Es kamen viele Aussiedler. Ich kenne Polizisten. Sie sind mittlerweile die Prügelknaben geworden, weil die Politik sie im Stich lässt. Diese Polizisten mussten praktisch jeden Abend antanzen, weil es Auseinandersetzungen gab zwischen den einzelnen Bevölkerungsgruppen. Lafontaine sagt: »Das Boot ist voll.« Doch so kann man nicht damit umgehen. Der

Gesetzgeber ist gefordert, die Rahmenbedingungen zu schaffen: Sind wir ein Einwanderungsland, sind wir kein Einwanderungsland?

S.R.: Max von der Grün, Sie haben sich im Laufe der Zeit mehr und mehr vom »Arbeiterschriftsteller« zum politischen, zeitkritischen Gesellschaftsromancier entwickelt, und mit den Prosabänden »Späte Liebe«, »Friedrich und Friederike« und »Die Saujagd« haben Sie Ihrem eher kämpferischen Werk nun eine weitere Facette hinzugefügt: Mit ebenso viel Wärme wie behutsamer Einfühlungskraft erzählen Sie von der Liebe im Alter und in der Jugend, von Menschen aus der Vorstadt. Ist der gesellschaftskritische, kämpferische Autor Max von der Grün in Rente gegangen?

M.G.: Das glaube ich nicht. Aber wenn man älter wird, kommen immer wieder neue Themen. Zur Zeit sitze ich wieder an einem neuen Roman, weiß aber noch nicht, wo es langgehen wird. Da sind so viele Geschichten, die nicht vom Autor erfunden wurden …

Nachwort

Orwells »Big brother is watching you« oder Von der Würde des Menschen

Die Bespitzelungsskandale in Betrieben, Supermärkten und selbst bei Post und Bundesbahn haben sich in den letzten Jahren gehäuft. Mittlerweile – 2009 – beschäftigen sich Symposien von Arbeitsrechtlern und Datenschützern mit Fragen wie: Welche Regeln muss ein Arbeitgeber beachten, wenn er seine Mitarbeiter kontrolliert? Dass er kontrolliert und ausforscht, ist in den Zeiten von Videokameras und Computerisierung selbstverständlich geworden. Um zum Beispiel in Betrieben und Fabriken fürs Allgemeinwohl schädliche Korruption auszuschalten, soll ein Arbeitgeber Kontrollen durchführen können. Allerdings nur bei begründetem Verdacht und unter Wahrung des Datenschutzes sowie des Grundsatzes der Verhältnismäßigkeit. Was aber, wenn es gar nicht nur um Korruption geht? Sondern zum Beispiel um Be- oder Verhinderung von unliebsamen Betriebsräten? Oder um Orwells »Big brother is watching you"?

Ein Datenschutzgesetz, das die Spielregeln für die Mitarbeiterüberwachung regelt, gibt es noch nicht. Arbeitnehmer sind bekanntlich – und zumal in Zeiten des Privatisierungsfundamentalismus und des offenen wie geheimen Mobbings von Gewerkschaften und ihren Mitgliedern – in der schwächeren Position; beim Verdacht auf angebliche Verstöße sind sie schnell selbst beim Kassenverlust von lächerlich geringen Beträgen ohne Arbeit – wie zum Beispiel eine seit 30 Jahren angestellte Verkäuferin. Und Tatsache ist auch, dass Prinzipien und Procedere der Demokratie keineswegs in jedem Falle Verfahren und Abläufe hinter Fabriktoren bestimmen. Noch immer ist das Wort des CDU-Ministerpräsidenten Karl Arnold vom »Absolutismus in der Wirtschaft« Realität. Zudem sind Arbeitsgerichte in ihrer Rechtssprechung anfällig für die jeweilige wirtschaftspolitische Stimmung.

Auch davon handelt Max von der Grüns bereits 1973 erschienener Roman »Stellenweise Glatteis«. Er spielt vor nicht ganz 40 Jahren, in der Zeit von Ende 1971 bis zum 4. November 1972 (bis 14 Tage vor der Bundestagswahl vom 19. November 1972). Anlass war ein authentischer Fall: Eine Firma hatte ihre Mitarbeiter bespitzelt. Im Roman hat die fiktive Dortmunder »Maßmann AG, Industriegase, Sauerstoff, Stickstoff« im Betrieb eine Gegensprechanlage installiert, die zugleich als Abhöranlage diente. Arbeiter, Angestellte, Gewerkschafter wurden auf diese Weise überwacht. Karl Maiwald, früher Tanklastzugfahrer, dann nach einem Bandscheibenschaden als gelernter Autoschlosser in der Fahrzeugwartung seiner Firma, entdeckt sie zufällig. Als er sich im Büro des Direktors die Prämie für einen Verbesserungsvorschlag abholt, bemerkt er auf dem Schreibtisch der Chefsekretärin Schindler einen »halbrunden Gegenstand«, einen Lautsprecher, der sowohl als Gegensprechanlage als auch als Abhöranlage dient. Maiwald hört, wie und worüber sich zwei seiner Kollegen im Fahrerlager unterhalten.

Maiwald, Betriebsrat und SPD-Mitglied, ist empört, er

fühlt sich in seiner Menschenwürde verletzt. Er will »Gerechtigkeit« für sich und seine Kollegen und mindestens eine Entschuldigung der Unternehmensleitung. Als Maiwald die Beweisstücke, 30 Akten, die Aufzeichnungen der Gespräche, des Nachts durch einen Einbruch an sich gebracht hat, informiert er auf der Weihnachtsfeier die Belegschaft über die Bespitzelung und stellt die Betriebsleitung zur Rede: »Ich stelle jetzt Direktor Faber … die Frage: Warum hat er das veranlasst … Zu welchem Zweck wurde die Anlage installiert?« Erregt zertrümmern Arbeiter danach die Sprechkästen der Anlage. Zwar werden, als sich die Druckwellen der Erregung gelegt haben, die Abhöranlagen auch in den anderen Zweigwerken entfernt und der Direktor der Dortmunder »Maßmann AG« wird versetzt, Maiwald aber wird nach einem Zermürbungskrieg schließlich isoliert und fristlos entlassen wegen Einbruch und Diebstahl. Noch steht seine Gewerkschaft, die »IG Chemie«, ihrem Betriebsrat zur Seite, doch wie lange?

Die Mechanismen und Tricks im Klassenkampf von oben in einem Unternehmen des real existierenden Kapitalismus Anfang der siebziger Jahre – wohl keiner hat sie so genau beschrieben wie Max von der Grün in »Stellenweise Glatteis« im Jahre 1973: Einschüchterung, Erpressung, Aussperrung, Entlassung. Von heute aus ist nicht erkennbar, dass er sich dabei geirrt und die Realität verzerrt hat. Früher als andere hat Max von der Grün dabei auch erkannt und dargestellt, dass leider auch die Gewerkschaften, der ideelle und praktische Interessenvertreter der Arbeitnehmer, eben diese

Interessen verraten haben, wo es ihnen taktisch geboten schien. Im Falle der Öffentlichmachung des Abhörskandals bei der »Maßmann AG« und des dabei im Romanablauf zweimal gekündigten Maiwald erlischt das Interesse der »IG Chemie«, weil sie selbst schließlich über die gewerkschaftseigene »Bank für Gemeinwirtschaft« die Mehrheitsanteile an der Firma erworben hat. Der – nun der Gewerkschaft gehörende – Betrieb kündigt Maiwald erneut.

Max von der Grün hat für seine Kritik an der Gewerkschaft viel Schelte von Seiten einiger Gewerkschafter und Politiker erdulden müssen. Zu Unrecht. Man kann heute wohl sagen: Indem er den Finger auf offene Wunden gelegt hat, hat er dazu beigetragen, die für die Gewerkschaft lebensnotwendige Gemeinwohlidee aufrechtzuerhalten.

Max von der Grün verzichtet in diesem Porträt der Arbeitswelt und eines Arbeiterlebens auf schwarz-weiße Grelltöne und bindet es zugleich ein in einen mehrfach aufgefächerten, vielerlei Widersprüche und Ungereimtes abbildenden Gesellschafts- und Ehe-Roman. »Stellenweise Glatteis« beginnt und endet an einem Ort, dem Max von der Grün als Kontakt- und Informationsquelle zeitlebens immer große Bedeutung beigemessen hat: in der Kneipe – im Roman »Zum Gildenhof«, im nördlichen Dortmunder Stadtteil Eving. Maiwald schätzt den »Gildenhof«, seine Frau hasst ihn. Hier stehen sie am Tresen, lassen die Vergangenheit Revue passieren und erzählen sich das Neueste: alte Bergleute, denen der Staub unter Tage die Lungen zugeklebt und die er zu Invaliden gemacht hat; Arbeiter, Handwerker und kleine Unternehmer, die auf dem Quivive sein wollen, Pegeltrinker auch. Etliche Informationsfäden laufen hier zusammen. Meinungen, Ansichten und manche Vorurteile werden artikuliert. Zum Beispiel gegen »Itaker« und »Türken«. Als schließlich in der Nähe der Kneipe drei gerade errichtete Baracken für türkische Gastarbeiter angezündet werden und abbrennen, geschieht das nicht zufällig. Den Boden dafür hat eine gutbürgerlich unterstützte Bürgerinitiative bereitet, die sich vehement gegen den Barackenbau ausgesprochen hatte. Auch die Mitte der Gesellschaft, nicht nur ihr körperlich sehr hart arbeitender Seitenflügel, war damals und verhält sich heute, wo sie ihre Prosperität bedroht sieht, ablehnend bis feindlich gegenüber den »Türken«, den Migranten und »Fremden«.

In Max von der Grüns Romanstadt Dortmund des Jahres 1972 – in der es noch kein Zechensterben gibt – liegt noch der schwefelige Gestank und der fingerdicke Kohlenstaub der Kokereien und Zechen über der Stadt, sonst aber geht es zumeist nicht viel anders zu als in vielen Städten heutzutage auch. Der teure Neubau (hier des Fußballstadions zur Weltmeisterschaft 1974) findet den Beifall der Mehrheit. Er bedeutet schließlich Arbeitsplätze und damit Wählerstimmen. Und als alle Fraktionen aller Parteien – SPD wie CDU und FDP – im Stadtparlament den Stadionneubau befürworten, protestieren freilich etliche Pädagogikstudenten, Kindergärtnerinnen und Lehrer: Von der Besuchertribüne aus skandieren sie den (richtigen und klugen) Satz: »Kindergärten tun Not«.

In Maiwalds Wohnstraße im Norden Dortmunds spiegelt

sich die (heute erneut zugespitzte) soziale und politische Teilung der Gesellschaft wider: auf der schönen Waldseite befinden sich die Bungalows und Villen der FDP wählenden Besserverdienenden; auf der der Autobahn zugewandten Seite stehen die kleinen Einfamilienhäuser und Mietshäuser der Arbeiter und kleinen Angestellten. Die wählen SPD wie Maiwald.

Maiwald, ein ehrgeiziger Lastwagenfahrer, der sich auf Kosten seiner Gesundheit und Ehe selbst ausbeutet, um »nach oben zu kommen«, wird durch Berufskrankheiten in seiner Lebensplanung zurückgeworfen. Dann, als er sich erneut den Ruf eines zuverlässigen und kompetenten Kraftfahrzeugschlossers erworben hat, wird ihm sogar der Posten eines Vorarbeiters oder Meisters in Aussicht gestellt. Aber er passt sich nicht an. Konfrontiert mit Bespitzelung, will er Recht, Gerechtigkeit, Genugtuung: »Der Betrieb soll sich entschuldigen, öffentlich und schriftlich, das will ich.« Auch als sich schließlich die Kollegen ebenso wie die Gewerkschaft von ihm distanzieren und ihn auffordern, nachzugeben, beugt er sich ihrem Druck nicht. Allein gelassen von Gewerkschaft, Presse und Betrieb, ist es schließlich der Kommunist Roggensack, der ihm dabei hilft, eine Demonstration gegen »Gesinnungsschnüffelei«, gegen diese »Überwachungsmethoden in deutschen Betrieben« und damit auch gegen Orwells »Big brother is watching you« zu organisieren. Es ist eine Demonstration, lässt Max von der Grün wissen, nicht zuletzt gegen die andauernde Existenzangst – die Angst, den Arbeitsplatz zu verlieren und ohne eigenes Verschulden in Armut zu geraten – eine Angst, die Maiwald den ganzen Roman über (von der Grün plaziert sie als Leitmotiv) plagt und peinigt. Eine zeitlose Angst.

Und die gerade auch heute, in den Zeiten der Weltfinanz- und Wirtschaftskrise, viele peinigt und ihnen den Schlaf raubt. Gegen diese Angst, teilt von der Grün zwischen den Zeilen mit, hilft nur: sich ihr nicht fatalistisch hinzugeben, sondern sich zur Wehr zu setzen. Das heißt, sich im Interessendickicht und bewusst erzeugten, von Lobbies und so genannten Experten finanzierten Interessenwirrwarr zwischen Wirtschaft, Gewerkschaft, Presse, Juristerei und Kommunalpolitik nicht den Blick vernebeln zu lassen. Schließlich: in einer seit Wende und Wiedervereinigung anhaltenden allgemeinen Deregulierungshysterie vergessene Instrumente wie Mitbestimmung, Mitbeteiligung von Arbeitnehmern, Selbstbestimmung in Genossenschaften neu zu aktivieren. Das ist eine der Botschaften dieses Romans.

Max von der Grün erzählt seine aktuelle Geschichte aus der Arbeitswelt mit viel Tempo in einer handfesten, gedrängten, drängenden Sprache. Er fordert zur Politisierung auf. »Tua res agitur/Es geht um deine Sache.« Damals – Anfang der siebziger Jahre – wie heute.

Gewiss kein verstaubter Roman, sondern ein ganz aktueller.

Stephan Reinhardt

Editorische Notiz

»Dortmund«
(aus: »Fahrt in den Morgen«, Erzählungen
dtv Verlag, München, 1994)

»Arbeit – was das war und was das ist«
(aus: »Klassengespräche. Aufsätze, Reden, Kommentare«,
Luchterhand Verlag, Darmstadt und Neuwied, 1981)

»Warten ist tödlich, auch wenn man dabei noch lebt«
Ein Interview von Stephan Reinhardt mit Max von der Grün
(aus: »Zum 70. Festschrift für Max von der Grün«,
Stadt- und Landesbibliothek Dortmund, 1996)